BAUM
HAUS

Weitere Titel der Autorin:

Der Montagsmann & Hände weg oder wir heiraten (Doppelband)
Leg dich nicht mit Mutti an
Ich bin alt und brauche das Geld
Kiss & Crime – Zeugenkussprogramm
Kiss & Crime – Küss mich bei Tiffany
Zeitenzauber – Die magische Gondel
Zeitenzauber – Die goldene Brücke
Zeitenzauber – Das verborgene Tor

Titel auch als Hörbuch und E-Book erhältlich

Über die Autorin:

Eva Völler hat sich als Kind schon gern Geschichten ausgedacht, Trotzdem hat sie zuerst als Richterin und später als Rechtsanwältin gearbeitet, bevor sie Juristerei und Robe schließlich endgültig an den Nagel hängte. »Vom Bücherschreiben kriegt man auf Dauer einfach bessere Laune als von Rechtsstreitigkeiten. Und man kann jedes Mal selbst bestimmen, wie es am Ende ausgeht.« Die Autorin lebt mit ihren Kindern am Rande der Rhön in Hessen.

Eva Völler

ZEITEN ZAUBER

Das verborgene Tor

BAUM HAUS

BAUMHAUS TASCHENBUCH
Band 1089

Dieser Titel ist auch als Hörbuch und E-Book erschienen

MIX
Papier aus verantwortungsvollen Quellen
FSC® C014496

Vollständige Taschenbuchausgabe
der im Baumhaus Verlag erschienenen Hardcoverausgabe

Dieses Werk wurde vermittelt durch die Michael Meller Literary Agency GmbH, München.

Redaktion: Anna Hahn
Umschlaggestaltung und -motiv: Johannes Wiebel, punchdesign, München
Satz: Dörlemann Satz, Lemförde
Gesetzt aus der Goudy von Linotype
Druck und Verarbeitung: GGP Media GmbH, Pößneck
Printed in Germany
ISBN 978-3-8432-1089-8

5 4 3 2 1

Sie finden uns im Internet unter www.baumhaus-verlag.de
Bitte beachten Sie auch www.luebbe.de

Für Lukas und Luisa

I've looked around enough to know that you're
the one I want to go through time with
(aus »Time in a bottle« by Jim Croce)

TEIL EINS

London, 1813

Da drüben ist es«, sagte Sebastiano, nachdem wir vom Kutschbock des Fuhrwerks gestiegen und ein Stück die nächtliche Harley Street entlanggeschlendert waren.

»Du meinst das Haus mit den steinernen Löwen vor der Tür?«

»Das sind Sphinxe.«

»Aha.« Ich gab mich locker, obwohl mir das Herz bis zum Hals klopfte. »Ich habe mich schon gewundert, warum sie Flügel und Menschengesichter haben und so komisch grinsen.«

Sebastiano blieb vor der Pforte des ehrwürdig wirkenden Gebäudes stehen. »Lass uns noch mal rasch den Plan durchgehen«, sagte er, die Hand schon am Türklopfer. »Nur für alle Fälle.«

»Schon gut«, erwiderte ich. »Ich werde ihn *nicht* fragen, ob er mir ein Autogramm gibt. Okay, ich streite nicht ab, dass ich gern eins hätte, und ich bin sicher, er wäre für so was aufgeschlossen, aber ich sehe ein, dass es die Dinge komplizierter machen könnte. Also lasse ich es sein. Das müssen wir nicht noch mal durchgehen.« Vor lauter Aufregung redete ich ein bisschen zu viel. Das war eine Art Nebenwirkung der Zeitreise. Es fühlte sich einfach merkwürdig an, als Mensch aus dem Jahr 2013 auf einmal im Jahr 1813 herumzulaufen. Doch Sebastiano war die

Geduld in Person – einer der vielen Gründe, warum ich ihn so liebte.

»Nein, ich meinte nicht, dass du ein Autogramm von ihm möchtest«, erklärte er. »Sondern die ganze zeitliche Abfolge.«

»Ach so. Also, du klopfst gleich mit diesem Löwenkopf. Als Nächstes warten wir, bis Mr Turner aufmacht. Dann lenke ich ihn ab, und du gehst rein und siehst nach, wo genau der Brand ausgebrochen ist. Anschließend folgt sofort Teil zwei des Plans.«

Teil zwei sah vor, dass wir das Fuhrwerk vorfahren ließen, das hinter der nächsten Straßenecke wartete – vollbeladen mit Wasserfässern und ein paar Eimern, die wir zum Löschen des Feuers benutzen konnten. Unser Einsatz hier wäre sehr viel einfacher gewesen, wenn es im Jahr 1813 schon eine vernünftige Feuerwehr gegeben hätte, doch alles, was man bisher auf diesem Sektor aufzubieten hatte, brauchte einfach viel zu lange für die Anfahrt. Bis sich genügend Löschkräfte versammelt hätten, wäre das ganze Haus bis auf die Grundmauern abgebrannt, mitsamt einer angebauten Galerie und jeder Menge wunderschöner Gemälde im Gegenwert von schätzungsweise einer Milliarde Pfund. Natürlich waren die Bilder hier und jetzt noch nicht so viel wert, aber in zweihundert Jahren würden sie es sein, vor allem, wenn man die vielen tausend zukünftigen Meisterwerke dazuzählte, die Mr Turner, der Maler, im Laufe seines restlichen Lebens noch anfertigen würde. Deshalb mussten wir dafür sorgen, dass nicht nur sein bisheriges Werk, sondern ganz besonders auch er selbst diesen Brand unbeschadet überstand.

Sebastiano betätigte den Türklopfer. »Am besten überlässt du das Reden mir«, schlug er vor.

»Wieso? Hast du Angst, ich würde ihn *doch* um ein Autogramm bitten? Traust du mir nicht zu, dass ich mich an unsere Absprache halte?«

»So wie letztes Jahr in Florenz, als du geschworen hast, dich von Michelangelo fernzuhalten, und ihn dann trotzdem gefragt hast, ob du ihm für eine Skizze Modell sitzen darfst?«

»Oh, aber Michelangelo *wollte* mich zeichnen! Und außerdem gab es für dich nicht den geringsten Grund zur Eifersucht, denn der Typ war komplett schwul!«

»Ja, und genau deshalb wurde sein Lover sauer und hat die berühmteste Marmorstatue der Welt verstümmelt.«

»Es ist gar nicht gesagt, dass der das war – jeder hätte die Bank aus dem Fenster des Palastes werfen und den David damit treffen können«, verteidigte ich mich. »Außerdem ist er längst restauriert.« Ich wurde vom Klang einer nahen Glocke unterbrochen und hielt die Luft an, während die Schläge dicht aufeinander folgten, mit unerbittlicher Regelmäßigkeit. Zwölfmal.

»Das ist das Zeichen«, wisperte ich. »Es geht los.«

Kurz nach Mitternacht, so lautete die zeitliche Eingrenzung unseres Auftrages. Der Beginn des Brandes. Ich wandte den Kopf zur Tür und schnüffelte beunruhigt. »Riecht es hier nicht schon nach Rauch? Sind wir etwa zu spät?«

»Still!«, kam es leise von Sebastiano. »Da kommt jemand!« Er wich zurück und versteckte sich hinter einer der fetten, geflügelten Sphinxe.

Tatsächlich, es waren Schritte zu hören, und dann ging die Tür auf. Vor mir stand ein verschlafen wirkender Mann in einem langen Morgenmantel. Er war ungefähr Ende dreißig und hatte ein nettes, schmales Gesicht, das aber im Moment ziemlich mürrisch aussah.

»Wer stört meine Ruhe zu so später Stunde?« Er hielt eine Öllampe in der Hand, und in dem flackernden Licht erkannte ich die Farbkleckse an seinen Fingern.

»Oh«, hauchte ich ehrfürchtig. Das war er. William Turner

persönlich. Der größte englische Impressionist aller Zeiten. Ich brauchte ein paar Augenblicke, bis ich mich an meine Aufgabe erinnerte. »Oh«, wiederholte ich, diesmal allerdings absichtlich. »Mir ist so … ich weiß nicht …« Ich legte den Handrücken an meine Stirn, vollführte eine anmutige Drehung und sank vor seine Füße.

»Um Himmels willen! Miss, was fehlt Ihnen?«

Mr Turner reagierte genau wie erwartet. Er kniete sich neben mich und tätschelte mir die Wangen. Ein bisschen zu fest vielleicht, aber es war ja gut gemeint. Stöhnend schlug ich die Augen auf. »Was ist geschehen? Bin ich ohnmächtig geworden?«

»In der Tat, das sind Sie«, stammelte Mr Turner, während er mir half, mich aufzurichten. »Wie kann ich … Was soll ich …«

»Ein Glas Wasser, bitte«, seufzte ich mit ersterbender Stimme, und wieder tat Mr Turner genau das, was er sollte: Er sprang hektisch auf und verschwand im Haus. Sebastiano kam hinter der Sphinx hervor und schlich ihm hinterher.

Kurz darauf kehrte Mr Turner zurück und reichte mir ein Glas. Von Sebastianos Eindringen hatte er offensichtlich nichts bemerkt. Teil eins des Plans hatte schon mal geklappt, zumindest der Anfang davon.

»Wie geht es Ihnen, Miss?« Verunsichert sah Mr Turner mich an. »Oder Mrs?«

»Miss, bitte.« Ich ließ mir von ihm aufhelfen, trank einen Schluck Wasser und tat dann so, als sei mir furchtbar schwindlig, worauf Mr Turner mich festhalten musste, weil ich sonst wieder zusammengebrochen wäre.

»Wo ist denn … Haben Sie niemanden …« Er sah sich panisch um. »Sind Sie etwa allein unterwegs?«

»Oh nein.« Ich entsann mich, dass es in dieser Zeit für anständige Mädchen völlig undenkbar war, allein loszuziehen. »Ich war in Begleitung meines …« *Gatte* ging nicht, weil ich ja eine Miss war. »Meines Bruders. Und dann wurde unsere Kutsche angehalten, von einem … Räuber. Ich konnte fliehen, und da bin ich.«

»Du liebe Zeit! Du liebe Zeit!« Mr Turner wiederholte den Satz noch ein paarmal und rang dabei die Hände. »Die Polizei muss her! Ich werde die Haushälterin aus dem Bett klingeln und sie in die Bow Street schicken.«

»Ach, das wird nicht nötig sein.« Ich schnüffelte unauffällig, doch es roch immer noch nicht nach Rauch. Anscheinend war das Feuer noch nicht ausgebrochen. Hoffentlich entdeckte Sebastiano den Brandherd sofort. Es war lebenswichtig, dass es uns gelang, das Feuer rechtzeitig zu löschen. Vor allem für Mr Turner, denn sonst wäre er morgen tot. Eine Abweichung im Kausalverlauf der Zeit, die wir unbedingt verhindern mussten.

»Vielleicht bleiben Sie einfach kurz bei mir stehen, hier an der frischen Luft«, schlug ich Mr Turner vor. Solange er draußen stand, konnte er nicht Opfer eines Großbrandes werden.

»Aber der Räuber … Wir sollten die Obrigkeit …«

Prompt tat ich, als würde ich wieder in Ohnmacht fallen, worauf Mr Turner gezwungen war, bei mir zu bleiben und mich zu stützen.

Dann kam ein unerwartetes Geräusch aus dem Inneren des Hauses. Es klang nach einem unterdrückten Schrei. Mr Turner ließ mich los, anscheinend hatte seine Hilfsbereitschaft Grenzen. »Das war mein Vater!«

Er ergriff die Lampe und verschwand im Haus, und weil ich nicht untätig herumstehen wollte, lief ich hinterher und folgte ihm in die Eingangshalle, in der Dutzende von Gemälden an den Wänden hingen. Lauter echte Turner! Doch mir blieb keine Zeit, sie zu bewundern. Ein alter Mann kam vorbeigestolpert, von einem weiten Nachthemd umweht, die Füße in viel zu großen Pantoffeln steckend.

»Diebe! Einbrecher! Brandstifter!«, rief er mit aufgebrachter Fistelstimme. Er wurde von Sebastiano verfolgt, der beruhigend auf ihn einredete. »Aber Sir, so hören Sie mich doch an …«

Mr Turner, der dicht vor mir war, schrie beim Anblick des vermeintlichen Einbrechers nicht nur erschrocken auf, sondern ließ im selben Moment auch seine Lampe fallen, die klirrend auf dem Boden zerbrach und auslief. Die brennende Flüssigkeit leckte als Flammenzunge über den Boden und erreichte den langen Samtvorhang an einem der Fenster. Der Stoff fing sofort Feuer – und brannte binnen weniger Augenblicke lichterloh. Flackernd schlugen die Flammen hoch bis zu den hölzernen Deckenbalken. Qualm trieb in Schwaden durch die Halle und vernebelte die Sicht.

Jetzt roch es eindeutig nach Rauch!

Es dauerte einen Augenblick, bis ich kapiert hatte, was hier gerade geschah. *Wir* waren an dem Feuer schuld! Und dabei waren wir doch mit dem Auftrag gekommen, es zu verhindern! Fassungslos starrte ich den brennenden Vorhang an.

Sebastiano riss ihn aus der Halterung und trampelte in einer Art verrücktem Stepptanz darauf herum, doch die Flammen sprangen auf einen Teppich über und setzten ihn ebenfalls in Brand.

»Höchste Zeit für Teil zwei. Ich hole das Fuhrwerk.« Sebastiano rannte zur Haustür. »Bring Turner nach draußen!«, rief er mir noch über die Schulter zu, bevor er in der Nacht verschwand.

»Mr Turner?« Suchend blickte ich mich um, sah jedoch nur Rauch und Feuer. »Sir? Sir, Sie müssen sich in Sicherheit bringen!«

»Vater!«, hörte ich ihn irgendwo am anderen Ende der Halle rufen. »Vater, wo bist du?«

Ich drückte mir meinen spitzenverzierten Ärmel vors Gesicht und stolperte kreuz und quer durch die Halle, doch bei dem Rauch konnte man kaum was sehen. Nur wenig später tauchte wie aus dem Nichts Sebastiano vor mir auf, in jeder Hand einen vollen Eimer, die er nacheinander auskippte, direkt auf den brennenden Teppich, worauf die Flammen auf einen Schlag verloschen. Gott sei Dank! Er hatte es geschafft!

Doch das war ganz offensichtlich ein Irrtum.

»Wir brauchen mehr Wasser!«, rief Sebastiano. »Du musst mir löschen helfen! Im Obergeschoss!« Und schon war er wieder weg. Ich raffte mit beiden Händen mein Kleid und lief ihm nach, vorbei an Mr Turner, der endlich seinen Vater gefunden und ihn zur offenen Haustür geführt hatte, wo die beiden nach Luft schnappend stehen geblieben waren.

»Wer ist dieses blonde Mädchen?«, wollte der alte Mann von Mr Turner wissen. »Und warum läuft sie in unserem Haus herum? Ist sie eine neue Bekanntschaft von dir?«

»Sie dürfen nicht wieder hinein, und schon gar nicht nach oben!«, japste ich im Vorbeirennen. »Denn da brennt es auch!«

»Fürwahr, ein liebliches Geschöpf«, hörte ich den Alten sagen. »Wenngleich sie etwas in Eile zu sein scheint.«

Das Fuhrwerk kam rumpelnd um die Ecke gerollt, Sebastiano brachte den Gaul direkt vor dem Haus zum Stehen und sprang vom Kutschbock. Auf der Ladefläche stand José neben einem offenen Fass und füllte mehrere Kübel mit Wasser. Zwei davon reichte er Sebastiano, einen dritten drückte er mir in die Hand. Sein hageres, zerfurchtes Gesicht war ausdruckslos, genau wie sein Auge, mit dem er alles im Blick hatte. Das andere Auge war wie immer unter der schwarzen Klappe verborgen, die ihm das Aussehen eines alten, aber noch kampftüchtigen Piraten verlieh.

Sebastiano rannte mit den zwei randvollen Wassereimern ins Haus, und ich folgte ihm mit meinem überschwappenden Kübel, allerdings deutlich langsamer. Das war einer jener Augenblicke, in denen ich mir eingestehen musste, dass ich, wenn es drauf ankam, nur halb so effizient arbeitete wie Sebastiano. Er konnte zwei volle Wassereimer tragen, ich bloß einen. Und außerdem rannte er doppelt so schnell die Treppe hoch. Zum Teil lag das natürlich daran, dass ich ständig über den Saum meines Kleides stolperte. Es sah zwar toll aus, vor allem die schöne Spitze an den Ärmeln und am Ausschnitt, aber für einen rustikalen Feuerwehreinsatz war es eindeutig zu lang.

Schnaufend erreichte ich den ersten Stock, wo ich den Eimer durch einen mit persischen Teppichen ausgelegten Gang schleppte, bis ich unversehens von Mr Turner überholt wurde, der sich ebenfalls zwei volle Kübel bei José abgeholt hatte. Aus einem Zimmer am Ende des Flurs drangen Rauchwolken. Mr Turner stolperte mit seinen beiden Eimern hinein, und ich folgte ihm ohne zu zögern, obwohl ich kaum noch Luft bekam.

In dem von Qualm erfüllten Zimmer erkannte ich schemenhaft die Gestalten von Sebastiano und Mr Turner und dazwischen flackernde Flammen. Gleich darauf ertönte ein Zischen: Mr Turner schüttete in hohem Bogen Wasser ins Feuer, und Sebastiano nahm mir den Kübel aus der Hand und tat es ihm gleich, dann stürzte er zum Fenster und riss es weit auf.

»Geschafft!«, rief er, laut genug, dass José es unten auf der Straße hören konnte. Der Brand war gelöscht.

»Komm her!«, befahl Sebastiano mir. »Hier ist frische Luft. Atme nichts von dem Rauch ein, hörst du!«

Ich nickte hustend und taumelte an seine Seite, um tief Luft zu holen. Es war dunkel im Zimmer, bis auf den schwachen Widerschein einer Straßenlaterne, die in einiger Entfernung vom Haus brannte.

»Großer Gott«, stieß Mr Turner keuchend hervor, während er sich zu uns gesellte und gierig die milde Nachtluft von draußen einsog. Er deutete auf den Umriss eines großen Pfostenbettes, das eben noch in Flammen gestanden hatte und von dem immer noch dünne Rauchfäden aufstiegen. »Mein Vater hätte sterben können!« Seine Stimme bebte vor Entsetzen. »Dies hier ist sein Zimmer!« Er schien das Geschehene kaum fassen zu können. Mit hastigen Schritten verließ er den Raum.

»Ah, Mrs Thackerey, Sie sind aufgewacht«, hörte ich ihn auf dem Gang sagen. »Keine Sorge, der Brand ist gelöscht, wir hatten tapfere Helfer. Aber Sie müssen sich um Vater kümmern. Er ist bestimmt völlig außer sich.«

Eine Frau – wahrscheinlich die Haushälterin – antwortete ihm mit aufgeregter Stimme, doch ich konnte nicht verstehen, was sie sagte, denn die beiden entfernten sich.

Sebastiano legte mir die Hände auf die Schultern und sah mir eindringlich ins Gesicht. »Alles in Ordnung?«

Ich nickte stumm. Im Moment war ich noch voller Adrenalin, aber in ein paar Minuten würde ich vermutlich einen Heulkrampf kriegen. Wie schon bei einigen früheren Zeitwächter-Missionen hatte ich das Gefühl, restlos versagt zu haben. Dabei hatte ich diesmal eigentlich alles richtig gemacht. Na ja, fast. Ich hatte zwar den blöden Eimer hierhergeschleppt, aber irgendwie vergessen, das Wasser ins Feuer zu schütten. Das hatte Sebastiano für mich erledigen müssen. Und mit meinen Haaren hätte ich mir vor dem Einsatz besser auch ein bisschen mehr Mühe gegeben. Mein Zopf, vorhin noch schön ordentlich geflochten, hatte sich zu wirren Strähnen aufgelöst, die giftig nach Qualm stanken, genau wie der Rest von mir. Sebastiano schien sich nicht daran zu stören. Er beugte sich vor und küsste mich zärtlich. »Du hast dich gut geschlagen«, sagte er leise.

Ich schüttelte den Kopf und merkte, wie ich anfing zu zittern. »Ich muss mehr Kraftsport machen. Dieser dämliche Eimer – ich hab ihn kaum die Treppe hochgekriegt.«

»Es war ja auch ein sehr großer Eimer.«

»Trotzdem.«

»Du hast es doch geschafft. Ohne was zu verschütten. Es war genau die Menge Wasser, die noch zum Löschen des Feuers gefehlt hat. Ehrlich, du hast das ganz großartig gemacht!«

In der Tür wurde es hell. Mr Turner hatte für Beleuchtung gesorgt, er trat mit einem fünfarmigen Kerzenhalter ins Zimmer – und stolperte. Die Kerzen flackerten, und einen Augenblick lang fürchtete ich, gleich würde der nächste Brand ausbrechen, doch Mr Turner hielt den Leuchter sicher in der Hand. Er bückte sich und hob den Gegenstand auf, über den er beinahe gefallen wäre.

»Ich ahnte es. Vater hat schon wieder im Bett geraucht. Wie oft habe ich ihm gesagt, dass ihn das eines Tages umbringt!« Seufzend inspizierte er das Beweisstück – eine geschnitzte, noch qualmende Tabakspfeife.

Anschließend betrachtete er zuerst Sebastiano, dann mich. Der Kerzenhalter in seiner Hand zitterte ein wenig, und seine Augen waren von dem überstandenen Schreck immer noch weit aufgerissen, doch davon abgesehen hatte er sich bewunderungswürdig gut unter Kontrolle.

»Wer sind Sie?«, wollte er unverblümt wissen.

Das war eine absolut berechtigte Frage. Die wir allerdings nicht wahrheitsgemäß beantworten konnten, denn das hätte ziemlich verrückt geklungen, etwa: »Mr Turner, wir sind Zeitreisende aus der Zukunft, genau genommen aus dem Jahr 2013, und wir sind mit dem Auftrag hergekommen, diesen Brand zu verhindern. Der sich in null Komma nichts zu einer schrecklichen Feuersbrunst entwickelt hätte, in der Sie leider umgekommen wären, wenn wir nicht rechtzeitig zur Stelle gewesen wären.«

Das stimmte zwar alles, aber kein Mensch hätte es uns geglaubt. Außerdem hätte die Sperre sowieso verhindert, dass wir es aussprachen. Die Sperre war eine Art automatische Barriere, die jede Information unterband, mit der wir auch nur ansatzweise hätten verraten können, wer wir waren und was wir taten. Versuchten wir es trotzdem, standen wir einfach bloß mit aufgeklapptem Mund da und bekamen keinen Ton heraus. Deshalb half in solchen Situationen nur eins: eine gute Ausrede. Oder Zeit zu gewinnen, bis wir wieder verschwinden konnten.

Sebastiano verneigte sich kurz. »Mein Name ist Sebastian Foscary.« Das war nicht mal gelogen, jedenfalls nicht richtig. In Wahrheit hieß er Sebastiano Foscari, weil er waschechter Italiener war und aus Venedig stammte, aber die englische Variante – *Sebäästschen* gesprochen – klang auch sehr nett.

»Und diese junge Dame hier ist vermutlich Ihre Schwester?«

»Genau«, warf ich schnell ein, bevor Sebastiano das richtigstellen konnte. »Ich bin seine Schwester, und wir waren gerade mit unserer Kutsche unterwegs, als der Räuber uns anhielt, aber zum Glück konnte ich fliehen und kam so hierher zu Mr Turner …«

Ich hätte meine Version gern noch ein bisschen ausgeschmückt, damit sie glaubhafter klang, doch Sebastiano brachte mich mit einem Blick zum Schweigen, und gleich darauf wurde mir auch klar, warum.

»Sie kennen meinen Namen, obwohl wir einander nie vorgestellt wurden?«, fragte Mr Turner mit einem Hauch von Misstrauen in der Stimme.

Sebastiano bügelte meinen Ausrutscher glücklicherweise sofort aus. »Wir erkannten Ihre Bilder unten in der Halle. Ihr Ruhm eilt Ihnen allerorten voraus, es gibt kaum einen Menschen in London, der Ihre Kunst nicht bewundert. So viele Ihrer Meisterwerke in einer einzigen Nacht zu sehen, ist wohl selten jemandem vergönnt. Sogar hier über dem Bett hängt eines.« Er deutete auf ein Bild von einer sturmgepeitschten See, das mir bekannt vorkam. Ich bildete mir sogar ein, es schon mal gesehen zu haben – in einer Ausstellung in zweihundert Jahren.

Sebastiano hatte vielleicht ein bisschen dick aufgetragen, um Mr Turners Argwohn zu zerstreuen, aber im Grunde stimmte jedes Wort. Dieser Maler war ein Genie. Und genau deshalb war er auch alles andere als dumm. Er merkte genau, dass die ganze Angelegenheit vor Ungereimtheiten nur so wimmelte.

»Es erscheint mir höchst befremdlich, dass Sie heute Nacht in meinem Haus waren, just zum Zeitpunkt des Brandes. Und dass obendrein im selben Augenblick dieser mit Wasser vollgeladene Leiterwagen hier auftauchte, ist erst recht nicht nachvollziehbar. Streng genommen ist es so weit von jeglichem Zufall entfernt wie nur irgend möglich.« Mr Turners Augen nahmen einen bohrenden Ausdruck an. »Ich hoffe doch, Sie haben für all das eine plausible Erklärung, Sir?«

»Selbstverständlich habe ich die«, gab Sebastiano gelassen zurück.

Bewundernd sah ich ihn an, und dabei wurde mir mal wieder bewusst, wie viele Gründe ich hatte, ihn zu lieben. Ich machte mir nicht oft Gedanken darüber, sondern tat es ganz einfach (also ihn lieben), aber manchmal gab es Momente wie diesen, in denen ich mit leuchtender Klarheit begriff, was für ein außergewöhnlicher Mensch er war und was für ein Glück ich hatte, mit ihm zusammen zu sein. Nicht nur, dass er toll aussah, er war auch unglaublich intelligent und besonnen. Das zeigte schon die Tatsache, dass er sich auf die Schnelle eine logische Erklärung für Mr Turner ausgedacht hatte. Das hätte ich nie hingekriegt!

»Ich fürchte nur, mir bleibt keine Zeit dafür«, meinte Sebastiano bedauernd. Er nahm meinen Arm und geleitete mich zur Tür, als wäre ich reif für die Notaufnahme. »Meine Schwester ist von all dem sehr mitgenommen. Sie braucht dringend Ruhe. Sie sehen doch selbst, wie schlecht es ihr geht. Der Rauch ist ihr auf die Lunge geschlagen.«

Na gut, *so* eine Erklärung hätte ich mir vielleicht auch ausdenken können. Ich überwand meine Verblüffung und hustete rasch, um den maroden Zustand meiner Lunge zu untermalen.

»Mein Bruder hat leider recht«, brachte ich angemessen krächzend hervor – wobei das Krächzen nicht mal gespielt war. Mein Hals fühlte sich wund an, und meine Augen brannten ziemlich. Und mir war, wie ich gerade merkte, ein bisschen schlecht. Ich hatte wohl tatsächlich zu viel Rauch eingeatmet. Und dass ich Ruhe brauchte, war sogar noch untertrieben, denn mit einem Mal fühlte ich mich so schlapp wie nach einem Zirkeltraining bei Herrn Schindelmeier. Ich war zwar seit zwei Jahren mit der Schule fertig (und deshalb zum Glück auch für alle Zeiten mit Herrn Schindelmeiers Sport-GK), doch im Moment taten mir die Muskeln fast so weh wie damals.

»Ich würde mich wirklich gern ein bisschen ausruhen«, gab ich zu.

»Aber gewiss«, sagte Mr Turner erschrocken. »Wenn ich … Soll ich …« Ein wenig hilflos wedelte er mit der Hand herum. »Vielleicht noch ein Glas Wasser?«, schlug er vor.

»Nicht nötig, danke«, antwortete Sebastiano. »Glauben Sie uns einfach nur, dass wir Ihnen wohlgesinnt sind, auch wenn Ihnen die Umstände ein wenig eigenartig vorkommen mögen.«

»Ich glaube Ihnen!« Mr Turners Antwort kam spontan, aber ihm war deutlich anzumerken, dass er mit der Entwicklung des Gesprächs nicht zufrieden war. Er sah aus wie ein einziges großes Fragezeichen.

Sebastiano führte mich die Treppe hinunter, und ich war froh, dass ich mich an seinem Arm festhalten konnte.

Es stank überall nach Rauch, aber Mrs Thackerey, eine resolut wirkende Person in einem zeltartigen Nachtgewand, hatte alle Türen und Fenster aufgerissen und die verkohlten Überreste des Vorhangs und des Teppichs auf den Gehweg hinausbefördert. Außerdem hatte sie Mr Turners Vater in einen Morgenmantel gesteckt und ihm eine zerknitterte Schlafmütze auf den Kopf gestülpt. Er saß in der Halle in einem Lehnstuhl und sah ein wenig verloren aus, während Mrs Thackerey mit energischen Bewegungen den Ruß zusammenkehrte.

»Da ist das blonde Mädchen wieder«, sagte er, als Sebastiano mich an ihm vorbeiführte. »Und diesen jungen Mann habe ich vorhin auch schon gesehen. Ist er nicht der Brandstifter?« Sinnend betrachtete er seine Pantoffeln, als wüssten die eine Antwort. »Hm, ich glaube, so war es nicht. Mir war heiß, weil mein Bett brannte, und plötzlich kam er in mein Zimmer, zerrte mich heraus und schleppte mich nach unten. Und auf einmal brannte es hier unten auch. Sehr, sehr seltsam. Fast so merkwürdig wie eine deiner Visionen, Will. Du solltest ein Bild davon malen. Oder gibt es schon eins? Hattest du nicht von diesem Brand auch eine Vision? Und eine von dem blonden Mädchen? Oh, ich habe übrigens auch etwas geträumt. Sehr farbenfroh. Von diesem indischen Elefanten. Du weißt schon, der in der Menagerie von Exeter Change. Leider habe ich seinen Namen vergessen.« Er verstummte und versank in tiefes Nachdenken, das nach wenigen Augenblicken in leises Schnarchen überging.

Mr Turner räusperte sich und setzte zu einer Bemerkung an, vermutlich, um die verworrenen Äußerungen seines Vaters zu kommentieren, doch Sebastiano ließ ihm keine Gelegenheit dazu.

»Leben Sie wohl, Mr Turner.«

»Aber bitte nennen Sie mir doch wenigstens Ihre Anschrift, bevor Sie gehen! Es ist mir ein Anliegen, mich für Ihre Hilfe erkenntlich zu zeigen!«

Am liebsten hätte ich ihm vorgeschlagen, uns doch einfach eines seiner Gemälde mitzugeben – ein klitzekleines hätte mir schon gereicht! –, aber als hätte Sebastiano es geahnt, kam er mir mit seiner Antwort zuvor.

»Ihre Unversehrtheit ist uns Dank genug. Eine Anschrift haben wir in London nicht, denn wir sind nur zu Besuch in der Stadt.«

»Wir sind bloß Reisende«, stimmte ich zu. Genau genommen hatte ich *Touristen* gesagt, doch der intergalaktische Translator hatte es umgewandelt. Natürlich war *intergalaktischer Translator* nicht die offizielle Bezeichnung dafür. Ich nannte es bloß so, denn ich hatte immer noch nicht herausgefunden, wie es richtig hieß. Aber dafür wusste ich genau, wie es funktionierte: wie ein eingebauter Übersetzer. Er wandelte alles, was man sagte, in die zur jeweiligen Epoche passende Landessprache um. Ich konnte fröhlich auf Deutsch reden und Sebastiano italienisch – für die Leute, mit denen wir uns hier unterhielten, klang es wie perfektes Englisch. Moderne Wörter wurden bei der Gelegenheit gleich mit angepasst und auf historisch getrimmt – aus Touristen wurden Reisende, Autos verwandelten sich in Fuhrwerke, BHs mutierten zu Schnürleibchen.

Solange wir als Zeitwächter in der Vergangenheit unterwegs waren, liefen wir nie Gefahr, uns aus Versehen zu verplappern: Die Sperre hinderte uns daran, den Menschen in der Vergangenheit Dinge aus der Zukunft zu verraten, und der Translator sorgte dafür, dass wir uns verständigen konnten, ohne aufzufallen. Eigentlich zwei sehr praktische Einrichtungen, auch wenn es manchmal zu komischen Wort-Umwandlungen führte.

Eine zweispännige Kutsche kam die Straße entlanggerollt und blieb hinter dem Fuhrwerk stehen. Auf der Kutschbank saß ein halbwüchsiger Junge. Er stieg ab, zog sich die Kappe vom Kopf und verneigte sich vor José. Sogar im matten Laternenlicht sah man, dass er feuerrote Haare hatte. José besprach sich leise mit ihm, dann winkte er uns ungeduldig heran.

»Seltsam, dieser einäugige alte Mann«, hörte ich Mr Turner sagen, während ich mit Sebastiano zu der Kutsche ging. »Es ist überhaupt *alles* sehr seltsam.«

»Malen Sie doch einfach ein Bild davon«, schlug Mrs Thackerey ihm vor. »Das tun Sie doch sowieso immer.«

Sebastiano half mir in die Kutsche und stieg dann selbst ein. José erklomm den Kutschbock, während der Junge den Leiterwagen übernahm und damit wegfuhr. Wahrscheinlich war er ein Bote – so nannten wir die Helfer der Zeitwächter in den jeweiligen Epochen der Vergangenheit. Sie waren weitestgehend in unsere Aufgaben eingeweiht und wussten, dass sie es mit Zeitreisenden zu tun hatten, auch wenn die Sperre verhinderte, dass man ihnen Ereignisse aus der Zukunft verriet.

Unsere Kutsche fuhr mit einem Ruck an. Durch den nur halb zugezogenen Vorhang am Türschlag sah ich Mr Turner vor dem Haus stehen, eingerahmt von den beiden geheimnisvoll grinsenden Sphinxen. Unvermittelt musste ich daran denken, was der alte Mann über Visionen gesagt hatte, und dabei überkam mich eine Vorahnung, dass ich nicht zum letzten Mal hier gewesen war.

*

Eine Weile rumpelte die Kutsche durch die nächtliche City of Westminster. Sebastiano hatte den Arm um mich gelegt und fragte ungefähr alle zwei Minuten, wie ich mich fühlte, und ich beteuerte jedes Mal, dass es mir super gehe. Was er mir allerdings nicht glaubte. Ich selber glaubte es mir auch nicht, vor allem nicht, nachdem wir angehalten hatten, weil ich mich übergeben musste.

»Es gibt zwei Möglichkeiten.« José war vom Kutschbock gestiegen und sah mich prüfend mit seinem Auge an. »Wir können in der Herberge die fünf Tage bis Neumond abwarten und dann das Haupttor am Trafalgar Square benutzen. Oder wir nehmen gleich heute Nacht ein einfaches Zeitfenster. Es gibt eins in Spitalfields.«

»Wir fahren nach Spitalfields«, sagte Sebastiano sofort.

»Aber wir wollten uns doch hier noch ein paar schöne Tage machen«, protestierte ich.

»Kommt nicht infrage. Ich will, dass du zum Arzt gehst. Und zwar zu einem *richtigen* Arzt.«

»Mir fehlt doch gar nichts«, wandte ich ein, obwohl mir immer noch übel und schwindlig war. Außerdem tat mir inzwischen auch der Kopf weh.

»Das soll der Arzt entscheiden«, erklärte Sebastiano.

»Sicher ist sicher«, pflichtete José ihm bei. »Wahrscheinlich hast du nur eine leichte Rauchvergiftung, aber mit der richtigen Behandlung bist du schnell wieder auf dem Damm.«

Damit war ich überstimmt und gab meinen Widerstand auf, schon in meinem eigenen Interesse. Momentan hatte ich ein starkes Bedürfnis nach Aspirin, aber das würde erst in ungefähr hundert Jahren oder so erfunden werden.

Die Fahrt ging zügig weiter, und ich dachte trübsinnig darüber nach, was wir nun alles verpassen würden. Die fünf Tage, die wir hier in der Vergangenheit auf den nächsten Mondwechsel hätten warten müssen, hatte ich mir schon in leuchtenden Farben ausgemalt – Sightseeing im Jahr 1813. Wir hätten einen der legendären Bälle im Almack's besuchen können, dem angesagtesten Tanzclub dieser Epoche. Oder die berühmten Vauxhall Gardens, wo sich abends halb London zum Feiern traf. Vielleicht hätte ich mir auch einen dieser niedlichen, mit Seidenbändern verzierten Hüte kaufen können, die Frauen in diesem Jahrzehnt trugen. Ich war zwar nicht besonders modebewusst, aber die Dinger sahen einfach süß aus.

Und das Beste an alldem wären die zusätzlichen Tage gewesen, die wir dadurch im Jahr 2013 gewonnen hätten. Wären wir nämlich beim nächsten Mondwechsel ins Jahr 2013 zurückgereist, wären wir in derselben Sekunde wieder dort gelandet, in der wir von da gestartet waren. So als wären wir überhaupt nicht weg gewesen. Das war ein toller Nebeneffekt bei diesen Einsätzen: Man bekam die Zeit, die man in der Vergangenheit verbracht hatte, bei der Rückkehr geschenkt.

Das funktionierte allerdings nur, wenn man bei Vollmond oder Neumond durch eines der Haupttore zurückreiste. Benutzte man ein einfaches Portal, war die Zeit in der Zukunft weitergelaufen – in unserem Fall zwei volle Tage. Damit blieb uns nur noch ein einziger Tag bis zu unserem Rückflug nach Venedig. Mit anderen Worten, wir verpassten auch den kompletten Resturlaub im Jahr 2013. Goodbye, London …

»Wir kommen einfach in ein paar Monaten noch mal her«, sagte Sebastiano, als hätte er meine Gedanken gelesen (manchmal glaube ich, dass er das wirklich kann!). »Dann nehmen wir uns richtig Zeit für London. Was hältst du davon?«

»Guter Plan«, murmelte ich, die Hand vor dem Mund, weil es mir schon wieder hochkam. »Aber können wir vielleicht noch mal eben rechts ranfahren?«

*

Spitalfields im Londoner Eastend schien eine verrufene Gegend zu sein. Nach allem, was ich vorher darüber gelesen hatte, galt es früher – also jetzt – als das übelste Viertel der Stadt. Jack the Ripper hatte dort Ende des 19. Jahrhunderts sein Unwesen getrieben, und die Ärmsten der Armen hausten hier in Elendsquartieren.

Wir mussten langsamer fahren, weil die Straßen deutlich

schlechter wurden. Überall gab es Schlaglöcher, und an manchen Stellen fehlte die Pflasterung ganz. Die Häuser waren windschief und heruntergekommen, und an einigen Ecken lauerten zweifelhafte Gestalten – von denen aber bestimmt niemand wagen würde, uns mit bösen Absichten anzuhalten. Sebastiano hatte sich nämlich nach dem letzten Stopp neben José auf den Kutschbock gesetzt und seinen Waffengurt angelegt, an dem gut sichtbar eine tödlich aussehende Pistole und ein Degen hingen.

Mir machte es immer ein bisschen Angst, wenn er sich dieses ganze gefährliche Zeug umhängte, aber gleichzeitig war es auch irgendwie beruhigend, denn ich wusste, dass es uns im Ernstfall das Leben retten konnte. Ein paarmal hatte Sebastiano seine Fähigkeiten auf diesem Gebiet schon unter Beweis stellen müssen, auch wenn er die Waffen normalerweise bloß wegen des Abschreckungseffekts trug.

Schließlich hielt die Kutsche an. Der schwankende Lichtschein der Wagenlaterne fiel auf eine kleine Kirche. Sebastiano öffnete mir die Tür und half mir beim Aussteigen, dann folgten wir José, der einen Schlüssel zückte und eine versteckt liegende Seitentür der Kirche aufsperrte. Es wunderte mich nicht, dass sich das Zeitfenster, das wir gleich benutzen würden, in einem Gotteshaus befand. In Venedig gab es auch so eins, in Santo Stefano. Man konnte solche einfachen Fenster allerdings nur benutzen, wenn gerade niemand zuschaute – sobald sich Leute dort aufhielten, die nicht eingeweiht waren, funktionierte es nicht. Deshalb befanden sich diese Durchgänge oft an abgelegenen Orten, entweder außerhalb der Stadt oder eben auch in Kirchen. Denn wenn dort gerade kein Gottesdienst stattfand, waren sie meist menschenleer – bis auf den einen oder anderen Priester, aber José hatte so seine Methoden, deren plötzliches Auftauchen zu verhindern, beispielsweise mit einer großzügigen Spende für die Kollekte.

Es roch nach Weihrauch und feuchtem, altem Gemäuer. Der Fußboden war mit groben Marmorplatten ausgelegt, und als Sitzgelegenheiten gab es ein paar wurmstichige Bänke. In den Nischen der Seitenaltäre standen einige unheimlich aussehende Sarkophage, eingerahmt von rußgeschwärzten Kerzen, die jetzt allerdings nicht brannten. Unsere einzige Lichtquelle war die Wagenlaterne, die José mitgenommen hatte.

José umrundete eine Säule, setzte sich auf eine Bank und blickte mit düsterer Miene zum Hauptaltar, über dem eine lebensgroße hölzerne Christusfigur am Kreuz hing und mit weit aufgerissenen Augen zurückstarrte. Mir lief ein kalter Schauer über den Rücken, weil es so unheimlich aussah. Meinetwegen konnten wir sofort von hier verschwinden.

»Wieso setzt du dich?« Sebastiano war José gefolgt und blickte ihn fragend an. »Worauf warten wir?«

»Auf den Boten. Jeremy. Ich habe ihn herbestellt.«

»Den rothaarigen Jungen? Was soll er hier? Die Kutsche und das Gespann holen?«

»Nein, er soll darauf aufpassen, bis ich wieder da bin.«

»Du willst noch mal in dieses Jahr zurück?«

»Ja. Ich hab hier noch ein paar Dinge zu erledigen.«

Ein ungutes Gefühl beschlich mich bei Josés Worten. Ich war davon ausgegangen, dass er in unserer eigenen Zeit mit uns nach Venedig zurückfliegen würde, schließlich arbeitete er dort. Er war Leiter des historischen Archivs an der Uni, und abgesehen von gelegentlichen Abstechern in vergangene Epochen war da sein fester Standort. Normalerweise fanden unsere Einsätze als Zeitwächter alle in Venedig statt, außer wenn irgendwo anders eine Vertretung übernommen werden musste – so wie jetzt gerade in London. Jedenfalls hatte José *gesagt*, es sei eine Vertretung.

Sebastiano und ich wechselten Blicke. Etwas war hier ganz

und gar nicht in Ordnung. Erschöpft ließ ich mich ebenfalls auf eine Bank sinken.

»Was genau hast du denn hier noch zu tun?«, fragte Sebastiano nach.

José zuckte nur die Achseln. Das war typisch für ihn, bloß keinen Ton zu viel sagen. Obwohl ich ihn schon genauso lange kannte wie Sebastiano, wurde ich immer noch nicht richtig schlau aus ihm. Als einer der Alten war er mit Mächten im Bunde, über die Sebastiano und ich rein gar nichts wussten. Nicht mal genug, um Mutmaßungen anstellen zu können.

Die Bezeichnung *Alter* orientierte sich keineswegs bloß an Josés faltenzerfurchtem Gesicht und dem ausgemergelten Körper, obwohl beides leicht den irrigen Eindruck erwecken konnte, einen schon etwas tattrigen Rentner vor sich zu haben. Die Alten waren *wirklich* alt, vielleicht älter als die Zeit. José hüllte sich stets in Schweigen, wenn man ihn direkt danach fragte, und bisher war es uns auch nicht gelungen, auf Umwegen mehr darüber herauszufinden. Außer dass es von seiner Sorte noch ein paar andere gab, deren Bekanntschaft wir schon gemacht hatten – darunter auch zwei oder drei, vor denen man richtig Angst haben musste.

Die Alten, auch als *Bewahrer* bezeichnet, reisten durch die Tore von einer Epoche in die andere und gingen dort allen möglichen geheimnisvollen Aufgaben nach. Manchmal setzten sie dafür Zeitwächter ein, also Leute wie Sebastiano und mich, die man auch *Beschützer* nannte. Doch bestimmte Dinge erledigten sie lieber selbst, ohne je zu verraten, warum und für wen sie es taten.

Sie besaßen seltsame, magische Spiegel, in denen sie falsche Zeitläufe erkannten, und wo immer es ihnen nötig erschien, verhinderten sie mithilfe von uns Zeitwächtern unerwünschte Ereignisse, damit die von ihnen im Spiegel gesehenen Abweichungen nicht eintreten konnten.

Meist waren heimliche Manipulationen der Grund für solche Abweichungen. Ich hatte bereits mehrmals selbst erlebt, dass andere Alte dahintersteckten. Manche schienen sich die Zeit so zurechtbiegen zu wollen, wie es ihnen gefiel. Hin und wieder fragte ich mich, wie man wissen sollte, wer im Recht war. Sebastiano und ich waren bisher immer stillschweigend davon ausgegangen, dass José in diesen Dingen die letzte und verlässlichste Instanz war und dass alle anderen, die eigene Pläne verfolgten, mit unlauteren Motiven am Zeitstrom herumpfuschen wollten. Etwa, weil sie unbedingt die Welt beherrschen oder jemandem etwas heimzahlen wollten. Oder um zu beweisen, dass sie mehr draufhatten als andere. So genau hatte ich das bis jetzt nicht herausfinden können, denn José ließ sich auch zu den übrigen Alten kaum Informationen entlocken. Wir wussten nicht, woher sie kamen, wohin sie gingen und wer wessen Freund oder Feind war.

Was immer dahinterstecken mochte – in meinen Ohren klang es gar nicht gut, dass José *hier noch ein paar Dinge zu erledigen* hatte. Es hörte sich nach dunklen Verschwörungen und drohenden Gefahren an.

Sebastiano schien genauso zu empfinden, denn er setzte erneut zu einer Frage an, doch da öffnete sich knarrend die Kirchentür, und der rothaarige Junge erschien.

»Ich bin so schnell gekommen, wie es ging.« Mit einem scheuen Blick auf mich zog er die Kappe von seinen nach allen Seiten abstehenden Locken. »Mylady.« Er verneigte sich ein wenig linkisch.

»Einfach bloß Anna«, sagte ich.

Trotz der dürftigen Beleuchtung sah ich, dass er rot wurde. Er nickte verlegen und trat von einem Fuß auf den anderen. »Ich bin Jeremy. Sie können mich Jerry nennen.«

Jerry trug derbe, aber saubere Kniehosen, eine etwas zu große

Jacke aus blauem Tuch und ein weißes, ziemlich kunstvoll geschlungenes Halstuch. Anscheinend war es etwas zu eng gebunden, denn er zerrte daran herum und machte dabei keinen sonderlich glücklichen Eindruck.

José erhob sich. »Du kannst draußen bei der Kutsche warten. Ich bin in ungefähr fünf Minuten so weit.«

Jerry zerrte heftiger an seinem Halstuch. »Ich würde lieber hier drin auf Sie warten.«

»Warum?«

»Draußen ist eine Frau. Sie riecht nach Schnaps und sagt, sie heißt Molly. Sie meint, ich hätte ein verflucht elegantes Halstuch und sähe aus wie ein echter Gentleman.«

Sebastiano zog sofort die richtigen Schlüsse aus dieser leicht panisch klingenden Aussage. »Ich schätze, sie wollte dir nicht das Tuch vom Hals ziehen, sondern nur ein paar Schillinge aus deiner Börse.«

»Ich weiß, Sir. Aber ich würde lieber nicht wieder raus, solange sie da ist.«

»Das musst du auch nicht«, sagte ich. Es sollte tröstend klingen, kam aber als eine Art Bellen heraus, weil ich wieder husten musste. Mein Kopfweh war auch schlimmer geworden.

Ungeduldig wandte Sebastiano sich an José. »Anna muss zum Arzt. Lass uns endlich von hier verschwinden. Wenn Jerry ein Bote ist, kann er doch bei dem Sprung zusehen.«

»O ja! Ich möchte bitte dabei sein und es mir anschauen!« Jerrys Augen leuchteten vor Neugier.

José schüttelte den Kopf. »Ich kann das Fenster womöglich nicht öffnen, wenn du zusiehst, Jerry. Es ist nicht besonders stabil. Nun fass dir ein Herz und geh nach draußen! Gib der Dame einen Schilling und sag ihr, sie soll verschwinden.«

Jerry nickte niedergeschlagen und ging mit schleppenden

Schritten zum Ausgang. Dabei sah er aus, als müsste er gegen eine tödliche Bestie zu Felde ziehen.

In diesem Moment schwang die Tür auf, und in einer Wolke aus Schnapsdunst kam eine dralle, stark geschminkte Frau herein. Das musste Molly sein. Sie trug ein schreiend gelbes Kleid, war um die dreißig und hatte eindeutige Absichten.

»Da ist ja mein reizender junger Gentleman! Bist du fertig mit Beten? Wie wär's jetzt mit einem netten kleinen Stelldichein?«

Jerry zog bei dieser fröhlichen, leicht nuschelnd vorgebrachten Einladung den Kopf ein, dann drehte er sich langsam zu uns herum. Seht ihr?!, schienen seine anklagenden Augen zu sagen.

Ich musste schon wieder husten, diesmal heftiger, womit ich Molly auf mich aufmerksam machte. Sie rauschte an Jerry vorbei auf mich zu.

»Oh, du armes Ding! Du siehst ja grauenhaft aus! So schmutzig und heruntergekommen! Und krank bist du auch, wie? Hat dich die Schwindsucht in den Klauen? Suchst du deshalb Gottes nächtlichen Segen?« Sie warf dem glotzenden Jesus über dem Altar einen kurzen Blick zu und bekreuzigte sich beiläufig. »Herr, bitte heile diese Kleine von der Schwindsucht!« Dann unterzog sie mich genauerer Betrachtung. »Hübsch bist du. Und gar nicht so verhungert, wie ich auf den ersten Blick dachte.« Sie fasste nach meinem rußbeschmierten Ärmel und rieb die Spitze zwischen den Fingern. »Das war mal ein schönes Kleid. Wer hat es dir geschenkt?« Erst jetzt bemerkte sie José und Sebastiano. »Was sind das für Kerle?« Ihre Augen verengten sich. Plötzlich verschwand ihre Hand in den Falten ihres Kleides und kam mit einer Pistole wieder hervor. »Was habt ihr Schurken mit diesem armen geschundenen Kind vor?« (Eigentlich sagte sie nicht *Schurken*, sondern etwas sehr Unanständiges, das man jedoch nicht wiederholen kann und wobei sogar Sebastiano zusammenzuckte.)

Sie wedelte mit dem Lauf der Pistole. »Lass besser die Hand von deinem Waffengurt, Freundchen, sonst muss ich dir den Schädel wegpusten.« Sebastiano ließ gehorsam die Hände sinken.

Mollys Misstrauen war deutlich spürbar, als sie nun José genauer in Augenschein nahm. »Wer bist du? Du siehst aus wie ein verfluchter spanischer Seeräuber. Wolltet ihr zwei das Kind auf ein Schiff verschleppen und es an einen von diesen perversen orientalischen Haremsherrschern verschachern?«

»Frau, Sie haben eine blühende Fantasie.«

»Es ist alles in Ordnung«, warf ich ein. »Das sind gute Freunde von mir. Wir wollten hier bloß zusammen … beten.«

»Verstehe«, sagte Molly, aber es klang nicht überzeugt. Sie senkte die Pistole keinen Zentimeter.

»Was halten Sie von zwei Pfund Sterling für eine kleine Gefälligkeit?«, erkundigte José sich bei ihr.

»Welche Gefälligkeit?«

»Zu verschwinden.«

Jerry ließ einen entrüsteten Laut hören. »So viel?«

Molly drehte sich mitsamt der Pistole zu ihm um. »Findest du, dass eine Gefälligkeit von mir weniger wert ist?«

»Äh … nein«, beteuerte er hastig. Doch sein Missfallen war ihm deutlich anzumerken, als José ihn aufforderte, Molly hinauszubegleiten und ihr die vereinbarte Summe auszuhändigen. Sie steckte die Pistole weg und sah José mit frisch erwachtem Wohlwollen an. »Du siehst aus, als wäre deine letzte Reise verdammt lang und einsam gewesen, alter Seemann. Ich könnte ein bisschen nett zu dir sein.«

»Besten Dank, aber nein.«

»Und was ist mit dir, Bursche?«, fragte sie Sebastiano. Ich hatte den Eindruck, dass ein interessiertes kleines Funkeln in ihren Augen stand.

»Nein, auf keinen Fall«, sagte ich.

Molly schien nicht sonderlich überrascht. »Gut, dann lass ich euch Hübschen jetzt mal bei eurer Andacht allein.« Sie grinste mich an. »Pass gut auf dich auf, Kindchen. Und auf den da auch.« Sie deutete auf Sebastiano. »Männer verschwinden oft schneller, als du *Gin* sagen kannst.« Als hätte sie sich damit selbst ein Stichwort gegeben, holte sie aus einer anderen Tasche ihres Kleides eine Flasche, entkorkte sie und gönnte sich ein paar ordentliche Schlucke. Leise rülpsend verstaute sie die Flasche anschließend wieder. »Falls ihr wieder mal eine Gefälligkeit braucht, kommt in die Brick Lane zu Molly Flanders! Meine Tür steht immer für euch offen! Und nun los, mein Füchslein, wir haben noch Geschäfte zu erledigen.« Mit einer schwungvollen Geste hängte sie sich bei Jerry ein und spazierte mit ihm zusammen nach draußen.

»Endlich.« Sebastiano kam zu mir, legte den Arm um mich und führte mich zu der Säule, wo José uns erwartete.

»Kann's losgehen?« Sein unbedecktes Auge musterte mich fragend.

Ich nickte und unterdrückte ein weiteres Husten, während Sebastiano mich fest in die Arme schloss. Ich lehnte mich an ihn und atmete seinen vertrauten, tröstlichen Geruch ein – nach Wolle, Leder und Sandelholz. Und nach ihm selbst. Und, na ja, ziemlich viel Rauch, aber das war nach Lage der Dinge nicht anders zu erwarten. Um uns herum begann ein Flimmern, zuerst eine dünne Linie aus Licht, die rasch breiter wurde und schließlich alles in blendende Helligkeit tauchte. Gleichzeitig fing die Luft an zu vibrieren, der Boden schien sich zu heben und dann unter meinen Füßen einzubrechen. Ich klammerte mich an Sebastiano fest und kniff die Augen zu, denn vor dem, was als Nächstes kam, hatte ich immer am meisten Angst: der ohrenbetäubende Knall, der uns in die Unendlichkeit der Zeit schleuderte.

London, 2013

Ich kam in einer seltsamen, auf und ab schwankenden Umgebung zu mir – Neonlicht und verdreckte und bekritzelte Kacheln. Sebastiano hielt mich in seinen Armen, ich sah sein besorgtes Gesicht über mir. Er trug mich durch eine Art Tunnel.

»Lass mich runter, mir ist schlecht«, brachte ich würgend heraus.

Er stellte mich gerade noch rechtzeitig auf die Füße. Ich gab den Rest meines Mageninhalts von mir (viel war es zum Glück nicht mehr), bevor ich mich stöhnend zu orientieren versuchte. Ich blinzelte ungläubig, als ich erkannte, dass wir nicht allein waren. Auf einer Länge von ungefähr zehn Metern lagen fast ebenso viele menschliche Gestalten auf dem Boden, eingehüllt in Schlafsäcke oder schäbige Decken. In dem unbarmherzig grellen Licht sah ich verfilzte Haarschöpfe und ab und zu ein graues Gesicht. Es stank stechend nach Urin und Schweiß.

»Wo sind wir hier?«, wollte ich entsetzt wissen.

»In einer Unterführung.«

»Was machen all diese Typen hier?«

»Übernachten«, erwiderte Sebastiano. Er wollte mich wieder hochheben, doch ich wehrte ab.

»Ich kann allein gehen. Wo ist José?«

»Schon wieder zurückgesprungen.« Sebastiano sah besorgt aus. »Bist du sicher, dass du alleine laufen kannst?«

»Ganz sicher.« Trotzdem war ich wacklig auf den Beinen, und er musste mich beim Weitergehen stützen. Vorsichtig bewegten wir uns an der Reihe der schlafenden Obdachlosen entlang. Als wir das Ende der Unterführung schon fast erreicht hatten, wurde einer der Männer wach und betrachtete uns mit trüben Augen.

»Happ ihr was ssu trinken?«, lallte er. »Oder ein bissn Geld?«

»Leider nein, Kumpel«, antwortete Sebastiano.

»Okay, ssön Tag euch sswei.«

Er drehte sich um und schlief weiter. An unserem historischen Outfit schien er sich nicht zu stören. Genauso wenig wie der Fahrer des Taxis, in das wir kurz darauf stiegen. Mehr als ein beiläufiger Blick wurde uns nicht zuteil. Das war London. Hier liefen zu viele Leute in ungewöhnlicher Kleidung herum, als dass unser Aufzug irgendwen irritiert hätte.

Wir fuhren durch die nächtliche Innenstadt nach Westminster zu unserem Hotel. Ich wartete im Wagen, während Sebastiano rasch aufs Zimmer ging und Geld holte, um den Taxifahrer bezahlen zu können, der uns gleich weiterbeförderte, zur nächstgelegenen Klinik, wo ein überarbeiteter Arzt mich nach ein paar kurzen Erklärungen an einen Tropf und ein Sauerstoffgerät hängte. Ich musste mich auf ein Bett legen und ausruhen.

»Ich bin so müde«, murmelte ich, doch weil ich die Maske über dem Gesicht hatte, bekam es keiner mit. Im Wegdämmern hörte ich noch, wie Sebastiano der Krankenschwester irgendeine Story über eine Kostümparty und einen Küchenbrand erzählte, die sich so plausibel anhörte, dass ich sie beinahe selber glaubte.

Als ich wieder aufwachte, war es heller Tag, und es ging mir wesentlich besser. Der Hustenreiz war so gut wie weg, die Übelkeit war verschwunden, und die Kopfschmerzen hatten sich bis auf ein mildes Ziehen hinter den Schläfen ebenfalls verflüchtigt. Was immer in dem Tropf für ein Mittel gewesen war, es hatte super geholfen. Der Arzt checkte mich kurz durch und unterschrieb dann die Entlassungspapiere. Es ging eindeutig aufwärts mit mir. Sebastiano dagegen wirkte erschöpft und übernächtigt. Er hatte stundenlang neben meinem Bett gesessen und meinen Schlaf bewacht.

Wir fuhren zurück zum Hotel, warfen unsere verdreckten und verqualmten Regency-Klamotten in den Müll, duschten ausgiebig und schliefen noch ein paar Stunden. Anschließend fühlte ich mich wie neugeboren – und war hungrig wie ein Löwe. Wir zogen frische Sachen an und gingen in einem Pret a Manger um die Ecke was essen. Wir wählten Salat und Sandwiches, und zum Nachtisch holte ich mir noch einen köstlichen Brownie, den ich in heißen Milchkaffee tunkte.

»Schade, dass wir morgen schon wieder nach Hause müssen«, seufzte ich, den Mund voller eingeweichtem Kuchen.

»Kleine Planänderung. Wir bleiben noch ein paar Tage.«

»Aber unser Flug geht morgen früh!«

Sebastiano schüttelte den Kopf. »Das ist ja die Planänderung. Kurz bevor José zurücksprang, meinte er, wir sollen auf ihn warten. Wir müssen noch einen Job erledigen.«

»Welchen denn?«

»Das hat er nicht gesagt. Aber es klang … dringend.«

Sebastiano wirkte ernst, als er das sagte. Ich hatte insgeheim schon Mutmaßungen angestellt, was wohl hinter Josés Geheimniskrämerei stecken mochte, aber brauchbare Ideen waren mir dabei nicht gekommen.

Sebastiano ging es offenbar genauso. »Ich habe wirklich nicht die blasseste Ahnung, was da gerade los ist, aber ich bin davon überzeugt, dass es sich um was ziemlich Gravierendes handelt.«

»Hat er denn gesagt, wann er wiederkommt?«, fragte ich.

»Er meinte, in zwei, drei Tagen.«

»Hm. Das sind ja Neuigkeiten.« Die ich bei genauerem Nachdenken gar nicht so übel fand. Natürlich machte ich mir leichte Sorgen darüber, mit welchem Job José wohl als Nächstes ankommen würde, doch ich sah auch das Positive daran: Wir konnten uns hier noch ein paar wirklich schöne Tage machen!

»Solltest du nicht bei dir auf der Arbeit Bescheid sagen, dass du nicht kommst?«, fragte ich Sebastiano.

»Schon erledigt.«

»Was hast du denen erzählt?«

»Die Wahrheit. Dass du eine Rauchvergiftung hast und wir deshalb noch hierbleiben müssen. Ich hab ein bisschen übertrieben«, setzte er hinzu. »Begeistert waren sie nicht, aber was wollen sie machen?«

Nach seinem Abschluss an der Uni hatte er im vergangenen Jahr einen Job bei der Biennale-Verwaltung angetreten. Im Herbst würde wieder eine Ausstellung stattfinden, was eine Menge Arbeit mit sich brachte, aber bestimmt würden sie auch mal einige Tage ohne ihn auskommen.

Ich selbst verpasste arbeitsmäßig nicht viel. Das war der Vorteil, wenn man noch studierte. Momentan war keine Vorlesungszeit an der Uni, ich musste nur noch bis zum Ende des Monats eine Seminararbeit über Giacomo Casanova fertig schreiben – den ich zufällig bei einem Job im Jahr 1756 bereits persönlich kennengelernt hatte und deshalb ein paar interessante Zusatzperspektiven einbringen konnte. Natürlich so, dass niemand etwas merkte.

Ich mochte mein Studium. Es war eine gute Entscheidung gewesen, mich in Venedig für italienische Literatur einzuschreiben. Nicht nur, weil ich dadurch mit Sebastiano zusammenleben konnte, sondern weil ich Spaß an dem Fach hatte und gern dafür lernte. Und nebenher blieb immer noch genug Freiraum, um mit Sebastiano und José auf Zeitreise zu gehen. Alles in allem führte ich ein abwechslungsreiches und aufregendes Leben, und das auch noch mit dem Mann, den ich liebte. Und jetzt waren wir hier zusammen in einer der schönsten Städte Europas. Wunderbare Tage lagen vor uns, genau so, wie ich es mir gewünscht hatte. Eigentlich hätte ich glücklich sein müssen, doch irgendetwas störte mich. Ich konnte nicht genau sagen, was es war, dafür war es zu diffus und zu wenig fassbar. Entschlossen verdrängte ich das seltsame Unbehagen. »Lass uns was unternehmen!«

»Was schlägst du vor?«

Das war eine sehr gute Frage. Ich holte den Reiseführer aus meiner Handtasche und klappte ihn auf. »Mal sehen, was es hier in der Nähe so gibt.« Gleich darauf wurde ich fündig und zeigte mit dem Finger auf mein Wunschziel. »Ich glaube, da möchte ich jetzt gern hin.«

✵

Schon am Anfang unseres Spaziergangs hatte ich ein ungutes Gefühl. Dabei fing alles ganz harmlos an. Arm in Arm schlenderten wir durch den St. James Park in Richtung Buckingham Palace. Es war angenehm warm, der Himmel wolkenlos blau. Der Sommer zeigte sich von seiner schönsten Seite. Schwäne glitten über den See, der an unserem Weg lag. Am Ufer watschelten ein paar Pelikane einher und stritten sich mit vereinzelt herumpickenden Tauben um das Futter. Zwischen den mächtigen Bäumen flitzten Eichhörnchen herum, die auch ihren Anteil wollten. Gleich mehrere der berühmtesten Sehenswürdigkeiten der Stadt waren in Sichtweite: Westminster Abbey, das gigantische Riesenrad London Eye, der Buckingham-Palast. Auf dem Rasen sonnten sich verliebte Pärchen, auf den Bänken ruhten sich Rentner aus, und immer wieder trabten Jogger vorbei. Davon abgesehen bevölkerten natürlich auch Scharen von Touristen die Gegend, vor allem vor dem Palast, den wir bald darauf erreicht hatten. Aber die idyllische Schönheit der Umgebung wurde nicht einmal durch die ungezählten Besucher getrübt. Ich knipste die monumentale, golden in der Sonne leuchtende Siegesgöttin auf dem Victoria Memorial und ging dann mit Sebastiano weiter zum Zaun vor dem Palastgelände, weil ich unbedingt die Scots Guards sehen wollte.

»Was machen wir als Nächstes?«, fragte Sebastiano, nachdem ich ein paar Fotos von den stoisch dreinblickenden Palastwachen geschossen und mich damit abgefunden hatte, dass in absehbarer Zeit wohl leider weder Prinz William noch Kate noch sonst irgendeiner der Royals auftauchen würden.

»Ich weiß nicht«, sagte ich geistesabwesend, denn das ungute Gefühl hatte begonnen, stärker zu werden. Genau in diesem Moment spürte ich das Jucken. Ich rieb mir den Nacken, weil ich zuerst dachte, der Rand von meinem T-Shirt würde auf der Haut scheuern, doch schon während ich das tat, begriff ich, dass es genau das war, was mir schon von jeher eine Heidenangst eingejagt hatte: Das Nackenjucken war eine Art übersinnliche Gabe, die ich schon lange besaß und die sich immer dann meldete, wenn mir von irgendwoher Gefahr drohte. Die Alten hatten mir diese besondere Fähigkeit verpasst, als ich noch klein gewesen war. Ein paarmal hatte dieses Jucken mich schon vor schlimmeren Unannehmlichkeiten bewahrt, aber manchmal setzte es auch quasi erst auf den letzten Drücker ein, sodass ich die brenzlige Situation erst bemerkte, wenn ich bereits mittendrin steckte.

Sebastiano sah, dass ich mich kratzte. »Anna?« Er blieb abrupt stehen, fasste mich bei den Schultern und starrte mich an.

Im nächsten Moment zischte ein Radfahrer an uns vorbei, so dicht, dass er uns um ein Haar gerammt hätte. Was er vielleicht auch getan hätte, wenn wir nicht gerade beide stehen geblieben wären. Sebastiano rief dem Typen ein italienisches Schimpfwort hinterher, dann blickte er mir eindringlich in die Augen. »War es das?«, fragte er angespannt. »Ist es vorbei?«

Ich ließ die Hand sinken und nickte stumm. Tatsächlich hatte das Jucken wieder aufgehört.

Trotzdem blieb eine leise Beklemmung zurück. Eine Art vage Ahnung, dass mich das Jucken vor mehr warnen wollte als bloß vor einem rasenden Radfahrer. Es dauerte eine Weile, bis ich dieses latente Unbehagen näher einordnen konnte.

Es war das Gefühl, beobachtet zu werden.

Ich sprach nicht mit Sebastiano darüber, denn im Laufe des restlichen Tages verschwand das Gefühl, bis ich schließlich davon überzeugt war, dass es bloß eine Nachwirkung von dem ganzen Stress der letzten Nacht gewesen war. Wir klapperten zu Fuß noch ein paar Touristenattraktionen im näheren Umkreis ab – Westminster Abbey, Downing Street Nr. 10, die Horse Guards und Trafalgar Square. Den Platz kannte ich schon, denn da befand sich direkt neben Nelson's Column das große Zeitreise-Portal, durch das wir vor ein paar Tagen ins Jahr 1813 gesprungen waren, um Mr Turner und seine Bilder zu retten. Die Siegessäule hatte es damals allerdings noch nicht gegeben, obwohl Admiral Nelson die berühmte Seeschlacht gegen die Franzosen bereits ein paar Jahre zuvor gewonnen hatte.

Wir kauften uns ein Eis, setzten uns auf die Umrandung des Brunnens und sahen eine Weile dem bunten Treiben auf dem

Platz zu. Ein waghalsiger Typ in karierten Bermudas kletterte auf einen der riesigen Bronzelöwen zu Füßen des Ehrenmals und posierte für seine Freundin, die ihn aus allen möglichen Perspektiven knipste. Im Hintergrund fuhren die doppelstöckigen roten Busse vorbei, Londoner Wahrzeichen, die zum Stadtbild gehörten wie der endlose, niemals abreißende Strom der Touristen. Der Brunnen war umlagert von Leuten, ebenso das Spektakel, das ein Stück weiter von Straßenkünstlern auf riesigen Einrädern aufgeführt wurde. Es wimmelte nur so von Menschen, so ähnlich wie an einem sonnigen Tag auf der Piazza San Marco in Venedig.

Nur ein paar Schritte entfernt befand sich das Tor. Ich meinte, beim Betrachten der Stelle einen leisen Schauer zu spüren. Aber solange keiner von den Alten es öffnete, war es so gut wie nicht existent. Davon abgesehen wurde es von Außenstehenden nicht mal dann bemerkt, wenn es in Betrieb war. Das war das Besondere an diesen Haupttoren. Man konnte – vorausgesetzt einer der Alten war dabei – mitten am Tag und vor aller Augen hindurchwechseln. Die Menschen drumherum konnten einen zwar verschwinden oder wieder auftauchen sehen, aber es kam ihnen nicht weiter ungewöhnlich vor – sie vergaßen es ganz einfach sofort wieder.

Gerade stand ein verschlafen aussehender Typ mit Rastalocken genau an der Stelle, wo sich das Tor befand, und blätterte müßig in einem Stadtführer, was mich daran erinnerte, dass Sebastiano und ich noch ein umfangreiches Besichtigungsprogramm vor uns hatten.

Da wir nun schon hier waren, hätte sich ein Besuch der benachbarten National Gallery angeboten, denn dort gab es unter anderem auch Bilder von Mr Turner zu bewundern. Aber für einen Marsch durch das weitläufige Museum war ich dann doch zu erledigt, weshalb ich auch sofort zustimmte, als Sebastiano vorschlug, zum Hotel zurückzukehren. Schließlich war morgen auch noch ein Tag.

Am Abend aßen wir in einem indischen Restaurant das beste Hähnchencurry aller Zeiten, und hinterher gingen wir auf einen Absacker in einen Pub am Ufer der Themse. Wir saßen an einem kleinen Tisch am Fenster, tranken Guinness vom Fass und unterhielten uns. Dabei dachte ich, wie seltsam es doch war – jetzt kannten wir uns schon bald vier Jahre, und manchmal kam es mir vor, als müssten wir einander nur ansehen, um zu wissen, was der andere gerade dachte. Trotzdem ging uns nie der Gesprächsstoff aus. Ebenso gut konnten wir aber auch bloß gemeinsam dasitzen und kein Wort sagen, minutenlang, ohne dass uns das Schweigen gestört hätte. Es fühlte sich einfach gut an. Vertraut und richtig.

An diesem Abend war allerdings eher Reden angesagt. Zum Beispiel über Vanessa, die seit Grundschulzeiten meine beste Freundin war. Wir hatten im Abstand von nur zwei Tagen Geburtstag und auch sonst viel gemeinsam, zum Beispiel, dass wir beide immer unfassbar schlecht in Mathe gewesen waren und deshalb gleichzeitig eine Klasse wiederholt hatten. Leider sahen wir uns nicht mehr so häufig, seit ich in Venedig lebte, denn Vanessa war nach dem Abi in unserer beider Heimatstadt Frankfurt geblieben. Sie studierte dort Jura und war todunglücklich, vor allem, seit sie an der Uni einen Typen namens Manuel kennengelernt hatte.

In dem Pub gab es offenes WLAN, und seit wir reingekommen waren, hatte sie mir schon mindestens zehnmal geschrieben und ihren neuesten Beziehungsfrust abgeladen.

»Wieso schießt sie den Typen nicht in den Wind, wenn er sie dermaßen beleidigt?«, erkundigte Sebastiano sich.

»Sie fühlt sich nicht beleidigt, sondern denkt, er hätte ihr bloß die Wahrheit gesagt.«

»Er hat gesagt, sie sei fett!«

»Na ja, sie glaubt ja selbst, sie sei fett.«

»Hat sie zugenommen, seit wir sie das letzte Mal gesehen haben?«

»Nicht, dass ich wüsste.«

»Was hat sie für eine Kleidergröße? Achtunddreißig?«

»Exakt«, stimmte ich zu.

»Na also. Sie ist nicht dicker als du.«

Ich starrte ihn an. »Was genau soll das denn jetzt heißen? Ich habe Größe sechsunddreißig!«

Er machte ein erschrockenes Gesicht. »Damit meinte ich nicht, dass …«

Ich grinste ihn an. »War nur ein Scherz.«

Er erwiderte mein Grinsen auf seine unwiderstehliche Art und ließ den Latin Lover heraushängen. »Für mich kannst du gar nicht rundlich genug sein, *piccina*. Eigentlich darfst du ruhig noch was zulegen.«

Wir alberten ein bisschen herum, während die nächste Nachricht von Vanessa auf meinem iPhone plingte.

Wäre jetzt gerne bei euch und würde zu eurem nächsten Einsatz mitkommen. Kannst du nicht mal mit diesem einäugigen Typen reden, ob sie vielleicht noch Ferienjobs anbieten?

»Es war definitiv ein Fehler, es ihr zu erzählen«, sagte Sebastiano, der neben mir saß und mitlas.

»Sie ist meine beste Freundin, ich hätte es sowieso nicht mehr ewig vor ihr geheim halten können. Und irgendwas musste ich ihr doch sagen nach der Sache mit dem Brillantcollier. Sie kennt mich genau, eine Lüge hätte sie auf keinen Fall geschluckt.«

Das Collier hatte Sebastiano nach einem denkwürdigen Abenteuer in Paris aus dem Jahr 1625 mitgebracht. Tragen konnte ich es nicht, weil es viel zu wertvoll und auffällig war, also hatte ich es gut versteckt. Das dachte ich jedenfalls – bis Vanessa auf der großen Party, die wir letztes Jahr zusammen zu unserem 20. Geburtstag veranstaltet hatten, Eiswürfel aus dem Gefrierfach holen wollte. Da war ihr dann die blinkende Pracht in die Hände gefallen, und ich hatte ihr notgedrungen ein paar Erklärungen liefern müssen.

»Vielleicht sollte ich José wirklich mal fragen, ob sie mitmachen kann«, sagte ich. »Du bist schließlich damals auch durch einen Freund an den Zeitwächter-Job gekommen.«

Pling. Noch eine Nachricht von Vanessa.

Aber eigentlich hab ich gar keine Zeit, denn übermorgen will Manuel nach Ibiza. Seine Eltern haben da ein Ferienhaus. Wenn ich nicht mitfahre, wird er wieder eine Woche nicht mit mir reden. Ich bin sowieso schon so fertig. Hab ich dir schon erzählt, dass ich durch die Zwischenprüfung gefallen bin?

»Damit hat es sich wohl erledigt«, sagte Sebastiano.

Ich schrieb Vanessa was Nettes zurück und tröstete sie wegen der vergeigten Zwischenprüfung. Zum Glück konnte sie die wiederholen. Falls sie das überhaupt wollte. Sie hatte schon ein paarmal angedeutet, dass sie mit Jura vielleicht danebengegriffen hatte und eventuell lieber auf irgendwas mit Kunst oder Mode umschwenken wollte.

Der Kellner brachte eine zweite Runde Guinness, aber ich machte nach einem halben Glas schlapp und kam aus dem Gähnen nicht mehr heraus. Sebastiano zahlte, und wir spazierten durch die laue Sommernacht zurück zum Hotel. Überall brauste der Verkehr, es war fast so viel los wie tagsüber. Man musste höllisch aufpassen, weil die Autos alle von rechts angeschossen kamen statt von links. Riesige aufgemalte Pfeile auf der Fahrbahn – wahrscheinlich extra für Touristen angebracht – stellten klar, wohin man schauen musste, bevor man sich rübertraute.

Wir gingen eng umschlungen, und genauso schliefen wir

später auch ein. Ich hatte den Kopf auf Sebastianos Brust gebettet und hörte seinen Herzschlag. In diesem Augenblick war ich wunschlos glücklich.

Im Traum fiel ich durch einen dunklen Schacht in die Tiefe. Nicht schnell wie ein Stein, sondern langsam, wie ein wirbelndes Blatt, hin und her geworfen von Strömungen, die ich nicht kontrollieren konnte. Ich wusste, dass dies nicht die Realität war; trotzdem spürte ich die Kälte, die mich von allen Seiten umgab, ebenso wie die furchterregende Unendlichkeit, der ich entgegenfiel. Es war ein bisschen wie der Sturz bei Alice im Wunderland, nur dass dort unten keine Märchenwelt auf mich wartete, sondern etwas viel Schlimmeres. Etwas Dunkles und Böses, das keine feste Gestalt hatte, aber trotzdem Klauen und Hörner und spitze Zähne und einen peitschenden Schweif. Nicht dass ich etwas davon sehen konnte. Ich war von einer Art intuitivem Wissen erfüllt, dass ein solches Wesen in den Abgründen der Zeit existierte, und wenn ich nur lange genug weiterfiel, würde ich ihm begegnen.

Ich kam ihm bereits näher, das merkte ich, ohne sagen zu können, warum. Eine furchtbare Angst erfasste mich und drückte mir den Brustkorb zusammen, ich konnte nicht mehr atmen. Keuchend kam ich zu mir und schnappte wie eine Ertrinkende nach Luft. Sebastiano umarmte mich.

»Anna?«

»Alles okay«, stieß ich hervor, wie um mich selbst zu beruhigen.

»Lieber Himmel, du zitterst ja!«

»Ein blöder Albtraum.«

»Wovon denn?«

»Weiß nicht. Irgendwas Böses aus Alice im Wunderland.«

»Die Herzkönigin?«

»Nein, eher so was wie der Jabberwocky.«

»Das Gruselmonster aus dem Film? Hast du es im Traum getroffen?«

»Nicht richtig, es war mehr so ein Gefühl.«

»Dem Biest hättest du bestimmt gezeigt, wo's langgeht«, meinte Sebastiano mit leiser Belustigung.

»Bestimmt.« Ich schmiegte mich an ihn, sein warmer Körper fühlte sich stark und tröstlich an, doch mein Herz klopfte immer noch wie wild. Es dauerte lange, bis ich wieder einschlafen konnte.

Am nächsten Morgen machten wir uns gleich nach dem Frühstück auf den Weg, um so viel wie möglich von London zu sehen, bevor José zurückkam. Die beiden folgenden Tage waren randvoll mit Unternehmungen, aber ich genoss jede Minute.

Wir waren von früh bis spät unterwegs. Dabei gingen wir abwechselnd zu Fuß, nahmen die U-Bahn oder fuhren mit einem der vielen roten Doppeldeckerbusse. Big Ben, Tower, Piccadilly Circus, Covent Garden, Harrod's (unfassbar, wie viele Luxusartikel, die mehr als zehntausend Pfund kosteten, in ein einziges Kaufhaus passten!). Und natürlich machten wir einen Abstecher zum London Eye, von dem aus wir einen atemberaubenden Ausblick genossen, der sich trotz des happigen Eintrittspreises lohnte. Madame Tussauds schenkten wir uns, aber dafür gönnten wir uns einen Besuch im London Dungeon, einem einmaligen Gruselkabinett, das dem historischen London nachgestaltet war, mit Feuerausbrüchen, Ratten und täuschend echt aussehenden Pestkranken.

Als wir am Abend des zweiten Tages nach einem Bummel

durch die Portobello Road zum Hotel zurückkehrten, wurden wir schon erwartet. José war wieder da.

Er machte einen erschöpften und angespannten Eindruck und wirkte seltsam in sich gekehrt. Ohne große Umschweife drückte er uns einen Stapel historischer Kleidung in die Hand und erklärte, dass der Einsatz morgen früh stattfinden würde. »Wir treffen uns um neun an der Siegessäule auf dem Trafalgar Square mit Mr Stephenson. Seid pünktlich.«

»Wer ist Mr Stephenson?«, erkundigte ich mich.

»Ein Ingenieur«, gab José zurück, knapp wie immer. Er sah nicht aus, als hätte er große Lust, uns Einzelheiten zu erzählen.

»Alles in Ordnung mit dir?«, wollte Sebastiano wissen, als José Anstalten machte, ohne weitere Erklärung in sein Zimmer zu verschwinden. »War irgendwas Besonderes? Du siehst echt fertig aus.«

»Ich *bin* fertig. Und deshalb brauche ich jetzt dringend Schlaf. Wir sehen uns morgen um neun bei Nelson's Column.« Mit diesen Worten ließ José uns stehen.

Am nächsten Morgen standen wir früh auf, gingen rasch frühstücken und zogen uns dann für die Zeitreise um. Die Sachen, die José uns gegeben hatte, stammten wieder aus dem Jahr 1813, genau wie die von unserem letzten Job. Allerdings war das Kleid, das ich während des Einsatzes bei Mr Turner getragen hatte, im Vergleich zu dem, das ich jetzt bekommen hatte, ein billiger Fummel gewesen.

Diesmal hatte José für mich ein zartlila Empirekleid mit kleinen, bestickten Puffärmeln und einen leichten, taubenblauen Mantel mit langem Schulterkragen mitgebracht, beides unglaublich elegant – und um ein Vielfaches teurer als alles, was ich bisher für die Zeitreisen erhalten hatte. Vervollständigt wurde das Outfit durch ein mit Seidenblumen verziertes Hütchen, das mittels einer Schleife unterm Kinn befestigt wurde, sowie durch schmale Schnürstiefeletten aus traumhaft weichem Leder. José hatte sogar an Accessoires gedacht: einen coolen kleinen Beutel als Handtasche, der farblich auf die Seidenblumen des Hutes abgestimmt war, und einen Sonnenschirm mit Rüschen am Rand. Kleid, Mantel und Schuhe passten wie angegossen – José besaß eine Liste mit meinen genauen Körpermaßen. Nachdem ich zwei-, dreimal mit zu kurzen, zu engen, zu langen oder zu großen Klamotten in die Vergangenheit hatte reisen müssen, hatte ich für alle weiteren Einsätze auf maßgefertigter Bekleidung bestanden, so wie auch Sebastiano sie immer bekam.

Ich drehte mich vorm Spiegel des Hotelzimmers hin und her und kam mir vor wie die Hauptfigur aus einem Jane-Austen-Roman. »Diesmal hat José aber wirklich Geschmack bewiesen«, sagte ich zu Sebastiano, der gerade aus dem Badezimmer kam.

»Kann man wohl sagen«, stimmte Sebastiano zu. Er stellte sich neben mich, sodass ich ihn im Spiegel sehen konnte.

Mir fiel die Kinnlade runter. »Wow!«

Ich konnte meine Blicke nicht von seinem Spiegelbild lösen. Er trug eine eng anliegende helle Hose, die mit Gamaschen an den blank gebürsteten Schuhen befestigt war, und dazu eine Art Frack aus weichem tabakbraunem Stoff. Zwischen den Revers lugte ein Hemd mit hohem Kragen hervor, der von einem schneeweißen Halstuch zusammengehalten wurde.

Sebastiano fegte ein unsichtbares Stäubchen von dem makellosen Stoff seines Ärmels, dann knöpfte er die Jacke zu und setzte sich einen waschechten, glänzend schwarzen Zylinder auf.

»Wow«, sagte ich noch mal. »Wahnsinn. Du siehst original so aus wie Mr Darcy!«

Er seufzte. »Was tut man nicht alles für diesen Job.«

Wir checkten aus dem Hotel aus, bevor wir aufbrachen. Unsere Wertsachen hinterließen wir zur Aufbewahrung im Hotelsafe, und unser übriges Gepäck deponierten wir in einem Schließfach im Bahnhof. Von dort nahmen wir ein Taxi zum Trafalgar Square. Trotz der frühen Tageszeit herrschte dort bereits der übliche Rummel. Mit unseren historischen Kostümen fielen wir kaum auf, denn der große Platz war eine beliebte Kulisse für alle möglichen Schauspieler und Pantomimen. Ständig traf man auf irgendwen, der sich verkleidet hatte und den zahlreichen Touristen etwas vorführte.

Wie verabredet warteten wir bei der Siegessäule, an der Stelle, wo sich das Zeitreiseportal befand. Sebastiano nahm den Zylinder ab und fuhr sich durchs Haar, dann zog er eine schwere goldene Taschenuhr hervor und klappte sie auf.

»Kurz vor neun«, sagte er.

Ich betrachtete die Uhr. »Sehr cooles Teil. Sieht wertvoll aus. Hattest du schon mal so ein Ding für einen Einsatz?«

»Nein.«

»Seltsam. Ich meine, all das hier ...« – ich umfasste mit einer Geste unsere Aufmachung – »... ist so *teuer.*«

»Allerdings.« Sebastiano wirkte genauso besorgt, wie ich mich fühlte. »Etwas an diesem Einsatz ist definitiv anders als sonst.«

Ein Touristenpaar kam vorbei und warf ein paar Münzen in Sebastianos Zylinder. »Wunderschöne Kostüme«, lobte die Frau uns. »Unglaublich echt. Und so hochwertig!«

Sogar wildfremden Leuten fiel es auf. Es war längst klar, dass der bevorstehende Einsatz über eine normale Begleitung hinausging, denn dafür hätten wir uns nicht so in Schale werfen müssen.

Diese *Begleitungen* – eine ziemlich beschönigende Bezeichnung für etwas, das in Wahrheit eine Entführung war – waren der Teil am Zeitreisen, der mir überhaupt nicht gefiel. Ich drückte mich gern davor und überließ es meist Sebastiano, sich um solche Fälle zu kümmern, denn ich fand es zu deprimierend, nichtsahnende Menschen einfach in ein früheres Jahrhundert zu verschleppen. Sie merkten dabei nicht mal, dass sie entführt wurden. Nur ganz zu Anfang waren manche von ihnen etwas desorientiert. Für diesen Fall stand immer einer von uns Zeitwächtern bereit, um sie zu ihrem neuen Zuhause zu führen, das wie durch Zauberei schon in der Vergangenheit auf sie wartete, mit allem, was dazugehörte – einer Familie, Freunden, Bekannten und sogar Haustieren. Es war, als hätten sie immer schon dorthin gehört; ihr bisheriges Leben wurde komplett aus ihrem Gedächtnis gelöscht. Und auch aus dem Gedächtnis aller, die sie kannten.

Gerade das machte mir an der ganzen Sache am meisten zu schaffen. Auch wenn niemand beim Verschwinden dieser Menschen einen Verlust spürte, so hatte der Betreffende doch Freunde und Eltern gehabt, die ihn sein Leben lang geliebt hatten und auf einmal nicht mal mehr wussten, dass er überhaupt existiert hatte.

»Da vorn kommen sie«, sagte Sebastiano.

Ich blickte dem Mann, den José bei sich hatte, neugierig entgegen. Das war also Mr Stephenson. Genau wie José trug er historische Kleidung, die aus dem frühen neunzehnten Jahrhundert stammte, aber weit weniger elegant war als die von Sebastiano und mir. Er sah nicht schlecht aus, ein bisschen wie George Clooney, nur deutlich jünger und irgendwie schwermütig, als hätte er es in der letzten Zeit nicht ganz leicht gehabt. Ich schätzte ihn auf Anfang dreißig. Er hatte buschige Augenbrauen, und sein Haar sah aus, als wäre er schon länger nicht mehr beim Friseur gewesen.

José hatte erwähnt, dass er Ingenieur war, und das war keineswegs ein Zufall. Die meisten Leute, die wir in die Vergangenheit brachten, waren Wissenschaftler, und sie wurden deshalb in eine frühere Epoche verpflanzt, weil sie dort eine wichtige Aufgabe zu erfüllen hatten. Meist machten sie bahnbrechende Erfindungen oder legten den Grundstein für Entwicklungen, die auf irgendeine Weise unverzichtbar für den Fortschritt waren. Das konnten medizinische Entdeckungen sein, aber auch technische Forschungen, die durch sie entscheidend vorangetrieben wurden.

Welche Aufgabe wohl im Jahr 1813 auf Mr Stephenson wartete?

»Wir sind da«, sagte José zu ihm. »Sie können jetzt stehen bleiben.«

Mr Stephenson nickte ein wenig mechanisch. »Natürlich.«

Mich überlief ein Frösteln. José hatte ihm bereits die volle Dröhnung an Manipulation verpasst. Der arme Bursche. Seine letzten Minuten im Jahr 2013 waren angebrochen, bald würde er auf Nimmerwiedersehen von hier verschwunden sein. Bestimmt hatte er eine Familie, die ihn liebte. Ich musste schlucken, weil es mir so naheging.

José hatte mich beobachtet. »Er ist geschieden. Keine Kinder. Seine Eltern sind beide seit Jahren tot. Er hat nur für seine Arbeit gelebt.«

»Ich liebe meine Arbeit über alles«, bekräftigte Mr Stephenson, wobei er ein wenig benebelt aussah. »Sie ist mein ganzes Leben. Denn sonst habe ich ja nichts.«

»Dann wollen wir mal.« José sah sich wachsam nach allen Seiten um. Ich merkte, wie es in meinem Nacken kribbelte. Ob es der Beginn eines warnenden Juckens war oder bloß allgemeine Nervosität, war schwer zu sagen. Allerdings blieb mir sowieso keine Zeit mehr, genauer darüber nachzudenken, denn José hob die Hand. Es sah aus, als berührte er einen verborgenen Schalter. Die Luft um uns begann zu flimmern und zu vibrieren, wie immer, wenn sich ein Zeitportal öffnete. Die Menschen auf dem Platz schienen sich langsamer zu bewegen, aber ich wusste, dass das nur eine optische Täuschung war. Sie machten einfach mit dem weiter, was sie die ganze Zeit getan hatten, und keiner von ihnen bemerkte, was hier geschah.

»Was ist das?«, wollte Mr Stephenson wissen.

»Es ist alles in Ordnung«, erklärte José.

Doch das stimmte nicht. Im Gegenteil, ich wusste genau, dass überhaupt nichts in Ordnung war. Plötzlich war es wie in meinem Albtraum. Irgendetwas Böses war da draußen, und es wartete auf uns.

Zitternd drängte ich mich an Sebastianos Seite. Er schlang beide Arme um mich und hielt mich fest.

»Ruhig«, murmelte er. »Ich bin ja da.«

Das Flimmern breitete sich unaufhaltsam aus und wurde zu einer blendenden Wand, das Vibrieren verwandelte sich in ein Dröhnen. Ich schloss die Augen und hielt die Luft an, während der Sog der Vergangenheit uns bereits mit sich riss. Die Welt verschwand mit einem gewaltigen Knall im endlosen Strudel der Zeit.

London, 1813

Ich verlor die Besinnung, aber nur ganz kurz, was ich daran merkte, dass ich immer noch aufrecht stand, als ich zu mir kam, festgehalten von Sebastiano. Er drückte seine Wange gegen meine. »Alles gut?«

»Hm, ich weiß nicht«, murmelte ich. Reisen in die Vergangenheit lösten bei mir häufig Kopfweh aus, doch diesmal hielt es sich in Grenzen. »Alles gut«, fügte ich hinzu.

Es war Nacht. Wir befanden uns nicht mehr auf dem Trafalgar Square, sondern in einer menschenleeren Nebenstraße, vermutlich ganz in der Nähe des Platzes. Man landete manchmal ein wenig abseits von den Portalen, an Stellen, wo einen gerade niemand beobachten konnte. Bis auf eine schummerige Laterne an der nächsten Ecke war es dunkel. Die Straße war von Häusern gesäumt, aber überall waren die Fensterläden zugeklappt.

Neben uns lag Mr Stephenson auf dem Pflaster. Er war von dem Zeitsprung ohnmächtig geworden und kam gerade stöhnend zu sich.

»Was ist mit mir geschehen?«

José half ihm auf die Beine. »Sie hatten einen kleinen Schwächeanfall.«

Mr Stephenson schien das ganz normal zu finden. »Oh, wirklich?« Er rieb sich die Schläfen. »Wie gut, dass Sie zur Stelle waren, um mir beizustehen. Danke, Sir.«

»Am besten gehen Sie gleich nach Hause«, empfahl José ihm. »Sie wissen doch, dass Sie in der James Street zu Hause sind, oder?«

»Selbstverständlich weiß ich das«, sagte Mr Stephenson im Brustton der Überzeugung. »Da wohne ich schon seit vielen Jahren.«

»Wir begleiten Sie gern, Sir«, erbot sich Sebastiano freundlich. »Für den Fall, dass Ihnen noch ein wenig schwindlig ist.«

Mr Stephenson musterte ihn leicht irritiert. »Wie war noch gleich Ihr Name?« Er runzelte die Stirn. »Sie kommen mir bekannt vor, desgleichen die junge Dame, aber ich entsinne mich nicht, bei welcher Gelegenheit ich Sie beide kennengelernt habe.«

Seelenruhig übernahm José die Vorstellung. »Der junge Herr hier ist Lord Foscary. Sebastian Foscary. Und die junge Dame ist seine Schwester, Lady Anne. Die beiden wohnen am Grosvenor Square.«

Häh? Lord und Lady? Und wir *wohnten* hier? Mir blieb der Mund offen stehen. Sebastiano hatte sich besser unter Kontrolle, aber ich spürte sein grimmiges Erstaunen.

Mr Stephenson bedachte uns mit einem kurzen, traurigen Lächeln. »Angenehm. George Stephenson. Besten Dank für Ihr Angebot, aber mich muss wirklich niemand begleiten. Das kurze Stück nach Hause kann ich durchaus allein zurücklegen. Zudem bin ich in Eile. Die Arbeit wartet. Ich befasse mich gerade mit einem wichtigen physikalischen Experiment, das keinen Aufschub duldet. Alsdann, auf ein andermal. Mylady, Mylord.« Mit einer kurzen Verneigung in meine und Sebastianos Richtung marschierte er davon, ohne zurückzublicken. Er steckte voller Tatendrang und wusste offenbar auch ohne Hilfe ganz genau, welchen

Weg er einschlagen musste. Mit erstaunlicher Selbstverständlichkeit war er in seinem zweiten Leben angekommen und würde bis zu seinem Tod niemals ahnen, dass er aus der Zukunft stammte.

»Das hätten wir«, sagte José. Er wartete, bis Mr Stephenson außer Hörweite war, dann wandte er sich zu uns um. Seine schwarze Augenklappe schien das schwache Licht der Umgebung einzusaugen. »Ich bin euch eine Erklärung schuldig.«

»In der Tat«, gab Sebastiano zurück. Obwohl seine Stimme beherrscht klang, war seine Anspannung unverkennbar.

»Ihr zwei habt eine Aufgabe hier.«

»So viel war uns schon vorher klar. Welche?«

»Das kann ich euch nicht sagen.«

Oh, verflixt! Es war eine von *diesen* Aufgaben, bei denen man vorher nicht erfuhr, worum es ging, weil das die einzige Chance war, sie überhaupt erfüllen zu können. Mit anderen Worten: Irgendetwas sehr Unangenehmes würde demnächst hier passieren, und Sebastiano und ich mussten es verhindern. Anderenfalls würde die Zukunft sich entschieden zum Nachteil verändern. Schlimmstenfalls konnte dabei die ganze Stadt in Schutt und Asche versinken, so wie es schon einmal beinahe mit Venedig und Paris passiert wäre, wenn wir nicht zur richtigen Zeit das Richtige getan hätten.

Für den Erfolg dieser beiden Missionen war es bedeutsam gewesen, dass wir das zu verhindernde Ereignis nicht kannten. Es schien eine Art Wechselwirkung zwischen Intuition und Wahrscheinlichkeit zu existieren, mit der Folge, dass die Dinge sich eher zum Schlechten entwickelten, wenn man zu viel über die negativen Auslöser wusste. Sebastiano hatte mal versucht, mir das Prinzip zu erläutern, aber weil er dabei Worte wie *Determinismus*, *Prädestination* und *Self-fulfilling-prophecy* verwendet hatte, war ich nicht ganz mitgekommen.

»Wie schlimm ist es?«, wollte Sebastiano wissen.

»Sehr schlimm. Wir müssen auf verschiedenen Zeitebenen handeln, deshalb kann ich nicht hierbleiben. Ihr beide seid weitgehend auf euch allein gestellt. Ich kehre zurück, so schnell ich kann, aber vorerst müsst ihr ohne mich klarkommen.«

»Irgendwelche Tipps, womit wir anfangen könnten?«

»Ihr habt ein Haus und eine passende Identität. Wer ihr hier seid und wie ihr heißt, habt ihr ja vorhin schon gehört. Es ist für alles gesorgt.«

»Geht es noch ein bisschen genauer?«

»Ich habe euch ein paar Notizen hinterlassen.«

»Wo denn? Und was steht da drin?«, fragte ich mit aufkommender Panik.

»Findet es heraus. Wenn ich euch zu viel sage, steht die ganze Mission auf dem Spiel. Das, was passiert, wird passieren, und wenn wir Glück haben, zieht ihr daraus die richtigen Schlüsse. Ich *hoffe*, dass ihr das tut.«

Mehr als diese geheimnisvollen Andeutungen wollte er uns offenbar nicht zuteilwerden lassen. Er ließ einen leisen Pfiff hören, und sogleich kam hinter einer Ecke eine Gestalt hervor, die sich beim Näherkommen als der rothaarige Bote Jerry entpuppte.

»Es kann losgehen«, informierte der Junge uns ohne Einleitung.

»Womit?«, fragte ich begriffsstutzig.

»Mit der Fahrt«, antwortete Jerry. »In der Kutsche. Die steht um die Ecke. Ich bring Sie zum Grosvenor Square.«

Beunruhigt blickte ich mich zu José um, doch an der Stelle, wo er eben noch gestanden hatte, war niemand mehr. Die Nacht hatte ihn wie einen Schatten verschluckt.

Es war eine andere Kutsche als beim letzten Mal. Sie war schwarz lackiert und wurde von einem Paar sehr edel aussehender Rappen gezogen. Ein angeberisches Wappen zierte die Außenwand, und als ich Jerry fragte, was es für eine Bedeutung habe, erklärte er, das sei unser Familienwappen. Die Foscarys, so erfuhren wir weiter, seien eine alteingesessene Londoner Adelsfamilie mit Landgütern in Westindien.

»Westindien?«, fragte ich perplex. »Wieso denn da?«

»Na, weil da der Zucker herkommt. Von den Plantagen. Sie und Ihr Bruder stammen von so einer Zuckerinsel.«

»Er will wahrscheinlich damit sagen, dass wir eine Art Zuckerbarone sind«, meinte Sebastiano.

Ich fand das ziemlich dick aufgetragen, aber Jerry behauptete, es sei nötig, um uns mit einem passenden Hintergrund auszustatten, denn den würden wir noch brauchen. Wofür, wusste er allerdings auch nicht, doch das würden wir sicher bald selbst herausfinden.

José hatte uns eine ziemlich farbenfrohe Legende angedichtet (und sie vermutlich mit seinen undurchschaubaren magischen Tricks in der ganzen Stadt verbreitet), und Jerry trug uns die Einzelheiten vor.

»Ein paar Sachen habe ich mir selbst ausgedacht«, erklärte er stolz. »Zum Beispiel, dass Sie viele schwarze Sklaven besitzen, die für Sie auf den Zuckerrohrfeldern schuften müssen.«

»Ich verabscheue Sklaverei«, widersprach ich, doch Jerry schien das nicht weiter zu stören.

»Warum sind wir denn von Westindien nach England zurückgekehrt?«, wollte Sebastiano von ihm wissen.

»Sie wollen Ihre Schwester verheiraten. Mit einem Kerl, der ordentlich Zaster hat und einen guten Stammbaum. Und Sie selber wollen sich auch eine Braut suchen.«

»Ich weiß nicht, ob mir das gefällt«, sagte ich langsam. »War das auch deine Idee, Jerry?«

Jerry nickte mit leuchtenden Augen, dann öffnete er den Schlag der Kutsche und reichte mir zuvorkommend die Hand zum Einsteigen. »Bitte sehr, Mylady.«

Ich stieg in die Kutsche, und Sebastiano folgte mir.

»Krass, oder?«, sagte ich, nachdem Jerry von außen die Tür zugemacht hatte. »Wir haben ein *Familienwappen.*«

»Nicht zu vergessen das Haus am Grosvenor Square und den Plantagenbesitz auf den Antillen«, fügte Sebastiano hinzu, während die Kutsche mit einem sachten Ruck anrollte.

»Ich dachte, die Plantage wäre in Indien.«

»Nein, in *West*indien. Auf den Westindischen Inseln, um genau zu sein. Und die liegen überhaupt nicht in Indien, sondern im Atlantik vor der amerikanischen Küste. Als Kolumbus damals auf seinen Entdeckungsfahrten dort hinkam, dachte er, er hätte den Seeweg nach Indien gefunden, und aus diesem Irrtum ist die Bezeichnung Westindien entstanden. In Wahrheit hat er die Karibik entdeckt. Kuba, Jamaika, Haiti und so weiter.«

Aha. Wieder was dazugelernt.

»Wir beide kommen wahrscheinlich von Barbados«, fuhr Sebastiano fort. »Das gehörte seit dem sechzehnten Jahrhundert zum Commonwealth. Wenn dich jemand danach fragt, haben wir auf Barbados gelebt.«

Mich beschäftigte eher eine andere Frage. »Dieser Jerry hat eine blühende Fantasie. Ich würde wirklich gern wissen, wie er auf die Idee kommt, dass du dir eine Braut suchen möchtest.«

»Du kannst ihn ja fragen.«

»Das mache ich bestimmt.«

Die Kutsche ratterte durch die nächtliche City of Westminster nach Mayfair, über breite, von Laternen beleuchtete Straßen, vorbei an vornehmen Stadthäusern und hochherrschaftlichen, von Mauern umgebenen Anwesen. Die Szenerie kam mir unwirklich vor, bekannt und trotzdem ganz anders. Das London vor zweihundert Jahren unterschied sich vom modernen doch ziemlich, schon allein deswegen, weil es weder Autos noch Busse gab und der gesamte Verkehrslärm sich auf ein paar vorbeirumpelnde Kutschen und Fuhrwerke beschränkte.

Nach kurzer Fahrt erreichten wir einen großen Platz. Die Wohnhäuser gruppierten sich um ein parkartiges Rondell, das von einem schmiedeeisernen Zaun umgeben war. Ich versuchte, das schwache Jucken zu ignorieren, das sich in meinem Nacken bemerkbar machte. War jemand dahinten zwischen den Büschen? Vielleicht ein Straßenräuber, der uns beobachtete und seine Chancen abschätzte?

Die Kutsche hielt vor einem nobel aussehenden Haus mit einem von Säulen gestützten Vordach. Eine mit altertümlichen Arabesken verzierte Laterne am Eingang warf ein mattes Licht auf die Fassade. Jerry öffnete uns den Schlag, und wir stiegen aus der Kutsche. Im selben Moment machte jemand die Haustür auf, und vor dem gelblichen Schein der Laterne zeichnete sich eine männliche Gestalt ab. Es sah ganz danach aus, als erwartete man uns bereits.

»Wer ist das?«, wollte ich flüsternd von Sebastiano wissen.

»Keine Ahnung. Wer ist das, Jerry?«

»Mr Fitzjohn.«

»Und wer ist Mr Fitzjohn?«

»Na, der Butler.«

Der Butler war um die vierzig und in würdevolles Schwarz gekleidet. Sein dunkles Haar war mit Pomade glatt gekämmt. Er hatte einen ordentlich gestutzten Backenbart und traurige Augen. Auch sein Gesichtsausdruck und seine ganze Haltung wirkten melancholisch, er hätte sich gut als Bestattungsunternehmer gemacht.

»Gestatten Sie, dass ich Sie in Foscary House willkommen heiße.« Nicht der Hauch eines Lächelns zeigte sich in seinen Mundwinkeln, als er sich formvollendet vor mir und Sebastiano verneigte. Mit geübten Bewegungen half er mir aus dem Mantel und nahm auch Sebastianos Jackett entgegen. Das Jucken hatte aufgehört, es war wieder mal nur falscher Alarm gewesen.

Beeindruckt sah ich mich um. Foscary House. Wahnsinn! Wir besaßen ein Haus, das nach uns benannt war! (Na ja, eigentlich nur nach Sebastiano, aber bis wir denselben Nachnamen trugen, war es sowieso nur noch eine Frage der Zeit, irgendwann würde er mir garantiert einen Antrag machen.)

»Ich bring dann mal die Kutsche in die Remise«, erklärte Jerry.

Mr Fitzjohn warf ihm eine Münze zu. »Für deine Mühe.«

»Vielen Dank, Jerry«, fügte ich hinzu.

Wir folgten Mr Fitzjohn in eine mit edlem Holz getäfelte Eingangshalle. Ich hätte gern gewusst, was eine *Remise* war, und es hätte mich auch brennend interessiert, ob Mr Fitzjohn in die ganze Sache eingeweiht war, aber das waren nur zwei von ungefähr tausend offenen Fragen, die mir auf der Seele brannten.

Sebastiano stellte zum Glück gleich ein paar davon. »Wie genau sind Sie an diese Stelle gekommen, Mr Fitzjohn?«

Mr Fitzjohn wirkte erstaunt. »Ich wurde eingestellt. Von Ihrem Gewährsmann Mr Scott.«

Ich räusperte mich und gab das blonde Dummchen, was mir in dem Fall nicht weiter schwerfiel. »Du hast mir gar nichts von

Mr Scott erzählt«, sagte ich zu Sebastiano. »Wer ist das, und was macht er?«

Sebastiano verstellte sich mindestens genauso gut wie ich. Er tat gelangweilt und wedelte mit der Hand in Mr Fitzjohns Richtung. »Erklären *Sie* es ihr.«

»Gewiss, Mylord.« Gehorsam wandte Mr Fitzjohn sich an mich. »Mr Scott ist Jerrys Großvater«, teilte er mir mit, in einem Ton, als würde er mit einem kleinen Kind reden. »Er betreibt eine Buchhandlung in der Bond Street. Als Gewährsmann Seiner Lordschaft hat er alle Vorbereitungen getroffen, damit es Ihnen während Ihres Aufenthalts in London an nichts fehlt. Dazu gehörte auch die Bereitstellung von geeignetem Personal und sonstigem Bedarf.« Mr Fitzjohns Lippen verzogen sich ein wenig, was wohl eine Art Lächeln darstellen sollte. »Erlauben Sie mir, meiner Hoffnung Ausdruck zu verleihen, dass Sie in diesem Haus alles so vorfinden mögen, wie Sie es sich vorgestellt haben. Nach Ihrem bisherigen Leben in den Tropen werden Sie hier hoffentlich nichts entbehren müssen.«

Nach Entbehrung sah es hier nicht gerade aus, im Gegenteil. In den Wandkandelabern brannten duftende Bienenwachskerzen und tauchten die Umgebung in ein malerisches Licht. Kostbar gerahmte Ölgemälde, eine mächtige Standuhr, schwere Samtvorhänge, polierter Marmorboden – ich kam mir vor wie in Downton Abbey, nur hundert Jahre früher. Fehlte bloß noch das Dienstmädchen.

Exakt in dem Moment, als ich das dachte, öffnete sich eine Tür und eine Frau erschien. Sie war ungefähr im Alter des Butlers und trug eine gestärkte Schürze über ihrem knöchellangen grauen Kleid. Ihr Haar war streng aus dem Gesicht zurückgekämmt und von einer ebenfalls gestärkten Haube bedeckt. Mit ihrer hageren Gestalt und dem vergrämten Gesicht sah sie aus, als hätte sie noch nicht viel Spaß im Leben gehabt.

»Das ist meine Gattin«, sagte Mr Fitzjohn. »Sie wird Ihnen als Haushälterin dienen. Penelope, bitte geleite die Herrschaften nach oben zu ihren Räumlichkeiten.«

Mrs Fitzjohn knickste, was mir sehr peinlich war, weil sie fast doppelt so alt war wie ich. Aber ihr selbst schien es ganz normal vorzukommen, also sagte ich lieber nichts. Sie nahm einen Kerzenleuchter von einem Wandbord und führte uns die Treppe hinauf in den ersten Stock, wo von einem mit Läufern ausgeschlagenen Gang mehrere hohe, doppelflügelige Türen abgingen.

»Das Herrenzimmer.« Sie öffnete die Tür zu einem großen Kaminzimmer mit orientalischen Teppichen und lederbespannten Ohrensesseln. Nachdem sie ringsum die Wandlampen angezündet hatte, konnten wir alles gebührend bewundern. Das Herrenzimmer schien gleichzeitig eine Art Arbeitszimmer zu sein, denn es gab einen einschüchternd großen Mahagonischreibtisch und einen gewaltigen Bücherschrank. Auf einem Beistelltisch prangte ein enormer Globus, und an den Wänden hingen Landkarten und aufwendig gerahmte Kupferstiche.

Anschließend ging es gleich weiter zum nächsten Raum.

»Das Morgenzimmer von Mylady.«

Cool. Ich hatte gar nicht gewusst, dass es Morgenzimmer gab. Hielt man sich da nach dem Aufstehen auf? Wie auch immer, es war sehr hübsch, mit blau-gold gestreiften Seidentapeten, zierlichen Sesseln und Tischchen und einem Schreibsekretär, der eher dekorativ als nützlich aussah.

Während wir Mrs Fitzjohn zu unseren Schlaf- und Ankleideräumen folgten, erfuhren wir von ihr, dass es selbstverständlich im Erdgeschoss noch einen repräsentativen Empfangssalon gab, für den Fall, dass wir unsere Gäste in einem etwas größeren Rahmen willkommen heißen wollten. Außerdem eine Bibliothek, einen Festsaal, ein Frühstückszimmer und einen Dinnerraum.

»Das Schlafgemach Seiner Lordschaft«, sagte Mrs Fitzjohn beim Öffnen der nächsten Tür. Es handelte sich um ein großes, quadratisches Zimmer mit einem enormen Pfostenbett, einem Paravent im arabischen Stil und einem angrenzenden Ankleidezimmer, das von Klamotten nur so überquoll. Von den Kleiderstangen hingen Jacketts in allen möglichen Farben, und in den Regalen stapelten sich ordentlich gebügelte Hemden und Hosen, von den vielen sorgfältig nebeneinander aufgereihten Schuhen und Stiefeln ganz zu schweigen. Zusätzlich gab es eine große Auswahl an Umhängen, Halstüchern, Hüten, Handschuhen, Gürteln, Schärpen, Schnallen und Gamaschen, alles garantiert sehr hip und sehr teuer. Und vor allem funkelnagelneu. Nichts davon sah benutzt oder getragen aus. Hier war im Überfluss vorhanden, was der Mann von Welt im Jahr 1813 so brauchte. Es gab sogar ein kleines Wandregal mit einer Auswahl an emaillierten Schnupftabakdosen.

»Ich fasse es nicht«, murmelte Sebastiano, aber so leise, dass nur ich es hören konnte.

»Hoffentlich ist alles im Sinne Ihrer Lordschaft«, äußerte Mrs Fitzjohn besorgt. Vielleicht hatte sie doch was gehört.

Seine Lordschaft beeilte sich, ihr zu beteuern, dass alles bestens sei, woraufhin sie schon wieder knickste – eine nervtötende Sitte, an die ich mich wohl besser schnell gewöhnte, wenn ich als Sklavenbesitzerin glaubwürdig rüberkommen wollte.

Danach wurden wir zu einem Badezimmer geführt, ein mit Holz verkleidetes Kabuff, das zwar altertümlich eingerichtet war, aber trotzdem ein paar erstaunliche und nette technische Errungenschaften aufwies. Es gab einen richtigen Waschtisch aus Porzellan und eine große Zinkwanne, und wenn mich nicht alles täuschte, war das gusseiserne Ding daneben eine Art Badeofen zum Erhitzen des Wassers.

»Sehr schön«, sagte ich erfreut.

Als Nächstes wurde uns Myladys Schlafzimmer gezeigt, ein Traum in Weiß und Gold. Lackmöbel mit geschwungenen Beinchen, seidene Blumentapeten, kristallene Wandleuchter – der Luxus erschlug einen förmlich. Nachdem ich mich von dem Anblick des mit rosa Samtschabracken verzierten Himmelbetts erholt hatte, fiel mein Blick auf den Schminktisch, der vor lauter Tiegeln, Puderquasten, Schatullen und Flakons kaum zu sehen war.

»Ach du meine Güte«, meinte ich verblüfft. »Hat das etwa auch Mr Scott besorgt?«

Mrs Fitzjohn lächelte ein wenig angestrengt, als hätte ich einen blöden Witz gemacht. »Oh nein, natürlich nicht. Das war Lady Winterbottom.«

Ich fragte mich gerade, wer zum Teufel das schon wieder war, da fuhr Mrs Fitzjohn auch schon fort: »Sie hat im Auftrag von Mr Scott die gesamte Ausstattung beschafft, sowohl für Sie als auch für Seine Lordschaft.« Sie machte eine einladende Geste mit dem Kerzenleuchter in Richtung einer Seitentür. »Wenn Mylady nun einen Blick in das Ankleidekabinett werfen will …«

Klar wollte Mylady – und bekam den Mund kaum noch zu, nachdem Mrs Fitzjohn die Tür zu einem begehbaren Kleiderschrank geöffnet hatte, der ganze Scharen von klamottensüchtigen It-Girls aus dieser Epoche zu Entzückensschreien hingerissen hätte. Kleider über Kleider hingen hier, mindestens zwei Dutzend. Die meisten waren entweder weiß oder in zarten Pastellfarben gehalten. Es gab auch ein paar gediegenere Gewänder in schlichtem Braun oder Dunkelgrün, die jedoch einen eher sportlichen Touch hatten und aus festerem Stoff waren; vermutlich trug man sie bei Jagdpartien oder zum Ausreiten. Während unseres ersten Aufenthalts in der Londoner Vergangenheit vor ein paar Tagen hatte ich im Hyde Park einige Frauen im Damensattel vorbeireiten sehen, die hatten so was angehabt. Die übrigen Kleider in dieser Kammer waren aus dünnerem Material, hauptsächlich Musselin und Batist, aber dafür mit allem möglichen Schnickschnack verziert. Überall lugten Säume, Ärmel und Ausschnitte hervor, die mit Stickereien oder Perlenbesatz oder Spitzenbordüren geschmückt waren. Ganze Bataillone von Näherinnen mussten sich die Finger wundgestichelt haben, um diese Pracht zu erschaffen.

Ich sah außerdem mindestens vier Mäntel, einen mintgrünen, einen sonnengelben, einen hellblauen und einen in Apricot.

»Das ist ja wie im Frühling«, sagte Sebastiano. Es klang halb belustigt, halb ungläubig.

»Ja«, antwortete ich geistesabwesend, den Blick auf ein Regal voller Hutschachteln geheftet. Ich wäre jede Wette eingegangen, dass der Inhalt farblich exakt zu den Mänteln passte. In einem anderen Regal gab es Schuhe, und zwar viele davon, für jeden Anlass mehrere Paare. Dünne helle Seidenslipper, elegante Schürstiefeletten mit kleinen runden Absätzen oder – sehr gewöhnungsbedürftig – flache Sandalen mit langen Riemen zum Schnüren, fast wie bei römischen Gladiatoren. Ach ja, und nicht zu vergessen die Handtaschen. Ich verstand nicht viel davon, aber vermutlich sah ich hier gerade sämtliche Kelly Bags dieser Epoche auf einmal, bloß dass es eigentlich keine richtigen Taschen waren, sondern Schnürbeutel, die *Retikül* oder *Pompadour* genannt und am Handgelenk getragen wurden. Mit raschem Blick überflog ich das mit Schleifen, Fransen, Litzen und Perlmutt verzierte Sortiment. Bei zehn Stück hörte ich auf zu zählen und wandte mich überwältigt zu Mrs Fitzjohn um, weil die gerade irgendwas sagte.

»Tut mir leid«, sagte ich. »Ich habe nicht richtig zugehört.«

»Die Zofe, die Lady Winterbottom ausgesucht hat, kommt leider erst morgen«, wiederholte Mrs Fitzjohn geduldig. »Lady Winterbottom möchte sie Ihnen persönlich vorstellen und sich außerdem gern davon überzeugen, dass sie mit der Auswahl der bereitgestellten Garderobe Ihren Geschmack getroffen hat. Selbstverständlich werde ich bis zum Eintreffen der Zofe jederzeit zur Verfügung stehen, um Ihnen aufzuwarten.« Sie deutete auf einen Wandschrank. »Darin befindet sich Myladys Weißwäsche.« Mit einem leicht verschämten Seitenblick auf Sebastiano fügte sie hinzu: »Das wird Seine Lordschaft aber sicher nicht sehen wollen.«

Aha. Da drin waren also die Dessous. Nicht für die Augen eines Mannes bestimmt. Schon gar nicht für die Seiner Lordschaft, der auf seine empfindsame kleine Schwester Rücksicht nehmen musste.

»Ich werde sie mir später anschauen«, teilte ich Mrs Fitzjohn mit.

»Wie Mylady wünschen.«

Sebastiano zog seine Taschenuhr hervor. »Es ist schon fast eins. Lady Anne und ich sind müde von der Reise. Wir werden uns jetzt zur Nachtruhe begeben.«

»Selbstverständlich. Wenn ich Mylady noch beim Auskleiden behilflich sein kann …«

Das lehnte ich dankend ab, worauf sich Mrs Fitzjohn zurückziehen wollte.

»Wo haben Sie und Ihr Gatte Ihre Schlafräume?«, erkundigte Sebastiano sich, als sie schon bei der Tür war.

»Zwei Stockwerke höher. Natürlich benutzen wir die Dienstbotentreppe. Und wir betreten Ihre Gemächer nur, wenn Sie es wünschen.« Sie deutete auf einen troddelbewehrten Klingelzug neben der Zimmertür. »Sie können jederzeit nach uns läuten.«

»Wohnt sonst noch jemand im Haus?«

Mrs Fitzjohn schüttelte den Kopf. »Die Köchin und die Küchenmägde kommen nur tagsüber, und die Zimmermädchen und der Hausdiener ebenfalls. Was die Zofe betrifft, so müssen Sie selbst entscheiden, wo sie Quartier nehmen soll. Unterm Dach gibt es einige freie Gesindekammern.«

»Darüber denken wir morgen nach«, erklärte Sebastiano. »Gute Nacht, Mrs Fitzjohn.«

»Gute Nacht, Mylord. Mylady.« Nach einem letzten Knicks verließ Mrs Fitzjohn den Raum.

Ich ließ mich mit einem Aufseufzen auf das Bett sinken. Die Kissen und Decken waren aus Daunen, und die Damastbezüge rochen leicht nach Lavendel. Man lag wie auf Wolken. Am liebsten wäre ich sofort eingeschlafen.

Von irgendwoher tönte das Schlagen einer Uhr, und plötzlich war ich sehr müde, obwohl ich erst seit ein paar Stunden auf war. Nach einem Zeitsprung fühlte man sich manchmal wie nach einem langen Flug – es blieb eine Art Jetlag zurück. Ich streckte mich und gähnte ausgiebig.

Sebastiano setzte sich zu mir aufs Bett. »Was hältst du davon?«

»Von dem Zimmer hier und all dem Anziehkram? Es ist ein bisschen wie bei Barbie zu Hause, finde ich. Das Himmelbett, die bunten Kleider.« Ich grinste ihn an. »Aber du siehst definitiv besser aus als Ken. Den fand ich schon als kleines Mädchen doof.«

»Danke. Aber ich meinte eigentlich eher dieses ganze hochherrschaftliche Setting.«

»Wir haben schon öfters Rollen gespielt, wenn wir auf Zeitreise-Einsatz waren.«

»Ja, aber nicht mit so einem bombastischen Hintergrund. Du weißt, wie sparsam José sonst immer ist. Diesmal hat er ein richtiges Vermögen springen lassen. Ein Butler, eine Haushälterin, Scharen von Personal … und ein eigenes Haus. Und wenn ich es richtig verstanden habe, gibt es sogar einen Stall mit Pferden und mindestens einer Kutsche. Das ist eindeutig alles eine Nummer größer als sonst.«

»Hat José dir eigentlich was über diesen Mr Scott erzählt?«, erkundigte ich mich. »Oder über eine Lady Winterbottom?«

»Weder noch. Diesmal haben wir kaum Informationen. Eigentlich gar keine. Und das beunruhigt mich ziemlich.«

Er fasste damit in Worte, was mich schon die ganze Zeit beschäftigt hatte. Irgendwas war *völlig* anders als sonst, doch die äußere Umgebung war dabei nur ein Teil des Unterschieds.

Sebastiano stand vom Bett auf und ging zur Tür. »Ich glaube, sie sind in einem von unseren Zimmern.«

»Was denn?«

»Josés Notizen. Wir sollten sie suchen.«

»Warte. Ich komme mit.« Ich rappelte mich hoch und folgte ihm nach nebenan in das Morgenzimmer. Er klappte die Lade des Sekretärs heraus und durchsuchte die vielen kleinen Fächer.

»Irgendwas gefunden?«, fragte ich, während ich in einer schmalen Wandkommode herumstöberte. Außer Kerzen und einem Stapel feiner weißer Taschentücher mit einem eingestickten Monogramm – A für Anne – entdeckte ich dort nichts.

»Büttenpapier«, sagte Sebastiano. »Schreibfedern, Tinte und Löschsand. Und ein Siegel mit unserem Wappen.«

Wir suchten im Herrenzimmer weiter. Sebastiano nahm sich den Schreibtisch vor, ich sah in den Bücherschränken nach.

»Hier ist nichts«, meinte er entnervt. »Nur Schreibzeug und jede Menge Journale über Reitpferde und Schiffe und französische Herrenmode.« Er öffnete ein Seitenfach. »Ah, und eine Karaffe mit ziemlich edel aussehendem Sherry. Mitsamt Gläsern.«

»Ich habe hier eine komplette Ausgabe der *Encyclopædia Britannica*.« Ehrfürchtig nahm ich einen der dicken Bände heraus und strich darüber. »Mit Goldschnitt.« Neugierig betrachtete ich anschließend die anderen Bücher in den darunterliegenden Schrankfächern und zog dann eines der Werke hervor.

»Unglaublich! Sieh dir das an!« Aufgeregt hielt ich das aufgeschlagene Buch hoch. »Das ist eine *Erstausgabe*! Es ist dieses Jahr erschienen! Ich fasse es nicht!« Inbrünstig drückte ich den Roman an die Brust, dann hielt ich ihn mir vor die Nase und atmete den Geruch des Papiers ein. Ich fand, dass es sogar noch nach der Druckerschwärze roch, mit der diese kostbare Rarität zwischen Buchdeckeln verewigt worden war. Mir stiegen Tränen in die Augen, als ich daran dachte, wie sehr die Autorin darum gekämpft hatte, den Roman auf den Markt zu bringen. Wie viele Jahre sie hatte warten müssen, bis er endlich verlegt worden war, und das trotz dieser unvergesslich schönen Geschichte!

»Von wem ist es?«, wollte Sebastiano wissen. Er hatte uns zwei Gläser Sherry eingeschenkt und betrachtete mich mit liebevoller Nachsicht. »Warte, sag es nicht, lass mich raten. Jane Austen.«

Ich nickte begeistert. »*Stolz und Vorurteil*! Da fällt einem nichts mehr ein, oder?« Euphorisch fing ich an zu blättern.

Er kam zu mir herüber, drückte mir ein Sherryglas in die Hand, umfasste mein Kinn und gab mir einen sanften Kuss. »Habe ich dir schon gesagt, dass du ziemlich einzigartig bist?«

Ich nippte vorsichtig an dem Sherry. »Ist das eine Umschreibung dafür, dass ich ein Freak bin, weil ich mehr auf alte Bücher stehe als auf Klamotten und Schuhe?«

»Nein, das sollte heißen, dass du zum Anbeißen aussiehst, wenn du dich über ein Buch freust. Dieser Anblick ist kaum zu toppen, ehrlich.«

»Du hast mich noch nicht in den Dessous gesehen, die ich in meinem Kleiderkabinett vermute.«

»Das können wir gleich nachholen«, schlug er prompt vor.

»Vergiss nicht, wir sind hier Bruder und Schwester, und das Haus hat garantiert Augen und Ohren.«

»Die Fitzjohns wohnen unterm Dach und kommen nur, wenn

wir läuten«, rief Sebastiano mir in Erinnerung. »Und sie benutzen die Dienstbotentreppe.« Er drückte seine Lippen auf eine empfindliche Stelle unter meinem rechten Ohr. »Ich könnte nachsehen, was in meinem Kleiderkabinett so an Herrenunterwäsche herumliegt. Dann können wir eine kleine Modenschau bei Kerzenlicht veranstalten.«

»Hm«, machte ich zerstreut. »Sieh dir das an!«, fuhr ich dann entrüstet fort. »Auf dem Titelblatt steht nicht mal ihr Name! Bloß ›Von der Autorin von *Verstand und Gefühl*‹. Das war Jane Austens zuerst erschienenes Buch. Doch *Stolz und Vorurteil* hatte sie vorher geschrieben. Es wurde erst gedruckt, als sie mit *Verstand und Gefühl* berühmt geworden war.«

»Ja, das Leben ist manchmal ungerecht, auch zu Erfolgsautoren. Aber so oder so, Mr Darcy hat doch noch das Licht der Welt erblickt und zweihundert Jahre lang Millionen von Frauenherzen zum Schmelzen gebracht.« Sebastiano küsste mich erneut, diesmal nachdrücklicher. »Was hältst du von meiner Idee?« Er war ins Italienische verfallen, was mich schon immer schwach gemacht hatte. Wenn wir uns unterhielten, wechselten wir oft nahtlos zwischen Deutsch, Englisch oder Italienisch hin und her, je nachdem, wo wir gerade waren, aber in zärtlichen oder leidenschaftlichen Augenblicken passte Italienisch einfach am besten.

»Wir wollten doch die Notizen suchen«, gab ich zu bedenken, doch es klang halbherzig. Eigentlich hatte ich *sehr* viel Lust auf eine Modenschau bei Kerzenlicht.

»Ich glaube, die haben wir gerade eben gefunden.« Sebastiano wirkte verblüfft. Er bückte sich und hob ein zusammengefaltetes Blatt Papier auf, das aus der Erstausgabe von *Stolz und Vorurteil* herausgerutscht sein musste, während ich so eifrig darin herumgeblättert hatte.

Er klappte das Blatt auseinander. »José kennt dich ziemlich

gut. Offensichtlich hatte er nicht den leisesten Zweifel, dass du dich sofort auf dieses Buch stürzen würdest.«

»Na ja, ich hab ihm mal erzählt, dass ich ein Fan von Jane Austen bin. Was schreibt er?« Ich lugte ihm über die Schulter. »Oje. Das ist ja mehr als dürftig!«

»Und ziemlich kryptisch obendrein.« Sebastiano überflog mit ernster Miene die kurzen und unzusammenhängend wirkenden Anmerkungen, die José uns hinterlassen hatte. Sie waren schnell gelesen – und das trotz der katastrophal unordentlichen Schrift.

Im Auge behalten: Mr Stephenson und Mr Turner.

Wichtig: Mr Scott.

Gesellige Anlässe wahrnehmen – so viele wie möglich. Einflussreiche Leute treffen und die Zeichen deuten.

»Na toll«, sagte ich. »Das hilft uns jetzt wirklich super weiter.«

»Zumindest wissen wir, was wir als Erstes zu tun haben«, meinte Sebastiano.

»Und das wäre? Diesen Mr Scott aufsuchen?«

»Nein, das machen wir morgen. Ich dachte eher an die *geselligen Anlässe*. Damit können wir sofort anfangen.«

»Jetzt? Mitten in der Nacht?«

»Oh, ich schätze, es gibt auch in dieser Epoche jede Menge Clubs, wo noch lange nach Mitternacht schwer was los ist. Aber im Moment denke ich eigentlich eher an so was wie eine kleine Privatparty. Nebenan in deinem Ankleidezimmer. Was hältst du davon, *piccina*?« Er küsste mich auf die Nasenspitze. »Wir nehmen den Sherry mit rüber und schließen die Tür ab.«

Ich war längst überredet.

In der Nacht träumte ich wieder von einem Sturz in den endlosen Schacht. Ich fiel und fiel, und weit unter mir lauerte das namenlose Böse, das sich von der Zeit ernährte. Es verschlang Minuten und Stunden ebenso gierig wie Tage und Jahre. Ganze Äonen waren ihm nicht genug, es wollte alles. Seine Gier war grenzenlos, sein dunkler Schlund saugte den Lauf der Zeit auf und löschte dabei nach und nach alles Leben aus.

Seltsame Bilder umgaukelten mich, sie blühten in meinem Inneren auf wie Blumen, doch bevor ich sie richtig sehen konnte, verschwanden sie wieder. Es blieben nur Gefühle zurück, Ahnungen und Ängste, die von sicheren Erkenntnissen so weit entfernt waren wie die Erde vom Zentrum der Galaxis.

»Siehst du jetzt, wogegen wir kämpfen?«, flüsterte eine Stimme aus dem Nirgendwo mir zu. »Wir müssen es aufhalten, ehe es sich alles holt.«

Mit einem Keuchen fuhr ich hoch und starrte desorientiert in die Dämmerung, die mich umgab. Es dauerte ein paar Sekunden, bis ich mich zurechtgefunden hatte. Ich saß allein in meinem Barbie-Himmelbett im Jahr 1813. Sebastiano hatte sich nach nebenan in sein eigenes Schlafzimmer zurückgezogen. Wir waren nach unserer kleinen Modenschau übereingekommen, dass es sicherer war, wenn wir getrennt schliefen, denn wir konnten nicht riskieren, dass unsere Tarnung aufflog.

Durch einen Vorhangspalt fiel trübes Licht. Ich kämpfte mich aus dem Bett und tappte durchs Zimmer, um einen Blick aus dem Fenster zu werfen. Der Himmel war zwar grau verhangen und der Platz von Nebel umhüllt, doch auf der Straße herrschte schon viel Betrieb. Ich sah Dienstmädchen mit Körben, einen Knecht mit einem schweren Sack auf dem Rücken, zwei Reiter in Uniform, ein Fuhrwerk mit Kisten und Fässern. Ich hatte zwar keine Ahnung, wie spät es war, aber auf jeden Fall nicht zu früh zum Aufstehen.

In meinem Kleiderkabinett suchte ich den bestickten Morgenmantel heraus, der mir letzte Nacht schon aufgefallen war. Bei der Gelegenheit räumte ich die Unterwäsche wieder ein, die noch überall herumlag, lauter sündhaft durchsichtige Teile aus feinem Batist. Nur das Korsett war aus festerem Stoff gewebt – wobei es nicht besonders keusch ausgesehen hatte, als ich es vor wenigen Stunden mit Sebastianos Hilfe anprobiert hatte. Es wurde im Rücken geschnürt, verwandelte den Körper in eine Art Eieruhr und drückte massiv den Busen nach oben. Sebastiano hatte gemeint, so was sollte ich ruhig öfter tragen, aber den Gefallen würde ich ihm garantiert nicht tun, denn ich konnte in dem Ding nicht richtig atmen.

Ich packte es zusammen mit der anderen Wäsche zurück in den Schrank und fragte mich, wer diese Lady Winterbottom wohl sein mochte. Jedenfalls besaß sie einen guten Geschmack und war äußerst modebewusst, doch bei der Auswahl der Kleidung hatte sie eher Wert auf stylisches Design gelegt als auf Strapazierfähigkeit und bequemen Sitz.

Als ich auf den Gang hinaustrat, lauschte ich kurz. Von unten waren Geräusche zu hören – anscheinend machte Mrs Fitzjohn oder sonst wer gerade Frühstück. Und wahrscheinlich hatten die Leute, die tagsüber zum Arbeiten ins Haus kamen, schon den Dienst angetreten. Das Haus war riesig, nach meiner Schätzung hatten wir bisher nicht mal ein Viertel davon gesehen.

Leise und ohne anzuklopfen drückte ich die Tür zu Sebastianos Schlafzimmer auf, doch er war nicht da. Auch in dem Badekabuff war niemand. Zu meinem Erstaunen stand ein großer Krug mit warmem Wasser auf dem Waschtisch, und ein paar Handtücher lagen ebenfalls bereit. Es gab sogar einen Becher mit einer frischen Zahnbürste, ein cooles altertümliches Teil mit einem Griff aus Elfenbein und einer dazu passenden kleinen Dose mit Zahnpulver. Mit etwas Wasser ließ sich daraus eine halbwegs brauchbare Zahnpasta fabrizieren, auch wenn das Zeug eher nach Kreide als nach Colgate schmeckte.

Eilig machte ich mich frisch, dann ging ich zurück in mein Zimmer und zog mir das erstbeste Tageskleid an, das mir in die Hände fiel, ein Ton in Ton getüpfeltes, himmelblaues Hängerchen, bei dem der Ausschnitt von einem sittsamen Spitzeneinsatz bedeckt wurde. Leider sah es aus wie ein Nachthemd, aber das taten diese dünnen, direkt unter dem Busen taillierten Kleider im Empirestil im Grunde alle.

Mit einem Kamm vom Schminktisch glättete ich mir die lange Mähne und machte mir die übliche Frisur, mit der ich bisher noch durch alle möglichen Epochen gekommen war – einen fest geflochtenen Nackenzopf, den ich mit einem der Rüschenbänder zusammenband, von denen mehrere herumlagen. Sie waren eigentlich dafür gedacht, dass man sie als Schmuck um den Hals trug, aber ich fand, dass sie im Haar viel netter aussahen.

Als ich nach unten ging, ertönten acht Glockenschläge, womit die Frage nach der Uhrzeit auch geklärt war. Eine ganz normale Zeit, um den Tag zu beginnen.

In der Halle begegnete mir Mr Fitzjohn.

Er blieb stehen und verneigte sich auf seine würdevolle Art. Sein Gesicht wirkte bei Tageslicht genauso melancholisch wie in der Nacht, aber sein Haar war nicht so schwarz, wie ich angenommen hatte, sondern wies einen leichten Graustich auf. Er trug ein perfekt aufeinander abgestimmtes Ensemble aus einer dunklen Jacke, einer gestreiften Weste und Kniehosen.

»Guten Morgen, Mylady.«

Ich nickte hoheitsvoll, denn eine reiche Sklavenhalterin von den Antillen quatschte nicht lange mit dem Personal rum.

Als Erbin von *Rainbow Falls* (ich hatte mir überlegt, dass das ein prima Name für eine Zuckerrohrplantage auf Barbados war) hatte ich natürlich von klein auf ständig Dienstboten um mich gehabt, die ganzen Feldsklaven gar nicht erst mitgezählt. Sebastiano hatte mir noch in der Nacht eingeschärft, mich bloß nicht zu kumpelhaft aufzuführen, obwohl mir das leicht übertrieben erschien. Und außerdem unhöflich. Abgesehen davon, dass es sehr schwer einzuhalten war, wie ich gleich darauf feststellte.

»Ich hoffe, Sie haben wohl geruht«, sagte Mr Fitzjohn freundlich.

»Danke«, platzte ich heraus. »Ich habe wunderbar geschlafen. Das Bett ist traumhaft weich.«

In Mr Fitzjohns rechtem Mundwinkel schien es ganz kurz zu zucken, doch davon abgesehen zeigte seine Miene keine Regung. »Das freut mich außerordentlich, Mylady. Seine Lordschaft ist übrigens zeitig aufgestanden und schon im Frühstückszimmer. Wenn Sie mir bitte folgen wollen.«

Das tat ich gern, denn es roch verführerisch nach frischem Kaffee.

Das Frühstückszimmer war mit schweren, dunklen Möbeln im Kolonialstil eingerichtet. In der Mitte des Raums stand ein Tisch, an dem locker zehn Leute Platz gefunden hätten. Sebastiano saß einsam am Kopfende hinter einer aufgeklappten Zeitung. Als ich hereinkam, legte er sie beiseite und erhob sich.

»Da bist du ja. Hast du gut geschlafen?« Er rückte mir galant den Stuhl zurecht. Ich bedankte mich würdevoll und ließ mich ladylike auf den Stuhl sinken.

»Wünschen Mylady Kaffee, Kakao oder Tee?«, fragte Mr Fitzjohn.

»Kaffee, bitte«, antwortete ich, während bereits aus irgendeinem Winkel ein Dienstmädchen herbeigehuscht kam und mir aus einer Silberkanne einschenkte, in ein Porzellantässchen, das so hauchfein war, dass der dunkle Kaffee hindurchschimmerte.

Im Hintergrund wartete Mr Fitzjohn. »Was darf ich Ihnen aus der Küche bringen lassen, Mylady?«

»Ich weiß nicht. Was gibt es denn so?«

»Wir können Ihnen ein Beefsteak oder Schinken braten. Oder frische Nierchen.«

»Lieber nicht«, entgegnete ich schaudernd.

»Nun, dann hätten wir auch das, was auf dem Büfett angerichtet ist.« Er deutete diskret auf ein gigantisches Sideboard, das mit allem möglichen Frühstückskram überladen war: Gebäck, Butter, Konfitüre, Schinken, Pfannkuchen, kalter Braten – so viel konnte kein Mensch essen.

»Ich nehme mir einfach mal was«, sagte ich.

Das Mädchen, eine dünne kleine Brünette, die Mr Fitzjohn mir als Janie vorstellte, stand mit artig verschränkten Händen neben dem Büfett. Sie hatte den Blick auf ihre strenge weiße Schürze gesenkt, war aber sichtlich erschüttert, dass ich mir selber Essen holte. Anscheinend taten feine Damen das nicht.

»Das habe ich auf unserer Plantage *Rainbow Falls* auch immer so gemacht«, sagte ich zu niemandem im Besonderen. »Man kann es nämlich auch übertreiben mit der Ausbeutung seines Personals. Ich bin übrigens gegen Sklaverei.« Mit Entschiedenheit fügte ich hinzu: »Wir planen, alle unsere Sklaven freizulassen. Stimmt's, Sebastian?«

Ich hatte eigentlich *Sebastiano* gesagt, aber der Translator wandelte es automatisch in die englische Version um.

»Sicher.« Er nippte von seinem Kaffee, und ich sah, dass er sich ein Grinsen verkniff. »Nachdem das englische Parlament den Sklavenhandel ja sowieso inzwischen verboten hat, wird es irgendwann bestimmt ein zusätzliches Gesetz erlassen, welches auch das Halten von Sklaven untersagt. Von daher ist es ohnehin nur eine Frage der Zeit, bis wir uns umstellen müssen.« Er wandte sich an Mr Fitzjohn. »Können Sie veranlassen, dass unsere Kutsche in einer halben Stunde vorfährt? Ich möchte mit Lady Anne in die Bond Street fahren, um Mr Scott aufzusuchen.«

»Gewiss, Mylord.« Mr Fitzjohn verneigte sich kurz und zog sich zurück. Das Mädchen folgte ihm mit schüchtern gesenktem Kopf und schloss die Tür hinter sich.

Wir waren allein. Sebastiano nahm meine Hand und küsste sie. »Guten Morgen, meine Schöne. Wie hast du geschlafen?«

»Super«, sagte ich. Von dem schrecklichen Traum erzählte ich ihm nichts. »Was unternehmen wir heute?«

»Du meinst, abgesehen davon, dass wir diesen ominösen Mr Scott aufsuchen?« Er zuckte die Achseln und schenkte uns Kaffee nach. »Mr Fitzjohn sagte, es gebe da ein paar Clubs, wo sich die wirklich wichtigen und mächtigen Männer in London treffen. White's und Brook's seien ein absolutes Muss, meinte er. Ich sehe das als gute Gelegenheit, einflussreiche Leute kennenzulernen. So wie José es uns geraten hat.«

»Cool. Dann sollten wir uns da mal umschauen.«

»Da sind nur Männer zugelassen.«

Das ärgerte mich ein bisschen, aber so war es nun mal in diesen früheren Zeiten. Von Gleichstellung keine Spur. Frauen hatten meist nichts zu melden. Sie durften ja nicht mal wählen. Wirklich sehr blöd, dass ich nicht mit in die Clubs durfte, die hätte ich mir gerne angesehen.

Doch dann kam mir eine Idee. »Ich könnte Mr Stephenson und Mr Turner besuchen. Laut José sollen wir sie schließlich im Auge behalten. Am besten fahre ich einfach bei den beiden vorbei und schaue, was sie so machen, während du dich in diesen Clubs umsiehst.«

»Zu Stephenson und Turner würde ich aber gern mitkommen.«

»Na toll. Und was soll ich dann tun, wenn du im Club bist?« Ein wenig argwöhnisch sah ich ihn an. »Was *machen* die Typen da überhaupt genau?«

»Alles Mögliche. Billard und Karten spielen, Tee trinken.«

»Bloß Tee?«

»Na ja, sicher auch Brandy und Sherry. Irgendwas müssen diese reichen Adligen ja den ganzen Tag über tun, die meisten von ihnen haben keine richtigen Jobs. Also treffen sie sich in ihren Clubs. Von denen es anscheinend eine ganze Menge gibt. Marine- und Kricketclubs. Pferdeclubs. Dinnerclubs. Spielclubs. Sogar einen Beefsteak Club. Fitzjohn meinte aber, White's, Watier's und Brook's seien die drei wirklich wichtigen Treffpunkte, da würden alle maßgeblichen Leute hingehen.«

Bei dem Wort *Treffpunkte* tauchten Bilder vor meinem geistigen Auge auf, die dem Begriff *Herrenclub* eine ganz neue Bedeutung verliehen. Ich sah eine Lasterhöhle mit plüschigen roten Samtvorhängen. Frauen in Strapsen und knappen Korsagen wuselten um die Dandys herum, die an den Kartentischen saßen und zockten, vor sich ganze Batterien halb voller Whiskyflaschen. Ich musste blinzeln, weil das Bild einer Szene in einem Western ähnelte, denn die Männer hatten alle Cowboyhüte auf, und an einem Tresen im Hintergrund hockte auf einem Barhocker ein Typ, der aussah wie Christoph Waltz in *Django Unchained*. Meine Fantasie warf da definitiv was durcheinander, aber das Bild wollte nicht verschwinden.

»Auf jeden Fall ist alles ganz harmlos«, sagte Sebastiano. »So wie bei uns in den Golf- und Jachtclubs. Ich schätze, sie sitzen einfach bloß am Kamin, rauchen Pfeife, trinken was zusammen und reden über Politik.«

»Ich habe aber keine Lust, hier tatenlos rumzusitzen, während du die einflussreichen Leute kennenlernst«, wandte ich ein.

Bevor er etwas erwidern konnte, klopfte es an der Tür, und Mr Fitzjohn steckte seinen Kopf herein. »Ich habe einen der Lakaien zu den Ställen gesandt. Ihre Kutsche wird sicher gleich vorfahren, Mylord.« Er trat an den Tisch, ein kleines silbernes Tablett in der Hand, auf dem ein zusammengefaltetes Stück Papier lag. »Wenn Sie erlauben, Mylord. Soeben ist Besuch erschienen. Lady Iphigenia Winterbottom und ihr Cousin Lord Reginald Castlethorpe bitten darum, Ihnen ihre Aufwartung machen zu dürfen.«

Sebastiano warf mir einen fragenden Blick zu, und ich nickte eifrig. Lady Iphigenia! Das war die Frau, die für den Inhalt meines Ankleidezimmers verantwortlich war. Ich brannte darauf, sie kennenzulernen.

»Führen Sie die Herrschaften in das Empfangszimmer, Mr Fitzjohn«, bat Sebastiano. »Wir kommen sofort.«

Das Empfangszimmer war ein großer, ganz in Blau und Gold gehaltener Raum mit geschwungenen Samtsofas und einem imposanten Marmorkamin. Drei hohe Fenster wiesen auf einen typisch englischen, parkähnlichen Garten, den ich bisher noch nicht gesehen hatte. Ich konnte nur einen flüchtigen Blick hinauswerfen, denn die Besucher zogen sofort meine ganze Aufmerksamkeit auf sich. Lady Iphigenia war geradezu atemberaubend hübsch, mit dicht bewimperten, veilchenblauen Augen und rabenschwarzen Locken, die zu einer modischen Kurzhaarfrisur gestutzt waren und auf solch elegant zerzauste Weise unter ihrem schräg sitzenden Hütchen hervorquollen, dass es unmöglich vom Wind herrühren konnte. Ihr Lächeln war breit und so strahlend, dass man es unwillkürlich erwidern musste. Ihre schlanke, aber an den richtigen Stellen gerundete Figur war in ein wunderschönes lavendelblaues

Tageskleid mit Perlmuttknöpfen gehüllt. Dazu trug sie farblich passende Handschuhe, die sie soeben abstreifte.

Lord Castlethorpe war ein hochgewachsener blonder Gentleman, der aussah wie ein junger Gott und geradewegs aus einem Hollywoodstreifen entsprungen zu sein schien. Ich betrachtete sprachlos zuerst sein markantes, gebräuntes Gesicht und ließ dann verlegen den Blick tiefer gleiten, zu einer makellos sitzenden Weste mit edel glänzendem Paisleymuster. Dabei überlegte ich, an welchen Filmschauspieler er mich erinnerte. Es musste jemand ganz Berühmtes sein, denn er kam mir unglaublich bekannt vor.

Während ich noch fieberhaft darüber nachdachte, übernahm er mit tadelloser Höflichkeit die Aufgabe, sich und seine Cousine vorzustellen.

»Sie müssen uns verzeihen, dass wir ohne jede Anmeldung hier auftauchen«, sagte Lady Winterbottom anschließend mit einem perlenden kleinen Lachen, das niedliche Grübchen in ihren Wangen auftauchen ließ. »Zumal die Zofe, die ich Ihnen vorstellen möchte, erst heute Nachmittag aus Dartford anreist. Aber ich *musste* Sie einfach jetzt schon kennenlernen, also habe ich den guten alten Reggie gezwungen, mich zu begleiten.«

Der gute alte Reggie lachte ebenfalls, und ich stellte fest, dass seine Zähne genauso weiß und perfekt waren wie die von Sebastiano. Ich grübelte immer noch, an wen er mich erinnerte.

»Nicht doch, Iphy«, sagte er fröhlich. »Ich war ja mindestens genauso neugierig wie du. Hättest du mir nicht den passenden Vorwand geboten, hier vorstellig zu werden, so hätte ich mir selbst einen ausdenken müssen.« Anerkennend sah er sich um. »Ein sehr schönes Haus haben Sie hier, Sir. Wenn auch natürlich nicht zu vergleichen mit Ihrem prachtvollen Landsitz in Leicestershire.

Ich kam unlängst dort vorbei und hatte Gelegenheit, einen Blick darauf zu werfen. Mir scheint, die Instandsetzungsarbeiten machen gute Fortschritte.«

Ein Landsitz? Wir hatten einen *Landsitz*? Noch zusätzlich zu der Plantage auf Barbados? Meine Güte, wir mussten wirklich steinreich sein. Ich warf Sebastiano einen möglichst unauffälligen Seitenblick zu, doch falls er überrascht war, ließ er es sich nicht anmerken. »Wir hatten noch keine Gelegenheit, uns damit zu befassen«, erwiderte er vage. Er deutete eine Verbeugung an. »Verzeihen Sie meine Unhöflichkeit. Kann ich Ihnen eine Erfrischung bringen lassen?«

Lady Winterbottom wünschte sich Limonade, Lord Castlethorpe war einem Sherry nicht abgeneigt. Ich selbst wollte nichts, mir gluckerte noch genug von dem Kaffee im Magen herum – der in dieser Epoche eher so was wie ultrastarker Espresso war. Das nächste Mal würde ich mir heiße Milch dazu bestellen, dann konnte ich ihn als Latte macchiato trinken.

Sebastiano läutete nach Mr Fitzjohn und orderte die Getränke, und anschließend setzten wir uns auf die Sofas und machten Small Talk. Der bestand darin, dass Lady Iphigenia erst mal ausführlich berichtete, wie sie die ganzen Klamotten besorgt hatte. Sie zählte haarklein alle Schneider, Modisten, Stoffhändler und Miedernäherinnen auf, die sie für meine Ausstattung kontaktiert hatte, und dann noch ungefähr ein halbes Dutzend Schuhmacher und Handtaschenhersteller, bis mir von den vielen Namen der Kopf schwirrte.

»Ich hoffe sehr, es ist alles in Ihrem Sinne!«, sagte sie eifrig. »Nachdem Mr Scott mir die Liste mit Ihren Maßen übergeben hatte, habe ich, wie Sie gewiss bemerkt haben, nur das Nötigste angeschafft, aber Sie müssen wissen, dass ich nur Dinge ausgesucht habe, die ich mir auch selbst bestellt hätte.«

»Alles ist perfekt«, antwortete ich. »Ich danke Ihnen für Ihre Mühe!«

Für das Besorgen der Männerkleidung hatte sie, quasi in Untervollmacht, ihren Cousin Reginald eingespannt, was Lord Castlethorpe mit der gutmütigen Bemerkung quittierte, die daraus resultierenden ausgedehnten Einkäufe hätten ihm einen gewissen Ruf beschert.

»Ich gelte seither als *der* Dandy schlechthin«, erklärte er belustigt. »Sogar Beau Brummel fragte mich neulich, ob ich ihm seine Stellung als *Nonpareil* streitig machen wolle.«

Beau Brummel war mir ein Begriff, der Typ galt in dieser Zeit als so eine Art Oberguru in Sachen Mode, aber was war mit *Nonpareil* gemeint? Ich wollte das Wort gerade auf meinem unsichtbaren Merkzettel notieren, da erkannte ich, dass es einfach ein Wort aus dem Französischen war und *der Unvergleichliche* bedeutete.

»Kleidet Sie übrigens ganz vorzüglich, dieses flaschengrüne Jackett«, sagte Lord Castlethorpe zu Sebastiano. »Stammt natürlich aus der Savile Row. Ich habe mir das Gleiche anfertigen lassen, nur einen Ton heller.«

Mr Fitzjohn kam mit einem Tablett herein und servierte die Getränke, und nebenbei informierte er Sebastiano, dass er dem Kutscher befohlen habe, vor dem Haus zu warten, bis Seine Lordschaft zum Aufbruch bereit sei.

»Du liebe Güte, wir wollten Sie nicht bei Ihren Besorgungen aufhalten!«, sagte Lord Castlethorpe.

»Das hat Zeit«, beeilte sich Sebastiano zu versichern. Er war erkennbar auf Informationen aus, und wie sich bald herausstellte, waren unsere Besucher in der Hinsicht die reinste Fundgrube. Um unauffällig zu diesem Thema überzuleiten, erklärte Sebastiano freimütig, dass wir in London mehr oder weniger fremd seien und keine Ahnung hätten, was hier so abging (natürlich drückte er es viel vornehmer aus, er sprach von *verwirrender Vielfalt* und *fremden Gebräuchen* und *ungewohnter Umgebung*). Wie immer spielte er seine Rolle prima. Jeder musste ihm den aristokratischen, aber leider in Gesellschaftsfragen ahnungslosen Pflanzer vom anderen Ende der Welt sofort abkaufen.

»Alle Institutionen, Orte und Leute kennen wir höchstens dem Namen nach«, führte er aus, um einen bedauernden Gesichtsausdruck bemüht. »Und dabei sehnen wir uns so sehr danach, ein Teil dieser Gesellschaft zu werden, denn schließlich stammen unsere Vorfahren von hier.«

»Oh, ganz London weiß, dass Sie Ihr bisheriges Leben in den Tropen von Westindien verbracht haben, quasi in der Wildnis und fernab von aller Kultur!«, rief Lady Winterbottom aus. »Und wie grässlich erst dieser Schiffbruch gewesen sein muss!« Ihr hübsches Gesicht zeigte ehrliches Mitgefühl, gepaart mit Eifer und Entschlossenheit. »Darum sind wir doch hergekommen, Reggie und ich! Um Ihnen zur Seite zu stehen und Sie in allen gesellschaftlichen Belangen tatkräftig zu unterstützen!«

Die Sache mit dem Schiffbruch war ein neues Mysterium, das wir wohl später noch selbst ergründen mussten. Anscheinend gehörte er zu unserer Legende, über die wir offenbar noch längst nicht alles wussten. Für den Moment begnügten wir uns mit den Informationen, die wir im Laufe des nachfolgenden Gesprächs beiläufig aufschnappten.

Unter anderem erfuhren wir, dass man nicht einfach in die Clubs marschieren konnte wie in eine beliebige Kneipe, nicht mal dann, wenn man zufällig das richtige Geschlecht besaß. Man brauchte dafür die Empfehlung eines Mitglieds, denn so ein Club war ein erlauchter Kreis. Was in dem Fall natürlich kein Problem war, schließlich war Lord Castlethorpe in allen wichtigen Herrenclubs Mitglied und kannte da praktisch jeden. Er erklärte sich sogleich bereit, mit Sebastiano zu White's zu fahren und ihn dort einzuführen. Sebastiano warf mir einen kurzen Blick zu, der alles ausdrückte: Den guten alten Reggie hatte uns der Himmel geschickt.

Dasselbe galt für Lady Winterbottom. Sie erzählte uns von ein paar Etablissements, bei denen auch Damen Zutritt hatten, wobei die Liste hier sehr überschaubar war. Am wichtigsten war wohl das berühmte Almack's, wo sich die Hautevolee, also alles, was Rang und Namen hatte, zum Tanzen und Quatschen traf. Auch dort kam man jedoch nur mit Einladung rein, und die Einladungen wurden ausschließlich von einigen wenigen sittenstrengen Damen der Gesellschaft verteilt, mit denen man sich folglich gut stellen musste. Lady Winterbottom war mit zwei dieser Damen bestens bekannt und versicherte mir, dass ich schon sehr bald Cotillon dort tanzen würde.

Cotillon. Das Wort musste ich nicht auf die Liste setzen, denn ich wusste, dass es ein Tanz war. Allerdings hatte ich keinen Schimmer, wie er ging. Iphigenia versprach sofort, mir alle Schritte schnellstmöglich beizubringen.

Auch sonst standen wir, als unsere Besucher schließlich wieder aufbrachen, auf wirklich gutem Fuß mit den beiden. Schon deswegen, weil wir anscheinend irgendwie miteinander verwandt waren. Iphigenias Großmutter mütterlicherseits hatte in zweiter Ehe einen Lord Frinton geheiratet, und dessen Schwager war ein Großcousin vom dritten Earl of Foscary, dessen jüngster Bruder einst nach den Westindischen Inseln ausgewandert war.

»Das muss folglich Ihr Großvater gewesen sein«, erklärte Iphigenia. »Möglicherweise auch Urgroßvater, da müsste ich noch genauer recherchieren.«

Worauf Reginald fand, dass wir uns als Verwandte unbedingt beim Vornamen nennen sollten. Sebastiano und ich hatten nichts dagegen einzuwenden, im Gegenteil, denn es lag auf der Hand, dass die beiden uns noch sehr nützlich sein konnten. Sebastiano und Reginald verabredeten sich für den Nachmittag, um zusammen den White Club zu besuchen, und Iphigenia wollte mir später die Zofe vorstellen und mich anschließend auf eine Spazierfahrt in den Hyde Park mitnehmen, weil sich da um diese Tageszeit die gesamte weibliche High Society tummelte.

»Ich kann dich mit den wichtigsten Leuten des *Ton* zusammenbringen«, versprach sie. »Du wirst dich hier in der Stadt bald absolut heimisch fühlen.«

Mit dieser Tagesplanung waren wir eindeutig einen wichtigen Schritt weiter, darin waren Sebastiano und ich einer Meinung, nachdem wir uns von Iphigenia und Reginald verabschiedet hatten.

Uneinig waren wir in der Frage, was *Ton* bedeutete (mein vorläufig letztes Wort auf der Liste der unbekannten Wörter). Sebastiano meinte, es wäre ein Synonym für *bucklige Adlige*, während ich selbst auf *bessere Gesellschaft* tippte.

Außerdem war Sebastiano der Ansicht, dass Reginald exakt so aussah wie Bräutigam-Ken, wogegen ich fand, dass er eher Ähnlichkeit mit Chris Hemsworth hatte – der war mir im Laufe der Unterhaltung schließlich doch noch eingefallen. Daraufhin behauptete Sebastiano, den Namen noch nie gehört zu haben. Bräutigam-Ken, so belehrte er mich, würde dagegen jeder kennen, sogar kleine Kinder. Dann kam allerdings raus, dass er selber Bräutigam-Ken bloß zufällig kannte, weil seine Cousine mal einen besessen und Sebastiano ihm die Haare abrasiert hatte, um zu sehen, ob sie nachwuchsen. Er hatte seiner Cousine von seinem Taschengeld einen neuen kaufen müssen, und den alten hatte er behalten dürfen.

»Glaub mir, ich kann mich *genau* an sein Gesicht erinnern«, sagte er. »Es blieb nämlich immer gleich, auch nachdem ich meine Wut an ihm ausgelassen hatte.«

»Was hast du dem armen Kerl angetan?«

Darüber wollte er zuerst nicht reden, doch ich ließ nicht locker und erfuhr schließlich, dass er ihm die Arme ausgerissen und mit Filzstift *Heul doch* auf den Bauch geschrieben hatte.

»Die Arme hab ich ihm hinterher wieder drangemacht«, erzählte Sebastiano. »Aber den Filzstift kriegte ich nicht mehr ab.«

Ich wartete, bis ich nicht mehr kichern musste, dann ließ ich mir von Mrs Fitzjohn Mantel und Handtasche holen, um mit Sebastiano zu Mr Scott zu fahren.

Jerry schrak aus einem Nickerchen hoch, als wir zur Kutsche kamen und ihn begrüßten. Hastig kletterte er vom Kutschbock.

»Mylord! Mylady! Verzeihen Sie, ich bin eingedöst!«

»Das macht überhaupt nichts«, sagte ich. »Deine Nacht war bestimmt genauso kurz wie unsere.«

Na ja, vielleicht nicht ganz so kurz, korrigierte ich mich in Gedanken, denn Sebastiano und ich hatten ja vor dem Schlafengehen noch unsere Qualitäten als Unterwäschemodels getestet.

Jerry riss uns den Schlag auf. Bei Tageslicht sah man, dass sein Gesicht von Sommersprossen übersät war. Ich wusste zwar, dass er schon siebzehn war und auch den Stimmbruch bereits hinter sich hatte, aber er sah kaum älter aus als zwölf. Wie ein Junge, der eigentlich noch in die Schule gehörte.

»Das ist übrigens Jacko, der *Groom*.« Er deutete auf einen dürren ältlichen Typen, den ich bis jetzt gar nicht gesehen hatte, weil er auf einem Trittbrett hinter der Kutsche stand. Jacko trug eine blaue Livree und hatte ein Gesicht wie ein Schrumpfkopf. Was ein Groom tat, konnte ich allerdings nur raten. Fürs Erste setzte ich das Wort einfach auf die Liste.

Die Fahrt vom Grosvenor Square zur Bond Street dauerte nicht lange, eigentlich hätten wir ohne Weiteres zu Fuß gehen können, doch inzwischen hatte ich gelernt, dass eine adlige Dame nicht einfach durch die Stadt marschierte, das war ganz schlechter Stil. Entweder bewegte sie sich per Kutsche fort oder zu Pferde (selbstverständlich im sittsamen Reitkostüm und im Damensattel), oder sie bestellte sich eine Sänfte oder einen Tragstuhl, wenn sie nur mal eben ein paar Straßen weiterwollte. Natürlich durfte sie, wenn sie spazieren oder shoppen gehen wollte, auch zu Fuß durch die Straßen bummeln, aber bloß in einem bestimmten Umkreis, zu bestimmten Tageszeiten und auf gar keinen Fall ohne Diener oder familiäre Begleitung.

Die Buchhandlung von Mr Scott war im Erdgeschoss eines gediegenen Backsteinhauses untergebracht. Drei Stufen führten zu der Tür hinauf, vor der ein altmodischer Glockenzug hing, und in den beiden schmalen, hohen Schaufenstern waren einige Bücher ausgestellt, zu meinem Entzücken auch welche von Jane Austen und Lord Byron. Jerry hielt Sebastiano und mir höflich die Tür zu dem Laden auf, während der Groom auf den Kutschbock stieg. Damit war auch geklärt, was sein Job war – irgendwer musste sich ja als Aufpasser betätigen, schließlich konnte man bei einer Kutsche nicht einfach den Schlüssel abziehen und einen Parkschein aufs Pferd legen.

Außerdem wusste ich inzwischen, was eine Remise war, nämlich eine Art Kutschen-Garage, meist neben den Ställen, in denen die Pferde untergebracht waren. Richtig reiche Leute hatten eigene Remisen und Ställe, und offenbar gehörten die Foscarys – also Sebastiano und ich – auch zu diesem erlauchten Kreis. Reginald hatte es beiläufig erwähnt, auf die Weise hatten wir davon erfahren: »Verteufelt gute Pferde in deinem Stall, Sebastian. Besonders die beiden Grauen! Wir müssen bald zusammen ausreiten. Oder mit dem Phaeton fahren – ein schnittiges Gefährt! Dafür lässt du sicher jederzeit die anderen Wagen in deiner Remise stehen!«

Die Buchhandlung war ein einziger Dschungel aus Regalen, die von allen Seiten in den Raum hineinragten, sodass man sich im Slalom hindurchbewegen musste.

»Großvater, wir sind da!«, rief Jerry.

»Komme schon.« Hinter einem der Regale kam ein schmächtiger grauhaariger Mann hervor. Mr Scott war um die sechzig und trug einen dunklen Anzug mit würdevoll hochgebundener Krawatte. Seine grauen Haare standen ein wenig unordentlich vom Kopf ab, genau wie bei Jerry – das Zerzauste schien in der Familie zu liegen. Aber das war nicht das Erste, was einem an ihm auffiel, sondern sein Holzbein. Es klackte auf dem Boden, als er auf uns zukam, mühsam auf einen Stock gestützt und sichtlich bemüht, trotzdem munter auszusehen.

»Mylady, Mylord.« Er verneigte sich. »Es ist mir eine Freude, Sie in meinem bescheidenen Laden begrüßen zu dürfen.« Ein Zwinkern ergänzte seine Worte. »Oder sollte ich Anna und Sebastiano sagen?«

Ich war platt, und Sebastiano erging es genauso. Ich sah das blanke Erstaunen in seiner Miene.

»Sie wissen, dass wir …?«

»… aus einer anderen Zeit stammen? Ja. Schließlich war ich lange Jahre der Bote hier und habe schon einige Male mit Mr Marinero zusammengearbeitet.«

Marinero war Josés Nachname, zumindest einer davon. Mit vollem Namen hieß er José Marinero de la Embarcación. Allerdings war ich nicht sicher, ob das sein wirklicher Name war oder bloß eine Anspielung auf die magische rote Gondel, mit der er in Venedig durch die Zeiten reiste. Wenn man den Namen nämlich aus dem Spanischen übersetzte, bedeutete er so viel wie *Bootsführer.*

»Das hatte José nicht erwähnt«, sagte Sebastiano.

»Er hat so manches nicht erwähnt«, warf ich ein.

»Das ist wohl wahr«, stimmte Mr Scott zu. »Wenn ich es richtig erfasst habe, ist es für diesen Fall von überragender Bedeutung, dass Sie beide mit so wenigen Informationen wie möglich an die ganze Sache herangehen.« Er sah ernst aus. »Ich weiß nur, dass Ihre Aufgabe sehr wichtig ist. Die wichtigste, mit der ich je hier zu tun hatte.«

»Diesen Eindruck bekomme ich allmählich auch«, meinte Sebastiano langsam. Dann setzte er unvermittelt hinzu: »Sie sollten nicht stehen. Jerry, hol deinem Großvater bitte einen Stuhl.«

»Oh, das ist nicht nötig, vielen Dank«, wehrte Mr Scott ab. Mit einem kläglichen Lächeln verlagerte er sein Gewicht auf das gesunde rechte Bein. »Ich sitze den ganzen Tag und nutze daher jede Gelegenheit, mich zu bewegen. Es tut zwar weh, aber anders werde ich nie lernen, damit zurechtzukommen.« Er zeigte auf die Prothese. »Es ist erst voriges Jahr passiert. Eine Schürfwunde, die sich entzündet hat. Das Bein wurde schwarz, und der Doktor meinte, wenn er es mir nicht abnimmt, werde ich sterben. Es hieß also, ich oder mein Bein.« Sein Lachen klang ein bisschen hohl, und mir lief ein Schauder über den Rücken. Man vergaß jedes Mal so leicht, wie rückständig die Medizin in dieser Zeit immer noch war. Gegen Blutvergiftungen und Wundbrand war man machtlos. Eine harmlose kleine Wunde konnte genauso tödlich sein wie eine Bronchitis, die in eine Lungenentzündung umschlug. Eine Schwangerschaft bedeutete Lebensgefahr – jede vierte Frau verlor bei der Entbindung oder im Wochenbett ihr Leben.

Zeitreisen waren manchmal romantisch und amüsant, doch das Leben in den vergangenen Zeiten war es definitiv nicht. Die meisten Leute standen dauernd mit einem Fuß im Grab. Dass Mr Scott die Amputation überhaupt überstanden hatte, war schon fast ein Wunder, in jedem Fall aber eine Ausnahme. Immer, wenn ich so etwas sah, rumorte es in mir, denn ich fand es einfach schrecklich, dass man den Menschen hier nicht helfen konnte. Wäre es nur möglich gewesen, Antibiotika und Schmerzmittel aus der Zukunft mitzubringen! Damit hätte man so viel Leid verhindern können.

»Kommen Sie doch bitte mit ins Hinterzimmer«, bat Mr Scott. Er humpelte voraus in einen behaglichen Raum mit Blick auf einen kleinen Garten. Wie im Laden waren auch hier die Wände mit Regalen und Bücherschränken vollgestellt. Trotzdem blieb noch Platz für eine altmodische kleine Sitzgruppe mit abgewetzten Polstern.

»Nehmen Sie doch bitte Platz.«

Das wollte ich gerade tun, da ertönte aus einer Ecke neben dem Sofa ein Fiepen. In einem flachen, mit einer alten Decke ausgeschlagenen Korb lag eine Hündin mit einem Wurf Welpen.

Entzückt und ohne Rücksicht auf mein vornehmes Kleid ging ich vor dem Korb in die Hocke. Die Hundemutter war irgendwas zwischen Spaniel und Retriever, sie blickte mich mit großen, glänzenden Augen an und sah dabei richtig stolz aus. Ihre Kleinen, vier an der Zahl, hatten sich an ihre Flanke gekuschelt, goldfarbene Fellknäuel, von denen eins gerade den Kopf hob und mich ebenfalls ansah. Mein Herz schmolz wie Butter in der Sonne.

Jerry hatte sich neben mich gehockt und streichelte die langen Ohren der Hündin. »Tilly ist ganz närrisch mit ihren Jungen. Führt sich auf, als hätte sie den Hauptgewinn in einer Lotterie gezogen.«

»Sie sind aber auch wirklich putzig«, meinte ich sehnsüchtig. »Vor allem dieser kleine Racker hier. Hat er schon einen Namen?«

»Sisyphus. Am Anfang hatte er etwas Mühe, an die Futterquelle zu kommen. Er musste immer erst die anderen wegschieben, deshalb hab ich ihn so genannt. Zwei haben wir schon verschenkt, und die anderen müssen auch entwöhnt werden.«

Spontan streckte ich die Hand aus und fuhr dem kleinen Sisyphus sacht übers Fell.

»Denk nicht mal dran«, sagte Sebastiano. Er hatte sich auf den Sessel gesetzt und betrachtete mich belustigt, als wüsste er genau, was in mir vorging. Na ja, zweifellos *wusste* er genau, was in mir vorging, schließlich kannte er mich schon lange, und ich hatte ihm bereits ein paarmal erzählt, dass ich kleine Hunde total niedlich fand und irgendwann gern selbst einen hätte.

Mr Scott legte seinem Enkel die Hand auf die Schulter. »Jerry, geh zu Mrs Simmons in die Küche und bitte sie, unseren Gästen Tee zu servieren.«

»Gemacht.« Jerry stolperte in seinem Bemühen, dem Wunsch seines Großvaters nachzukommen, und verließ den Raum durch die Hintertür. Mr Scott lächelte nachsichtig. In seinem Gesicht spiegelte sich seine große Zuneigung wider.

»Waren Sie bisher zufrieden mit Jerrys Leistungen?«, erkundigte er sich.

»Absolut«, sagte Sebastiano. »Er macht seine Sache sehr gut.« Aufmerksam betrachtete er den Buchhändler. »Sie aber auch. Seit unserer Ankunft kann ich nur staunen, mit welcher Präzision Sie alles vorbereitet haben. Das Haus, das Personal, die Ausstattung … Außerdem hörten wir von einem Landsitz, von Ställen und eigenen Pferden … Womit müssen wir noch rechnen?«

»Mit einem Vermögen«, antwortete Mr Scott trocken. »Im

Laufe der Woche sollten Sie sich einen Überblick über Ihre Konten verschaffen. Verwaltet wird alles von Rothschild & Sons in der St Swithin's Lane.«

»Vermutlich ist es viel.«

»Sehr viel.«

Ich streichelte gedankenverloren den kleinen Hund. Sein Fell war weich wie Seide, und er schmiegte das Köpfchen in meine Hand, als gehörte es dorthin. »Wie sind Sie auf Iphigenia und Reginald gekommen?«

»Lady Winterbottom ist eine gute Kundin von mir, sie liest gern und beehrt mich daher häufig in meinem Laden. Als Mr Marinero mir den Auftrag erteilte, für Sie beide eine passende Basis vorzubereiten und dabei an nichts zu sparen, fiel mir sofort Lady Winterbottom ein. Ich erzählte ihr eine rührselige Geschichte, der zufolge Sie während Ihrer Reise von Westindien vor der portugiesischen Küste in einen Sturm geraten sind und Schiffbruch erlitten haben. Dabei konnten Sie nur mit knapper Not Ihr eigenes Leben retten, aber Ihr gesamtes Gepäck ging in den Fluten des Atlantiks verloren.«

»Wie umsichtig von Ihnen«, bemerkte Sebastiano erheitert.

Mr Scott erwiderte sein Grinsen. »Lady Winterbottom hat sich mit Feuereifer in die Aufgabe gestürzt, die ich ihr angetragen habe. Mehr noch – sie war völlig aus dem Häuschen und meinte, selten hätte ihr etwas so viel Spaß gemacht.« Mr Scott räusperte sich. »Das Einkaufen von Kleidung ist sozusagen ihr Steckenpferd.«

»Und Reginald?«

»Lord Castlethorpe? Oh, der ist mir nicht näher bekannt, den hat Lady Winterbottom ins Boot geholt. Wie ich hörte, war es für ihn keine große Sache, denn er hat sich nach seiner Rückkehr vom Kontinent selbst neu einkleiden müssen. Lady Winterbottom hält ihn für einen feinen Burschen. Hat als Infanterist unter Wellesley in Spanien gekämpft und ist erst vor ein paar Wochen wieder nach London zurückgekommen. Eine Verletzung hat seiner militärischen Laufbahn ein vorzeitiges Ende gesetzt. Er hätte es in der Armee sonst sehr weit bringen können. Reicher Erbe, bewohnt eine Prunkvilla in der Wimpole Street.«

»Er will mich in die Clubs bringen«, erzählte Sebastiano.

»Ein guter Plan. Es gibt keinen besseren Weg, um rasch in höchste Kreise zu kommen, und wenn ich es richtig einschätze, ist das für die Erfüllung Ihrer Aufgabe maßgeblich. Ich helfe Ihnen, wo immer es in meiner Macht steht. Und alles, was ich nicht selbst tun kann, wird Jerry erledigen. Er ist ein lieber und tüchtiger Junge. Auf ihn können Sie sich völlig verlassen, an dem Burschen ist kein Falsch und kein Arg. Ich würde mit meinem Leben für ihn einstehen.«

Der kleine Sisyphus war in der Zwischenzeit aus dem Hundekorb geklettert und schnüffelte neugierig auf dem Fußboden herum. Als kurz darauf die Haushälterin Mrs Simmons mit dem Teetablett erschien, konnte ich ihn mir gerade noch schnappen, bevor er ihr zwischen die Füße tapste. Ich nahm ihn kurzerhand auf den Arm und setzte mich mit ihm aufs Sofa zu Jerry, der uns allen Tee einschenkte und dabei einen sehr zufriedenen Eindruck machte. Sebastiano hatte ihn noch einmal ausdrücklich gelobt, worauf er vor Freude und Verlegenheit unter all seinen vielen Sommersprossen rot angelaufen war. Mr Scott meinte mit liebevoller Ironie, für Jerry sei das Ganze wie ein besonders spannender Abenteuerroman, in dem er selbst als geheimnisvoller Held die Hauptrolle innehatte. Jerry wurde noch röter, entgegnete aber schlagfertig, dass es viel besser sei als ein Roman, da sich alles im wirklichen Leben abspielte. Und bestimmt gebe es auf der ganzen Welt kein so aufregendes und ungewöhnliches Geheimnis, wie er es zu hüten hatte.

Mr Scott übergab uns eine Mappe mit Dokumenten, mit denen wir uns in der Bank und auch sonst überall ausweisen konnten. Nebenher ließ er uns noch einige Informationen zuteilwerden, unter anderem über Iphigenia Winterbottom. Sie war die Witwe eines Viscounts, der den größten Teil seines Vermögens beim Kartenspiel durchgebracht hatte. Ehe er auch noch den ganzen Rest verspielen konnte, hatte er immerhin den Anstand besessen, an einem Herzschlag zu versterben. Mir kam diese Zusammenfassung ziemlich gruselig vor, aber Mr Scott meinte, genau mit den Worten hätte Iphigenia es ihm gegenüber beschrieben.

Seit dem Tod ihres Mannes lebte sie mit kleiner Dienerschaft in der Halfmoon Street, in einem relativ bescheidenen, aber ehrbaren Haus, das ihr Vater ihr hinterlassen hatte. Den Prachtbau in Belgravia, den sie während ihrer Ehe mit ihrem Gatten Lord Winterbottom bewohnt hatte, hatte sie verkaufen müssen, da ihr Mann den Besitz wegen seiner Spielschulden sowieso bis unter den Schornstein mit Hypotheken belastet hatte. Danach war ihr noch ein halbwegs auskömmliches Vermögen verblieben, von dem sie eine Weile zehren konnte. Jedenfalls so lange, bis sie auf dem Heiratsmarkt eine passende Partie gemacht hatte. Was laut Mr Scott nicht mehr lange dauern konnte, gab es doch in ganz London kaum eine solch exquisite Schönheit wie Lady Winterbottom. Es hatte schon eine Reihe von Bewerbern um sie angehalten, aber sie war wählerisch und wartete auf einen wirklich guten Fang.

Sebastiano nahm mir Sisyphus ab und setzte ihn wieder zu Tilly in den Hundekorb. »Zeit, dass wir ein paar Dinge erledigen.«

Bedauernd stand ich auf. Der kleine Hund war einfach zu niedlich, doch ich sah ein, dass er hierbleiben musste, denn in nicht allzu ferner Zeit mussten wir ins Jahr 2013 zurückkehren, dahin konnten wir ihn sowieso nicht mitnehmen.

Wir vereinbarten mit Mr Scott, dass wir über Jerry in Verbindung bleiben würden.

»Bitte kommen Sie jederzeit her, wenn Sie Hilfe brauchen«, erklärte der freundliche alte Buchhändler, während er uns zur Vordertür brachte.

Beim Anblick der Schaufenster-Auslage konnte ich nicht widerstehen und nahm voller Ehrfurcht einen der Gedichtbände von Lord Byron heraus.

»Sieh nur«, sagte ich aufgeregt zu Sebastiano. »*Childe Herald's Pilgrimage*! In der Erstausgabe!«

»Letztes Jahr erschienen«, bestätigte Mr Scott. »Nehmen Sie es nur mit, ich habe noch eine ganze Kiste auf Lager.«

»Danke!«, sagte ich begeistert. »Das freut mich wirklich sehr!«

Ich fing schon an zu blättern, bevor wir wieder in die Kutsche stiegen (ein Modell namens *Tilbury*, wie ich bei dieser Gelegenheit von Jerry erfuhr).

Wir fuhren zur St Swithin's Lane, wo wir vor einem noch recht neu aussehenden Prachtbau anhielten, in dem sich das Bankhaus Rothschild & Sons befand. Ich wartete in der Kutsche und las, während Sebastiano in der Bank das Geschäftliche erledigte.

Nach einer Weile kam er zurück, eine ziemlich sperrige Schatulle unterm Arm.

»Hör mal«, sagte ich und las ihm einige Verse vor. Es war einfach traumhaft, was der intergalaktische Translator mit dem Text machte, weil es sich beim Rezitieren komplett muttersprachlich anfühlte. »Klingt das nicht super?«

»Was ist das?«

»Jambische Pentameter. Von Lord Byron. Er ist hier *der* Bestsellerautor und total beliebt.«

Sebastiano nickte bloß zerstreut und drückte mir einen Beutel mit Münzen in die Hand. »Hier hast du etwas Bargeld.«

»Danke. Wie war es so in der Bank?«

»Wir sind Millionäre«, erklärte Sebastiano und sah dabei ziemlich erschüttert aus. »In Pfund, wohlgemerkt. Das kann derzeit hier kaum jemand toppen. Anscheinend gehören wir wirklich zur absoluten Upperclass. Da, sieh dir das an! Der Familienschmuck.« Er klappte die Schatulle auf, und ich war auf den ersten Blick so geblendet, dass ich die Augen schließen musste vor all dem Glanz. Auf mitternachtsblauem Samt ruhten blitzende Brillanten und andere Klunker in den unterschiedlichsten Ausfertigungen – Colliers, Armbänder, Ohrgehänge, Krawattennadeln, Manschettenknöpfe, Ringe, Steckkämme, Gürtelschnallen. Sebastiano zog eine Schublade aus der Schatulle, und da gab es das Gleiche noch einmal in allen möglichen Perlenvariationen.

»Wow«, sagte ich beeindruckt. »Vor allem dieser dicke Siegelring da. Der ist echt cool.«

»Gib es zu, Lord Byron findest du cooler.«

»Na ja. Es ist eine Erstausgabe. Und trotzdem gleichzeitig wie neu. Und der Typ lebt noch! Das Buch hier ist erst der Anfang von *Childe Harold's Pilgrimage*! Damit will ich sagen, er sitzt wahrscheinlich in diesem Augenblick irgendwo in der Stadt und dichtet, ist das nicht Wahnsinn? Theoretisch könnte er Mitglied in dem Club sein, in den du heute Nachmittag mit dem guten alten Reggie gehen willst.« Mir kam ein Gedanke. »Du solltest vorsorglich das Buch mitnehmen, und falls Lord Byron dir da irgendwo über den Weg läuft, musst du es dir signieren lassen.«

»Garantiert nicht«, sagte Sebastiano.

»Und lass ihn auf jeden Fall *Für meine liebe Anna* reinschreiben.«

Nachdem wir die Wertgegenstände sicher verstaut hatten – Sebastiano hatte in dem Schreibtisch im Herrenzimmer ein Geheimfach entdeckt und die Schatulle darin eingeschlossen –, überlegten wir, ob wir als Nächstes zu Mr Turner oder zu Mr Stephenson fahren sollten. Da José es ja offensichtlich für wesentlich hielt, dass wir mit den beiden Kontakt hielten, mussten wir das so bald wie möglich in Angriff nehmen.

Doch bevor wir eine Entscheidung treffen konnten, welchen der zwei wir zuerst aufsuchen sollten, verkündete Mr Fitzjohn, das Mittagessen sei zubereitet und könne aufgetragen werden. Bei der Gelegenheit stellten wir fest, dass wir ziemlich hungrig waren und entschieden übereinstimmend, erst mal was zu essen.

Während Mr Fitzjohn und ein paar der übrigen dienstbaren Geister diverse verheißungsvoll duftende Schüsseln und Platten herbeischleppten, besichtigten wir den Rest des Hauses. Unter anderem den großen Speisesaal, in dem man richtige Bankette feiern konnte, den Ballsaal, der die ganze Rückseite des Hauses einnahm und mit gewaltigen Kronleuchtern, vergoldeten Wandspiegeln und spindelbeinigen Louis-quinze-Sitzgarnituren ausgestattet war, und die Bibliothek, die dem Herrenzimmer im ersten Stock ähnelte, aber ungefähr doppelt so groß war und dreimal so viele Bücherschränke aufwies. Das Frühstückszimmer und den Empfangssalon hatten wir ja schon am Morgen gesehen. Ich hielt auch nach der Küche Ausschau, doch Sebastiano meinte, die sei im Untergeschoss, ebenso wie die übrigen Wirtschaftsräume.

»Das ist echt die absolute Nobelhütte«, sagte ich leise zu ihm, als wir mit der Besichtigung fertig waren. Das heißt, ich wollte es sagen, aber es kam als *Dies ist ein ungemein luxuriöses Domizil* heraus, was der Beweis dafür war, dass jemand mithörte. Ich drehte mich um, und tatsächlich, nur ein paar Schritte von uns entfernt stand Mrs Fitzjohn in der Halle, wie eine Statue in ihrem grauen Kleid, den Blick auf ihre ebenfalls grauen Schuhe geheftet.

»Das Essen ist nun serviert«, sagte sie höflich.

Beim nachfolgenden Mittagessen, das wir praktischerweise im Frühstückszimmer einnahmen, fühlte ich mich ein wenig unwohl, denn andauernd waren Leute um uns herum, die uns bedienten, und zwar nicht nur das Serviermädchen Janie von heute Morgen, sondern auch Mr und Mrs Fitzjohn und ein Junge in Livree, der uns als *Cedric, einer der Hausdiener*, vorgestellt wurde. Was wohl darauf hindeutete, dass es von seiner Sorte noch mehr gab.

Sowohl hinter meinem als auch hinter Sebastianos Stuhl stand immer jemand bereit, auf den leisesten Wink hin nach vorn zu springen, um einen Happen nachzulegen oder das Glas neu zu füllen. Wir hatten zum Trinken Limonade bestellt und uns damit wahrscheinlich als Exoten geoutet, weil wir keinen Wein gewählt hatten. Aber da wir ja hochoffiziell sowieso vom anderen Ende der Welt stammten, machte das bestimmt nicht viel aus. Mit derselben Begründung konnten wir uns beim Essen ein bisschen wählerisch anstellen, denn das, was uns aufgetischt wurde, war nicht unbedingt gutbürgerlich. Jedenfalls nicht in dem Sinne, wie wir es kannten. Trotzdem fand ich es nicht übel, höchstens ein wenig gewöhnungsbedürftig. Es gab Lammfleisch mit Minzsauce, gebackene Austern in einer Art Eierteig, glasig gedünsteten Kabeljau, gebratene Leber und Roastbeef mit einer undefinierbaren, etwas zu fettigen Beilage, von der ich später erfuhr, dass es Yorkshire Pudding war. Ich probierte von allem ein bisschen und hielt mich dann an das Roastbeef. Dazu ließ ich mir von Janie noch einen Nachschlag von den grünen Erbsen auftun. Zum Dessert gab es diverse Sorten Kuchen und mit Sahne und Eiern aufgeschlagene Cremespeisen – von allem wurde viel zu viel aufgetischt, wir konnten kaum was davon essen. Ich wollte schon etwas in der Art sagen wie: »Beim nächsten Mal würde mir ein Spiegelei mit Bratkartoffeln wirklich reichen, und Nachtisch brauche ich eigentlich auch nicht unbedingt«, verkniff es mir dann aber lieber, denn mir fiel gerade noch ein, dass das ganze Personal ja auch beköstigt werden musste, und die freuten sich über ein mehrgängiges feines Menü sicher mehr als über Spiegeleier. Janie sah aus, als hätte sie ein paar ordentliche Mahlzeiten dringend nötig, sie war viel zu dünn, und Cedric, der bestimmt auch nicht viel älter war als sie, war noch im Wachstum – Jungs in dem Alter brauchten massenhaft zu essen.

Ich blickte die beiden fröhlich an. »Es ist ja wirklich eine Menge übrig. Ich hoffe, ihr könnt euch alles noch mal heiß machen.«

Die zwei tauschten verständnislose Blicke. Mr Fitzjohn räusperte sich. »Das Gesinde isst in der Küche. Dort wird nur schlichte Kost serviert.«

»Sie meinen, das alles hier …« – ich deutete auf die silbernen Schüsseln und die immer noch fast vollen Platten – »… war nur für uns?«

»Nun, die Köchin sowie Mrs Fitzjohn und meine Wenigkeit werden die Reste zu uns nehmen. Doch für die niedere Dienerschaft wird ein anderes Essen bereitgestellt.«

Wenn das nicht der Gipfel der Diskriminierung war!

»Was kriegen denn Cedric und Janie heute?«, wollte ich wissen.

»Die beiden haben bereits gegessen.«

»Und was?«

Cedric und Janie sahen peinlich berührt zu Boden.

»Beantwortet die Frage Ihrer Ladyschaft«, forderte Mr Fitzjohn sie auf.

»Kartoffelsuppe, Mylady«, ließ sich Janie mit schüchternem Lispeln vernehmen.

»Bloß Kartoffelsuppe?«

»Wir hatten jeder noch ein Stückchen Brot dazu«, ergänzte Cedric errötend.

Sebastiano gab mir unterm Tisch einen warnenden Tritt, doch ich war nicht mehr zu bremsen.

»Ich möchte gerne, dass hier im Haus ab sofort alle dasselbe essen wie wir. Ich bin gegen Ausbeutung am Arbeitsplatz.« Kühn fügte ich hinzu: »Außerdem möchte ich, dass Janie und Cedric nicht länger als acht Stunden pro Tag arbeiten. Höchstens.«

Mr Fitzjohn nahm diese Anweisung mit unbewegter Miene und einem höflichen Nicken zur Kenntnis, während Cedric und Janie mich mit offenem Mund anstarrten und auch beim Abräumen des Tisches immer noch den Eindruck machten, als hätten sie eben etwas völlig Absurdes erlebt.

»Ich hätte gern noch eine Tasse Kaffee, wenn es nicht zu viele Umstände macht«, sagte ich zu Mr Fitzjohn. »Und dazu heiße Milch.«

»Selbstverständlich, Mylady.« Mit einer kurzen Verbeugung verließ er den Raum.

Als Janie und Cedric ihm mit den benutzten Tellern folgen wollten, hielt ich sie zurück. »Wartet. Ich habe noch etwas für euch.« Ich nahm ein paar Münzen aus dem Beutel, den Sebastiano mir gegeben hatte.

»Hier. Kauft euch was Schönes.«

»Besten Dank, Mylady!« Cedric knickte in der Hüfte ein, so tief verbeugte er sich, und Janie legte gleichzeitig eine Art Hofknicks hin. Dann verschwanden beide blitzartig, als hätten sie Sorge, dass ich es mir noch anders überlegen könnte.

»Was denn?«, verteidigte ich mich, als ich mit Sebastiano allein war und er mir einen seltsamen Blick zuwarf. »Hast du dir die beiden mal angesehen? Die sind höchstens fünfzehn oder sechzehn und müssen uns dieses ganze Edelfutter auftischen, nachdem sie selber bloß *Kartoffelsuppe* gekriegt haben! Und von gesetzlichem Mindestlohn haben die hier bestimmt auch noch nie was gehört.«

Sebastiano schnitt eine komisch-verzweifelte Grimasse. »Du kommst von einer Sklavenplantage und bist *gegen Ausbeutung am Arbeitsplatz*. Fällt dir da vielleicht was auf? Etwa ein gewisser Widerspruch?«

Ich schüttelte den Kopf. »Das hatten wir doch schon geklärt. Schließlich habe ich Mr Fitzjohn heute Morgen laut und deutlich gesagt, dass wir unsere Sklaven freilassen wollen.«

Ein Grinsen umspielte seine Mundwinkel. »Und was wird dann aus unserer Plantage?«

»Die könnten wir meinetwegen sofort verkaufen. Wir leben ja jetzt hier in London und nicht mehr auf Barbados.«

Sein Grinsen wurde breiter, und er beugte sich zu mir, um mich zu küssen. Wir knutschten ein bisschen herum – und fuhren dann gerade noch rechtzeitig auseinander, als Mrs Fitzjohn mit Kaffee und heißer Milch auftauchte. Ich mischte mir eine Art Caffè Latte und dachte dabei sehnsüchtig an Venedig, wo ich jetzt gern mit Sebastiano auf der Piazza San Marco in der Sonne gesessen und richtigen Milchkaffee getrunken hätte. Stattdessen hatten wir hier eine Aufgabe zu erfüllen, die wir nicht kannten und bei der nicht mal klar war, wie wir mehr darüber herausfinden konnten.

Sebastiano zog die goldene Uhr aus der Tasche seiner passgenau geschneiderten Seidenweste und ließ sie mit einer weltmännischen Bewegung des Handgelenks aufschnappen.

»Wow«, sagte ich. »Hast du das geübt?«

»Ein bisschen.« Sebastiano klappte die Uhr wieder zu. »Es ist fast zwei. In einer Stunde will Bräutigam-Ken schon mit mir zu White's. Ich denke, wir verschieben den Besuch bei Mr Turner und Mr Stephenson lieber auf morgen, da haben wir mehr Zeit.«

»Okay. Dann lese ich so lange, bis Iphigenia mit der neuen Zofe vorbeikommt.« Nachdenklich sah ich Sebastiano an. »Wenn ich eine Zofe kriege – müsstest du dann nicht auch einen Kammerdiener haben?«

»Oh, ich habe einen. Er heißt Meeks und hat mir einen langen Vortrag darüber gehalten, dass wahre Gentlemen ihr Haar derzeit im Brutus-Stil tragen.«

»Brutus? Meinte er diesen Kerl, der Cäsar ermordet hat?«

»Ich glaube schon.«

»Hatte der eine Frisur wie aus dem Windkanal?«

»Keine Ahnung, aber ich vermute es.«

»Na, wenigstens wäre damit geklärt, wieso du heute so wuschelig aussiehst. Ich dachte schon, du hättest keinen Kamm gefunden.«

»Meeks bekäme garantiert einen Nervenzusammenbruch, wenn er das hören könnte. Er hat sich wahnsinnig viel Mühe gegeben. Und mit allem anderen auch. Heute Morgen, während du noch geschlafen hast, hat er sich mindestens eine Stunde damit befasst, mein Rasierwasser auf die passende Temperatur zu erwärmen, meine Stiefel spiegelblank zu wienern und das Ding hier *fashionable* zu binden.« Sebastiano zupfte an seinem elegant arrangierten, schneeweißen Halstuch. »Dieses modische Kunststück nennt sich *trône d'amour*. Aber frag mich nicht, warum.«

»Ich finde jedenfalls, dass es super aussieht. *Du* siehst super aus.« Ich wollte ihm gerade mit einem Kuss beweisen, wie sehr ich von ihm beeindruckt war, als es erneut klopfte und Mr Fitzjohn auf der Bildfläche erschien. Ich fiel hastig auf meinen Stuhl zurück und versteckte mich so gut es ging hinter meiner leeren Kaffeetasse. Wir mussten besser aufpassen, sonst flog unsere Tarnung noch auf, bevor wir herausbekommen hatten, worin unser Job als Zeitwächter hier überhaupt bestand.

Mr Fitzjohn brachte eine zusammengefaltete und mit einem Tropfen Siegelwachs verschlossene Nachricht, die wieder stilecht auf dem kleinen Silbertablett lag.

»Das kam soeben mit der Penny Post«, sagte Mr Fitzjohn.

Die Liste der unbekannten Begriffe wurde immer länger, aber immerhin konnte ich mir diesmal leicht selbst zusammenreimen, was gemeint war.

»Irgendetwas Wichtiges?«, fragte ich neugierig, nachdem Sebastiano das Siegel aufgerissen und die Botschaft überflogen hatte.

»Ach, nichts Besonderes«, erwiderte er in gelangweiltem Ton, doch er konnte mich nicht täuschen, mir war sofort aufgefallen, wie er sich beim Lesen angespannt hatte.

»Wünschen Eure Lordschaft noch etwas?«, erkundigte Mr Fitzjohn sich.

»Ja. Lassen Sie bitte sofort Jerry mit der Kutsche vorfahren. Wir haben noch etwas zu erledigen.«

»Sehr wohl, Mylord.«

Sebastiano wartete, bis der Butler den Raum wieder verlassen hatte, dann sah er mich sehr ernst an und reichte mir die Botschaft. Sie bestand nur aus einer einzigen Zeile, trotzdem erschrak ich beim Lesen, denn sie stammte von José.

Kommt sofort und ohne Aufsehen nach Spitalfields. Ihr müsst zurück.

Wir verloren keine Zeit und nahmen nichts weiter mit als ein paar Sachen, von denen wir dachten, dass es Verschwendung sei, sie hierzulassen. Vor allem die Schatulle mit dem Schmuck und das Geld, von dem Sebastiano eine ziemlich hohe Summe bei der

Bank abgehoben hatte und das – genauso wie die Klunker – dem Bund der Zeitwächter gehörte, dessen Vermögen für Aufgaben in allen möglichen Epochen eingesetzt wurde. José würde es an sich nehmen und es wieder im großen Topf verschwinden lassen, so wie immer, wenn wir von unseren Einsätzen zurückkehrten.

Der unerwartete Befehl zum Aufbruch beunruhigte mich zwar, aber gleichzeitig war ich auch erleichtert, denn dieser ganze Job hatte von Anfang an etwas an sich gehabt, das mir auf unerklärliche Weise Angst einflößte. Die Albträume der letzten Nächte waren immer noch irgendwie präsent; sie schienen beständig hinter irgendeiner Ecke zu lauern und auf mich zu warten. Deshalb empfand ich auch kein Bedauern darüber, dass wir so schnell von hier verschwinden mussten. Es war nur ein wenig schade, dass wir uns nicht von unserer Dienerschaft verabschieden konnten, denn alle waren sehr nett zu uns gewesen. Doch Josés Anweisung, kein Aufsehen zu erregen, war ziemlich eindeutig. Obwohl es mir schwerfiel, hielt ich folglich den Mund und tat so, als wollten wir nur einen kleinen Ausflug in die City unternehmen.

Trotzdem nutzte ich die Gelegenheit, Janie, die gerade mit einem Federfeudel das Treppengeländer abstaubte, im Vorbeigehen noch zwei dicke Goldstücke in die Hand zu drücken. Ich hatte zwar keine Ahnung, wie viel es genau wert war, aber ihre weit aufgerissenen Augen ließen mich vermuten, dass es mehr war, als sie je auf einmal gesehen hatte.

»Pst«, flüsterte ich, während ich mich vergewisserte, dass niemand es mitgekriegt hatte. »Eins für dich, eins für Cedric! Aber nicht weitersagen!«

Sie nickte nervös, und ich hoffte, dass sie bald aufhörte, wie ein verschrecktes Kaninchen dreinzuschauen, denn sonst würde sicher irgendwem auffallen, dass sie unerwartet zu Geld gekommen war. Hastig versenkte sie die Münzen in ihrer Schürzentasche, und ich eilte zur Haustür, wo Sebastiano schon ungeduldig auf mich wartete.

»Was hast du da?«, fragte er auf dem Weg zur Kutsche.

»Dieses Ding? Man nennt es Retikül. Das ist so was Ähnliches wie eine Handtasche.«

»Nein, ich meinte, was du da drin hast.«

»Oh, den Beutel mit dem Geld. Und … äh, ein bisschen was zum Lesen für unterwegs.« Als ich seinen Blick bemerkte, setzte ich eifrig hinzu: »Es sind bloß zwei kleine dünne Bücher! Nur Byron und Jane Austen! Ich weiß, dass wir das nicht tun sollen. Aber Sebastiano, es sind *Erstausgaben*! Die gibt es bei uns praktisch überhaupt nicht mehr, oder höchstens ganz uralt und zerfleddert und in Schaukästen im Museum. Ich schwöre dir, dass ich sie super verstecke und niemandem zeige! Auch nicht Vanessa!« Ich wusste genau, dass die sich allenfalls für die Handtasche und die Klamotten interessierte, die ich gerade trug, aber diese Sachen würden sowieso wie üblich in den Kostümfundus wandern, den die Alten für unsere Zeitreisen unterhielten.

Bittend sah ich Sebastiano an. »So was wie mit den Brillanten im Eisfach passiert bestimmt nicht mehr, ich passe diesmal besser auf, versprochen!«

Er seufzte. »Meinetwegen. Es wird sowieso jeder, der es zufällig zu Gesicht kriegt, für eine Fälschung halten.«

Daran hatte ich überhaupt noch nicht gedacht, und dabei lag es doch auf der Hand. Nachdenklich blieb ich mitten auf der Straße stehen. »Weißt du, ich könnte …«

»Nein. Die Encyclopædia Britannica bleibt schön im Bücherschrank.«

Diesmal war ich es, die seufzte. »Na gut.«

Jerry war bereits vom Kutschbock gesprungen und hielt uns den Schlag auf. »Mylady, Mylord.«

»Jerry, du kannst uns doch ruhig mit Vornamen anreden«, sagte ich so leise, dass Jacko, der schrumpfköpfige Groom hinten auf dem Trittbrett, es nicht hören konnte. »Du weißt, dass wir gar nicht adlig sind.«

Er wurde unter seinen Sommersprossen rot und lächelte zögernd. »Würde einen schlechten Eindruck machen, wenn ich Sie vor anderen Leuten wie gute Freunde anspreche, also besser erst gar kein Risiko eingehen.«

»Trotzdem bist du ein super Kumpel«, sagte ich. Der Translator machte einen *trefflichen Gefährten* daraus, aber das änderte ja nichts am Sachverhalt. Ich musste ein paarmal schlucken, als ich mit Jerrys Hilfe in die Kutsche stieg, denn möglicherweise sah ich ihn heute das letzte Mal. Es war ziemlich unwahrscheinlich, dass Sebastiano und ich noch einmal in der Londoner Vergangenheit zu tun haben würden, denn dieser Job war ja nur eine Vertretung, weil José für den Alten, der hier sonst die früheren Epochen managte, kurzfristig hatte einspringen müssen. Das war das Blöde an diesen Jobs: Man traf nette Leute und musste sich irgendwann für immer von ihnen verabschieden.

»Wo soll's hingehen, Mylord?«, wollte Jerry wissen.

Sebastiano, schon mit einem Bein in der Kutsche, drehte sich zu ihm um.

»Nach Spitalfields.«

»Oh. Sie wollen …«

»Ja«, sagte Sebastiano ruhig. »Mr Marinero wartet dort auf uns.«

Jerry sah bestürzt aus, viele Fragen standen in seinen Augen, aber er sagte nichts weiter, sondern warf den Schlag zu und nahm seinen Platz auf dem Kutschbock ein. Gleich darauf ließ er die Peitsche knallen, und das Pferdegespann setzte sich in Bewegung. Bald rollte die Kutsche in stetigem Tempo durch die Straßen der

City in östlicher Richtung. Ich lehnte mich stumm an Sebastianos Schulter. Mit einem Mal hatte ich den Kopf voller Sorgen.

Im Tageslicht sah es in Spitalfields noch trostloser aus als bei Nacht. Die schäbigen Häuser waren von dem stinkenden Qualm der Kochfeuer umnebelt, der aus allen Ritzen quoll, und die Leute waren so ärmlich gekleidet, dass ich am liebsten sofort ausgestiegen wäre und mein restliches Geld verteilt hätte; vor allem an die Kinder, von denen manche so blass und abgemagert waren, dass es mir das Herz zusammenschnürte. Sebastiano schüttelte jedoch bedauernd den Kopf, als ich vorschlug, einige Münzen zu verschenken.

»Dann hätten wir gleich Hunderte von Bettlern am Hals und kämen niemals bei der Kirche an.«

Die ganze Umgebung wirkte schmutzig und verwahrlost. Einmal kamen wir an einer Fabrik vorbei, aus der ohrenbetäubender Lärm schallte. Wer da drin arbeitete, musste über kurz oder lang schwerhörig oder taub werden.

»Wahrscheinlich eine Weberei«, antwortete Sebastiano auf meine Frage, was hier wohl produziert wurde. »Und der Krach kommt von Dampfmaschinen.«

Richtig, davon hatte ich gelesen. In dieser Epoche war man mithilfe der Dampfmaschine in ein neues Zeitalter vorgestoßen – das der Industrialisierung und der Massenproduktion. Auf Kosten der armen Menschen, die sich dafür kaputtschuften durften.

José wartete an der kleinen Kirche auf uns. Er wirkte ungewöhnlich grimmig, sein Gesicht sah noch zerfurchter aus als sonst.

»Was ist los?«, wollte Sebastiano wissen.

José schüttelte nur kurz den Kopf und blickte zu Jerry, der dem Groom den Kutschbock überlassen hatte und mit uns zur Kirche gekommen war. Solange der Junge dabei war, konnte José nicht offen mit uns reden.

Doch Jerrys Aufmerksamkeit war gerade anderweitig beansprucht. »Oje«, sagte er alarmiert. »Da ist die Frau wieder. Sie kommt direkt auf uns zu.«

Ich drehte mich um, und tatsächlich – Molly Flanders kam mit breitem Lächeln auf uns zugesegelt. Diesmal war sie ganz in Pink, und auf den hochgetürmten Locken hatte sie ein Gebilde aus gewaltigen Straußenfedern sitzen.

»Halt sie uns vom Hals«, sagte José zu Jerry. Er drückte dem Jungen ein paar Geldstücke in die Hand, dann schloss er die Kirchenpforte auf. »Folgt mir«, sagte er über die Schulter zu Sebastiano und mir.

»Aber …« Jerry hob zu einem Protest an, doch José war bereits in die Kirche gegangen.

»Wenn das nicht der rothaarige junge Gentleman von neulich ist«, hörten wir Molly noch fröhlich rufen, da zog Sebastiano auch schon die Kirchentür hinter uns zu und verriegelte sie auf Josés Geheiß sorgfältig.

»Willst du uns jetzt vielleicht erzählen, was passiert ist?«, fragte er.

José war zu der Säule vorausgeeilt. »Lasst uns erst mal springen. Wir dürfen keine Zeit verlieren. Ihr müsst zurück, bevor es nicht mehr geht.«

»Bevor es nicht mehr geht?«, wiederholte ich erschrocken. »Wieso sollte es denn nicht mehr gehen?«

José hob jedoch nur wortlos die Hand und streckte sie neben der Säule in die Luft, worauf es um seine Finger herum anfing zu flimmern. Sebastiano zog mich an Josés Seite und umschlang mich fest mit beiden Armen, denn er wusste, wie sehr ich mich vor jedem Sprung ängstigte.

Die ganze Umgebung begann nun zu vibrieren, immer stärker, bis der Boden unter meinen Füßen auf und ab schwankte. Ein Rütteln erfasste mich, um mich herum dröhnte es, ich spürte die gewaltige Kraft des Zeitensogs bis in mein tiefstes Inneres. Dann kam die Kälte dazu, die so eisig und unheimlich war wie nichts anderes auf der Welt, jedenfalls nichts von natürlichem Ursprung. Das Dröhnen wurde lauter, das flimmernde Licht wurde blendend hell und stach sogar durch meine fest geschlossenen Lider. Gerade, als ich glaubte, es keinen Moment länger aushalten zu können, ertönte der Knall, der das Licht auf einen Schlag zum Erlöschen brachte.

Doch diesmal wurde ich nicht von der Schwärze der Zeit verschluckt, sondern von einer heftigen Druckwelle zu Boden geworfen. Aus allen Richtungen prasselten Gesteinsbrocken nieder, einer davon traf mich schmerzhaft an der Schulter. Ich hatte keine Ahnung, was gerade passiert war, aber eins wusste ich sicher: Irgendetwas bei diesem Sprung war gründlich schiefgegangen.

TEIL ZWEI

London, 1813

Ich lag flach auf dem Rücken, die Luft roch verbrannt. Voller Panik setzte ich mich auf. »Sebastiano?«

»Ich bin hier.« Er war ebenfalls gestürzt und lag dicht neben mir. Rasch gab er mir die Hand, und gemeinsam rappelten wir uns hoch.

»Bist du verletzt?«, fragte er drängend.

Ich rieb mir die Schulter. Es tat ein bisschen weh, aber der Stoff meines Mantels hatte gehalten. »Bloß eine kleine Prellung. Und du?«

»Alles in Ordnung. Nur mein Krawattenknoten ist ruiniert. Meeks wäre untröstlich.« Er klaubte einen Stein aus seinem gestärkten Hemdkragen.

Wir waren immer noch in der Kirche, aber es gab weit und breit keine Spur von José. Dort, wo er eben noch gestanden hatte, klaffte ein tiefes Loch im Fußboden, als hätte jemand mit einem riesigen Hammer die Platten zertrümmert. Die herausgebrochenen Steine lagen im Umkreis von mehreren Metern verstreut herum. Von dem geschwärzten, glasig verbrannten Untergrund stiegen dunkle Rauchfäden auf. Davon abgesehen sah alles genauso aus wie vor wenigen Minuten: die rußigen Kerzen, die rechts und links von dem streng blickenden Jesus brannten, das vertrocknete

Blumengebinde auf den Treppenstufen, die Wachsflecken auf dem Altartuch, das Messgewand auf dem Schemel. Die einzige Veränderung war das Loch im Fußboden.

»Was ist passiert?« Verstört sah ich Sebastiano an. »Ob das Tor instabil geworden ist, weil jemand uns bei dem Sprung beobachtet hat?« Hastig schaute ich mich nach allen Seiten um.

»Nein, das verursacht keine Schäden. In dem Fall passiert einfach nichts. Außerdem wäre José dann noch da.« Er trat gegen eines der herumliegenden Trümmerstücke. »Frag mich nicht, warum er ohne uns gesprungen ist, denn ich habe nicht die geringste Ahnung.«

»Hast du das schon mal erlebt?«

Sebastiano schüttelte düster den Kopf.

Von draußen klopfte es heftig an der Tür. Sebastiano ging öffnen – es war Jerry, der den Knall gehört hatte und nun erschrocken zu uns hereinschaute.

»Was ist geschehen?«

Im Hintergrund ließ sich die geschäftstüchtige Molly Flanders blicken, anscheinend war es Jerry noch nicht gelungen, sie loszuwerden. Sie lugte neugierig über seine Schulter.

»Das klang hier gerade nach einem gewaltig lauten Amen«, meinte sie leutselig. »Oder vielleicht doch eher nach einer Ladung Schwarzpulver?«

»Jerry, bitte warte eine Weile auf uns«, bat Sebastiano. »Wir sind hier noch nicht fertig.«

»Ja, aber …«

Sebastiano machte ihm die Tür vor der Nase zu, ehe er seinen Protest in Worte fassen konnte.

»Was hast du vor?«, fragte ich.

»Warten. Könnte ja sein, dass José gleich zurückkommt.«

Wir klopften uns den Staub von der Kleidung und setzten uns auf eine der Kirchenbänke. Dabei bemühten wir uns, dem vorwurfsvollen Starren des hölzernen Christus auszuweichen und auch nicht allzu genau den kaputten Fußboden neben der Säule zu betrachten. Sebastiano legte den Arm um mich, und gemeinsam hingen wir bedrückenden Gedanken nach.

Auf einmal wurde die Tür zur Sakristei aufgerissen, und ein Geistlicher platzte herein, der uns misstrauisch anblickte. Als er den ruinierten Fußboden sah, fing er sofort an zu zetern, und Sebastiano konnte ihn nur mit Mühe davon abhalten, die Polizei zu rufen. Der Geistliche jammerte ein ums andere Mal, er habe diesem einäugigen Schurken von Anfang an nicht getraut.

»Ich hätte niemals sein Geld nehmen dürfen, denn mir war klar, dass er die Kirche nur für dunkle und widernatürliche Zwecke missbraucht!«

Damit lag er ziemlich richtig, aber Sebastiano schaffte es, den Zorn des Mannes mit passenden Gegenmaßnahmen zu dämpfen. Eine Rolle Banknoten wechselte den Besitzer.

»Das sollte für einen neuen Fußboden reichen«, sagte er. »Vom Rest können Sie das Dach machen lassen. Oder eine neue Jesusfigur anschaffen.«

Der Geistliche wies uns entrüstet darauf hin, dass der hölzerne Heiland von seinem Bruder gefertigt worden sei, einem wahren Meister der Schnitzkunst, doch gleichzeitig zählte er in Windeseile das Geld und ließ uns dann gnädig ziehen.

Als wir aus der Kirche kamen, wurde der arme Jerry immer noch von Molly Flanders belagert.

»Ich habe der Weibsperson eine Guinee gegeben«, klagte er. »Aber sie will nicht verschwinden.«

»Du hast mir das Geld doch für meine Gesellschaft gegeben«, gab Molly vernünftig zurück. »Das ist für gewöhnlich der Handel, den ich mit liebebedürftigen Herren abschließe.«

»Ich bin nicht liebebedürftig.«

»Oh, aber sicher bist du das. Alle jungen Gentlemen in deinem Alter sind es, nur stellen die sich nicht so verschüchtert an wie du.«

Sie lächelte den Groom Jacko an, der auf dem rückwärtigen Trittbrett der Kutsche stand und zahnlos zurückgrinste. »Sogar dieser steinalte Kerl da weiß die Reize einer schönen Dame zu würdigen, stimmt's?«

Jacko zwinkerte zustimmend.

Sebastiano half mir in die Kutsche. »Ich schlage vor, ihr setzt diese Unterhaltung ein andermal fort. Wir müssen los.«

Jerry erklomm erleichtert den Kutschbock. »Zurück zum Grosvenor Square, Mylord?«

»Nein, zuerst zu deinem Großvater, Jerry.« Sebastiano stieg zu mir in die Kutsche und zog den Schlag zu. Während der Fahrt berieten wir uns leise, was wir jetzt tun sollten, doch weil wir keine Ahnung hatten, was genau geschehen war, hatten wir auch keine zündende Idee für irgendwelche besonderen Maßnahmen. Deshalb beschlossen wir, zunächst einfach so weiterzumachen wie ursprünglich geplant, nämlich wie es in Josés Notiz vorgesehen war. Es sei denn, Mr Scott hatte einen besseren Plan.

Der alte Buchhändler bat uns wieder in sein Hinterzimmer, damit wir ungestört reden konnten. Nachdem Sebastiano ihm erzählt hatte, was geschehen war, machte er eine sehr ernste Miene.

»Mr Marinero hatte bereits die Befürchtung geäußert, dass so etwas geschehen könnte, doch er hoffte, dass das Portal in der Kirche verschont werden würde, weil es klein und unbedeutend und kaum bekannt ist.«

»Verschont wovon?«, wollte Sebastiano wissen.

»Von der Zerstörung. Es ist nicht das erste Tor, das während der Benutzung vernichtet worden ist. Mr Marinero erwähnte, dass es in den letzten Tagen mehrere erwischt hat.«

Vor Schreck hätte ich fast den kleinen Sisyphus fallen lassen, den ich auf den Arm genommen hatte, weil er so einsam aussah. Seine Geschwister waren verschwunden, anscheinend hatten sie inzwischen ein neues Zuhause gefunden.

»Was hat er sonst noch gesagt?«, fragte Sebastiano. Ich konnte sehen, dass er unter seiner Sonnenbräune blass geworden war.

»Dass er noch ein oder zwei Trümpfe hätte und dass er, falls bei dem Übertritt etwas schiefgehen würde, sein Bestes geben wird, durch ein anderes Tor zurückzukommen – sofern in England noch eins übrig bleibt.«

»Übrig bleibt?«, echote ich entsetzt. »Was ist mit dem Hauptportal auf dem Trafalgar Square?«

Mr Scott schüttelte nur sorgenvoll den Kopf.

Jerry, der bisher stumm zugehört hatte, platzte verblüfft heraus: »*Daher* kommt das große Loch, das heute Morgen mitten auf dem Platz entdeckt wurde, oder? Die Leute meinten, in der Nacht müsse ein Blitz dort eingeschlagen haben, aber es hat überhaupt kein Gewitter gegeben. Andere sagten, irgendwer habe den Platz wohl mit einer Kanone beschossen, doch dann hätte man ja eine Kugel finden müssen. Es war aber keine da.«

»Hat Mr Marinero irgendetwas darüber gesagt, wer für die Zerstörung der Tore verantwortlich ist?«, hakte Sebastiano nach.

»Feindliche Mächte«, antwortete Mr Scott. »Er meinte, er habe das nicht erwartet, denn es sei jemand beteiligt, mit dem er nicht gerechnet habe. Er sagte, es könne zum Schlimmsten kommen.«

Schockiert hielt ich die Luft an, während Sisyphus ein leises

Quieken von sich gab. Offenbar hatte ich ihn in meinem Schreck ein bisschen zu fest an mich gedrückt. Vorsichtig setzte ich ihn zurück in den Hundekorb, aus dem er jedoch sofort wieder herauskletterte und tapsig um meine Fußknöchel strich.

»Hat er das noch näher erläutert?«, fragte Sebastiano.

»Nein. Aber er hat etwas für Sie hinterlassen.« Mr Scotts Holzbein klopfte auf den Fußboden, als er zu einem der Regale humpelte und ein schweres, in Leder gebundenes Buch hervorzog. Er reichte es Sebastiano, der irritiert die goldgeprägten Lettern auf dem Band betrachtete. »Ein Sammelwerk mit Stücken von Shakespeare?«

»Er hat etwas darin markiert.«

Sebastiano fing an zu blättern und hielt schließlich inne. »Hier ist was unterstrichen. Sogar doppelt. Gleich im ersten Akt von Heinrich dem Fünften.« Er las es langsam vor. »Ein Reich zur Bühne, Prinzen drauf zu spielen, Monarchen, um der Szene Pomp zu schau'n!«

»Was soll das bedeuten?«, fragte Jerry.

»Wenn ich das wüsste, wäre mir wohler«, gab Sebastiano zurück. Er blätterte noch ein bisschen, fand aber auf Anhieb keine unterstrichenen Stellen mehr. »Wir suchen zu Hause weiter«, sagte er schließlich. »Ich nehme das Buch mit, wenn Sie erlauben.«

»Natürlich.« Mr Scott begleitete uns zur Ladentür. »Zögern Sie nicht, mich jederzeit aufzusuchen, wenn Sie Fragen haben.«

Jerry hob Sisyphus auf, der hinter mir hergezockelt war. »He, wo willst du hin, du Naseweis?« Ein Grinsen trat auf sein sommersprossiges Gesicht. »Ich glaube, er hat sich in Sie verliebt, Mylady.«

Wie zur Bestätigung gab Sisyphus ein kleines Winseln von sich. Mir wurde ganz wehmütig zumute, als ich in die großen

Hundeaugen blickte, doch Sebastiano nahm meinen Arm und zog mich aus dem Laden. »Ich sagte doch, denk nicht mal dran.«

Jerry übergab den Welpen seinem Großvater und folgte uns zur Kutsche.

*

Während der Fahrt zum Grosvenor Square suchten wir in dem dicken Shakespeare-Band nach weiteren Hinweisen, fanden aber bis zu unserer Ankunft keine mehr. Wir kamen genau passend – unser neuer Vetter, Lord Reginald Castlethorpe alias Bräutigam-Ken, stand vor dem Haus und winkte uns erfreut zu.

»Ich wollte gerade wieder gehen!« Höflich verbeugte er sich vor mir. »Cousine Anne.« Dann musterte er mit hochgezogenen Brauen Sebastianos Erscheinung. »Du liebe Güte. Dein Halstuch ist völlig derangiert. Und ist das da auf deinen Schultern etwa Staub?« Er runzelte die Stirn. »Ich fürchte, so kannst du nicht zu White's, Cousin. Das wirst du vorher in Ordnung bringen müssen.«

»Keine Sorge, das werde ich. Komm mit rein und lass dir von meinem Butler in der Bibliothek etwas zu trinken servieren.«

»Gern.« Reginald deutete auf den voluminösen Shakespeare-Band. »Du schätzt das Theater?«

»O ja, ich liebe es«, behauptete Sebastiano.

»Dann wirst du in dieser Stadt auf deine Kosten kommen. Theater und Oper – dafür ist London berühmt. Ich habe eine Loge im King's Theatre, wir könnten einmal zusammen eine Aufführung dort besuchen.«

»Da gehen bestimmt eine Menge einflussreicher Leute hin, oder?«

»In der Tat«, bestätigte Reginald. »In den Logen finden sich die höchsten Kreise ein, bis hin zum Prinzregenten. Schließlich kostet der Spaß zweieinhalbtausend pro Saison, das können sich nur wenige leisten.«

»Meine Schwester und ich werden dich bestimmt gern einmal begleiten, Reginald.« Sebastiano blieb unter dem säulengestützten Vordach des Hauses stehen und betätigte den Türklopfer. Mr Fitzjohn öffnete uns und ließ uns mit einer Verbeugung hinein. Seine Miene zeigte außer distanzierter Freundlichkeit keine einzige Regung. Falls er erstaunt war, dass unsere Sachen so staubig und verknittert waren, ließ er es sich nicht anmerken – ganz der diskrete Butler.

»Mr Fitzjohn, bitte reichen Sie Lord Castlethorpe in der Bibliothek eine Erfrischung.«

Ich betrachtete Sebastiano bewundernd. Er sprach exakt in der richtigen Mischung aus Herablassung und Vornehmheit. Nicht zu blasiert, aber auch nicht zu freundlich. Eben ganz wie ein richtiger Lord, als wäre er zeitlebens immer schon der fünfte Viscount of Foscary gewesen (inzwischen hatte ich herausgefunden, dass das sein korrekter Titel war).

Er ging zur Treppe. »Ich ziehe mich rasch um.«

»Warte, ich komme mit.« Eilig folgte ich ihm, begierig darauf, den Shakespeare-Band nach weiteren Hinweisen zu durchforsten. Doch oben trat mir wie aus dem Nichts Mrs Fitzjohn in den Weg und informierte mich, dass meine neue Zofe bereits eingetroffen sei.

»Lady Winterbottom war vor einer halben Stunde hier und brachte sie mit. Leider konnte sie nicht warten und lässt daher ausrichten, dass sie gegen fünf wiederkommt, um Sie zu der versprochenen Ausfahrt in den Hyde Park abzuholen. Die Zofe hat sie hiergelassen. Sie heißt Bridget und wartet unten in der Küche.«

»Ach«, sagte ich wenig begeistert. Ich fragte mich, ob ich wirklich unbedingt eine Zofe brauchte. Die meisten Kleider aus meinem übervollen Kabinett konnte ich bestimmt ohne Hilfe anziehen, und mit meinen Haaren kam ich auch alleine klar. Doch dann fiel mir ein, dass dieses ganze Brimborium ja vor allem einem Zweck diente, nämlich möglichst glaubwürdig als steinreiche, adlige Lady daherzukommen. Mit anderen Worten, ohne Zofe ging es nicht. Wenn Sebastiano einen Kammerdiener hatte, musste ich eine Zofe haben, so einfach war das.

»Sie können Bridget zu mir heraufschicken«, sagte ich. »In mein Morgenzimmer«, setzte ich hoheitsvoll hinzu.

Mrs Fitzjohn neigte den Kopf, wobei sich nicht ein einziger Zipfel an ihrer gestärkten Haube bewegte, dann glitt sie mit raschelnden Röcken in Richtung Treppe davon.

Sebastiano war mitsamt dem Shakespeare-Band in seinem Zimmer verschwunden. Ich hatte dabei nur einen kurzen Blick auf seinen Kammerdiener Meeks erhascht, der ihn dort in Empfang genommen hatte – ein geschniegelter Typ in grau-schwarz gestreifter Livree.

Im Morgenzimmer setzte ich mich mit einer Ausgabe von *Verstand und Gefühl* in einen Sessel und versuchte zu lesen, doch ich konnte mich nicht richtig konzentrieren, weil ich ständig an das zerstörte Tor in Spitalfields denken musste. Und an Mr Scotts Bemerkung, genauer gesagt, an Josés Bemerkung, die Mr Scott nur für uns wiederholt hatte: *feindliche Mächte*. Allein diese beiden Worte klangen so bedrohlich, dass es mir kalt über den Rücken lief.

Keine Frage, da hatte wieder jemand von den Alten die Hände im Spiel, was nichts Gutes erwarten ließ. Hoffentlich kam José bald zurück, durch welches Tor auch immer.

Schnell blätterte ich zu der Stelle vor, an der Edward Ferrars der schönen, aber verarmten Elinor Dashwood endlich einen Heiratsantrag macht. Ich kam gerade in romantische Stimmung, als ein Klopfen an der Tür mich beim Lesen störte.

Mrs Fitzjohn führte eine junge Frau herein.

»Das ist die Zofe Bridget, Mylady.«

Bridget war ungefähr fünfundzwanzig und sah aus wie ein pausbäckiger Rauschgoldengel. Sie war in schlichtes Braun gekleidet, aber sie hätte trotzdem gut Werbung für Weihnachtsplätzchen oder Mozartkugeln machen können. Unter ihrem Hut quollen helle Löckchen hervor, und ihr hübsches Gesicht wies eine frische rosige Farbe auf, die garantiert nicht aus dem Schminktopf stammte. Um die Mitte rum hatte sie ein paar Kilo zu viel, sie wirkte wie jemand, der eine Menge vom Essen hielt und auch sonst Spaß am Leben hatte.

Im Moment sah sie allerdings nicht aus, als hätte sie Spaß, im Gegenteil – ein besorgter Ausdruck stand in ihrem runden Engelsgesicht.

»Soll ich für Bridget unterm Dach ein Zimmer vorbereiten lassen?«, erkundigte sich Mrs Fitzjohn.

»Ja, das wäre sehr nett«, stimmte ich zu. Ich war erleichtert, als sie mit ihrem Raschelkleid verschwand. Irgendetwas an Mrs Fitzjohn machte mich nervös. Ob es an ihrem leidenden Gesichtsausdruck oder ihrer steifen Haltung lag, war schwer zu sagen, doch ich hatte in ihrer Gegenwart ständig das Gefühl, sie auszubeuten. Es lag mir einfach nicht, Dienstboten unter mir zu haben, schon gar nicht so viele. Wenn man alle Leute zusammenzählte, die mir hier im Haus schon über den Weg gelaufen oder im Gespräch erwähnt worden waren, kam locker ein Dutzend zusammen.

Und jetzt hatte ich auch noch eine Zofe. Ich überlegte gerade, was ich zu ihr sagen sollte, da merkte ich, dass sie vor sich hin flüsterte.

»Sie wird mich hinauswerfen«, murmelte sie. »Und dann sitze ich auf der Straße und muss meinen Körper verkaufen. Im Winter wird mich nur der Gin wärmen.«

»Wie bitte?«

Bridget zuckte zusammen und sah mich aus erschrockenen blauen Augen an. »Nichts.«

»Doch, du hast gerade mit dir selbst geredet.«

Sie lief knallrot an. »Es tut mir leid, Mylady! Es ist wie ein unseliger Zwang, den ich manchmal nicht niederkämpfen kann! Es überfällt mich einfach, ich bin machtlos dagegen. Aber eins schwöre ich Ihnen: Ich gebe mein Bestes, um es im Zaum zu halten!« Verzweifelt trat sie einen Schritt vor und machte einen tiefen Knicks. »Ich bin eine gute Zofe!«

»Das glaube ich dir ja.« Großmütig fügte ich hinzu: »Meinetwegen kannst du auch mit dir selber reden. Manchmal mache ich das auch.«

»Wirklich?«

»Natürlich. Jeder tut das.« Außer, wenn Leute dabei sind, fügte ich in Gedanken hinzu, sprach es aber nicht aus, denn ich hatte den Eindruck, dass sie ein echtes Problem damit hatte.

Sie lächelte mich sichtlich erleichtert an. »Sie sind so gütig, Mylady!«

»Bridget, ich muss dir etwas verraten. Ich hatte bisher noch keine richtige Zofe.« Als ich ihren ungläubigen Gesichtsausdruck bemerkte, fügte ich hastig hinzu: »Natürlich hatte ich Sklavinnen. Jede Menge sogar. Schließlich kommen wir von einer Plantage, Seine Lordschaft und ich. An eine richtige Zofe werde ich mich allerdings wohl erst gewöhnen müssen. Das solltest du wissen, bevor du hier anfängst.«

»Oh, ich kann alle Aufgaben auf den leisesten Wink erfüllen«, beteuerte Bridget sofort. »Bestimmt so gut wie zehn Sklavinnen auf einmal! Nein, sogar viel besser! Ich sehe auch ohne Befehl, was zu tun ist!«

Ich merkte, dass sie mich missverstanden hatte. »Du musst nicht mehr und nicht besser arbeiten als eine Sklavin. Ich wollte damit nur sagen, dass ich viele Dinge gern selbst erledige, zum Beispiel das An- und Ausziehen und Kämmen.«

»Wofür hatte sie denn haufenweise Sklavinnen, wenn sie das alles selber macht?«, murmelte Bridget. Dann schrak sie zusammen. »Es ist schon wieder passiert! Bitte vergeben Sie mir, Mylady! Ich wollte das nicht sagen!«

»Nein, schon gut. Du hast ja recht. Es ist ein … Widerspruch, nicht wahr?« Ich dachte kurz nach. »Na ja, die Wahrheit ist, ich hasse Sklaverei. Und deshalb habe ich schon immer gerne alles selbst gemacht.«

»Heißt das, Sie wollen gar keine Zofe?«, fragte Bridget ein wenig ängstlich.

»Hm … Ach, doch, irgendwie brauche ich eine, das gehört dazu.« Aufmunternd sah ich sie an. »Wenn du willst, kannst du den Rest des Tages freihaben, was hältst du davon?«

Sie war entsetzt. »Frei? Mylady, ich habe nur einen halben freien Tag in der Woche! Und den möchte ich am Sonntag nehmen, für den Kirchgang.«

»Nein, ich meinte natürlich, dass du heute *zusätzlich* freihaben kannst.«

»Sie will mich auf die Probe stellen und sehen, ob ich faul bin«, murmelte Bridget. »Damit sie einen Grund hat, mich doch noch auf die Straße zu setzen. Das wäre mein Ende.«

Ich seufzte. Mir fehlte im Augenblick jeder Antrieb, meiner neuen Zofe zu erklären, dass ich nicht vorhatte, sie rauszuwerfen, auch wenn mich ihre Selbstgespräche wirklich irritierten. »Bridget, eigentlich könnte ich *doch* deine Hilfe brauchen. Was hältst du davon, dieses Kleid hier auszubürsten? Es ist ein bisschen staubig geworden.«

Im Laufe der nächsten Stunde entdeckte ich, dass Bridget wirklich eine hervorragende Zofe war, jedenfalls, soweit ich das mit meinen spärlichen Erfahrungen beurteilen konnte. Sie suchte mit traumwandlerischem Geschick frische Sachen aus dem riesigen Klamottensortiment in meiner Kleiderkammer heraus und legte sie diskret auf mein Bett, und während ich mich umzog, beschäftigte sie sich mit dem Sortieren von Wäsche. Alles, was sie mir rausgelegt hatte, war perfekt aufeinander abgestimmt, das hätte ich selbst nie so hinbekommen – ein fließendes langes Kleid in Türkis und ein Mantel in Mintgrün, dazu ein breiter Seidenschal mit orientalischem Muster, dunkelgrüne weiche Lederstiefeletten und ein cooles kleines Hütchen mit Tüllbesatz. Sogar das Retikül – ein mit Perlmuttpailletten bestickter Handbeutel – passte wunderbar zu der ganzen Aufmachung. Mr Darcy wäre garantiert auf mich geflogen, wenn ich in dem Roman mitgespielt hätte.

Bridget wuselte im Hintergrund herum, während ich vor dem Spiegel stand und versuchte, das Hütchen zu befestigen, und als sie sah, dass ich es nicht richtig hinkriegte, fing sie wieder an zu murmeln.

»Sie könnte mich fragen, ob ich ihr helfe. Dann würde es viel schneller gehen und schöner aussehen. Aber wenn ich mich aufdränge, würde es vielleicht einen schlechten Eindruck machen.«

Ich tat so, als wäre es ganz normal, dass sie mit sich selbst redete, und drehte mich zu ihr um. »Würdest du mir bitte mit dem Hut helfen, Bridget?«

»Gern!« Ihre Augen leuchteten auf, und rasch steckte sie mir mithilfe von ein paar gefährlich aussehenden Nadeln das Hütchen fest.

»Mylady sind wunderschön«, sagte sie, als wir beide anschließend das Ergebnis ihrer Bemühungen im Spiegel bewunderten.

»Danke, Bridget.«

Unten wartete Iphigenia bereits im Empfangssalon. Sie saß in einem zierlichen Sessel beim Fenster und blätterte in einem Modejournal. Wie schon am Morgen sah sie wieder umwerfend aus, ein Regency-Traum in einem azurblauen Samtensemble, eine Farbe, die ihre ausdrucksvollen Augen betonte. Sie erhob sich und blickte mich beifällig an. »Anne, meine Liebe! Wie ich sehe, hat Bridget bereits ganze Arbeit geleistet. Ist sie nicht ein Schatz von Zofe?«

»Ja, sie ist wirklich gut.«

»Ich hoffe, du nimmst keinen Anstoß an ihren Selbstgesprächen. Das ist eine ungewöhnliche Marotte, doch ich finde es akzeptabler als beispielsweise Stehlen oder Trinken oder dem Hausherrn schöne Augen zu machen. Was meinst du?«

»Natürlich«, stimmte ich zu, als sei es absolut üblich, dass Zofen solche Dinge taten.

»Du solltest dir von ihr auch die Haare herrichten lassen«, riet Iphigenia mir. »Sie ist eine Meisterin im Frisieren. Und dieser Zopf – gewiss, er kleidet dich gut, aber du siehst damit ein wenig zu sehr wie ein Schulmädchen aus, kaum älter als vierzehn. Und dabei bist du sicher schon siebzehn.«

»Eigentlich werde ich schon einundzwanzig«, gab ich zu.

Iphigenia schlug bestürzt die elegant behandschuhten Hände zusammen. »So alt schon! Und noch nicht in die Gesellschaft eingeführt! Was für ein entsetzliches Versäumnis!« Sie runzelte die Stirn. »Ich weiß ja nicht, wie die Sitten in den Westindischen

Kolonien sind, doch hier in England gilt ein Mädchen über zwanzig, das noch nicht in die Gesellschaft eingeführt ist, als schwierig zu vermitteln.«

»Wohin zu vermitteln?«

Sie kicherte. »An einen Ehemann natürlich! Mein liebes Kind, deshalb seid ihr doch nach England gekommen! Weil du überreif bist für den Heiratsmarkt!« Wieder runzelte sie die Stirn. »Wir müssen zusehen, dass du den nächsten Ball bei Almack's besuchst, sonst verlierst du noch mehr Zeit. Mit zwanzig bist du an der Grenze zur alten Jungfer, das schmälert die Auswahl vielleicht ein wenig, aber auf der anderen Seite stammst du aus gutem Stall. Und du bist begütert. Es heißt, das Vermögen der Foscarys sei märchenhaft. Natürlich werden wir darauf achten müssen, dass du nicht auf einen Mitgiftjäger hereinfällst, doch in dem Punkt kannst du mir vertrauen. Als deine nächste weibliche Verwandte werde ich ein Auge darauf haben, dass nur die passendsten Bewerber bei dir vorsprechen. Und du selbst musst nur wenige Regeln beachten, damit sogar die begehrtesten Junggesellen Londons dich für eine glänzende Partie halten.«

»Ich kann mir ja von Bridget die Haare machen lassen.«

Das hatte ich als Scherz gemeint, aber Iphigenia nickte zustimmend. »Ganz recht. Dein Äußeres muss zu allen Anlässen *en vogue* sein, es muss immer der neuesten Mode entsprechen. In dem Punkt ist auf Bridget Verlass. Nun ja, und auch auf mich, denn wie du zugeben musst, hatte ich bei der Auswahl deiner Garderobe eine gute Hand. Und was deine Konversation angeht, so musst du nur auf eines achten – nicht wie ein Blaustrumpf zu wirken.«

»Was ist ein Blaustrumpf?«

»Ach, kennt man dieses Wort auf Barbados nicht? Nun, ein Blaustrumpf ist ein Mädchen, das allzu viel Vergnügen am Lesen findet. Wenn eine junge Frau lieber über Büchern sitzt statt sich hübsch zu machen, ist sie gesellschaftlich so gut wie erledigt. Männer mögen keine Blaustrümpfe.«

»Das muss ich mir merken.« Ich war wirklich dankbar für diesen Tipp, denn die Vorstellung, dass irgendwelche Junggesellen mich für eine glänzende Partie halten konnten, hatte mich für einen Augenblick nervös gemacht. Jetzt wusste ich wenigstens, wie ich mir *die passendsten Bewerber* vom Hals halten konnte: Ich würde ihnen einfach von meinen Lieblingsbüchern erzählen.

Iphigenia hakte sich freundschaftlich unter, und gemeinsam gingen wir nach draußen, wo schon ihre Kutsche wartete, ein flotter kleiner Zweisitzer mit rot lackierten Rädern. Iphigenia verriet mir, dass dies das Äußerste an Extravaganz sei, denn zu viel Farbe sei vulgär. Anscheinend war sie in allen Fragen des guten Geschmacks bewandert, denn während ihr Diener uns in Richtung Hyde Park kutschierte, machte sie mich ständig auf alle möglichen Leute aufmerksam, die ihrer Meinung nach schlecht angezogen oder gesellschaftliche Nieten waren.

»Die Frau da drüben in dem Landauer ist Harriet Witchcombe, eine schreckliche Person. Siehst du diesen Schal? Ist er nicht grässlich? Aber ihr Geruch ist noch schlimmer. Man darf ihr nicht zu nahe kommen, sonst erstickt man an ihrem Parfüm.«

Eine Ecke weiter: »Der Mann auf dem Rappen dort ist Lord Wrexham. Vor dem musst du dich hüten, er hat letztes Jahr sein ganzes Geld beim Pharo verloren und sucht jetzt nach einer reichen Erbin, die er einwickeln kann. Ein reizender Charmeur und schneidiger Reiter, doch nichts für dich.«

Kurz vor dem Eingang des Parks: »Siehst du die Dicke da in dem schaukelnden Gig, der uns gerade entgegenkommt? Das ist eine der Patronessen vom Almack's. Die Frau ist unfassbar eingebildet und dabei dumm wie Bohnenstroh. Ich hasse sie.« Iphigenia winkte der Dicken freudig zu und strahlte sie im Vorbeifahren an. »Meine Liebe! Wie schön, dich zu treffen!«

Die Dicke nickte uns hochmütig zu, was wohl als gutes Zeichen gelten musste, denn Iphigenia wirkte erleichtert.

»Gott sei Dank, sie hat ihr Wohlwollen signalisiert. Die Eintrittskarten für den nächsten Ball sind uns sicher.«

»Du meinst, wir können zu Almack's gehen?«

»Natürlich, du Lämmchen. Ich hatte es dir doch versprochen. Aber manchmal kostet es ein Stück Arbeit, die Patronessen davon zu überzeugen, unbekannten Besuchern Zutritt zu gewähren. Jemand vom *Ton* muss für sie bürgen – in dem Falle also ich.« Iphigenia lächelte ein wenig selbstgefällig, während sie einer weiteren Dame zuwinkte, die in einer vorbeirollenden Kutsche saß. Anscheinend hatte sich die halbe Londoner Schickeria zum Ausfahren oder Ausreiten im Hyde Park versammelt. Auf den breiten, von blühenden Büschen gesäumten Wegen sah man jede Menge Kutschen mit fein herausgeputzten Leuten. Dazwischen trabten glänzend gebürstete Pferde, auf denen Herren und Damen im edlen Reitdress saßen.

»Oh!« Iphigenia umfasste beim Anblick einer mondänen Kutsche meinen Arm und drückte ihn. »Da ist er!«

»Wer?«

»Der Earl of Clevely! Darauf hatte ich gehofft. George!«, rief sie mit glockenheller Stimme. »Mein bester George! Was für ein netter Zufall!«

Auf Iphigenias Befehl hin zügelte ihr Diener die Pferde und hielt neben einer Kutsche, in der besagter bester George saß. George war ein bisschen übergewichtig und ungefähr Mitte dreißig. Er steckte in seinen Edelklamotten wie die Wurst in der Pelle, alles saß zu stramm. Auch sonst wirkte seine Aufmachung leicht übertrieben, beispielsweise die hochtoupierten rötlich blonden

Locken, der senfgelbe Farbton seiner Hose oder die Ecken von seinem Kragen, die fast bis zu seinen Ohren hinaufragten. Sein Halstuch war zu einem solch bombastischen Knoten geschlungen, dass es ihm das Kinn nach oben drückte. Ein wenig mühsam wandte er sich um, und nun war zu sehen, dass er ein recht einnehmendes, wenn auch etwas zu rundes Gesicht hatte, mit seelenvollen braunen Augen und einem flusigen Schnurrbart. Er sah aus wie ein freundlicher Hamster.

»Iphy!«, rief er erfreut. »Was tust du denn hier?«

»Spazieren fahren. Mit meiner lieben Cousine, die vor wenigen Tagen von den Antillen eintraf. Anne, darf ich dich mit meinem guten Freund George Clevely bekannt machen? George, das ist Anne, die jüngere Schwester des fünften Viscount of Foscary.«

Ich wunderte mich, warum sie so laut sprach, und einen Moment glaubte ich, es gehörte zum guten Ton, wenn man einem Earl vorgestellt wurde, doch dann merkte ich, dass er genauso laut redete.

»Er ist schwerhörig wie ein verstopftes altes Kanonenrohr«, sagte Iphigenia in normalem Tonfall zu mir.

»Ah, die junge Lady Foscary vom Grosvenor Square, nicht wahr? Sehr erfreut, Ihre Bekanntschaft zu machen!« Der Earl strahlte mich an, während er mir in schmetternder Lautstärke mitteilte, wie angetan er von mir war. »Höchst ungewöhnlich – eine Dame aus Westindien! Und wie hübsch Sie sind!« Sein Blick verriet lebhaftes Interesse. Er lüpfte den Hut und verneigte sich, und um seine Ehrerbietung zu unterstreichen, erhob er sich kurz, verlor aber dabei das Gleichgewicht und plumpste wieder zurück auf den Hintern. Dabei fiel ihm der Hut herunter. Der Groom sprang sofort vom hinteren Trittbrett und hob ihn auf, doch damit erschreckte er die Pferde, die unversehens lospreschten. Der Kutscher versuchte, sie zu zügeln, aber davon wurden sie erst recht wild. Das Gespann fiel in Galopp, die Kutsche raste schwankend davon, während der Earl hin und her geschleudert wurde und verzweifelt versuchte, sich irgendwo festzuklammern. Zwischendurch blickte er über die Schulter zurück und schrie: »Auf bald, die Damen!«

Iphigenia kicherte. »Armer George! Aber er musste ja unbedingt diese beiden hochgezüchteten Vollblüter kaufen. Wie war dein erster Eindruck?«

»Ich verstehe nicht viel von Pferden, aber auf alle Fälle waren sie schnell.«

»Dummchen.« Sie lachte. »Ich meinte doch George.«

»Ich finde ihn ganz nett. Und er ist … äh, originell angezogen.«

»Nun ja, bedauerlicherweise hat er keinen Geschmack. Sein Kammerdiener ist ein Trottel, deshalb ist niemand da, der Georges modischen Entgleisungen Einhalt gebieten kann. Doch seinen Hang zum Dandytum kann man ihm leicht verzeihen, denn er ist immerhin Earl. Und außerdem reich wie Krösus.« Sie musterte mich erwartungsvoll. »Du sagst, dass du ihn nett findest?«

Ich verstand, worauf sie hinauswollte. »So war das nicht gemeint. Mit nett meinte ich … einfach nur nett.«

Sie lächelte versonnen, als wäre meine Auffassung von *nett* genau das, worauf es ankam. »Er wird zweifellos noch in dieser Woche seine Karte bei dir abwerfen.«

Damit meinte sie vermutlich die zu dieser Zeit herrschende Sitte, dem Butler die Visitenkarte zu geben, der sie dann auf dem Silbertablett in den Salon brachte, worauf man entscheiden musste, ob man den Besucher empfangen wollte. Das Ganze war im Prinzip wie ein Anruf – man sah die Nummer im Display und konnte überlegen, ob man drangehen wollte oder lieber nicht, mit dem Unterschied, dass der Anrufer schon im Haus rumhing und vom Butler weggeschickt werden musste, wenn man gerade nicht in Stimmung für Besuch war.

»Und ohne Frage wird er zum Ball ins Almack's kommen«, fuhr Iphigenia frohlockend fort. »Was für Aussichten! Wusstest du, dass er einer der besten Freunde des Prinzregenten ist?«

»Nein, woher auch?« Ich wollte ihr gerade erklären, dass ich überhaupt keine Ambitionen hatte, mich von dem Typen umwerben zu lassen, Earl hin oder her. Aber dann fiel mir gerade noch rechtzeitig ein, welche Anweisungen José uns hinterlassen hatte.

Gesellige Anlässe wahrnehmen – so viele wie möglich. Einflussreiche Leute treffen und die Zeichen deuten.

Als Earl war dieser George Clevely auf der Adelsleiter ganz weit oben, darüber kam nur noch die königliche Familie. Und er war mit dem Prinzregenten befreundet, einflussreicher ging's kaum noch. Damit war die Sache klar – ich musste auf den Ball, damit ich etwaige Zeichen deuten konnte. Auch wenn das bedeutete, dass alle Welt mich für eine heiratswillige Erbin hielt.

Wir fuhren noch eine Runde durch den Hyde Park, und auf der anschließenden Rückfahrt zum Grosvenor Square kündigte Iphigenia an, dass sie mich am nächsten Morgen zu einem Einkaufsbummel abholen werde, weil ich dringend noch ein schönes Ballkleid bräuchte. Meinen Einwand, ich hätte doch schon so viele neue Kleider, wischte sie erheitert beiseite.

»Das sind doch nur einfache Tageskleider, du Lämmchen!«

Ich hatte den Eindruck, dass sie statt *Lämmchen* eigentlich eher *Landei* sagen wollte, erhob jedoch keine weiteren Einwände. Sie meinte es ja nur gut, und außerdem brauchte ich sie, um auf diesen Ball zu kommen. Davon abgesehen war sie wirklich ganz nett, wenn man sich ihre snobistische Art mal wegdachte.

Sie setzte mich am Grosvenor Square ab und versprach, am nächsten Vormittag um Punkt elf wieder da zu sein.

Inzwischen war es fast halb sieben. Ich zog meinen Mantel aus und übergab ihn Bridget, die sich sofort daranmachte, ihn auszubürsten.

Mrs Fitzjohn fragte mich, ob ich einverstanden sei, wenn um acht Uhr das Dinner serviert würde, da Seine Lordschaft für diese Zeit seine Rückkehr angekündigt habe. Ich hatte ziemlichen Hunger und hätte gern jetzt schon eine Kleinigkeit gegessen, aber ich ahnte, dass ich damit die ganze Küchenlogistik durcheinandergebracht hätte, also sagte ich bloß, Dinner um acht sei mir recht.

Um die Wartezeit zu überbrücken, beschloss ich, mir den Shakespeare-Band noch mal genauer anzusehen. Doch als ich in Sebastianos Zimmer nach dem Buch suchte, wurde ich von seinem Kammerdiener Meeks erwischt, der in Schnappatmung verfiel, als er mich dort herumwühlen sah. Anscheinend war es ein absolutes No-Go, als Dame das Schlafzimmer eines Herrn zu betreten, egal ob Schwester oder nicht.

»Ich suche bloß das Buch, das mein Bruder heute Mittag mitgebracht hat«, erklärte ich. »Ein Band mit Shakespeare-Stücken.«

Meeks rang um Fassung. »Den hat Seine Lordschaft im Herrenzimmer weggeschlossen und den Schlüssel mitgenommen.«

»Oh, wirklich?«

Meeks nickte nur würdevoll.

Hm, das war ärgerlich. Auf der anderen Seite allerdings auch wieder vernünftig, denn alles, was José uns hinterlassen hatte, musste vertraulich behandelt werden. Wir hatten auch die Notiz aus dem Jane-Austen-Roman in den Schreibtisch gesperrt. Sie musste geheim bleiben, denn nur so konnten wir sicherstellen, dass diese Informationen nicht an unbefugte Dritte gelangten. Wobei *unbefugte Dritte* kein Ausdruck war, den ich mir selbst dafür ausgesucht hatte – er stammte von Sebastiano, und gemeint waren damit die Bösen. Von denen konnte praktisch hinter jeder Ecke einer lauern. Und das war keineswegs bloß eine blumige Umschreibung, sondern knallharte Realität, die mir schon ein paarmal selbst widerfahren war. Jede Unvorsichtigkeit konnte lebensgefährlich sein. Geheimhaltung und Verschwiegenheit waren deshalb eiserne Regeln, an die wir Zeitwächter uns bei der Erfüllung unserer Aufgaben halten mussten. Dass wir nach wie vor eine Aufgabe hatten, bezweifelte ich keine Sekunde. Ich war davon überzeugt, dass nicht die Zerstörung des Tors Sebastiano und mich an dem Zeitsprung gehindert hatte, sondern die unerfüllte Aufgabe.

Trotzdem hatte José versucht, uns beide auf Biegen und Brechen von hier wegzuholen. Ich machte mir nicht die geringsten Illusionen über den Grund – wir waren in Gefahr. Möglicherweise sogar in tödlicher Gefahr. Noch hatte mein Nacken seit unserer Ankunft nicht gejuckt, aber das wollte nichts heißen. Es konnte jederzeit ganz plötzlich losgehen – und dann war es vielleicht schon zu spät. Ein Frösteln erfasste mich, unruhig ging ich in meinem Morgenzimmer hin und her. Ich versuchte, ein bisschen zu lesen, konnte mich aber beim besten Willen nicht konzentrieren. Schließlich hielt ich es nicht mehr aus. Ich konnte unmöglich noch über eine Stunde auf Sebastiano warten!

Gleich darauf kam mir eine glänzende Idee, wie ich die Zeit sinnvoll nutzen konnte. Sebastiano würde sich zwar möglicherweise ein bisschen ärgern, wenn ich ohne ihn loszog, aber wir konnten ja morgen ohne Weiteres auch noch einmal zusammen hingehen, doppelt hielt sowieso besser. Ich informierte Mr Fitzjohn, dass ich noch einmal ausfahren wollte, worauf er Cedric zu den Ställen schickte, um Jerry mit der Kutsche vorfahren zu lassen.

Jerry sah etwas müde aus, als er vom Kutschbock stieg und sich vor mir verneigte. Während er mir die kleine Trittleiter zum Einsteigen herunterklappte, fiel mir ein, dass ich ihm ruhig mal ein Extra-Trinkgeld geben könnte, zumal er schon einen ziemlich langen Tag hinter sich haben musste.

»Hier, bevor ich's vergesse.« Ich drückte ihm ein Goldstück in die Hand.

»Wofür ist das?«, fragte er verdutzt.

»Für dich.«

»Aber ich hatte doch gar keine Auslagen.«

»Es ist ja auch keine Auslagenerstattung, sondern einfach bloß eine kleine Aufmerksamkeit.«

Er wurde rot bis zu den Ohren und schluckte. »Das ist sehr großzügig, Mylady.«

Vom hinteren Trittbrett kam ein Räuspern. Jacko, der Groom, hatte Stielaugen bekommen. Notgedrungen gab ich ihm auch was, aber bloß eine Silberguinee. Schließlich fuhr er immer nur untätig hinten mit und glotzte außerdem jeder Frau hinterher, die er am Straßenrand sah. Man musste es ja nicht übertreiben.

»Hast du eigentlich auch mal Feierabend?«, fragte ich Jerry mitleidig, während er mir in die Kutsche half.

»Natürlich. Bei Sonnenuntergang gehe ich heim, es sei denn, meine Dienste werden noch gebraucht.«

Es klang unbekümmert, trotzdem fand ich, dass er nach einem so langen Arbeitstag längst nach Hause gehört hätte.

Ich vergaß immer wieder, dass man in diesem Jahrhundert noch keine Arbeitszeitordnung hatte, geschweige denn einen gesetzlich vorgeschriebenen Achtstundentag. Auch die Gewerkschaften würde man erst noch erfinden müssen. Allerdings erinnerte ich mich, dass es in diesem Jahrhundert schon Arbeiteraufstände gegeben hatte. Oder noch geben würde, je nach Betrachtungsweise.

Würden nicht sogar in diesem Jahr noch welche stattfinden? Ich ärgerte mich, dass ich mich vor unserem Aufbruch ins Jahr 1813 nicht besser darüber informiert hatte, dann hätte ich jetzt die ganzen Daten und Fakten besser im Kopf gehabt, statt mir überflüssiges Randwissen zu merken, zum Beispiel was ein Retikül war oder woraus Zahnpulver gemacht wurde.

Immerhin wusste ich einiges über den Mann, den ich gleich besuchen würde. Schließlich hatten Sebastiano und ich ihm vor ein paar Tagen das Leben gerettet und seine Gemälde vor dem Feuer bewahrt.

Und nun sah es ganz danach aus, als spielte er bei unserem neuen Auftrag ebenfalls eine Rolle, auch wenn diese noch völlig im Dunkeln lag. Ich sah klar und deutlich die Worte vor mir, die José auf dem Zettel notiert hatte: *Im Auge behalten: Mr Stephenson und Mr Turner.*

Jerry stand vor der offenen Kutschentür. »Wo soll es denn hingehen, Mylady?«

»Zu Mr Turner, dem Maler.«

»Wo Sie und Mylord den Brand gelöscht haben?«

»Ganz genau.«

»Haben Sie dort etwas Besonderes vor?«

»Nein, ich möchte bloß gucken, wie er so drauf ist.« Der Translator machte daraus *Ich möchte mich lediglich nach seinem Befinden erkundigen*, was mir wegen der eleganten Übersetzung einen spontanen Kommentar entlockte. »Krass!« Was wiederum in ein *Huch* umgewandelt wurde.

Zum Glück stellte Jerry keine weiteren Fragen.

Als wir in der Harley Street ankamen, dämmerte es bereits, und es war auch Nebel aufgezogen, der die Straße in ein unheimlich waberndes Grau hüllte. Unterwegs hatten wir schon die ersten Laternenanzünder gesehen, die umständlich und mit langen Stangen eine Lampe nach der anderen ansteckten, doch das trübe Licht durchdrang kaum die dichten Schwaden. Nur entlang der großen Prachtstraßen gab es schon Gaslaternen, die zwar heller brannten als die Öllampen, aber trotzdem nur verschwommene Lichtflecke in der trüben Suppe bildeten.

Jerry blieb auf dem Kutschbock sitzen, während ich eilig zwischen den beiden tückisch grinsenden Sphinxen hindurch zur Pforte ging und den Türklopfer bediente – und gleich darauf noch einmal, diesmal etwas fester. Lange würde ich mich hier nicht aufhalten können, sonst schaffte ich es nicht rechtzeitig zum Dinner. Gerade wollte ich ein drittes Mal klopfen, da ging die Tür auf. Vor mir stand Mr Turners alter Vater. Er trug denselben Morgenmantel und dieselben überdimensionalen Pantoffeln wie neulich und starrte mich überrascht an.

»Will!«, rief er. »Komm schnell! Es ist das seltsame blonde Mädchen!«

Hinter ihm tauchte Mrs Thackerey auf, die Haushälterin.

»Sie sollen nicht einfach an die Tür gehen, Sir«, schimpfte sie. »In der Abendluft verkühlen Sie sich nur. Ihre Bronchien sind noch angegriffen von dem Rauch, das wissen Sie doch.«

Dann sah sie mich und riss die Augen auf. »Was um alles …« Sie hielt inne, dann rief sie über die Schulter: »Mr Turner! Es ist das blonde Mädchen!«

Ich kam mir vor wie in einem surrealistischen Film. Hinter mir der wallende Nebel, vor mir die von diffusem Kerzenlicht erleuchtete Halle, und in der offenen Tür, scharf umrissen wie bei einem Scherenschnitt, die Silhouetten von Mr Turner senior in seinen

Riesenpantoffeln und der Haushälterin, die mich ansah, als wäre ich ein Alien. Dann kam der Mann die Treppe herunter, den ich besuchen wollte (oder genauer: *im Auge behalten*, was auch immer das bedeutete). Wenn irgend möglich, wurde die ganze Szenerie durch seinen Auftritt noch abstruser, denn in der einen Hand hielt er einen Pinsel, von dem noch die Farbe tropfte, und in dem anderen ein halbfertiges Bild. Es war nicht besonders groß, und die Lichtverhältnisse waren nicht berauschend, aber die Person, die auf dem Gemälde abgebildet war, erkannte ich trotzdem – das war ich selbst.

Mr Turner starrte mich an wie eine Erscheinung. »Ich wusste, dass Sie wiederkommen, Miss Foscary.« Er wandte sich an seine Haushälterin. »Bitte bringen Sie für unseren Gast eine Tasse Tee in den Salon, Mrs Thackerey. Und schaffen Sie Vater zu Bett.«

Mrs Thackerey murmelte irgendetwas vor sich hin, von dem ich nur die Worte *böses Omen* und *bestimmt eine Hexe* verstand, doch sie verschwand, ohne Einwände zu erheben, und nahm den alten Mr Turner mit.

»Kommen Sie«, bat Mr Turner mich. Ich folgte ihm durch die Halle, in der es immer noch ein bisschen nach Rauch stank, obwohl man die angesengte Vertäfelung und die verrußten Tapeten schon abgerissen und alles für die Renovierung vorbereitet hatte; entlang der hohen Wände war ein Gerüst aufgebaut, und überall lag Handwerkszeug herum.

Mr Turner führte mich in die Bibliothek, die ähnlich aussah wie unsere (allmählich gewöhnte ich mir echte Allüren an, ich musste aufhören, mir das Palais am Grosvenor Square als unser Eigentum vorzustellen!), nur dass hier mehr Bilder hingen. Natürlich waren sie alle von Mr Turner gemalt.

Er stellte das frische Gemälde auf eine Staffelei und bat mich, Platz zu nehmen, doch ich war zu gebannt von dem Bild. Er hatte es in seinem charakteristischen Stil gemalt, also ein bisschen verschwommen und mit fließenden Umrissen, dennoch war mein Gesicht gut zu erkennen. Es war in Angst erstarrt. Die Augen hatte ich vor Schreck weit aufgerissen, die Hand zur Abwehr erhoben. Mir wurde unwillkürlich kalt bei dem Anblick. Es war, als würde ich in einen Spiegel blicken, der meine innersten Gefühle zeigte. Wahrscheinlich sah ich in diesem Moment genauso aus wie auf dem Bild.

Doch das war noch steigerungsfähig, denn gleich darauf bemerkte ich, dass das Bild auf der Staffelei nicht das einzige Porträt von mir in diesem Raum war. Es gab noch drei andere Stellagen, auf denen Bilder von mir standen, alle kaum trocken, und auf jedem einzelnen sah ich aus, als wäre ich auf der Flucht vor einem Killer. Auf dem letzten blickte ich über die Schulter zurück und hatte den Mund zu einem lautlosen Schrei aufgerissen.

»Wie gefallen sie Ihnen?«, fragte Mr Turner mich erwartungsvoll.

Ich schluckte. »Sie sind … äh … ungewöhnlich. Und gleich drei von dieser Sorte … Ich meine, warum haben Sie …« Ich stockte, weil ich keine Ahnung hatte, wie ich den Aufruhr, der in mir tobte, in Worte fassen sollte.

»Warum ich Sie gemalt habe?« Mr Turner zuckte die Achseln. »Ich weiß nicht, warum ich bestimmte Menschen oder Motive male. Ich muss es einfach tun. Die Bilder sind in meinem Kopf, und sie müssen heraus. Nicht nur einmal, sondern häufig. Denn sehen Sie, jedes Bild hat viele Gesichter, und alle erheben den Anspruch, gezeigt zu werden.«

»Und Sie haben mich so gesehen?«, fragte ich beklommen. Dann kam mir ein Gedanke, der alles erklärte. »Sie haben mich bei dem Brand gesehen!«, sagte ich erleichtert. »Da hatte ich tatsächlich eine Riesenangst!«

Er schüttelte den Kopf. »Nein, bei dem Brand sahen Sie nicht verängstigt aus, sondern entschlossen. Diese Porträts hier – das sind andere Bilder. Sie sind …« Er hüstelte und meinte entschuldigend: »Ich weiß, dass Ihnen das absurd erscheinen muss, aber ich sage es, wie es ist: Es sind Visionen.«

»Visionen?«, gab ich mit leicht zitternder Stimme zurück.

Er nickte. »Die Bilder tauchen vor meinem inneren Auge auf, und ich muss sie malen. Genauso wie dieses dort.« Er deutete auf ein Bild, das neben dem Kamin an der Wand hing. Von Kerzenlicht umflossen, strahlte es etwas Geheimnisvolles und zugleich Bedrohliches aus. Ich erkannte sofort, was auf dem Gemälde dargestellt war – der Steinkreis von Stonehenge. Aber das war nicht das Unheimliche daran, sondern die menschliche Gestalt, die dort zwischen den Steinen umherirrte und allem Anschein nach vor jemandem floh.

»Ist das …«, brachte ich mühsam hervor.

Mr Turner nickte. »Ja, das sind Sie. Ich nenne es *Todesangst*. Was halten Sie davon?«

Ich hatte das Gefühl, mich irgendwo festhalten zu müssen. In diesem Augenblick kam Mrs Thackerey mit dem Tee. Sie musterte mich argwöhnisch, sagte aber nichts. Mr Turner rührte Zucker in seine Tasse und erklärte, selten eine so visionäre Schaffensperiode gehabt zu haben wie in den letzten Tagen.

»Es ist wie eine Quelle der Kraft«, sagte er glücklich. »Bilder über Bilder strömen mir zu und wollen auf die Leinwand. Und das habe ich Ihnen zu verdanken, Miss Foscary. Ein weiterer Grund, warum ich Ihnen verpflichtet bin. Wie gern würde ich mich Ihnen erkenntlich zeigen.« Eifrig deutete er auf die drei Porträts. »Darf ich Ihnen eines davon schenken?«

Noch vor wenigen Tagen hätte ich freudestrahlend so was gesagt wie »Das ist doch nicht nötig! Aber wenn Sie mich schon so fragen – gerne!«, doch jetzt hörte ich nicht mal richtig hin. Ich konnte die ganze Zeit bloß auf das Stonehenge-Bild starren.

Mr Turner streckte mir eine Tasse hin. »Ihr Tee wird kalt.«

»Danke.« Ich trank geistesabwesend ein paar Schlucke und merkte dabei kaum, dass er ohne Zucker nicht besonders schmeckte. In diesem Moment schlug die Standuhr in der Ecke zur vollen Stunde – es war schon acht!

Hastig stellte ich die Tasse zurück aufs Tablett.

»Ich muss gehen.«

»Aber Sie kommen wieder, oder?« Mr Turner sah mich fragend an, dann nickte er. »Ja, ich weiß, dass Sie wiederkommen. Ich wusste es auch schon, ehe Sie heute herkamen. Sie sind Teil der Visionen, Anne. Ich darf Sie doch Anne nennen?«

Ich nickte nur stumm. Er begleitete mich zur Haustür und blickte mir nach, als ich zur Kutsche eilte. Jerry öffnete mir den Schlag.

»Wie geht es dem Maler? Hat er den Schreck nach dem Brand gut überstanden?«

Wieder konnte ich bloß stumm nicken. Ich wollte nur noch weg.

*

Während der Rückfahrt fing ich ernstlich an zu frieren. Ich hätte mich eindeutig wärmer anziehen müssen. Seit Einbruch der Dunkelheit war es merklich kühler geworden. Es zog von allen Seiten eiskalt herein, besonders von unten her. Ich hatte Jerry gebeten, die Pferde ein bisschen anzutreiben, weil ich spät dran war.

Mr Fitzjohn machte sich Vorwürfe, als ich zurückkam.

»Lieber Himmel, Sie sind völlig durchgefroren!« Er scheuchte seine Frau zur Seite und nahm mir selbst den Mantel ab, nachdem er mir die Haustür geöffnet hatte. »Ich hätte Sie darauf hinweisen müssen, dass für eine abendliche Ausfahrt eine warme Decke und ein heißer Ziegelstein für die Füße benötigt werden.«

»Es geht schon«, sagte ich mit klappernden Zähnen, doch ich war froh, dass ich gleich darauf in den Salon gehen konnte, wo ein prasselndes Kaminfeuer für Wärme sorgte. Sebastiano kam sofort auf mich zu und nahm meine Hände.

»Da bist du ja endlich!«

Ich tat so, als würde mir seine grimmige Miene nicht das Geringste ausmachen, denn es war noch ein Gast anwesend – Bräutigam-Ken. Er stand am Kamin und hielt ein Glas in der Hand. Mit seiner edel glänzenden Weste, dem burgunderroten Jackett und der sorgsam gebundenen Krawatte sah er wie der Inbegriff eines Jane-Austen-Helden aus.

»Ich habe mir schon Sorgen gemacht«, sagte Sebastiano. »Wo warst du so lange?«

»Ach, ich habe völlig die Zeit vergessen«, gab ich mit sonnigem Lächeln zurück. Bloß nichts anmerken lassen. Doch Sebastiano kannte mich zu gut, er merkte, wie verstört ich immer noch war. Er drückte meine Hände fester, dann strich er mir kurz über die Wange.

»Hattest du einen schönen Nachmittag?«, fragte er beiläufig.

»Ich war mit Iphigenia im Hyde Park, und anschließend habe ich mich noch ein wenig von Jerry in der Stadt herumkutschieren lassen. Du weißt doch, wie neugierig ich auf London bin. Alles ist so neu und aufregend … Leider wurde es dann doch sehr neblig, man hat kaum noch etwas gesehen.« Ich streckte Reginald die Hand hin und fuhr im Plauderton fort: »Cousin, wie schön, dich wiederzusehen. Wie war dein Tag mit meinem Bruder?«

»Sehr abwechslungsreich«, sagte Reginald. Zu meinem Erstaunen schüttelte er mir nicht die Hand, sondern hob sie an seine Lippen und hauchte einen Kuss darauf. »Wir waren bei White's und später noch in Manton's Schießhalle, wo ich Sebastian meine neuen Duellpistolen vorgeführt habe. Und danach haben wir uns bei Tattersall's eine Versteigerung angesehen.«

»Eine Kunstauktion?«, fragte ich, leicht irritiert durch den unerwarteten Handkuss.

Reginald lachte. »Nein, bei Tattersall's werden Pferde verkauft.«

Ich rang mir ein Lächeln ab. »Zu dumm, dass ich so wenig von den hiesigen Sitten weiß. Barbados ist wirklich sehr weit weg.«

»Sehr weit«, bestätigte Reginald vergnügt. »Umso mehr freut es mich, euch London zu zeigen.«

»Für morgen ist ein geselliger Ausflug nach Vauxhall Gardens geplant«, warf Sebastiano ein.

»Da kann ich leider nicht mit. Ich bin morgen Vormittag mit Iphy verabredet. Sie ist der Meinung, dass ich für Almack's unbedingt ein neues Kleid brauche. Nächste Woche Mittwoch findet dort ein Ball statt.«

»Ich weiß, dafür habe ich mich auch schon angemeldet«, erklärte Reginald. »Aber natürlich kannst du trotzdem mit nach Vauxhall Gardens, denn dorthin gehen wir erst morgen Abend.« Reginald lächelte mit blitzenden Zähnen und sah dabei Bräutigam-Ken derartig ähnlich, dass ich blinzeln musste. Er bot mir seinen Arm an. »Wenn ich bitten darf, Cousinchen.«

»Um was denn?«, fragte ich verwirrt.

»Nur um deinen Arm.« Er zwinkerte mir zu. »Ich möchte dich stilvoll nach nebenan in den Speisesaal geleiten.«

»Ach, du bleibst zum Essen?«

»Ja, Sebastian war so freundlich, mich einzuladen. Ein einsamer Junggeselle wie ich ist dankbar für jede Gelegenheit, in netter Gesellschaft zu speisen.«

Ich hätte gewettet, dass es ihm an solchen Gelegenheiten nicht mangelte. Nicht bei seinem Aussehen und seinem Vermögen. Iphigenia hatte mir während unserer Spazierfahrt ausgiebig von seinen Finanzen, seinem prunkvollen Londoner Stadthaus und seinen tollen Pferden vorgeschwärmt. Er galt als ausgesprochen guter Fang, wie sie mehrmals betont hatte. Rein heiratstaktisch kam er auf der Liste der besten Partien gleich hinter George – und Sebastiano. Bei dieser Äußerung wäre ich fast aus der Kutsche gefallen, vor allem, als ich das kleine Glitzern in ihren Augen gesehen hatte. Dabei war mir nämlich wieder eingefallen, dass sie sich ebenfalls neu verheiraten wollte. Um ein Haar hätte ich mich verplappert und ihr erklärt, dass Sebastiano nicht zu haben war. Jedenfalls nicht, solange noch Blut in meinen Adern floss!

Reginald rückte mir den Stuhl zurecht und legte mir dabei leicht die Hand auf den Rücken. »Bitte sehr.«

Ich ließ mich nieder, und Reginald nahm neben mir Platz, als gehörte er genau dort und nirgendwo anders hin. Sebastiano musste sich wohl oder übel uns gegenübersetzen, denn mit drei Leuten nebeneinander hätte die Tischordnung ziemlich blöd ausgesehen. Während des nachfolgenden Essens ließ Reginald keine Gelegenheit aus, mit mir zu flirten. Er platzierte seine Komplimente auf eine gekonnte, witzige Art, es war kein bisschen aufdringlich, und ab und zu streute er so lustige Bemerkungen ein, dass ich kichern musste. Natürlich stand ich nicht auf ihn, schließlich liebte ich Sebastiano auch nach über drei Jahren immer noch wie verrückt, aber es war trotzdem alles andere als unangenehm, von einem so gut aussehenden Mann mit netten kleinen Aufmerksamkeiten bedacht zu werden. Außerdem war es eine gute Ablenkung, nachdem Mr Turner mir mit seinen Bildern einen solchen Schreck eingejagt hatte.

Sebastianos Miene wurde unterdessen immer gewittriger, anscheinend störte ihn Reginalds freundliches Geplänkel ziemlich, doch er sagte nichts dazu.

Der Reihe nach wurden diverse Gerichte aufgetragen. Silberschüsseln, aus denen es dampfte, wenn bei Tisch der Deckel abgenommen wurde, große Servierplatten mit allen möglichen Hauptgerichten, verschiedene Zwischengänge, die in kleinen Glasschalen angerichtet waren – es war schon wieder viel zu viel. Die Köchin und ihre Hilfskräfte mussten stundenlang gerackert haben, um all diese Köstlichkeiten vorzubereiten. Es gab gespicktes Rinderfilet, gebackenen Schinken, getrüffelten Kalbsbraten und noch ein paar andere Fleischsorten, die ich mir nicht alle merken konnte, weil ich schon nach einer Portion satt war. Einige davon wurden in Aspik serviert, wabblige kleine Geleehäufchen, dir mir nicht ganz geheuer waren, genauso wenig wie der am Stück gebratene Hase oder die Wachteln. Wie schon beim Mittagessen hielt ich mich lieber an das gedünstete Gemüse und dachte dabei, wie viele hungrige Leute man in den Armenvierteln mit all diesem Essen hier hätte satt bekommen können.

Zu trinken gab es einen lieblich schmeckenden italienischen Rotwein, und diesmal ließ ich mir sogar nachschenken, denn er wärmte mich innerlich und half mir dabei, nicht dauernd an die Bilder in Mr Turners Bibliothek denken zu müssen.

Nach dem Essen erklärte Reginald, nun sei es Zeit für ihn zu verschwinden. Zum Abschied küsste er mir formvollendet die Hand. »Bis morgen Abend, zauberhafte Anne!«

Sebastiano versteifte sich. »Du solltest meiner Schwester lieber nicht so oft die Hand küssen. Das ist sie nicht gewohnt.«

Reginald zog die Brauen zusammen, und für einen Moment schien es, als wollte er widersprechen, doch dann sagte er mit einem zerknirschten Lächeln: »Tut mir leid, alter Freund. Ich vergesse immer, dass dort draußen auf den Antillen wohl noch recht altertümliche Sitten herrschen.«

Vielleicht war es reumütig gemeint, aber in meinen Ohren klang es eher belustigt. Sebastiano setzte sein Pokerface auf und brachte ihn zur Haustür, während ich schon nach oben in das Herrenzimmer ging und dort auf ihn wartete. Als er kurz darauf zu mir kam, wirkte er noch ärgerlicher.

»Was ist los?«, fragte ich.

»Dieser gelackte Schönling hat mich gerade ganz offiziell darum gebeten, dir den Hof machen zu dürfen.«

Ich starrte ihn mit aufgeklapptem Mund an. »Ist nicht wahr!«

»Glaubst du, solchen Mist denke ich mir aus?«

»Was hast du ihm denn geantwortet? Hast du ihn rausgeworfen?«

Sebastiano schüttelte entnervt den Kopf. »Glaub mir, das hätte ich gern getan. Aber im Moment geht das nicht. Er ist so was wie ein Schlüssel zur Upperclass. Dieser Typ kennt alle wichtigen Leute hier in London. Du kannst dir nicht vorstellen, mit wem er alles per Du ist. Überall, wo wir heute waren, tanzte sofort eine Horde von diesen reichen Dandys an, um ihm die Hand zu schütteln. Innerhalb einer einzigen Stunde hat er mir schätzungsweise ein Dutzend Lords vorgestellt, einer wichtiger als der andere.« Seine Miene verdüsterte sich weiter, während er sich einen Sherry einschenkte. »Also habe ich die Zähne zusammengebissen und ihm gesagt, dass ich seine Absichten wohlwollend prüfen werde.«

»Hä?«

»Irgendwas musste ich ja sagen«, erklärte er gereizt. »Wobei ich natürlich erwarte, dass du dir den Kerl vom Hals hältst. Du kannst ihm ruhig sagen, dass du diese Handküsserei nicht brauchst. Und jetzt erzähl mir, wo du warst. Bei Turner?«

»Ja.« Ich merkte, wie meine Hände anfingen zu zittern. Sebastiano sah es ebenfalls und umfasste sie rasch. Stirnrunzelnd hörte er zu, als ich ihm die seltsamen Gemälde beschrieb.

»Das klingt alles ziemlich verrückt. Aber auf jeden Fall scheint es irgendeine Bedeutung zu haben. Fragt sich nur, welche. Hoffentlich finden wir es bald raus. Ich werde morgen hinfahren und es mir selbst anschauen. Und du solltest ab sofort keine Extratouren mehr machen, ohne mir Bescheid zu sagen.«

Das überging ich einfach, denn ich hatte keine Lust, Streit mit ihm anzufangen, und wechselte lieber das Thema. »Wollen wir uns noch einmal den Shakespeare-Band ansehen?«

»Das habe ich schon gemacht. Es gab keine Markierungen außer dieser einen.«

»Weißt du noch, wie sie genau lautete?«

»*Ein Reich zur Bühne, Prinzen drauf zu spielen, Monarchen, um der Szene Pomp zu schau'n!*«

»Hast du dir schon Gedanken darüber gemacht?«

»Den ganzen Tag. Ich glaube, ich weiß, was dieser Hinweis bedeuten soll. Es geht um den Prinzregenten. Höchstwahrscheinlich plant jemand seine Entmachtung.«

»Der Prinzregent – warte, das ist der Sohn des Königs, der die Regentschaft übernommen hat, weil sein Vater geisteskrank ist, oder? Und wie soll das gehen mit der Entmachtung?«

»Auf dem üblichen Wege«, sagte Sebastiano ironisch.

Schaudernd fuhr ich zusammen. »Du meinst, jemand wird versuchen, ihn zu töten?«

»Ganz recht, genau das meine ich. Und gleichzeitig will dieser

Jemand dafür sorgen, dass ihm keiner von den Alten dabei in die Suppe spuckt – deshalb zerstört er die Tore.«

»Dann müsste dieser Jemand ebenfalls einer von den Alten sein!«

»Natürlich.«

»Aber ohne Tore kann er doch dann selbst nicht mehr durch die Zeiten reisen«, wandte ich ein.

»Vielleicht will er das ja gar nicht. Nimm nur diese Stelle: *Ein Reich zur Bühne*. Das bedeutet, er will sich ein eigenes Reich schaffen, seine ganz persönliche Bühne. Nur für sich allein, außerhalb jeder Kontrolle.«

»Und was, glaubst du, bedeutet *Prinzen drauf zu spielen*? Will dieser Jemand … will er die Rolle des Prinzen neu besetzen? Möglicherweise sogar mit sich selber?«

»Das liegt im Bereich des Möglichen. Ich halte es für ziemlich wahrscheinlich.«

»Dann wäre es unsere Aufgabe, das zu verhindern. Aber wie?«

»Wir müssen irgendwie in den Kreis um den Prinzen vorstoßen und dabei herausfinden, von welcher Seite ihm Gefahr droht. So wie es in Josés Anweisung steht: *Die Zeichen deuten.*«

Das erinnerte mich an meine Begegnung mit dem Earl von Clevely und dessen Freundschaft mit dem Prinzregenten. Ich erzählte Sebastiano davon, worauf er meinte, es könne nicht schaden, sich mit dem Typen gut zu stellen, sobald er mir wieder über den Weg lief, egal ob morgen in Vauxhall Gardens oder auf dem Ball im Almack's.

»Hauptsache, du lässt dir von dem Kerl nicht die Hand abknutschen. Eine wirklich bescheuerte Sitte.«

Nach dieser Ermahnung gab er mir einen Kuss. Anschließend gingen wir ins Bett – jeder in sein eigenes.

Beim Betreten meines Schlafzimmers bekam ich einen Schreck,

weil Bridget dort auf mich wartete. Ich hatte völlig vergessen, dass ich ja neuerdings eine Zofe hatte. Noch bevor ich ein Wort sagen konnte, fing sie mit einem ihrer Selbstgespräche an. »Sicher wird sie wütend sein, weil ich ihr Waschwasser nicht angewärmt habe, aber ich wusste ja nicht, wann sie kommt, also wäre es sowieso wieder kalt geworden.«

»Bridget«, unterbrach ich sie freundlich. »Ich kann mich auch mit kaltem Wasser waschen. Es macht mir wirklich nichts aus.«

»Ich wollte das überhaupt nicht sagen, Mylady!«, beteuerte sie sofort. »Es überkam mich schon wieder, weil ich so lange hier gesessen und gewartet habe.«

Ich war zu erledigt, um auf ihre Befindlichkeiten Rücksicht zu nehmen. »Heute hast du mir schon genug geholfen. Für den Rest des Abends hast du frei.«

»Da haben wir es«, murmelte Bridget. »Sie will mich nicht länger als Zofe haben. Ich bin erledigt.«

»Bridget, das ist nicht wahr. Ich möchte jetzt einfach bloß allein sein, denn ich bin todmüde.«

Daraufhin malte sie sich selbst in den schwärzesten Farben aus, wie sie bettelnd im Straßengraben saß und dabei Gin trank. Als ich sie endlich los war, merkte ich, wie erschöpft ich war. Höchste Zeit fürs Bett. Beim Ausziehen stellte ich dann blöderweise fest, dass ich die kleinen Knöpfe am Rücken nicht allein aufkriegte. Doch ich verkniff es mir, deswegen nach Bridget zu läuten. Stattdessen klopfte ich an Sebastianos Schlafzimmertür, schließlich konnte er mir genauso gut helfen. Peinlicherweise öffnete mir Meeks, der mir hochnäsig mitteilte, Seine Lordschaft befinde sich im Bad und sei im Übrigen bereits *déshabillé*, was die vornehme französische Umschreibung dafür war, dass Mylord sich schon die Klamotten ausgezogen hatte. Bei dieser Erklärung musterte Meeks mich, als wäre ich soeben aus einem sehr tiefen und sehr ländlich gelegenen Loch gekrochen. Ich gab es auf und entschied, ausnahmsweise im Kleid zu schlafen.

*

Ich stürzte wieder in den tiefen Schacht, dem alles verschlingenden Monster entgegen, das unten auf mich wartete. Beinahe konnte ich den fauchenden Atem der Bestie spüren, die vom Anbeginn der Zeit bis zur Ewigkeit alles fressen wollte, Sekunden, Tage, Jahre – ganze Zeitalter. Ich versuchte, mich zu einer Kugel zusammenzurollen, doch dadurch fiel ich nur noch schneller. Ich stürzte wie ein Geschoss dem Ende der Zeit entgegen. Hastig korrigierte ich meinen Fehler und streckte Arme und Beine aus, als könnte ich der schrecklichen Anziehungskraft auf diese Weise Widerstand leisten. Tatsächlich fiel ich langsamer, und dadurch ermutigt, vollführte ich rudernde Bewegungen, ähnlich wie beim Schwimmen. Plötzlich packte mich ein Sog, ich wurde zur Seite weggerissen, in eine Art dunklen Tunnel, der von dem Schacht wegführte. Mein Sturz hatte aufgehört, es war nun eher ein Treiben wie in einem Wasserstrom, nur dass es weder Wasser noch Luft um mich herum gab, sondern nur Schwärze. Doch zu meinem Erstaunen wurde es langsam heller, der Tunnel endete unvermittelt und spuckte mich auf einer weiten Ebene aus. Es war eine triste, kahle Welt unter einem grauen Himmel, erfüllt von schneidendem Wind, der mir das Haar ums Gesicht peitschte. Ich stolperte vorwärts, doch weit und breit gab es nichts in dieser Einöde, abgesehen von schroffen Bergketten, die sich verschwommen in der Ferne abzeichneten. Dann drehte ich mich einmal um meine eigene Achse, und da sah ich es. Ein großes, tunnelartiges Tor mitten in der Landschaft. Das musste die Öffnung sein, aus der ich gekommen war. Musste ich wieder dorthin zurück?

»Du findest mich immer, du seltsames Kind«, sagte eine Stimme hinter mir. Ich fuhr herum und sah zu meinem Erstaunen Esperanza vor mir. Klein und verhutzelt und grauhaarig, uralt wie die Zeit selbst. Ihre Augen waren traurig und liebevoll zugleich.

»Bist du echt?« Ich streckte die Hand aus, doch als ich die Alte berührte, zerflossen ihre Umrisse, und ich erkannte, dass sie nur eine Illusion war.

»Ich bin nie echt«, sagte sie mit leisem Lachen.

»Aber ich bin dir doch begegnet! In Venedig! Und in Paris! Du hast mir die Maske gegeben! Und das Jucken in meinem Nacken – das habe ich auch von dir.«

»Du bist einem Echo begegnet. Einer Projektion.«

»Und José? Ist er auch bloß ein … Echo?«

»Er ist einer der wenigen Alten, die noch körperlich die Zeiten durchschreiten und bei den Menschen leben.«

»Wer seid ihr? Wo kommt ihr her?«

»Von sehr weit her. Einem Ort, an dem Raum und Zeit eins sind. Vom Ende der Ewigkeit.« Sie streckte die Hand zum Himmel aus, der sich daraufhin in ein tiefes, schimmerndes Schwarz verwandelte, das von Abermillionen funkelnden Sternen bestäubt war.

»Aber warum tut ihr Alten das alles? Warum manipuliert ihr die Zeit? Warum bekämpft ihr einander?«

Statt zu antworten, bewegte Esperanza ihren Zeigefinger, und über uns am Firmament flossen Sterne ineinander und bildeten ein glitzerndes Muster – es sah aus wie ein Schachbrett.

»Ein Spiel!«, rief ich. »Ihr spielt mit der Zeit! Und die Menschen sind eure Figuren!«

»Nicht *mit* der Zeit«, sagte sie. »*Um* die Zeit.«

»Und dieses … Ding?«, flüsterte ich. »Das dort unten im Schacht – was ist es?«

»Das Nichts. Das Ende des Spiels.«

Der Wind wurde schärfer, er wehte mir Eissplitter ins Gesicht. Er hüllte Esperanza in einen Wirbel und trieb mich gleichzeitig fort von ihr.

»Hilf mir!«, rief ich. »Sag mir, was ich tun muss, um das Ende aufzuhalten!«

Doch ich konnte sie nicht mehr sehen, und im nächsten Moment wurde ich durch das Portal in den Tunnel gesaugt und trieb fort.

»Nein!«, schrie ich, denn ich wusste, wenn ich wieder in dem abwärtsführenden Schacht landete, wäre alles zu spät.

Mit einem Keuchen fuhr ich hoch – und war wach. Benommen blickte ich in das matte Grau des Zimmers, einen Moment lang völlig desorientiert. Dann wurde mir klar, dass ich nicht in unserer Wohnung in Venedig war und auch nicht in Frankfurt bei meinen Eltern, sondern in der Londoner Vergangenheit. Mein Puls jagte, und im Versuch, meinen hämmernden Herzschlag zu beruhigen, fasste ich mir an den Hals – und fuhr zusammen. Meine Fingerspitzen ertasteten winzige Eispartikel. Sie waren überall! In meinen Haaren und auf dem Kleid! Entsetzt sprang ich aus dem Bett und rannte zum Spiegel, doch es war nicht hell genug im Zimmer. Hastig stieß ich die Fensterläden auf, dann stellte ich mich abermals vor den Spiegel, bemerkte jedoch nichts Ungewöhnliches. Außer meinem übernächtigten, verzottelten, hohläugigen Abbild war nichts zu sehen. Keine Spur von Eis. Erneut befühlte ich das Kleid und meine Haare, aber da war nichts. Nicht mal Feuchtigkeit, abgesehen davon, dass ich ziemlich verschwitzt war, denn das Kleid war viel zu warm, um darin zu schlafen. Zum Glück waren über Nacht ein paar Knöpfe aufgegangen. Hastig zog ich mich aus – und merkte dabei, dass die Knöpfe nicht aufgegangen, sondern abgerissen waren. Ich musste mich im Traum ziemlich heftig bewegt haben. Ich erinnerte mich an die akrobatischen Verrenkungen in dem gruseligen Schacht und hielt für einen Moment die Luft an, weil die Erinnerung sich so echt anfühlte. Genauso echt wie die Eissplitter vorhin beim Aufwachen. Zum Glück war trotzdem alles nur ein Traum gewesen.

Ich zwang mich, an andere Dinge zu denken. Beispielsweise daran, dass ich jetzt für mein Leben gern geduscht hätte. Oder wenigstens gebadet. Doch halt, das konnte ich ja! Wozu war ich eine reiche Erbin und hatte massenweise Personal? Ich zog die Klingel und wappnete mich gegen Bridgets Selbstgespräche, aber zu meiner Erleichterung hielt sie den Mund und tat auch sonst alles, damit der Morgen nach dem grauenerregenden Anfang erträglich weiterging. Als ich in das heiße Badewasser stieg, ging es mir schon bedeutend besser. Bridget wusch mir mit einer nach Blumen duftenden Seifenpaste das Haar und legte mir frische Unterwäsche bereit, außerdem ein wunderschönes primelgelbes Tageskleid. Anschließend ließ ich mir von ihr sogar die Haare machen, denn ich war von dem Traum immer noch so durch den Wind, dass ich für jede freundliche menschliche Berührung dankbar war. Am liebsten hätte ich mich noch ein bisschen zu Sebastiano ins Bett gekuschelt. Nur leider war das ja momentan nicht möglich. Hätte ich mich doch bloß nie als seine Schwester ausgegeben!

»Schauen Sie, Mylady! Das sieht doch viel hübscher aus als der langweilige Zopf!«

Bridget stand hinter mir und lächelte mich im Frisierspiegel an. Sie hatte mir einen verspielten Haarknoten auf den Oberkopf gezaubert. Rechts und links davon fielen sorgsam mit dem Brenneisen geformte Kringellöckchen über die Ohren. Es sah auf nette Weise nostalgisch aus.

»Bridget, das ist super«, sagte ich. Der Translator verwandelte es in *superb*, was mich zum Kichern brachte. Bridget glaubte, dass ich mich über ihre Frisierkünste freute, und lachte herzlich mit. Als ich ihr sagte, dass ich an dem Kleid leider aus Versehen ein paar Knöpfe abgerissen hätte, lachte sie noch lauter und meinte allen Ernstes, dass sie sich sehr auf das Annähen freue. Dabei sah sie mich so dankbar und glücklich an, dass ich mich absurderweise mit ihr freute. So kam es, dass ich in relativ guter Stimmung zum Frühstück hinunterging.

Es war kurz nach neun, die Uhr in der Halle hatte gerade zur vollen Stunde geschlagen. Wie am Tag davor war Sebastiano bereits vor mir aufgestanden und las gerade die Zeitung, ein mit altmodischen Lettern bedrucktes Exemplar namens *Morning Post*.

»Was steht drin?«, fragte ich, während ich ihn züchtig auf die Wange küsste.

Er zwinkerte mir zu. »Du siehst reizend aus …« – noch ein Zwinkern – »… Schwesterchen. In der Zeitung steht was über den Krieg mit Napoleon.«

Richtig, der war ja gerade als großer Feldherr aktiv. Am Ende würde es nicht gut für ihn ausgehen, aber im Augenblick machte er den Engländern das Leben sehr schwer. Und dem übrigen Europa auch. Im kommenden Herbst würde er in Leipzig in einer gewaltigen Schlacht aus Deutschland vertrieben werden. Bis zu seiner finalen Niederlage bei Waterloo würde es allerdings noch zwei Jahre dauern.

Ich setzte mich an den Tisch und fand es diesmal nicht mehr ganz so schlimm, mich bedienen zu lassen. Janie und Cedric überschlugen sich in ihrem Eifer, mir alle möglichen leckeren Sachen vom Büfett zu holen und mir einen perfekten Milchkaffee zu mischen.

Nach dem Frühstück bat Sebastiano Mr Fitzjohn, die Kutsche vorfahren zu lassen, und anschließend brachen wir auf, um Mr Stephenson einen Besuch abzustatten.

*

Es war nicht schwer, sein Haus in der James Street zu finden. Jerry fragte eine Passantin nach der Hausnummer, und die wies ihm den Weg.

»Der Ingenieur? Da vorn an der Ecke, das Haus mit dem Anbau.« Die Frau lachte. »Immer dem Krach nach.«

Und wirklich, der Lärm war nicht zu überhören – ein Hämmern, Zischen und Stampfen, als wäre in der Werkstatt eine alte Lokomotive lebendig geworden.

Tatsächlich lag ich mit diesem Vergleich nicht allzu weit daneben, denn während ich gemeinsam mit Sebastiano auf die Quelle des Radaus zusteuerte, erklärte er mir, wer George Stephenson war.

»Er hat die Dampflokomotive erfunden. Natürlich nicht die allererste, aber sozusagen den Prototyp, der dann in Serie ging.«

»Woher weißt du das?«, fragte ich verdutzt.

»Wikipedia.« Er grinste, als er mein ungläubiges Gesicht sah. »Natürlich hab ich das nicht *hier* gelesen, sondern in unserer Zeit. Schon vor ein paar Wochen, nachdem José uns für den Job bei Mr Turner angeheuert hatte. Da hab ich mich ein bisschen über die Zeit informiert.«

Das hatte ich natürlich auch getan, aber anscheinend hatte ich andere Prioritäten gesetzt. Er hatte sich über die Technik schlau gemacht, ich über Kultur.

»Als José dann mit dem Typen auf dem Trafalgar Square ankam, fiel mir wieder ein, woher ich den Namen kannte.«

»Wieso hast du mir das nicht erzählt?«

»Weil es genug andere Sachen zu besprechen gab.« Er klopfte an das Tor, doch bei dem Krach konnte es drinnen garantiert niemand hören. Probeweise drückte er gegen die Tür und fand sie unverschlossen. »Ich glaube, wir gehen einfach mal rein.«

In der Werkstatt war es noch lauter. Mitten in dem mit zahlreichen seltsamen Gerätschaften vollgestopften Raum stand ein metallenes Ungetüm, das die Ursache für das stampfende, zischende Geräusch war. In ächzenden Halterungen bewegten sich dampfende Zylinder auf und nieder, eingehüllt von wütend fauchendem Dampf. Öl tropfte von dem quietschenden Gestänge, und der feuchte heiße Nebel schlug sich in Pfützen rund um die bedrohliche Apparatur nieder. George Stephenson, bekleidet mit einem Arbeitsanzug aus grobem Baumwolldrillich, rannte zwischen diversen Skalen und Reglern hin und her. Bewaffnet mit einem Schraubenzieher und einem Messgerät, justierte er irgendwelche Einstellungen an einer Art Steuerkonsole und stieß einen triumphierenden Schrei aus, als das Stampfen der Zylinder schneller wurde.

An einem Ende der Höllenmaschine gähnte das glühende Maul eines gewaltigen Ofens, aus dem Funken sprühten. Davor stand, mit einer Schutzbrille versehen, ein Arbeiter, der mit affenartiger Geschwindigkeit eine Schaufel schwang und Kohle von einem großen schwarzen Haufen in den Schlund der Maschine beförderte. Stinkender Rauch quoll heraus und mischte sich mit dem heißen Dampf, der aus dem Druckkessel drang.

Sebastiano betrachtete die Maschine mit ehrfürchtig leuchtenden Augen. Er sah aus wie ein kleiner Junge, der seine allererste Eisenbahn geschenkt bekommt.

Mr Stephenson war fertig mit seinen Einstellungen und trat einen Schritt zurück, um das Stampfen der Dampfmaschine zu beobachten. Dabei bemerkte er unsere Anwesenheit. Ein erstauntes Lächeln breitete sich auf seinem rußverschmierten Gesicht aus.

»Lord und Lady Foscary! Meine Retter von neulich nachts! Was führt Sie denn her?« Er musste schreien, um den Krach der Maschine zu übertönen.

»Wir wollten uns nur nach Ihrem Befinden erkundigen!«, schrie Sebastiano zurück.

»Warten Sie. Ich stelle das eben ab.« Mr Stephenson drehte an den Reglern, dann gab er dem Arbeiter ein Zeichen, mit dem Schaufeln aufzuhören, worauf das Stampfen und Zischen nachließ und der Rhythmus langsamer wurde. Nach einem letzten befriedigten Blick auf die Maschine wandte er sich uns wieder zu. »Ein Höllengerät, was? Und sie wird täglich besser!«

»In der Tat«, stimmte Sebastiano zu. »Was genau konstruieren Sie denn da?«

»Wenn ich das nur genau wüsste«, sagte Mr Stephenson stirnrunzelnd. Er lächelte leicht verzweifelt. »Ich baue ohne Unterlass daran, Tag und Nacht.« Er tippte auf seine Stirn. »Hier drin ist alles aufgezeichnet, jedes Bauteil, Schraube um Schraube, Nieten und Nute und Falze und auch sonst alles, was Sie hier sehen.« Er zuckte die Achseln. »Zuerst war es eine ganz normale Dampfmaschine, ich wollte einige Modifikationen daran vornehmen, aber es wurden immer mehr. Die Veränderungen sind vielfältig, sie machen die Maschine schneller und effizienter – Sie haben gesehen, wie schnell der Kolben war, oder?«

»Sehr schnell«, bestätigte Sebastiano begeistert.

Mr Stephenson hob gestikulierend an, die Funktionsweise der Dampfmaschine zu beschreiben, ihre besonderen und ungewöhnlichen Fähigkeiten in physikalischer und mechanischer Hinsicht, und auch sonst alles Mögliche, von dem ich nichts verstand. Bei solchen Themen hatte ich schon in der Schule immer automatisch abgeschaltet, es war eine Art Reflex, dagegen war ich machtlos. Desinteressiert blickte ich mich in der Halle um, sah aber nichts außer merkwürdigen Werkzeugen, haufenweise Kohlensäcken und den Arbeiter, der sich auf einer Kiste niedergelassen hatte und mit vollen Backen einen Rettich verzehrte.

Mr Stephenson bestand darauf, dass wir auf eine Tasse Tee zu ihm ins Haus kamen. Bei der Gelegenheit lernten wir seine Frau kennen, eine hübsche, mollige Brünette mit lachenden Augen. Mr Stephenson küsste und umarmte sie herzlich.

»Oh, du Schlimmer!« Sie kicherte und strahlte ihn an. »Du beschmierst mich überall mit Ruß!«

Dass er eine Frau hatte, freute mich für ihn, vor allem, weil die beiden wirklich ineinander verliebt zu sein schienen. So gesehen hätte Mr Stephenson es deutlich schlechter treffen können. Im Vergleich zu unserer ersten Begegnung vor dem Zeitsprung wirkte er wie ausgewechselt. Von seiner Schwermut, die mir an ihm gleich als Erstes aufgefallen war, konnte ich hier nichts mehr feststellen.

Seine Frau wusste natürlich nicht, dass sie das Produkt einer Zeitmanipulation war, sozusagen eine wahr gewordene Einbildung. Dasselbe galt für das Hausmädchen, das uns in dem kleinen gemütlichen Salon der Stephensons Tee und Gebäck servierte. Und für den alten Hund, der vor dem Kamin döste und von dem Mr Stephenson wahrscheinlich glaubte, ihn schon seit zehn Jahren zu besitzen. Die Alten waren in der Erschaffung des passenden Umfelds für die Unwissenden sehr gründlich. Sie waren wahre Meister der Illusion.

Wieder musste ich an den Albtraum von letzter Nacht denken, an die Eispartikel auf meiner Haut, als ich aufgewacht war. Und vor allem an das, was Esperanza mir gesagt hatte. Darüber, wo sie und die anderen Alten hergekommen waren.

Vom Ende der Ewigkeit.

Höchstwahrscheinlich (hoffentlich) war das alles nur Teil dieses verrückten Traums gewesen und daher kein bisschen real, aber nur mal angenommen, es hätte irgendwie einen wahren Kern – wo zum Teufel befand sich das Ende der Ewigkeit? Sie hatte dabei auf das am Himmel funkelnde Firmament gezeigt. Sollte das heißen, dass die Alten von einer anderen Galaxie stammten? Das würde zu der These passen, die mir schon häufiger in den Sinn gekommen war, dass die Alten nämlich Aliens waren. Sie sahen zwar nicht aus wie welche, aber seit dem Film *Die Körperfresser kommen* wusste jedes kleine Kind (na ja, zumindest Kinder ab zwölf), dass Aliens jede beliebige Gestalt annehmen konnten.

Dann fiel mir ein, dass Esperanza, als sie zum Himmel gezeigt hatte, genauso gut diese Spielen-um-Zeit-Sache gemeint haben könnte, denn im selben Moment hatten sich die Sterne in das seltsame Milchstraßen-Schachbrett verwandelt.

Mrs Stephenson riss mich aus meinen Gedanken. »Noch Tee, Mylady?«

»Danke, nein«, sagte ich höflich.

Sebastiano erhob sich. »Ich fürchte, wir müssen jetzt aufbrechen.«

Mr Stephenson begleitete uns zur Haustür. »Ich hoffe, Sie beehren uns bald wieder mit einem Besuch.«

»Ganz sicher«, erklärte Sebastiano. »Wir müssen doch erfahren, was genau Ihre Maschine kann, wenn sie fertig ist.«

Sein Interesse schien Mr Stephenson über alle Maßen zu freuen. Er winkte uns nach, als wir zu unserer Kutsche zurückgingen. Jerry schrak aus einem Nickerchen hoch, und der Groom Jacko, der in einem nahen Torbogen mit einer Hausmagd geflirtet hatte, kam rasch herüber.

Auf der Fahrt holte ich tief Luft und erzählte Sebastiano von meinen Träumen. Meine Hand stahl sich dabei in seine, und als ich zu der Stelle gelangte, an der ich Esperanza begegnet war, drückte er sie so fest, dass es wehtat.

»Du … du glaubst doch nicht, dass da was dran ist, oder?«, fragte ich mit dünner Stimme.

Anstelle einer Antwort legte er den Arm um mich. »Ab sofort schlafen wir wieder in einem Bett. Diese Horrorträume wirst du nicht mehr allein durchstehen müssen. Unsere Schlafzimmer haben Schlüssel, wir schließen einfach beide Räume ab. Ich werde Fitzjohn anweisen, dem gesamten Personal ausdrücklich zu verbieten, unsere Etage zu betreten, es sei denn, wir haben geläutet.«

»Wäre das nicht irgendwie verdächtig?«

»Nein. Höchstens exzentrisch.« Er grinste flüchtig. »Immerhin bin ich Viscount. Adlige dürfen ein paar seltsame Marotten haben. Vor allem die Exoten aus Westindien.«

Mein Lächeln misslang mir kläglich. »Ich habe Angst vor diesem Jabberwocky-Ding da unten im Schacht, Sebastiano. Richtig fiese, gemeine Angst.«

»Ich weiß, *piccina*.« Er küsste meine Schläfe. »Aber bis jetzt war es nur ein Traum, und ich werde alles tun, was in meiner Macht steht, dass es dabei bleibt.«

Er gab sich stark, aber an seiner Miene sah ich, dass ihm auch nicht viel anders zumute war als mir.

Am Grosvenor Square wurden wir wie üblich von Mr Fitzjohn empfangen, der sich in gewohnt tadelloser Manier vor uns verneigte und erklärte, dass Lady Winterbottom vor wenigen Minuten eingetroffen sei und im Salon warte. Er hoffe, dies sei in unserem Sinne.

»Natürlich«, erwiderte Sebastiano, der die Gelegenheit nutzte, um Mr Fitzjohn beiseitezunehmen und ihm besagte Anweisung zu erteilen, während ich mich in den Empfangssalon begab, wo Iphigenia in graziöser Haltung auf dem Sofa saß.

Sie erhob sich lächelnd und kam mir mit ausgestreckten Händen entgegen. »Da bist du ja, meine Liebe. Ich dachte schon, du hättest mich vergessen!«

Wortlos schüttelte ich den Kopf, wieder mal erschlagen von ihrer Schönheit. Heute trug sie ein Ensemble in Goldbraun, das ihren Porzellanteint betonte. Ihr Hütchen war ein süßes kleines Gesamtkunstwerk aus Rüschen und Blumen. Ihre feinen Lederhandschuhe waren im selben Farbton gehalten wie ihre zierlichen Stiefeletten.

»Ich freu mich so auf unseren Einkaufsbummel!«, rief sie mit leuchtenden Augen und hakte sich bei mir ein. »Komm, wir machen uns sofort auf den Weg!«

Eigentlich hatte ich überhaupt keine Lust zum Shoppen. Ich fühlte mich ziemlich unbehaglich, als wir in ihrer offenen Kutsche durch die Stadt fuhren und von allen Seiten angestarrt wurden. Begleitet wurden wir von einem Lakaien, den Iphigenia sich von Reginald ausgeliehen hatte. Er ritt uns zuerst auf einem angeberisch herausgeputzten Pferd voraus und trottete anschließend auf unserer Einkaufstour beharrlich hinter uns her. Wenn wir in ein Geschäft gingen, baute er sich draußen wie ein Wächter auf und wartete, bis wir wieder herauskamen und ihn mit unseren Schachteln und Taschen beluden. Nach einer Weile brach er fast zusammen unter all den neuen Sachen. Iphigenia konnte an keinem hübschen Stück vorbeigehen, sie schlug richtig zu. Ich selber kaufte mir bloß einen Schal und ein paar Handschuhe, und das auch nur, weil ich kein Spielverderber sein wollte.

Iphigenia schleppte mich in alle möglichen Läden in der Bond

Street – Schuhsalons, Pelzgeschäfte, Edelschneider, Wäscheboutiquen, Hut- und Putzmacher, Juweliere. Sie redete die ganze Zeit wie ein Wasserfall, weshalb ihr kaum auffiel, wie wortkarg ich war. Erst, nachdem ich im ungefähr zwölften oder dreizehnten Laden auf ihre Aufforderung hin eine kostbare Abendtoilette angelegt hatte und mich stumm im Ankleidespiegel betrachtete, stupste sie mich erwartungsvoll an. »Du sagst ja gar nichts, Anne. Findest du es nicht auch *ravissant*? Genau passend für eine Debütantin!«

»Formidabel!«, stimmte die Modistin zu, die im Hintergrund des von Tüll und Seide überquellenden Schneiderateliers stand und auf gute Geschäfte hoffte.

»Ja, toll«, sagte ich geistesabwesend. Der Translator übersetzte es mit *kleidsam*, anscheinend merkte er, dass ich nicht wirklich hingerissen war. Allerdings lag meine mangelnde Begeisterung nicht an dem Ballkleid, das war wirklich wunderschön – ein Traum aus weißem, mit winzigen Perlen besticktem Satin, in dem ich aussah wie eine Schneeprinzessin. »Wir nehmen es«, entschied ich kurzerhand, denn ich hatte vom Einkaufen die Nase voll.

»Aber es ist nur ein Modell für die Anprobe«, wandte die Schneiderin ein.

Richtig, es gab in dieser Epoche ja noch keine Konfektionsware von der Stange, jedenfalls nicht für die reichen Leute, die ließen sich ihre Sachen nach Maß nähen.

»Es sitzt aber perfekt«, sagte ich trotzig. »Und deshalb nehme ich jetzt dieses oder gar keins.«

Damit war die Sache geritzt und das Kleid gekauft, und ich hatte endlich meine Ruhe. Zumindest dachte ich das, aber Iphigenia bestand darauf, dass ich noch zu dem Kleid passende Schuhe brauchte. Und einen Hut. Bei den Schuhen machte ich noch mit, aber bei dem Hut streikte ich.

»Geh du rein und such einen für mich aus«, meinte ich entnervt, nachdem sie mich zum nächsten Modesalon geschleppt hatte. »Ich warte hier draußen auf dich.«

Sie schmollte, verschwand aber dann trotzdem unternehmungslustig in dem Laden, während ich draußen stehen blieb und mich umsah. Elegante Kutschen rollten vorbei, die sich in der Ausführung allesamt voneinander unterschieden, so ähnlich wie die Autos in der Gegenwart. Es gab jede Menge Modelle, wie ich inzwischen erfahren hatte. Sie nannten sich Gigs, Phaetons, Kaleschen, Berlinen, Landauer, Tilbury – ich konnte sie unmöglich alle auseinanderhalten. Manche wurden von zwei Pferden gezogen, manche von vier, und hier und da gab es auch kleinere Gespanne mit nur einem Zugpferd. Die meisten Kutschen sahen allerdings ziemlich edel aus, denn die Bond Street war so was wie die Nobelmeile der Upperclass. Hier gab es die exklusivsten Läden und die vornehmsten Clubs. Mr Scotts Buchhandlung am Ende der Straße war im Vergleich dazu sehr schlicht, aber er hatte erzählt, dass er ordentliche Geschäfte machte, weil er jede Menge noble Laufkundschaft hatte.

Der Laden schräg gegenüber von dem Hutgeschäft sah ebenfalls ziemlich mickrig aus. Mein Blick glitt zunächst darüber hinweg, mir fiel nichts Besonderes daran auf. Doch dann starrte ich wie elektrisiert auf das schmale Schaufenster und wusste sofort, was ich vor mir hatte. Wie von unsichtbaren Schnüren gezogen ging ich über die Straße – und lief einem Sänftenträger vor die Füße. Er kam ins Straucheln, worauf das Vorderteil der Sänfte aufs Pflaster krachte, was einen empörten Aufschrei aus dem Inneren zur Folge hatte.

»Tut mir sehr leid«, sagte ich zu der Dicken, die entrüstet herausschaute und ihre Kopfbedeckung festhielt, ein hässliches Ungetüm von Turban. »Da, nehmen Sie das als kleine Entschädigung.« Ich drückte ihr den Fransenschal in die Hand, den ich im vorletzten Laden gekauft und gleich angelassen hatte, weil der Lakai unmöglich noch mehr tragen konnte. »Er hat dasselbe Muster wie Ihr Turban.«

Ich ging weiter und wich zwei verschwenderisch ausstaffierten Dandys aus, die mit ihren hautengen Hosen und aufgeplusterten Halstüchern beinahe wie Karnevalsgecken aussahen. Dann hatte ich die andere Straßenseite erreicht. Ich hatte mich nicht getäuscht. Es war der Maskenladen von Esperanza.

Sie stand hinter der hölzernen Verkaufstheke, als hätte sie mich erwartet. Sofort korrigierte ich diesen Gedanken – sie *hatte* mich erwartet. Wen sonst.

»Da bist du ja«, begrüßte sie mich mit ihrer brüchigen Stimme. Ihr von Falten zerknittertes Gesicht zeigte einen heiteren Ausdruck.

Ich starrte sie an. Sie war klein und verhutzelt wie ehedem, und sie trug ein graues Kleid. Zum ersten Mal begriff ich, dass sie dieses Kleid bei all unseren bisherigen Begegnungen getragen hatte.

»Ich habe von dir geträumt«, sagte ich.

»Ich weiß.«

»O Gott. Es war … es war gar kein Traum, oder?«

»Doch, natürlich war es einer.«

Eigentlich hätte mich das beruhigen müssen, doch das tat es nicht. »Wie kannst du wissen, was ich träume?«

»Ich kann vieles. Natürlich nicht alles, denn sonst wäre es ja zu einfach.«

»Aber wie …« Ich stotterte und musste neu ansetzen. »Bist du … Du bist überhaupt nicht echt, oder?«

Sie ließ ihr rostiges, leises Lachen hören. »Kind. Du weißt, dass ich es nicht bin. Oder sagen wir – nicht auf die Weise, die ihr Menschen für echt haltet.«

»Aber … aber José ist echt, oder? Das hast du in meinem Traum gesagt. Wo ist er jetzt?«

Ihre Miene wurde ernst. »Er sucht einen Weg. Die Tore sind zerstört, es ist nur noch eins übrig.«

»Wer hat das getan? Und welches Tor ist noch übrig?«

»Das gehört zu den Dingen, die ich dir nicht sagen kann.«

»Aus den üblichen Gründen? Weil ich sonst alles ruiniere, wenn ich es weiß?«

Sie nickte gelassen.

»Und stimmt das, was ich sonst noch geträumt habe? Dass das … dass alles für die Alten so eine Art Spiel um die Zeit ist?«

Abermals nickte sie, doch sie war offensichtlich nicht dazu aufgelegt, mir die genauen Spielregeln zu erklären oder zu verraten, wer dabei mitmachte.

Trotzdem konnte ich die Gelegenheit, mehr von ihr zu erfahren, nicht ungenutzt verstreichen lassen.

»Und diese ganzen komischen Dinge, zum Beispiel der intergalaktische Translator und die Sperre – habt ihr euch das ausgedacht? Ihr Alten?« Ich starrte Esperanza an und versuchte, den Ausdruck in ihrem faltigen, unbewegten Gesicht zu deuten. »Klar«, fuhr ich langsam fort. »Wer sonst. Ihr seid die Spielmacher und bestimmt die Regeln.«

»Das Spiel wird gerade sabotiert. Die Regeln werden gebrochen, das Spielfeld zerstört. Du bist nicht ohne Grund in diesen Laden gekommen, Kind. Tu, was du tun musst.«

Beklommen sah ich mich um. Das hier war ein ähnlicher Laden, wie sie ihn in Venedig hatte. Und in Paris. Vorausgesetzt, er war gerade sichtbar, was man vorher nie wissen konnte. An den

Wänden und Kleiderständern hing elegantes Zeug neben verstaubtem Plunder, alles war bunt gemischt. Feine Umhänge, bestickte Handschuhe und raffinierte Hütchen gehörten ebenso zum Sortiment wie glanzlose Samtmäntel, zerzauste Perücken und schäbige Taschen.

Und dann gab es natürlich die Masken. Das Schaufenster war voll davon, außerdem eine ganze Wand, dort hingen alle möglichen Variationen. Gefiederte, paillettenbesetzte, fransengesäumte, goldverbrämte, edelsteinverzierte und flitterbestickte Masken. Manche hatten ausgeprägte Züge und bedeckten das ganze Gesicht, andere reichten nur als Halbmasken bis zur Nase. Einige sahen geradezu furchterregend aus, mit langen Schnäbeln und tückischen Augenschlitzen. Sie waren irgendwelchen Fabelwesen oder Tieren nachempfunden.

Doch ich hatte nur Augen für die Katzenmaske aus schwarzem Samt. Sie war elegant und schmal geformt, mit schrägen Augenschlitzen und fransigen Goldfäden.

»Nun nimm sie schon«, forderte Esperanza mich auf.

Zögernd nahm ich sie vom Haken. Der weiche Stoff schmiegte sich in meine Hand, und ich schlang die Finger um das elastische Band, mit dem sie befestigt wurde. Ich musste die Maske nicht anprobieren, ich wusste, dass sie so genau passte, als wäre sie für mich gemacht. Was sie wahrscheinlich auch war.

»Steck sie ein und verwahre sie gut«, riet Esperanza mir. »Es kommt der Tag, an dem du sie brauchst. Aber wie immer gilt: Du darfst sie nur bei Lebensgefahr benutzen. Du könntest sonst an sehr schlimmen Orten landen.« Sie sagte nichts weiter, aber das war auch nicht nötig. Ich glaubte beinahe, den bösen, fauchenden Atem des Jabberwocky-Zeitfressers am Grund des tiefen Schachts zu spüren.

»Heißt das, ich gerate mal wieder in Lebensgefahr?«

Esperanza bedachte mich mit einem kurzen, zahnlosen Grinsen, dann wurde sie ernst. »Gib auf dich acht, Kind.«

»Und was jetzt? Muss ich noch in den Zukunftsspiegel sehen?«

Sie deutete in eine Ecke des Ladens, und da war er. Die Oberfläche des alten Standspiegels, in dem sich das Unheil kommender Zeiten offenbarte, wirkte trüb und verzerrt, und während ich hinschaute, geriet sie in Bewegung. Ich schauderte und hätte am liebsten den Blick wieder abgewendet, doch ich zwang mich, weiter in diese unheimliche, fremdartige Welt des Spiegels zu starren. In eine Zukunft, die kommen würde, wenn unsere Mission fehlschlug.

Ich wartete, bis die Schleier, die über dem Bild lagen, sich verzogen, und dann sah ich es. Eigentlich war es weniger ein Sehen als ein Fühlen, denn alles war schwarz und erfüllt von Schrecken – es war der Schacht aus meinem Traum. Ich wurde hineingezogen und fiel und fiel, dem Ende der Zeit entgegen. Mit einem Aufschrei wandte ich mich ab.

»Es ist alles weg! Alle Zeiten … sie sind verschwunden!«

»Nein, sieh noch einmal hin.«

Ich holte Luft und tat es, und was ich dann sah, überraschte mich. Es war ein Blick aus der Vogelperspektive auf eine Stadt, und als das Bild näher heranzoomte, erkannte ich, dass es das historische London war. Noch näher, und man sah Westminster, noch ein Zoom, und ich entdeckte die Bond Street, und schließlich aus nächster Nähe die Läden – bis die Szenerie zuletzt Iphigenia erfasste, die gerade aus dem Hutladen trat und sich suchend umblickte.

»Das ist hier und jetzt«, sagte ich verdattert. »Das Jahr achtzehnhundertdreizehn!« Ich sah Esperanza an. »Soll das heißen, dieses Jahr bleibt übrig?«

Sie nickte. »Als einziges. Ein winziges Fragment aus Äonen

von Zeitaltern. Wie ein mikroskopischer Tropfen aus einem gewaltigen Strom.«

Sie machte eine Handbewegung, und der Zukunftsspiegel wurde wieder zu einem ganz normalen, etwas blinden alten Standspiegel.

»Was geschieht, wenn das Jahr abgelaufen ist?«, wollte ich wissen.

»Es wiederholt sich. Wie ein Theaterstück, das immer wieder von vorn anfängt. Mit immer denselben Darstellern und Abläufen.«

»Ein Reich zur Bühne«, flüsterte ich. »Und einer will dort die Herrschaft übernehmen.«

Esperanza stutzte kurz, dann nickte sie leicht.

»Du musst jetzt gehen, Kind.«

»Aber … Kannst du mir nicht wenigstens einen kleinen Tipp geben, wer für diese ganze Sauerei verantwortlich ist? Oder welches Ereignis wir verhindern müssen? Sebastiano meint, jemand will vielleicht den Prinzregenten ausschalten. Wie sollen wir …«

»Leb wohl, Kind.« Mit diesen Worten drehte sie sich um und verschwand durch eine Hintertür, die sich halb versteckt neben einem mit Schuhen vollgestellten Regal befand. Ich wusste, dass es keinen Sinn hatte, ihr zu folgen. Sie war nicht mehr da. Vielleicht würde sie irgendwann noch einmal hier auftauchen, aber darauf bauen sollte ich besser nicht. Beim letzten Mal war sie, nachdem sie mir die Maske gegeben hatte, nicht mehr auf der Bildfläche erschienen, und der Laden war verlassen zurückgeblieben, ganz so, als wäre er schon sehr lange geschlossen.

Wie betäubt trat ich ins Freie. Die Tür fiel sacht hinter mir zu.

»Huhu, Anne! Hier bin ich!« Iphy winkte mir von der anderen Straßenseite zu. »Gott sei Dank, da bist du ja!« Sie kam zu mir herübergeeilt. »Ich hatte mir schon Sorgen gemacht. Der Lakai sagte, du seist in eines der Geschäfte gegangen, aber du warst nirgends zu finden.«

»Ach, ich habe mich nur in diesem Laden hier kurz umgesehen.«

Sie runzelte die Stirn. »In welchem denn?«

»Na, in dem da.« Ich wollte auf die Tür deuten, durch die ich eben gekommen war, doch sie war mit mehreren Kettenschlössern gesichert, und vor dem Schaufenster lagen schwere Holzläden. Es sah aus, als wäre seit Monaten niemand hier gewesen. Hastig zeigte ich die Straße hinab. »Irgendwo da drüben«, fügte ich hinzu.

Iphy schien sich nicht sonderlich dafür zu interessieren. Stattdessen schwenkte sie eine Schachtel aus Glanzpapier. »Ich habe den entzückendsten Hut aller Zeiten für dich besorgt!«

Sie winkte ihren Diener herbei, der zwischenzeitlich unsere übrigen Einkäufe zur Kutsche getragen hatte und jetzt duldsam die Hutschachtel und einige weitere Tüten in Empfang nahm. Lauter zauberhafte Kleinigkeiten, wie Iphy versicherte. Alles auf Rechnung natürlich, wobei ich zu meinem Erstaunen erfuhr, dass es in Adelskreisen üblich war, nicht gleich zu zahlen, sondern erst, nachdem sich ordentlich was an offenen Rechnungen und Mahnungen angesammelt hatte. Manche Leute, erzählte Iphigenia, zahlten praktisch nie ihre Schneider- und Putzmacherrechnungen, denn so manches Modeatelier könne sich glücklich schätzen, dass die erlauchten Persönlichkeiten sich herabließen, die Kreationen in der Öffentlichkeit zu tragen. Anscheinend gab es schon in dieser Epoche solche Deals, bei denen sich die Celebrities für lau von Designern ausstatten ließen, ähnlich wie in Hollywood.

»Auch Prinny zahlt so gut wie nie«, erklärte Iphy, als wir zur Kutsche zurückschlenderten. »Er hat so unfassbar hohe Schulden, dass man von dem Geld ein Schloss bauen könnte.«

»Wer ist Prinny?«

»Der Prinzregent. Seine Bekannten nennen ihn so.«

»Bist du auch mit ihm bekannt?«

»Natürlich. Sehr gut sogar. Alle Welt kennt ihn.« Iphy hängte sich bei mir ein. »Er gibt übrigens nächsten Monat ein großes Fest in Carlton House. Wenn ich meine Beziehungen spielen lasse, könnte ich dir und deinem Bruder vielleicht eine Einladung verschaffen.«

»Das wäre großartig«, sagte ich, von einem plötzlichen Frösteln erfüllt. Aus unerfindlichen Gründen wusste ich auf einmal, dass sich auf diesem Fest alles entscheiden würde.

Sebastiano drehte die Maske in seinen Händen und sah mich dann grüblerisch an. Wir hatten uns gleich nach meiner Rückkehr im Herrenzimmer eingeschlossen, und ich hatte ihm von meiner Begegnung mit Esperanza erzählt.

»Wir könnten das Ding benutzen«, schlug er vor. »Oder zumindest *du* könntest es tun. Du wünschst dich einfach zurück nach Hause, dann bist du aus der ganzen Sache raus.«

»Und dich lasse ich hier zurück, oder was? Du bist verrückt, wenn du glaubst, dass ich das tue. Außerdem hat Esperanza eindeutig festgelegt, dass ich die Maske nur dann für einen Zeitsprung benutzen darf, wenn ich in Lebensgefahr gerate. Das hat sie wörtlich gesagt. Und dass ich an schlimmen Orten landen könnte, wenn ich das nicht beachte.«

Er zog finster die Brauen zusammen. »Du hast recht. Es ist zu gefährlich.« Mit einer brüsken Bewegung hielt er mir die Maske hin. »Steck sie wieder ein.«

Ich nahm sie zögernd. »Wollen wir sie nicht besser wegschließen?«

»Nein, du musst sie ständig bei dir tragen, denn du weißt ja nie, wann du in Lebensgefahr gerätst.« Es sollte ironisch klingen, aber ich sah die Sorge in seinen Augen. Mir war klar, dass er mich am liebsten aus allem herausgehalten hätte, doch wir wussten beide, dass das nicht mehr ging.

Dass wir nur zwei Spielfiguren in einer Art intergalaktischem Monopoly waren, hatte ihn nicht weiter irritiert. Tatsächlich hatte er, wie er sagte, etwas Ähnliches schon häufiger vermutet. Gleichzeitig nahm er an, dass dieses Spiel einen ernsten Hintergrund für die Alten hatte. »Ich glaube, es geht für sie um mehr als bloß ums Gewinnen oder Verlieren. Wenn du mich fragst, hängt ihr Leben davon genauso ab wie unseres. Nur vielleicht auf eine etwas andere Weise.«

»Inwiefern anders?«

»Ich denke, dass sie dieses Spiel am Laufen halten müssen, um weiterexistieren zu können. Sei es nun in echt oder als Projektion aus einer unbekannten Dimension.« Er beugte sich vor und küsste mich, dann ging er zur Tür und schloss sie auf. »Kommst du?« Er streckte mir die Hand hin.

»Wohin?«

»Mittagessen. Ich hab Hunger.«

»Und was machen wir danach?«

»Um drei holt mich Reggie ab, wir wollen bei Manton's ein bisschen schießen. Später gehen wir zu einem Boxkampf, bei dem irgendwelche wichtigen Champions gegeneinander antreten. Er will mir da ein paar wichtige Leute vorstellen. Unter anderem höchstwahrscheinlich den Prinzregenten.«

»Warte – Frauen haben dort keinen Zutritt, stimmt's?«

»Stimmt.« Er lachte und küsste mich auf die Nase. »Falls wir jemals in unsere Zeit zurückkommen, können wir ja zusammen zu einem Boxkampf gehen.«

Ich erwiderte sein Lachen. Aber in meinen Gedanken hallte das Wörtchen *falls* lange nach.

*

»Sagen Sie, Mr Fitzjohn – was wissen Sie eigentlich über den Prinzregenten?«, fragte ich unseren Butler, als er mir nach dem Mittagessen in der Bibliothek Tee servierte.

»Was wünschen Mylady denn über Seine Gnaden zu erfahren?« Er schenkte mir Tee ein und reichte mir dann eine Platte mit lecker aussehenden kleinen Biskuits.

Ich schob das Journal über Kutschen beiseite, in dem ich gerade diverse Abbildungen betrachtet hatte. Jerry hatte mir mit großer Geduld noch ein paar Unterschiede zwischen den Modellen erklärt, aber so richtig blickte ich immer noch nicht durch.

»Na ja, mich würde interessieren, wie der Prinzregent so ist. Wie sieht er zum Beispiel aus?«

»Man sagt, Seine Gnaden sei ein höchst stattlicher Mann.«

»Stattlich … Heißt das, er ist, ähm, *fett*?«

»Manche weniger nachsichtige Zeitgenossen belieben es womöglich so auszudrücken.«

Himmel, redete der Typ gestelzt! Aber dann sah ich das kurze Beben in seinem rechten Mundwinkel. Anscheinend amüsierte er sich heimlich doch ein bisschen, was ihn mir sofort sympathischer machte.

»Und ist es wahr, dass er verschwendungssüchtig ist?«

»Es steht mir nicht an, darüber zu befinden.«

»Ja, gut, aber Sie haben doch bestimmt schon davon gehört, oder?«

Mr Fitzjohn nickte schweigend und höflich.

Nachdenklich rührte ich meinen Tee um und biss in einen der

leckeren kleinen Kuchen. »Wissen Sie denn zufällig auch, ob er Feinde hat? Also Leute, die ihn vielleicht gern ... vom Thron schubsen würden?«

»Den Thron hat Seine Majestät der König inne.«

»Ja, aber der ist doch – Sie wissen schon.« Ich machte eine kreisende Handbewegung vor meinem Gesicht. »Also hat der Prinzregent die Macht. Können Sie sich vorstellen, dass sich irgendwer seinen Posten unter den Nagel reißen will?«

Um Mr Fitzjohns Mundwinkel zuckte es erneut, diesmal deutlicher. »Nun, unterstellen wir einmal, Seine Gnaden würde durch einen bedauerlichen Unglücksfall aus dem Leben gerissen. Dann kann nicht einfach ein beliebiger Usurpator an seine Stelle treten. Die Nachfolge fiele vielmehr entsprechend der gesetzlichen Thronfolge dem jüngeren Bruder des Prinzregenten zu.«

Ich sah interessiert auf. »Wer ist das?«

»Seine Gnaden Prinz Frederic, der Herzog von York. Er lebt seit vielen Jahren im Ausland, doch das würde ihn gewiss nicht davon abhalten, zur Erfüllung seiner Pflichten nach London zurückzukehren.«

»Also kann sich nicht einfach irgendwer das Amt schnappen?«

Diesmal ein eindeutiges Zucken. »Das wäre ganz und gar gegen die geltenden Gesetze.«

»Hm, danke schön.« Ich ließ meinen Tee stehen und ging nach oben, um diese neuen Erkenntnisse mit Sebastiano zu teilen. Er zog sich gerade für den Besuch des Boxkampfs um, der in einem Etablissement namens Jackson's stattfinden sollte.

Iphigenia hatte wieder mit mir im Hyde Park spazieren fahren wollen, doch diesmal hatte ich abgelehnt. Der Einkaufsbummel am Vormittag und der Ausflug nach Vauxhall Gardens, der heute Abend noch auf dem Programm stand, reichten mir für einen einzigen Tag voll und ganz. Iphy fand, ich sei eine kleine Mimose und müsse mich den gesellschaftlichen Gepflogenheiten besser anpassen. Was anscheinend bedeutete, jeden Tag von früh bis spät auf irgendwelche Events zu gehen oder Geld auszugeben.

Trotzdem musste man sich als Mädchen extrem tugendhaft benehmen. Man durfte nur in Begleitung einer Anstandsdame auf Gesellschaften erscheinen, und heimliche Dates waren tödlich für den guten Ruf einer Lady. Wenn eine junge Frau in einer verfänglichen Situation erwischt wurde (also zum Beispiel knutschend), war sie sofort überall unten durch. Dann konnte ihre Tugend nur wiederhergestellt werden, wenn ihr Verehrer sie sofort heiratete.

An der Tür zu Sebastianos Schlafzimmer wurde ich von Meeks abgefangen, der mir ungnädig mitteilte, dass seine Lordschaft gerade mit der höchst diffizilen Aufgabe beschäftigt sei, einen Krawattenknoten namens Wasserfall zu binden. Ich hatte keine Lust, mich mit ihm anzulegen, und ging in mein Zimmer, um dort zu warten, bis Sebastiano fertig war. Entnervt legte ich mich aufs Bett und starrte auf den Baldachin, im Geiste wieder und wieder das Zusammentreffen mit Esperanza durchspielend. Gleichzeitig versuchte ich irgendwie, die neuen Informationen, die ich von Fitzjohn erhalten hatte, in das ganze Puzzle einzufügen. Nach einer Weile schloss ich die Augen, weil ich den Anblick der rosa Schabracken über mir nicht ertragen konnte. Die Ohren hätte ich mir am liebsten auch zugehalten, denn Bridget wuselte im angrenzenden Ankleideraum herum und sortierte unter glücklichen Selbstgesprächen die Einkäufe, die zwischenzeitlich aus der Bond Street geliefert worden waren.

»In diese Schuhe werde ich Lavendelsäckchen stecken, damit der Ledergeruch schneller verfliegt. Oh, und dieser reizende Hut – hm, aber irgendwas fehlt daran. Ich sollte vielleicht als zusätzliche Garnitur eine Samtschleife annähen. Doch womöglich wird Lady

Anne das dann überladen finden und ihn verabscheuen! Ah, und diese herrliche Ballrobe! Ich kann es kaum erwarten, sie darin zu sehen! Hoffentlich trägt sie die weißen Spitzenhandschuhe dazu! Und hoffentlich lässt sie sich von mir die Haare im Venus-Stil frisieren, damit würde sie göttlich aussehen, nicht so sehr wie ein Schulmädchen!«

Schließlich hielt ich es nicht mehr aus und versuchte ein zweites Mal, zu Sebastiano vorzudringen. Doch wieder traf ich nur auf Meeks. Der informierte mich mit gespieltem Bedauern, dass seine Lordschaft das Haus bereits verlassen habe.

»Haben Sie ihm nicht gesagt, dass ich mit ihm sprechen wollte?«

»Mylady hatten mich nicht damit beauftragt«, erklärte er hochnäsig.

Ich schluckte meinen Ärger herunter und ging ins Morgenzimmer, um mir die Zeit mit Lesen zu vertreiben. Dort war allerdings Janie gerade dabei, das Fenster zu putzen. Im Herrenzimmer war Cedric zugange, der die Asche aus dem Kamin fegte. Folglich ging ich wieder nach unten, um es mir in der Bibliothek gemütlich zu machen, doch kaum hatte ich mich mit einem Buch aufs Sofa gesetzt, kam Mrs Fitzjohn hereingeraschelt. Sie knickste und wollte wissen, womit sie Mylady (also mir) dienen könne.

Um ein Haar wäre ich damit herausgeplatzt, dass ich einfach nur mal meine Ruhe haben wollte, aber das verkniff ich mir lieber und teilte ihr bloß sehr freundlich mit, ich sei wunschlos glücklich. Statt zu verschwinden, blieb sie stehen und meinte, bei der Gelegenheit könne sie ja gleich mit mir den Speiseplan für die kommende Woche durchgehen. Sie ließ durchblicken, dass das zu den wichtigsten Aufgaben der Hausherrin gehörte.

»Wer hat denn bisher bestimmt, was es zum Essen gibt?«, wollte ich wissen.

»Die Köchin.«

»Dann soll sie das ruhig weiter tun. Sie macht es großartig.« Im selben Augenblick erkannte ich, dass das überhaupt nicht zutraf. »Moment – ich habe eine Idee. Dieses ganze Zeug in Aspik kann sie weglassen. Und Hammel und Hasen auch. Und Wachteln und Fasane und Karpfen müssen auch nicht sein. Und Innereien auf keinen Fall. Hähnchen und Steaks und Kabeljau mögen wir gern, aber nicht alle drei auf einmal bitte. Dazu am liebsten Kartoffeln und Reis. Und viel Gemüse. Das ist gesünder als diese vielen Fleischgerichte. Und als Nachtisch reicht ein einziges Dessert.« Erklärend fügte ich hinzu: »Wir haben in … ähm … Westindien immer eher bescheiden gegessen.«

Mrs Fitzjohn verzog keine Miene, sie sah unverändert griesgrämig drein. »Vielleicht schreiben Mylady mir all das besser auf, sonst vergesse ich am Ende Ihre Anweisungen.«

Das Ende vom Lied war, dass mein freier Nachmittag darin bestand, eine Liste mit Lieblingsgerichten von mir und Sebastiano zusammenzustellen. Damit war es dann aber nicht getan, denn als ich Mrs Fitzjohn die Liste gab, teilte sie mir mit, dass der Gärtner wissen wolle, wie er die Buchsbäume schneiden solle, kugelig oder kegelförmig.

»Das kann er gerne selbst entscheiden«, erklärte ich.

Sie sah mich erschüttert an. »Mylady, er würde sich niemals anmaßen …«

»Kugelig«, fiel ich ihr ins Wort.

Danach hatte ich mich kaum wieder mit Jane Austen aufs Sofa verzogen, als Mr Fitzjohn mit dem obligatorischen Silbertablett hereinkam, auf dem diverse Botschaften drapiert waren. Die erste, die ich öffnete, war eine vornehm mit Tinte geschriebene und hochoffizielle Einladung zu dem Ball bei Almack's, unter dem edlen Briefkopf irgendeiner Lady Sowieso – vermutlich die Dicke, auf die mich Iphigenia während unserer Spazierfahrt im Hyde Park aufmerksam gemacht hatte. Dann folgte ein ganzer Stapel Rechnungen, allesamt für die Sachen, die Iphigenia und ich heute gekauft hatten – auch für das Zeug, das sie für sich selbst ausgesucht hatte. Damit war zugleich geklärt, warum ihr das Einkaufen so viel Spaß gemacht hatte.

Die letzte Botschaft stammte vom Earl of Clevely. Er bat *mit allergrößter Verehrung* darum, mir seine Aufwartung machen zu dürfen.

Verdutzt las ich die mit verschnörkelten Buchstaben verfasste Nachricht ein zweites Mal.

»Heißt das, der Earl ist schon da?«, erkundigte ich mich bei Mr Fitzjohn, der wie ein schweigendes Denkmal neben der Tür stand und auf meine Anordnungen wartete.

»So ist es, Mylady. Seine Gnaden steht in der Halle und möchte Sie begrüßen.«

»Oh. Was mache ich denn jetzt?« Hilfe suchend blickte ich Mr Fitzjohn an. »Ist mein Ruf ruiniert, wenn er mich hier besucht?« Hastig fügte ich hinzu: »Auf Barbados ist man da eher leger.«

Diesmal zuckte es eindeutig um Mr Fitzjohns Mundwinkel, und dann – es war kaum zu glauben – lächelte er sogar.

»Der kurze Anstandsbesuch eines Earls würde Myladys Ruf nicht schaden. Ich schlage vor, nach etwa fünf Minuten betreten entweder ich oder meine Frau unter einem Vorwand den Raum, um die Zusammenkunft zu beenden, dann müssen Mylady sich keine Gedanken machen.«

»Sehr gut, so machen wir es. Und … muss ich bei der Begrüßung irgendetwas beachten? Und wie rede ich ihn an? Etwa mit Euer Gnaden?«

»Ein kleiner Knicks ist guter Ton. Und bei der Anrede sind Sie mit *Sir* auf der sicheren Seite.«

Einen Butler zu haben brachte doch manchmal echte Vorteile. Ich bedankte mich bei ihm und bat ihn, den Besucher hereinzuführen. Drei Sekunden später kam der Earl ins Zimmer gesegelt, ein Dandy vom Scheitel bis zur Sohle. Natürlich nur im übertragenen Sinne, denn einen Scheitel sah man unter all dem hochgebürsteten Haar gar nicht. Er war noch übertriebener aufgebrezelt als bei unserer ersten Begegnung. In seinem Halstuch steckte eine Nadel mit einem riesigen Brillanten, und an seiner Weste baumelten diverse Schmuckanhänger. In der Rechten trug er in gezierter Haltung eine Schnupftabaksdose vor sich her. Laut Meeks gehörte das deutlich sichtbare Herumtragen von Schnupftabaksdosen zur korrekten Erscheinung eines Gentleman dazu, aber Sebastiano hatte mir schon anvertraut, dass er sich auf keinen Fall derartig zum Affen machen werde; ihm reiche es voll und ganz, ständig diese tuntigen Halstücher tragen zu müssen.

Ich knickste artig, aber es fiel dem Earl gar nicht auf, weil er sich gerade tief über meine Hand beugte, um sie zu küssen.

»Lady Anne! Meiner Treu, wie sehr ich mich freue, Sie zu sehen!«, rief er so laut, dass ich zusammenzuckte.

»Danke«, sagte ich höflich. »Kann ich Ihnen etwas zu trinken anbieten, Sir? Sherry oder Portwein vielleicht? Oder Tee?«

»Wie bitte?«

»Möchten Sie etwas trinken?«, fragte ich, diesmal lauter. »Vielleicht eine Tasse Tee?«

»Nein, nein. Mir tut nichts weh.« Er behielt meine Hand in seiner und führte mich zum Sofa, wo er mir galant ein Kissen zurechtrückte und wartete, bis ich mich hingesetzt hatte, bevor er in einem der Sessel Platz nahm.

»Hörte von Iphy, dass Sie heute Abend die Vauxhall Gardens besuchen«, trompetete er. »Verfüge dort über einen sehr schönen *Supper Room*. Es wäre mir eine große Freude, Mylady heute Abend dort begrüßen zu dürfen. Den werten Herrn Bruder und Ihre besten Freunde natürlich auch.«

»Danke für die Einladung. Wir kommen gern.«

»Wie?«

»Wir kommen gern!«, rief ich.

George strahlte wie ein Honigkuchenpferd. »Wie wunderbar! Und jetzt müssen Sie mir von Westindien erzählen. Barbados, nicht wahr? Ich will alles über das Plantagenleben erfahren.«

Ach du Schande. Ich hatte nicht den blassesten Schimmer vom Plantagenleben. Ich wusste nicht mal ganz genau, wo die Karibik war. Irgendwo rechts von Mittelamerika, jedenfalls auf dem Globus oben im Herrenzimmer, aber das war auch schon mehr oder weniger alles.

George sah mich erwartungsvoll an. Weil mir auf Anhieb keine gute Begründung einfiel, warum ich diese Unterhaltung leider unverzüglich abbrechen musste, fing ich einfach an zu improvisieren. Dabei trumpfte ich entsprechend auf, um die herausragende Bedeutung der Familie Foscary zu unterstreichen.

»Unsere Plantage *Rainbow Falls* ist eine der größten auf Barbados«, teilte ich dem Earl mit lauter Stimme mit. »Unsere Zuckerrohrfelder bedecken fast ein Viertel der ganzen Insel. Wir haben ungefähr tausend Sklaven, aber weil der Sklavenhandel ja inzwischen verboten ist, werden wir sie bald freilassen. Beziehungsweise sie als Arbeiter einstellen. Mit Lohnfortzahlung und Rentenansprüchen.« Ich stockte. Gerade hatte ich *Lohnfortzahlung* gesagt, und der Translator hatte es nicht umgewandelt.

»Lohnfortzahlung«, wiederholte ich, diesmal etwas lauter – und immer noch ohne Umwandlung. Was allerdings nichts heißen wollte, denn vielleicht gab es das Wort ja schon. »Achterbahn«, sagte ich probehalber. Ich konnte es ungehindert aussprechen, obwohl es im Jahr 1813 sicherlich keine Achterbahn gab, nicht mal eine Vorstufe davon. Oder doch? Nein, bestimmt nicht. War George … Konnte es sein, dass er aus der Zukunft stammte? Dass vielleicht *er* hinter dem ganzen Drama steckte? Ich presste meine Hand auf den wild klopfenden Puls an meinem Hals. Mir war plötzlich schlecht. George schaute mich nur verbindlich an. Sein feistes Gesicht zeigte bis auf eine deutlich sichtbare Rötung seiner Wangen keine besondere Auffälligkeit. Wobei nicht auszuschließen war, dass er schon mit den roten Backen hier angekommen war. Ich holte Luft und setzte dazu an, ein weiteres anachronistisches Wort zu sagen, doch ich brachte vor lauter Aufregung nur einen krächzenden Laut hervor statt *Justin Bieber*. Als ich neu ansetzte, wurde ich durch ein Klopfen an der Tür unterbrochen. Wie angekündigt schaute Mrs Fitzjohn herein und erklärte knicksend, es gebe ein Problem mit dem Gärtner, das keinen Aufschub dulde.

Darauf sprang der Earl auf und verkündete in schmetternder Lautstärke, er müsse sowieso weiter und sehe mich ja spätestens heute Abend in Vauxhall Gardens.

Er küsste mir die Hand und eilte beschwingt davon. Ich blieb wie erschlagen auf dem Sofa zurück und starrte ihm erschüttert hinterher.

*

»Theoretisch könnte es an seiner Schwerhörigkeit gelegen haben«, mutmaßte ich zwei Stunden später, als Sebastiano von dem Boxkampf zurück war und wir uns wieder konspirativ ins Herrenzimmer zurückgezogen hatten. »Vielleicht hat er es einfach akustisch nicht verstanden.« Doch ich merkte selbst, wie zweifelnd meine Stimme klang.

»Diese angebliche Schwerhörigkeit kann genauso gut auch

bloß gespielt sein«, erklärte Sebastiano. »Außerdem hast du selbst gesagt, er hätte es plötzlich sehr eilig gehabt.«

»Theoretisch kann er auch einfach bloß einen wichtigen Termin gehabt haben.«

Sebastiano schaute grimmig drein. »Theoretisch ist alles möglich. Praktisch müssen wir ihn als Verdächtigen in Betracht ziehen.«

»Aber Fitzjohn meinte, es kann sich überhaupt keiner einfach so an die Stelle des Prinzregenten setzen«, gab ich zu bedenken. »Wegen der Thronfolge.«

»Das will nichts heißen. Der Earl könnte mit jemandem zusammenarbeiten, nämlich mit dem eigentlichen Drahtzieher. Du weißt so gut wie ich, dass die Alten in all unseren wirklich schweren Fällen bisher immer Handlanger hatten. Er könnte einer sein.«

Ich schluckte, denn daran erinnerte ich mich nur zu deutlich. Einige dieser Handlanger hatten mir bereits nach dem Leben getrachtet.

»Ich habe den Kerl übrigens während des Boxkampfs kennengelernt«, erzählte Sebastiano.

»Den Earl?«

»Nein, der war ja hier bei dir. Ich meine den Prinzregenten, Reginald hat mich ihm vorgestellt.«

»Und, wie ist er so?«

»Dicker Typ, der mit Geld nur so um sich wirft. Er hatte bei dem Boxkampf eine so hohe Wette laufen, dass es allen die Sprache verschlagen hat, und als er sie verlor, hat er nur gelacht. Ziemlich blutige Sache übrigens, der Boxkampf. Eher so was wie in *Fight Club*. Von Mundschutz und Boxhandschuhen haben die hier noch nichts gehört.«

»Was machen wir jetzt als Nächstes?«, fragte ich.

»Ich wüsste was.« Er zog mich in seine Arme und küsste mich. Ich schmiegte mich an ihn, und eine Weile kamen wir nicht zum Reden. Anschließend meinte ich seufzend: »Eigentlich meinte ich, was wir als Nächstes in unserem Fall unternehmen.«

»Den Earl checken. Wir fühlen dem Kerl heute Abend in seinem Supper Room auf den Zahn.«

Iphigenia und Reginald holten uns mit Reginalds prachtvoller Equipage ab. Sie kamen ziemlich spät, erst um zehn, aber laut Iphy war das eine absolut normale Uhrzeit zum Ausgehen. Bridget hatte es sich nicht nehmen lassen, mich ausgiebig auf Vordermann zu bringen. Sie war mindestens eine Stunde um mich herumgetänzelt, hatte gezupft und drapiert und frisiert und dabei ausnahmsweise so gut wie keine Selbstgespräche geführt. Abgesehen von dem einen Mal, als sie meinte: »Das Kleid steht ihr wirklich gut, man sieht überhaupt nicht, dass ihr Gesäß etwas zu füllig ist.«

Ich trug ein apricotfarbenes Musselinkleid mit schmalem Rüschenkragen, und Ton in Ton dazu passend einen dünnen Seidenmantel, der im Kerzenlicht schimmerte. Bridget hatte mir wieder eine Jane-Austen-Frisur mit Schläfenlöckchen verpasst und oben auf dem Haarknoten ein neckisches kleines Etwas von Hütchen drapiert, von dem ein paar Federn und Tüllbänder herabhingen. Die Maske hatte ich mir kurz vor dem Aufbruch praktischerweise dicht über dem Knie ums Bein gebunden. Dort trug sie nicht auf und war praktisch unsichtbar.

Sebastiano sah ebenfalls *ravissant* aus (inzwischen hatte ich dank der Enzyklopæedia in Erfahrung gebracht, dass das *hinreißend* bedeutete). Er trug einen glänzenden Zylinder, spiegelblanke Stulpenstiefel, einen doppelreihig geknöpften Mantel in Rehbraun und dazu einen Halstuchknoten, der nach stundenlanger Arbeit aussah und laut Meeks *Oriental* hieß.

Wie sich herausstellte, waren Iphigenia und Reginald noch eine Spur mondäner gekleidet als wir. Iphy, ganz in edlem Malvenrosé, trug eine Menge Schmuck (ich hatte mich noch nicht an die Schatulle von Rothschild & Sons herangetraut), und Reginald war geradezu das Musterbeispiel eines Dandys. Allerdings war er nicht so geckenhaft gekleidet wie der Earl, sondern sehr geschmackvoll, mit einer engen grauen Hose, schmalen schwarzen Schuhen, einer dezent gemusterten Weste und einer Art Überwurf mit mehreren Schulterkragen.

Während der Fahrt unterhielten wir uns auf unverfänglich nette Art, und ich versuchte dabei zu ignorieren, dass Reginald ständig mit seinem Knie gegen meines stieß und dass Iphy angefangen hatte, Sebastiano nach allen Regeln der Kunst anzugraben.

Wir saßen den beiden gegenüber. Die Kutsche war zwar luxuriös ausgestattet, aber nicht besonders geräumig. Iphy wedelte ständig mit ihrem Fächer neckisch über ihrem ziemlich offen zur Schau getragenen Dekolleté hin und her, damit Sebastiano auch ja auf ihre C-Körbchen aufmerksam wurde. Einmal legte sie wie aus Versehen ihre Hand auf sein Knie und warf fröhlich lachend den Kopf zurück, als wäre der laue Witz, den er gerade über irgendetwas gemacht hatte, der Brüller der Saison. In Wahrheit wollte sie natürlich nur ihren schönen weißen Hals zur Geltung bringen. Ich war froh, als wir endlich am Ufer der Themse anhielten.

Wir überquerten den Fluss mit einem Fährboot, und bevor wir auf der anderen Seite an dem von Laternen erleuchteten Kai anlegten, sah man schon die ganze funkelnde Pracht des Parks. Ich war so entzückt von dem Anblick, dass mich nicht mal Iphigenias Baggerversuche bei Sebastiano davon ablenken konnten. Oder sagen wir: kaum.

Vauxhall Gardens – so viel hatte ich schon vor unserer Reise in das Jahr 1813 recherchiert – war einer der größten Vergnügungsparks dieser Zeit. Der Anblick war zauberhaft. Von unzähligen bunten Lampions illuminiert, wirkte die Umgebung wie ein nächtliches Märchenland voller Glühwürmchen. Es gab zahlreiche kleine und große Pavillons, Freilichtbühnen und Imbissstände. Durch den Park führten lange Alleen, von denen schmale Pfade abzweigten – in Heckenlabyrinthe, lauschige Eckchen mit Bänken oder romantische Laubengänge. Von den Tanzflächen tönten Musik und Gelächter. Ein Orchester spielte ein fröhliches Stück, und auf den Bretterbohlen führten mehrere Paare eine Art Reigentanz auf. Überall herrschte Gedränge, bestimmt waren mehr als tausend Leute im Park unterwegs.

»Zu Clevelys Pavillon geht es hier entlang.« Reginald nahm fürsorglich meinen Arm, während Iphigenia sich ungefragt bei Sebastiano einhängte. Wir schoben uns durch die Menschenmenge und gelangten zu einem Arkadengang, der an einer Art Séparées vorbeiführte. Vor einem von ihnen blieb Reginald stehen und wartete, bis Iphy und Sebastiano aufgeholt hatten.

»Hier ist es.«

Ein Diener öffnete uns die Tür, und von drinnen schallte uns der Lärm einer fröhlichen Unterhaltung entgegen, untermalt vom Gefiedel eines Streichterzetts. Es waren etwa ein Dutzend Leute anwesend, die um einen langen Tisch saßen und sich angeregt unterhielten. Aus einem Hinterzimmer schleppten Diener das Essen für die Gäste heran.

»Iphy! Reggie, du fabelhafter Beau! Und meine liebe, bezaubernde Lady Anne!« Mit einer für seine rundliche Gestalt erstaunlichen Behändigkeit kam der Earl auf uns zu und beglückte mich mit einem ausgiebigen Handkuss. Dann klopfte er Sebastiano jovial auf die Schulter. »Und das muss der Bruder sein. Foscary, stimmt's?«

»Ganz recht, Euer Gnaden. Meine Schwester und ich danken Ihnen für die Einladung.« Sebastiano musste nicht schreien, um verstanden zu werden. Er verlieh seinem sonoren Bariton lediglich ausreichendes Volumen und verbeugte sich mit elegant zur Seite geneigtem Kopf. Leider wurde die beeindruckende Wirkung etwas dadurch beeinträchtigt, dass Iphy immer noch an seinem Arm hing und ihn anschmachtete wie einen Millionenjackpot.

Reginald beugte sich zu mir, bis seine Lippen fast mein Ohr berührten. »Ein schönes Paar, nicht wahr?«

»Oh … äh, ja«, gab ich lahm zurück.

»Sie ist schon so lange allein«, verriet Reginald mir. Ein versonnenes Lächeln stand auf seinem hübschen Ken-Gesicht. »Eine Frau wie sie sollte nicht auf Dauer unverheiratet bleiben. Sie kann einem Mann viel bieten. Natürlich ist sie nicht reich, aber von glänzender Herkunft. Sie hat ein respektables Auskommen und verkehrt in den höchsten Kreisen. Und das Wichtigste für eine Frau: Ihr Ruf ist untadlig, ihr Ansehen makellos.«

Es kam mir fast so vor, als wollte Reginald mir Iphy als künftige Schwägerin schmackhaft machen. Anscheinend nahm er seine Rolle innerhalb der Familie sehr ernst. Seine nächsten Worte bestätigten meine Annahme.

»Da ihr Vater nicht mehr lebt und sie auch keine Brüder hat, sehe ich mich als ihr Cousin in der Verantwortung, meine schützende Hand über sie zu halten. Seit dem Tod ihres Gatten haben schon viele Bewerber um ihre Hand gebeten, aber Iphy ist sehr wählerisch. Für deinen Bruder scheint sie jedoch ein *Tendre* zu haben.«

»Das kommt mir auch so vor«, sagte ich mit schmalen Augen. Gerade ließ Iphy sich von Sebastiano den Stuhl zurechtrücken und nahm mit anmutig gerafftem Kleid darauf Platz, wobei sie es so eingerichtet hatte, dass er sich neben sie setzen musste, weil kein anderer Stuhl in der Nähe frei war. Reginald und ich landeten irgendwie am Ende des Tisches, wo George am Kopfende thronte und nach allen Seiten Bemerkungen verteilte, die mein Trommelfell höchster Belastung aussetzten.

Er hatte uns den übrigen Gästen vorgestellt, und ein paar von ihnen hatte ich wiedererkannt, von der Ausfahrt durch den Hyde Park. Iphigenia hatte erzählt, dass sich im Großen und Ganzen immer dieselben Leute zu solchen Partys zusammenfanden, mal mehr, mal weniger von ihnen. Die meisten waren jung, teuer angezogen und auf der Suche nach Spaß. Natürlich nur im Rahmen des Erlaubten, das war nicht zu übersehen. Es wurde geflirtet, aber in Maßen. Die Männer benahmen sich wie Gentlemen und schnitten den Ladys das Fleisch klein, und die Frauen setzten ihre ausgeklappten Fächer und Wimpern ein. Davon abgesehen, verhielten sich alle wie auf einem Benimmkurs und achteten streng darauf, keine Grenzen zu überschreiten.

Der Earl textete mich nach Strich und Faden zu und wollte ständig weitere Einzelheiten aus den Tropen hören. Als ich meinem Hirn kein Plantagenflair mehr abpressen konnte, griff ich zu verzweifelten Maßnahmen.

»Na ja, meist war das Leben auf *Rainbow Falls* sehr langweilig. Außer, wenn Feste stattfanden. Da wurde das Haus schön geschmückt, und die jungen Damen saßen in ihren Reifröcken gemeinsam mit den Herren auf der Veranda und tranken Mint Julep. Die Schwarzen sangen auf dem Feld, während sie die Baumwolle pflückten – ähm, das Zuckerrohr schlugen …«

»Reifröcke?«, fiel mir die Frau gegenüber interessiert ins Wort. »So wie zur Zeit von Queen Elizabeth? Trägt man das jetzt wieder in Westindien und Amerika?«

Tja, da hatte sie mich. Ich hatte keine Ahnung, was man da gerade trug. Wahrscheinlich das Gleiche wie hier. Die Szene, die ich gerade beschrieben hatte, stammte direkt aus *Vom Winde verweht*, also einer Zeit, die erst in ungefähr fünfzig Jahren anbrach. Ich ließ die Sache mit den Reifröcken auf sich beruhen und ging nahtlos zu der karibischen Schiffsreise über.

»Die Überfahrt war ebenfalls ziemlich langweilig, abgesehen von diesem schlimmen Tag, an dem uns die Piraten überfielen. Der Kapitän war ein übler Halunke namens Barbossa. Er aß gerne grüne Äpfel, und er hatte so ein Äffchen auf seiner Schulter sitzen, das den Leuten das Gold aus der Tasche stahl.«

Die Frau gegenüber hing mit weit aufgerissenen Augen an meinen Lippen. »Hat er Sie bedroht?«

»Der Affe? Oh nein, er wollte nur mein goldenes Armband.« Ich lachte ein bisschen bemüht.

»Ich meinte den Kapitän. War er sehr grausam?«

Ich dachte kurz nach. »Na ja, sanftmütig war er nicht gerade. In seiner Crew gab es beispielsweise so einen Kerl namens Stiefelriemen-Bill, den hat er wegen irgendeiner Lappalie über die Planke gehen lassen.« Ich fuhr mir mit dem Finger über die Kehle, um zu untermalen, was das bedeutete. Als ich den entsetzten Blick der Dame bemerkte, fügte ich abschwächend hinzu: »Aber er konnte natürlich schwimmen. Sicher kam er irgendwie durch.«

Ich überlegte, ob ich noch die Story vom Angriff des Riesenkraken erzählen sollte, doch Reginald legte mir gerade einen Fisch auf den Teller und fragte, ob ich Senfsoße dazu wolle. Schaudernd blickte ich auf den Fisch, der glupschend zurückstarrte, weil jemand vergessen hatte, ihm vor dem Servieren den Kopf abzuschneiden. Alle anderen kriegten ihren Fisch aber auch mit Kopf, folglich hatte es wohl seine Richtigkeit.

Der Earl war so fürsorglich, meinen Fisch zu filetieren und die überzähligen Teile auf einem Resteteller zu deponieren, sodass ich beim Essen nicht immer in die toten Augen schauen musste.

Trotzdem war ich froh, als der letzte Hauptgang abgetragen war und die Diener den Nachtisch hereinbrachten – eine Eisbombe, die unter lautem *Ah* und *Oh* flambiert wurde und anschließend erstaunlich gut schmeckte.

Die ganze Zeit floss der Champagner in Strömen. Eigentlich hatte ich ja eine Aufgabe, aber ich hatte gerade nicht mehr im Kopf, welche. Mittlerweile war ich erzählerisch zur Höchstform aufgelaufen. Das Kerzenlicht brach sich funkelnd in den Kristallgläsern und regte meine Fantasie an. Auf einmal war es ganz leicht, über die karibische Lebensart zu dozieren, mir fielen noch jede Menge Kleinigkeiten ein. Zum Beispiel der Hurrikan, der uns letztes Jahr große Teile unserer Ernte gekostet hatte und bei dem unser halbes Herrenhaus weggeflogen war.

Der Earl schenkte mir mein Glas zum dritten oder vierten Mal voll, und wir prosteten uns fröhlich zu. Abgesehen von seiner durchdringenden Stimme war dieser George ein wirklich netter Typ, auch wenn er nur die Hälfte von dem verstand, was man ihm erzählte.

Nach einer Weile bemerkte ich, dass Sebastiano mir quer über den Tisch bedeutungsvolle Blicke zuwarf und ein paarmal unauffällig mit dem Kopf in Richtung Tür wies. Ich starrte ihn verständnislos an, bis ich endlich kapierte, worauf er hinauswollte – wir waren nicht zum Spaß hier, sondern weil wir dem Earl auf den Zahn fühlen wollten. Ich stand auf und fächelte mir mit beiden Händen Luft zu. »Sir, ich glaube, es würde mir guttun, mich draußen ein wenig abzukühlen«, teilte ich ihm mit. Der hoheitsvolle Ton, in dem ich gesprochen hatte, wurde etwas durch das Hicksen beeinträchtigt, das vom Champagner kam. Ich vertrug einfach nichts.

Aber George sah großmütig darüber hinweg. Vielleicht fiel es ihm auch überhaupt nicht auf. Er erhob sich umgehend und bot mir seinen Arm. »Es ist mir eine Ehre, Sie auf einen kurzen Spaziergang zu begleiten, Lady Anne!«

Wir spazierten an den fröhlich plaudernden Gästen vorbei ins Freie, wo inzwischen noch mehr los war als bei unserer Ankunft. Um uns herum drängte sich ein Meer von Menschen. Die laue Nacht war von Lärm erfüllt. Auf der benachbarten Tanzfläche drehten sich die Paare in einem rauschenden Walzer, und vor den Buden priesen die Ausrufer ihre Attraktionen und Kuriositäten an: eine echte Meerjungfrau, einen Mann mit drei Augen, einen Hund mit zwei Köpfen und einen Zauberapparat, der von ganz allein Bilder von Menschen anfertigte.

Unter den mit bunten Laternen behängten Bäumen bewegten wir uns im Strom der Menge, wobei ich George in eine möglichst entlegene Ecke des Parks dirigierte, damit die anderen Besucher uns nicht hören konnten. Ein Seitenweg ganz am Ende der Allee schien gerade richtig für meine Zwecke. Von dem fröhlichen Radau der Leute war hier kaum etwas zu hören. Ein wenig abseits entdeckte ich einen kleinen, von Efeu umrankten Tempel im griechischen Stil, und dicht daneben führte ein schmaler Weg in das hohe Heckenlabyrinth. Ich ließ Georges Arm los und stieg die flachen Stufen zu dem Tempel hinauf, um ihn mir genauer anzusehen. Im Inneren gab es steinerne Bänke, und von der Decke baumelte eine Laterne, die allerdings nur ein geisterhaft blasses Licht spendete. Es sah ein bisschen aus wie in einem Gruselfilm.

»Currywurst«, sagte ich so laut ich konnte. Meine Stimme schallte mit leisem Echo von den Tempelwänden zurück. »Germany's Next Topmodel. Houston, wir haben ein Problem.«

Es kam keine Antwort. Rasch drehte ich mich zu George um, doch da, wo er eben noch gestanden hatte, war niemand mehr.

»George?«, rief ich erschrocken. »Ich meine – Sir?« Zögernd ging ich ein paar Schritte in das Heckenlabyrinth hinein. Sofort war ich umgeben von hohen, undurchdringlichen Mauern aus Buchsbaum. Vor mir erstreckte sich schwarze Dunkelheit. »Sir?« Vorsichtig ging ich weiter, bis ich die erste Abzweigung erreichte. Dort lugte ich um die Ecke, doch es war so gut wie nichts zu erkennen.

Ich wollte ganz bestimmt nicht in den Irrgarten hineingehen, aber dann machte ich doch noch zwei, drei Schritte, denn ich war davon überzeugt, dass George sich gleich hinter der ersten Ecke versteckte – ich hörte ihn nämlich deutlich atmen.

»Angela Merkel«, rief ich, während ich in den nächsten Gang spähte. Da war niemand, aber dicht vor mir raschelte es. Er stand keinen Schritt von mir entfernt, wir waren nur durch die Hecke getrennt. »Fitnesscenter!«, schrie ich. »E-Mail-Account!« Egal wie schwerhörig der Typ war, das musste er verstanden haben. Damit hatte ich den ultimativen Beweis: George war ein Zeitreisender. Er stammte genau wie ich aus der Zukunft. Ich wandte mich in die Richtung, aus der ich gekommen war, denn ich wollte keine Zeit damit verlieren, weiter in diesem Labyrinth herumzustolpern, sondern so schnell wie möglich Sebastiano informieren. Als ich jedoch um die Ecke bog, lag nicht der Ausgang vor mir, sondern bloß ein weiterer Gang, noch finsterer als der, aus dem ich gerade gekommen war. Ich lief zurück – und merkte, dass ich mich verirrt hatte.

Bleib cool!, befahl ich mir. Ich würde mir von diesem blöden Labyrinth keine Angst einjagen lassen, egal wie dunkel es hier war. Vorsichtig tastete ich mich mit beiden Händen weiter, die Augen zum Himmel gerichtet, wo ein schwacher Widerschein der bunten Lampions zu sehen war. Plötzlich hörte ich direkt hinter mir das Geräusch von Schritten. Ich fuhr herum, doch es war schon zu spät. Ein Schlag traf mich hinter dem linken Ohr. Ich sah Sterne und brach zusammen. Richtig bewusstlos war ich nicht, nur benommen. Ich versuchte, mich aufzurichten, doch jemand drückte mich zu Boden und machte sich an mir zu schaffen. Eine Hand glitt suchend über meine Kleidung, betastete mich von oben bis unten und fand schließlich das Gesuchte. Ein kräftiger Ruck, und der Angreifer hatte es in seinen Besitz gebracht. Im nächsten Augenblick war er auch schon weg. Ächzend setzte ich mich auf.

Ein paar Sekunden später wurde ich von einer Laterne geblendet, die mir direkt ins Gesicht leuchtete.

»Um Gottes willen, liebe Lady Anne!« Georges schockiertes Gesicht tauchte schräg über mir auf. »Sie sind ohnmächtig geworden! Bleiben Sie, wo Sie sind! Ich hole Hilfe!«

Laut um Hilfe rufend, trampelte er davon und nahm dummerweise die Lampe mit. Ich stemmte mich mühsam hoch und versuchte stolpernd, mich in der Dunkelheit zu orientieren, indem ich mich zu der Stelle vorarbeitete, wo George eben verschwunden war. Kurz darauf wurde es dort wieder hell, und George kam erneut herangeschnauft, diesmal in Begleitung von Bräutigam-Ken.

»Anne!«, rief Reginald erschrocken aus. »Du armes Ding, lass mich dir helfen!« Er wartete meine Antwort gar nicht erst ab, sondern hob mich ohne Umschweife auf seine Arme.

»Ich kann gehen!«, protestierte ich.

Doch davon wollte er nichts wissen.

»Hätte Sie so gerne selbst getragen, meine liebe, süße Anne!«, beteuerte mir der Earl, der keuchend neben uns hertrabte. Seine Stimme überschlug sich mehrmals, er weinte fast. »Aber ich habe einen schlimmen Rücken!«

Der Himmel mitsamt allen funkelnden Lampions schwankte über mir auf und ab, und rechts und links bewegten sich schemenhafte Gestalten. Eine davon kam näher.

»Was zum Teufel …?«, rief Sebastiano entsetzt.

»Nicht so schlimm«, versicherte ich ihm. »Ich könnte wirklich selbst gehen.«

»Was ist los mit dir? Was ist passiert?«

»Nur eine Ohnmacht«, beruhigte Reginald ihn. »Das passiert jungen Frauen häufig.«

»Warst du dabei?«, fuhr Sebastiano ihn an.

»Nein, aber George. Ich selbst stand bei der kleinen Blumenverkäuferin da hinten, als er mit einem Mal angerannt kam und um Hilfe rief.«

»Ich war auch nicht dabei«, bekannte der Earl.

»Erzählen Sie mir keine Märchen!«, brüllte Sebastiano.

Ich wandte den Kopf und sah, wie er auf George losging und ihn beim Kragen packte. Genauer, an seinem kunstvoll gebundenen Halstuch. George stieß einen quiekenden Laut des Entsetzens aus.

»Nicht!«, rief ich. »Lass ihn sofort los!«

Sebastiano stieß George mit einem Ruck von sich. »Wo zum Teufel haben Sie gesteckt, als es geschah?«

»Ich war … nur eben ganz kurz verschwunden … Im Gebüsch … äh … Bitte zwingen Sie mich nicht, vor den zarten Ohren der Lady über den Grund zu sprechen«, stammelte der Earl. »Das arme, liebe Mädchen! Bin untröstlich! Anne, süße Anne! Bitte sagen Sie mir, dass es Ihnen schon wieder besser geht!«

»Es geht mir schon wieder besser«, sagte ich. Und das stimmte wirklich. Mir brummte zwar noch der Schädel, als Reginald mich wenig später vorsichtig auf der gepolsterten Sitzbank eines Fährbootes absetzte, aber ansonsten litt ich nicht unter irgendwelchen Ausfallerscheinungen.

Sebastiano legte sofort den Arm um mich und hielt mich fest. »Was war los?«, flüsterte er mir ins Ohr. »Du bist doch nicht wirklich von allein umgefallen, oder? Hat das Dreckschwein Clevely dich niedergeschlagen?«

Ich schüttelte nur stumm den Kopf, denn zum Reden kam ich nicht mehr – irgendwer hatte Iphigenia von meinem angeblichen Ohnmachtsanfall erzählt. Sie kam wie eine besorgte Glucke angeflattert und wich nicht von meiner Seite, während wir zum anderen Ufer übersetzten. Auch der Earl war mit auf das Boot gekommen und bestand darauf, uns zu begleiten. Er ließ es sich nicht nehmen, uns für die Fahrt zum Grosvenor Square seine Kutsche zur Verfügung zu stellen, ein riesiges, vierspänniges Ungetüm mit goldenem Wappen und gleich zwei edel livrierten Grooms. Sebastiano schoss die ganze Zeit über mörderische Blicke auf ihn ab, doch George schien es gar nicht zu bemerken. Er machte sich unaufhörlich lautstarke Vorwürfe, dass er nicht zur Stelle gewesen war, um mich aufzufangen. Als er uns am Grosvenor Square absetzte, kündigte er mit leidenschaftlich erhobener Stimme an, so bald wie möglich wieder bei mir vorzusprechen.

Mr Fitzjohn reagierte mit der gewohnten Umsicht, als er von meinem vermeintlichen Schwächeanfall hörte. Er befahl Janie, mir heißen Tee zu bringen, und forderte seine Frau auf, die Kissen von meinem Bett aufzuschütteln. Gleichzeitig hinderte er Bridget daran, mich mit ihren Selbstgesprächen zu nerven.

»Du wirst Mylady beim Auskleiden helfen und dich dabei mucksmäuschenstill verhalten«, ordnete er mit strenger Miene an. »Anschließend wirst du dich auf dein Zimmer begeben und Mylady in Ruhe lassen.« Dann wandte er sich an Sebastiano. »Wünschen Mylord, dass ich nach einem Arzt schicke?«

»Nicht nötig«, sagte ich sofort. Die Ärzte, denen ich bisher in diversen Zeiten der Vergangenheit begegnet war, hatten fast alle einen erschreckenden Hang zum Aderlass gezeigt. Hilfsweise setzten sie einem Blutegel oder grässliche Schröpfgläser auf den Rücken oder verschrieben irgendwelches stinkendes Zeug zum Einnehmen, von dem man nie genau wusste, ob es nicht giftig war.

»Es geht mir schon viel besser«, erklärte ich. »Ich möchte einfach nur meine Ruhe.«

Trotzdem dauerte es eine ganze Weile, bis sich endlich alle Dienstboten verzogen hatten und ich ungestört mit Sebastiano reden konnte. Er kam in mein Schlafzimmer, schloss die Tür ab und setzte sich zu mir auf das Barbiebett.

»Was war los? Erzähl schon!«

Ich brach auf der Stelle in Tränen aus. Sebastiano fasste mich bei den Schultern und sah mir eindringlich ins Gesicht. »Was hat dieser Mistkerl von Earl dir angetan? Ich bringe ihn um!«

»Jemand hat mich hinterrücks niedergeschlagen, aber ich glaube nicht, dass es George war«, fasste ich schluchzend die Geschehnisse zusammen, wobei ich die Beule hinter meinem Ohr rieb. Sebastiano schob meine Hand beiseite und sah sich die Stelle selbst an. »Ich *bringe* ihn um.«

»Ich sag doch, er war es nicht.«

»Wer dann?«

»Keine Ahnung«, räumte ich ein. »Der Schlag kam ja von hinten.«

»Wie kannst du dann sicher sein, dass es nicht Clevely war?«

»Weil ich hinterher sein Gesicht gesehen und gehört habe, was er alles sagte. Vor allem, *wie* er es sagte. Er war total geschockt, und das war definitiv echt. So gut kann kein Mensch schauspielern.«

»Einen anderen Beweis für seine Unschuld hast du nicht?«

Immer noch weinend schüttelte ich den Kopf. Sebastiano zog mich in seine Arme. »Tut es sehr weh?«

»Nein, nur wenn ich draufdrücke«, schniefte ich. »Ich hatte schon viel schlimmere Kopfschmerzen.«

»Warum weinst du dann so?«

Ich holte zitternd Luft, doch ich konnte nicht aufhören zu schluchzen. Erst jetzt wurde mir das ganze Ausmaß dessen klar, was ich erlebt hatte – eine unmittelbare Begegnung mit dem Feind. »Die Maske ist weg. Der Kerl in dem Heckenlabyrinth hat sie mir gestohlen.«

Seltsamerweise wurde mir erst am nächsten Tag klar, dass mir nicht nur die Maske abhandengekommen war. Nach einer Nacht voller Albträume, in denen ich abwechselnd über trostlose, windgefurchte Ebenen irrte und in den schwarzen Schacht der Zeit stürzte, wachte ich wie zerschlagen auf und wusste es plötzlich.

Meine Gabe war weg.

Für mich war das Grund genug, sofort wieder loszuflennen und damit Sebastiano zu erschrecken, der die Nacht bei mir verbracht hatte und mit wilden Blicken hochfuhr, als er mich weinen hörte. Nachdem er sich davon überzeugt hatte, dass mir keine unmittelbare Gefahr drohte, umschlang er mich mit beiden Armen und vergrub sein Gesicht in meinen Haaren.

»Wieder schlecht geträumt?«, murmelte er, nachdem ich mich etwas beruhigt hatte.

Ich schluckte fest. »Ja, das auch. Aber deswegen heule ich nicht.«

»Weshalb dann?«

Ich sagte es ihm, und er atmete tief ein. »Bist du sicher?«

»Ganz sicher. Nicht das allerkleinste Jucken. Ich habe nicht gemerkt, dass ich in Gefahr war.«

»Verdammt!«

»Das kannst du laut sagen.«

Wir versuchten gemeinsam zu ergründen, wann ich das letzte Mal das Jucken gespürt hatte, aber ich erinnerte mich nur noch an den Beinahe-Zusammenstoß mit dem Radfahrer im St. James

Park – und an das Gefühl, dass uns da irgendwer heimlich beobachtet hatte.

»Denk nach!«, forderte Sebastiano mich auf.

»Hab ich doch. Sonst war da nichts mehr.« Ich grübelte. »Das heißt, doch. An dem Abend, als wir hier am Grosvenor Square ankamen, kribbelte es noch mal. Dabei hatte ich das Gefühl, in der Nähe würde jemand auf uns lauern. Ich entsinne mich noch, wie ich überlegte, ob sich einer im Gebüsch rumdrückt, vielleicht ein Straßendieb oder so. Aber es hat dann gleich aufgehört, als wir im Haus waren.«

»Und danach? Gar nichts mehr?«

»Nichts«, erwiderte ich trostlos.

Und damit mussten wir uns beide abfinden.

TEIL DREI

In den folgenden Tagen warteten wir ständig voller Unruhe, dass irgendetwas Neues geschah, aber der Rest der Woche verstrich ohne besondere Zwischenfälle. Die Beule hinter meinem Ohr erinnerte mich für ein paar Tage daran, dass ich meinen Job – oder jedenfalls den Teil davon, für den ich zuständig war, was auch immer es sein mochte – schlicht vermasselt hatte.

Sebastiano war immer noch nicht davon überzeugt, dass George so unschuldig war, wie er sich gab, und bemühte sich redlich, ihn zu entlarven. Wir besuchten eine Reihe von Veranstaltungen, bei denen wir ihm begegneten, doch dummerweise schafften wir es nie, ihn allein zu erwischen. Es war ständig irgendwer in der Nähe, sodass jeder Vorstoß, ihn mit Wörtern aus der Zukunft zu überführen, an unerwünschten Zuhörern scheitern musste. Einmal unternahm Sebastiano den Versuch, George während einer Soiree in einen leeren Nebenraum zu locken, doch bevor er *Computer* oder irgendwas ähnlich Einschlägiges sagen konnte, ging einer der anderen Besucher in Hörweite vorbei, sodass Sebastiano nur vom Translator umgewandelte Bedeutungslosigkeiten herausbrachte.

Dabei verstrich kaum ein Tag, an dem der Earl nicht auf die eine oder andere Weise unseren Weg kreuzte. Die Anzahl der

Treffpunkte für vornehme Leute war überschaubar, und er tauchte mit schöner Regelmäßigkeit überall dort auf, wo auch wir hingingen. Auf diese Weise wurde er beinahe zu einer Art festem Begleiter, der keine Gelegenheit ausließ, sich uns anzuschließen und mir dabei auf seine lärmende und zugleich altmodische Weise den Hof zu machen. Mittlerweile war ich mehr denn je davon überzeugt, dass er nichts zu verbergen hatte, doch Sebastiano ließ sich von seinem Misstrauen nicht abbringen, egal wie leutselig und gastfreundlich der Earl sich gab.

Auf Georges Einladung hin besuchten wir mit Iphy und Reggie Astley's Amphitheater, eine Art Mittelding aus Zirkus und Theater, wo Dressurreiter, Jongleure und Clowns in einer großen Manege ihre Kunststücke vorführten, während wir von einer Empore aus zuschauten und Champagner tranken. Ein anderes Mal lud George uns in seine Loge in der Oper ein, wo ich zum ersten Mal in meinem Leben einen echten Kastraten singen hörte, was ich ein bisschen gruselig fand, obwohl der Mann wirklich eine wunderschöne Sopranstimme hatte. Tags darauf gingen wir alle zusammen zu einer Aufführung von Shakespeares Sommernachtstraum. Die Vorstellung gefiel mir ausnehmend gut und weckte bei Sebastiano und mir den Wunsch, künftig häufiger ins Theater zu gehen.

Sofern es für uns beide überhaupt noch ein *künftig* gab.

Dieser deprimierende Gedanke lag ständig über allem, was wir unternahmen. Die vielen oberflächlichen Vergnügungen, denen sich die Londoner Oberschicht hingab, konnten uns nicht darüber hinwegtäuschen, wie ernst unsere Lage war. Wir hatten das Gefühl, dass uns die Zeit davonlief – im wahrsten Sinne des Wortes. Unsere Tage waren zwar randvoll mit Aktivitäten, aber irgendwie traten wir auf der Stelle.

Einmal schauten wir bei Mr Stephenson vorbei, der sich über unseren Besuch freute und uns die Fortschritte an seiner eigenartigen Dampfmaschine vorführte, was uns allerdings zu keinen neuen Erkenntnissen verhalf.

Nicht viel anders erging es uns, als wir Mr Turner aufsuchten, diesmal unter dem Vorwand, Bilder bei ihm kaufen zu wollen. Er wollte uns prompt welche schenken, doch Sebastiano bestand auf regulärer Bezahlung. Wir konnten es uns ja leisten, außerdem kosteten die Gemälde nur einen Bruchteil von dem, was sie in zweihundert Jahren wert sein würden. Sebastiano entschied sich für eines der Porträts, die Mr Turner von mir gemalt hatte, und ließ es von Mr Fitzjohn über dem Kamin im Empfangssalon aufhängen. Ich selbst wählte das Stonehenge-Bild und bat Mr Fitzjohn, es in meinem Schlafzimmer anzubringen, genau gegenüber von meinem Bett. Ich hatte das unbestimmte Gefühl, als gehörte es dorthin, obwohl es unglaublich bedrückend, ja fast beängstigend wirkte. Die hoch aufragenden, mit der Dunkelheit verschmelzenden Steinblöcke, die fliehende Gestalt, die mir so ähnelte – man musste es nur ansehen, um vor Beklemmung Herzklopfen zu bekommen. Sogar Bridget führte ein längeres Selbstgespräch deswegen, in dessen Verlauf sie sich mehrmals tapfer versicherte, dass es ja nur ein Bild sei.

Wenn Sebastiano und ich nachts allein waren, sprachen wir darüber, wie es wohl gerade um José stand. Ob er auf der Suche nach einem intakten Tor war, oder ob er für immer in den Strudeln der Zeit verschollen war? Sebastiano meinte, so leicht sei José nicht kleinzukriegen, er würde garantiert bald wieder auftauchen, ganz egal, wie. Und dann würde sich alles klären und wieder in Ordnung kommen. Ich hätte gern daran geglaubt, aber Sebastianos Stimme hatte eine Spur zu zuversichtlich geklungen, und ich hatte den sorgenvollen Schatten bemerkt, der über sein Gesicht glitt, bevor er sich abwandte.

Ich war immer noch verzweifelt wegen des Verlusts der Maske und fürchtete mich vor der alles entscheidenden Situation, in der womöglich nicht nur mein Leben davon abhing, sondern vielleicht sogar die Existenz der ganzen Welt. Wenn ich mit Iphy shoppen ging, dann hauptsächlich deshalb, weil ich hoffte, irgendwo noch einmal Esperanza oder ihren Maskenladen zu entdecken. Es gab jedoch nirgends eine Spur von ihr.

Ich war besessen von dem Gedanken, dass alles, was demnächst an schlimmen Dingen passieren würde, allein meine Schuld war. Ich hatte mich unnötig in Gefahr begeben und das Schicksal herausgefordert, und jetzt hatten wir unseren letzten Trumpf verloren. Obwohl seither nichts Ungewöhnliches vorgefallen war, spürte ich mit jeder Faser, dass sich die Lage allmählich zuspitzte und auf einen Eklat hinauslief. Nach wie vor war ich sicher, dass sich alles auf der Gesellschaft des Prinzregenten entscheiden würde, obwohl ich keine Ahnung hatte, woher diese Gewissheit kam.

Mein Nacken juckte zwar nicht mehr, dennoch fühlte ich mich gelegentlich beobachtet, ganz egal, wo ich mich gerade befand. Jedes Mal blickte ich mich aufmerksam um, doch nie fiel mir etwas Verdächtiges auf.

Iphy, die im Gegensatz zu mir der reinste Sonnenschein war und vor guter Laune beinahe platzte, tat ihr Bestes, um meine miese Stimmung aufzuhellen. Sie engagierte einen Tanzlehrer, einen geschniegelten Franzosen mit dünnem Bärtchen. Er hieß Monsieur Merieux und war ein Meister des Cotillon. Iphy überwachte persönlich meine und Sebastianos Fortschritte während des Unterrichts, damit wir auf den Bällen, die wir demnächst besuchen würden, auch wirklich eine gute Figur machten.

Sie brachte uns außerdem ein Kartenspiel namens Pharo bei und behauptete, es mache nur Spaß, wenn es um richtige Einsätze ging. Obwohl sie uns dank ihrer überlegenen Spielerfahrung einen Haufen Geld abknöpfte, fand sie nichts dabei, auf unseren gemeinsamen Shoppingtouren weiterhin alles auf meine Rechnung zu kaufen. Allerdings achtete sie jedes Mal großzügig darauf, dass ich selbst nicht zu kurz kam. An einem Nachmittag schleppte sie mich zur Schneiderin, wo ich mir ein neues, unfassbar kostspieliges Kleid für die Party des Prinzregenten anpassen ließ. Mein Einwand, ich hätte mir doch letztens erst ein Ballkleid gekauft, verfing bei ihr nicht. Anscheinend war es absolut ausgeschlossen, irgendwo ein zweites Mal mit demselben Ballkleid aufzulaufen, und da ich das Kleid, das ich neulich bekommen hatte, schon auf dem Ball bei Almack's anziehen würde, musste ich zwingend noch eins für die andere Feier haben. Iphy hatte es zwar noch nicht geschafft, uns eine Einladung des Prinzregenten zu besorgen, aber sie meinte, mit etwas Mühe würde ihr das noch gelingen.

Der Prinzregent wollte übrigens auch zu dem Tanzabend bei Almack's kommen, was mir immerhin einen Hauch von Interesse entlockte. Ansonsten hatte ich exakt so viel Lust auf diesen Ball wie auf all die übrigen Aktivitäten, nämlich gar keine.

Je niedergedrückter ich wurde, desto fröhlicher und unternehmungslustiger gebärdete sich Iphy. Sie kam jeden Tag vorbei, entweder, um mich zu irgendwelchen Ausflügen abzuholen oder um gleich dazubleiben, etwa zum Kartenspielen oder zum Essen. Auch Reggie ließ sich häufig blicken. Zu Sebastianos Verdruss machte er mir weiterhin den Hof, aber er benahm sich dabei längst nicht so aufdringlich wie George, weshalb ich ihn leicht auf Distanz halten konnte. Ich wünschte, Sebastiano hätte das bei Iphy nur halb so gut hingekriegt.

Niemand konnte übersehen, wie sie in seiner Gegenwart aufblühte. Wie sie die Locken aus ihrem hübschen Gesicht zurückstrich, mit ihren langen Wimpern klimperte und auch sonst alle nur denkbaren Tricks anwendete, um männliche Aufmerksamkeit auf sich zu ziehen – in dem Fall natürlich ausschließlich die von

Sebastiano. Sie hatte es mit himmelschreiender Eindeutigkeit auf ihn abgesehen.

»Hör mal«, sagte ich eines Nachmittags gereizt zu ihm, als wir mal für fünf Minuten allein waren. »Du solltest ihr sagen, dass du kein Interesse an ihr hast.«

»Du *weißt*, dass ich kein Interesse an ihr habe.«

»Ja, aber *sie* weiß es nicht.«

»Ich habe ihr bestimmt keinen Anlass gegeben, sich irgendwelche Hoffnungen zu machen.«

»Es reicht schon, wie du ihr in den Ausschnitt glotzt, wenn sie ihren Busen mit dem Fächer anwedelt.«

»*Cara mia*, bitte glaub mir! Sie könnte nackt vor mir stehen, und sie würde mich trotzdem nicht interessieren!«

Das klang mir eindeutig zu feurig. »Gerade jetzt solltest du nicht den Italiener raushängen lassen! Die gucken sowieso viel öfter als nötig!«

»Ich schaue nicht hin, ehrlich nicht. Und wenn doch, ist es höchstens ein Reflex.«

Empört nahm ich ein Magazin über Rassepferde vom Beistelltischchen und warf damit nach ihm, doch er fing die Zeitschrift einfach lässig aus der Luft. »Siehst du, das war auch ein Reflex. Manchmal tut man Dinge, ohne darüber nachzudenken.«

»Du *sollst* aber darüber nachdenken!«, fauchte ich.

»Wenn ich damit anfange, müsste ich auch über Reggie und den Earl nachdenken. Und darüber, wie die beiden *dir* auf den Busen glotzen.«

»Du willst bloß vom Thema ablenken!«

»Ich *bin* beim Thema. Wenn irgendwer in irgendeinen Ausschnitt schaut, dann Bräutigam-Ken in deinen. Von dem guten alten George ganz zu schweigen. Ist dir noch nicht aufgefallen, dass er dir dauernd die Hand abküsst und an dir rumtätschelt?«

»Das kannst du unmöglich mit Iphy vergleichen! Die Frau gräbt dich hemmungslos an!«

»Und Bräutigam-Ken ist so scharf auf dich, dass ich es jedes Mal knistern höre, wenn du näher als zwei Meter an ihn herankommst.«

»Das bildest du dir nur ein.«

»Nein, das tue ich nicht«, sagte Sebastiano.

»Der Typ ist mir völlig gleichgültig, und das weißt du genau!«

»Aber seine Komplimente hörst du dir ziemlich gern an. Du brauchst es gar nicht abzustreiten. Ich habe gesehen, wie du rot geworden bist, als er sagte, dass du in Rosa wie eine Märchenfee aussiehst. *Märchenfee!*«, wiederholte Sebastiano bedeutungsvoll. »Im Moment wette ich mit mir selber, wer bei mir zuerst offiziell um deine Hand anhält – George oder Reggie.«

»Du spinnst«, sagte ich im Brustton der Überzeugung. Irgendwie hatte er es geschafft, dass ich mich plötzlich in der Defensive befand, und das kam mir unfair vor. »Außerdem kannst du nicht abstreiten, dass dein männliches Ego total auf Iphys Annäherungsversuche abfährt. Sie wird nicht lockerlassen, denn du fällst hundertprozentig in ihr Beuteschema. Wenn du nicht aufpasst, wird sie es noch irgendwie schaffen, dass du dich mit ihr verloben musst.«

Sebastiano lachte bloß, dann nahm er mich einfach in die Arme, um mich zu küssen und mir zärtliche Nichtigkeiten auf Italienisch ins Ohr zu flüstern. Er wusste genau, was mich schwach machte.

In dem Moment ahnte ich nicht, wie bald wir beide wieder an meine Worte denken würden.

Der Mittwoch kam und mit ihm der Ball bei Almack's. Bridget hatte alle Hände voll mit meinem Styling zu tun, aber als ich das Ergebnis sah, fand ich, dass die ganze Mühe sich gelohnt hatte. Die Aufregung, die Bridget bei den Vorbereitungen an den Tag legte, wirkte irgendwie ansteckend auf mich, und am Ende begann ich mich sogar – wenn auch eher verhalten – ein wenig auf den Abend zu freuen.

Mein Ballkleid war von einem unschuldigen, reinen Weiß, wie es sich für eine Debütantin gehörte, aber es schimmerte und glänzte, was von den vielen winzigen Perlen kam, mit denen die zierlichen Puffärmelchen und die angenähte Schleppe bestickt waren, ebenso wie die Glacéhandschuhe, die mir bis über die Ellbogen reichten. Obenherum war das Kleid, obwohl es den üblichen Nachthemdschnitt aufwies, ziemlich offenherzig, und weil ich darunter das Eieruhr-Schnürleibchen trug, sorgte der Push-up-Effekt für ein Dekolleté, das sich sehen lassen konnte. Ich sah aus wie eine Mischung aus unschuldiger Prinzessin und verführerischer Sirene. Sebastiano, der in der Halle auf mich wartete, blieb der Mund offen stehen, als ich mit anmutig geraffter Schleppe und vornehm erhobener Nase die Treppe hinabgeschritten kam.

»So kannst du unmöglich gehen«, sagte er, während sein Blick sich auf meinen Ausschnitt heftete.

»Danke, du siehst auch toll aus«, gab ich zurück. Der Translator machte *ravissant* daraus (irgendwie schien er sich an diesem Wort festgebissen zu haben), denn Cedric und Janie konnten uns hören. Die beiden schleppten gerade alle möglichen Leuchter, Platten und Schalen durch die Gegend, weil Mrs Fitzjohn sie beauftragt hatte, das Silber im Haus einzusammeln und zu putzen. »Und ich *wusste*, dass du meinen Ausschnitt zu tief findest. Im Gegensatz zu gewissen anderen Ausschnitten.« Die kleine Spitze konnte ich mir nicht verkneifen, doch Sebastiano grinste nur.

»Du irrst dich. Ich finde deinen Ausschnitt *ravissant.*«

Sofort interessierte mich brennend, was er wirklich gesagt hatte. Irgendwann heute Nacht würde er es mir noch mal im Originalwortlaut mitteilen müssen.

»Wieso sagst du dann, dass ich nicht so gehen kann?«

»Weil da noch etwas Wichtiges fehlt.« Er nahm eine kleine Schatulle vom Dielentischchen und klappte sie auf. »Was hältst du beispielsweise davon? Wäre das nicht die passende Ergänzung?«

Ich erkannte den Schmuck sofort. Es war kein Stück aus dem angeblichen Familienschatz der Foscarys, den Sebastiano bei Rothschild & Sons abgeholt hatte, sondern das Brillantcollier aus dem siebzehnten Jahrhundert, das er mir nach unserem Pariser Zeitreiseabenteuer geschenkt hatte.

»Du hast es mitgebracht«, hauchte ich.

»Ich wollte es nicht im Eiswürfelfach lassen«, murmelte er mir ins Ohr, während er es mir umlegte. »Und das ist doch endlich eine Gelegenheit, bei der du es tragen kannst.« Dann stellte er sich neben mich, sodass wir uns gemeinsam in dem großen Prachtspiegel betrachten konnten, der an der Stirnwand der Eingangshalle hing. Umschmeichelt von den goldenen Lichtreflexen der Kerzen, die Mrs Fitzjohn schon vor einer Weile angezündet hatte, ähnelte unser Spiegelbild einem historischen Gemälde. Sebastiano sah umwerfend aus, viel besser als jeder Filmstar. Mit den eng geschnittenen Kniehosen, der taillierten Weste und dem passgenau sitzenden Frack wirkte er noch athletischer als sonst.

Beim Arrangement von Sebastianos Halstuch hatte Meeks sich wieder selbst übertroffen. In strahlend weißem Faltenwurf bauschte es sich zwischen den silbernen Westenknöpfen und unterstrich die gesunde Bräune von Sebastianos Gesicht.

Ich konnte Iphy wirklich verstehen. An ihrer Stelle hätte ich auch versucht, ihn mir zu schnappen, denn einen besseren Typen würde sie in hundert Jahren nicht finden. Ach was, in tausend! Aber er war *mein* Freund, und das würde er auch bleiben, egal in welcher Zeit.

Sebastiano musterte uns prüfend im Spiegel und nickte dann zufrieden, bevor er mir half, den zum Kleid passenden Umhang anzulegen. »Ich schätze, wir werden einen guten Eindruck machen.«

Hinter uns war Mr Fitzjohn aufgetaucht und bedachte uns mit einem dezenten Lächeln. »Mylord, wenn Sie mir die Bemerkung gestatten – das wird Ihrer beider Erscheinung nicht ganz gerecht. Zweifelsohne werden Sie und Mylady als das *beau Couple* der Saison in die Geschichte von Almack's eingehen.« Er verneigte sich kurz. »Jerry ist mit der Kutsche vorgefahren, Mylord.«

Bevor ich meine geheime Liste der unbekannten Wörter um *beau Couple* verlängern konnte, fiel mir ein, dass es einfach nur *schönes Paar* bedeutete. Die Londoner Upper Class dieser Epoche flocht oft französische Wendungen in ihre Unterhaltungen ein, das galt als hip. Sebastiano bedankte sich bei Mr Fitzjohn für das Kompliment, dann nahm er meinen Arm, um mich mit brüderlicher Höflichkeit zur Kutsche zu geleiten.

Jerry stand draußen und pfiff lautlos durch die Zähne, als er mich sah. »Donnerwetter, sind Sie aber fein!«, rief er impulsiv aus. »Das funkelt ja nur so! Und Sie sehen ebenfalls großartig aus, Mylord!«

»Alles nur Theater«, versicherte ich ihm. »Normalerweise sehen wir nicht so aus, sondern eher schlicht.« Rasch warf ich einen Blick nach hinten zu unserem schrumpfköpfigen Groom, doch Jacko hörte uns nicht zu. Er war vollkommen darin vertieft, Steinchen auf ein paar in der Nähe pickende Tauben zu werfen und sich über jeden Treffer zu freuen. »Wir sind wirklich ganz einfache

Leute.« Ich stieß Sebastiano mit dem Ellbogen an. »Stimmt doch, oder?«

»Wir haben nicht mal eine Kutsche«, pflichtete Sebastiano mir bei.

»Aber dafür sicher vieles andere, was es hier nicht gibt.« Jerry sah uns sehnsüchtig an, während er uns den Schlag der Kutsche öffnete. »Ich wünschte, ich könnte mit Ihnen kommen. Sie wissen schon – in Ihre Zeit, wo immer Sie herstammen. Vielleicht könnte ich dadurch Großvater helfen. Wegen seines Beins. Ich meine, wegen des Beins, das er nicht mehr hat. Es ist weg, aber er hat immer noch Schmerzen, als wäre es noch da. Das macht ihn wahnsinnig. Ich möchte wetten, in der Zukunft gibt es ein Mittel dagegen. Eins, das richtig wirkt, ohne dass man davon gleich einschläft wie vom Opium. Und vielleicht auch eins, das gegen die schlimmen Entzündungen an seinem Beinstumpf hilft.«

Betroffen blickte ich ihn an, doch ehe ich ihm antworten konnte, schlug er die Kutschentür zu.

Sebastiano seufzte, als er mich ansah. »Du musst nichts sagen, ich weiß genau, was du denkst. Wir können gar nichts machen.«

»Warum eigentlich nicht?« Ich hielt mich an dem Haltegriff neben der Tür fest, weil die Kutsche über ein Schlagloch rollte. »Diese blödsinnigen Spielregeln, die die Alten sich für das Zeitreisen ausgedacht haben – vielleicht sind sie verhandelbar.«

»Ich habe José schon mehrmals deswegen gefragt«, sagte Sebastiano. »Einmal kannte ich einen Jungen, er war der Bote im Jahr dreizehnhundertachtzig. Er war ein paar Jahre jünger als ich und ein wirklich netter Bursche. Eines Tages trat er sich einen rostigen Nagel in den Fuß und bekam eine Blutvergiftung. Ein paar Penizillintabletten hätten ihm bestimmt helfen können. Ich habe José angebettelt, eine Ausnahme zu machen und Medikamente aus der Zukunft zu holen. Doch er meinte, es läge nicht in seiner Macht. Der Junge starb, und ich musste es tatenlos mit ansehen.«

Ich war entsetzt. »Soll das heißen, José konnte nicht helfen? Oder wollte er es bloß nicht?«

»Ich denke, er konnte es nicht. Aber ganz sicher bin ich nicht. Wir müssen uns an Regeln halten, so viel ist klar, doch José schweigt sich darüber aus, ob diese Regeln willkürlich festgelegt wurden oder einem Naturgesetz folgen.«

Ich dachte angestrengt nach. »Vielleicht hätte man es mit der Maske versuchen können.«

»Was versuchen?«

»Dinge aus der Zukunft in die Vergangenheit mitzunehmen. Du weißt, dass die Maske Wünsche erfüllt. Vielleicht könnte man auf diese Weise Menschen wie Mr Scott helfen. Wenn ich es mir sehr fest wünschen würde ...«

»Die Maske ist aber nicht mehr da.«

Ich seufzte kläglich. »Weiß ich doch. Aber wenn wir rausfinden, wer sie mir weggenommen hat, können wir sie uns doch wiederholen, oder?«

Sebastiano wandte sich mir aufmerksam zu. »Willst du damit auf etwas Bestimmtes hinaus?«

»Ich denke, dass derjenige, der die Maske jetzt hat, sich oft in unserer Nähe aufhält. Wir müssen nur rauskriegen, wer es ist.«

»Das können mehr als ein Dutzend Leute sein. Hast du einen Verdacht?«

»Nein«, gab ich zu. »Nicht den geringsten.«

Doch bald sollten wir über diese Frage Gewissheit haben.

Der Ball fand in einem eher schmucklosen Gebäude in der King's Street statt. Der große Tanzsaal war jedoch von eindrucksvollen Ausmaßen. Kronleuchter aus Kristall und gewaltige Wandspiegel verliehen ihm ein prachtvolles Flair. Die Veranstaltung selbst war für mich allerdings eine einzige Enttäuschung. Der ganze Abend war eine steife, zeremonielle Angelegenheit, bei der es offensichtlich nur darauf ankam, gesehen und für attraktiv befunden zu werden, was vor allem für die Frauen im heiratsfähigen Alter zu gelten schien. Die Art, wie sie von den anwesenden Männern taxiert wurden, ging schon beinahe in Richtung Fleischbeschau.

Eine richtige Party war es auf keinen Fall, dafür ging es viel zu förmlich und unlustig zu. Die Mädchen waren fast alle deutlich jünger als ich und standen in sittsamer Haltung herum, bewacht von ältlichen Damen in pompösen Abendroben. Männer waren in unterschiedlichen Altersklassen vertreten, aber die meisten waren unter dreißig und allesamt ähnlich gestylt – enge Kniehosen, üppige Halstücher, Brutus-Frisur. Wenn sie nicht gerade damit beschäftigt waren, die Mädchen zu begutachten oder zum Tanz zu führen, lehnten sie mit blasierter Miene an der Wand oder unterhielten sich in kleinen Gruppen – unter anderem auch über Sebastiano und mich, denn wir waren Gegenstand zahlloser neugieriger Blicke.

Die Musiker spielten Stücke für Reigentänze, die eher trist als flott klangen, und entsprechend verhalten fielen die Bewegungen der tanzenden Paare aus. Ein paar kleine, mit ernster Miene ausgeführte Hopser waren das Äußerste an Bewegungsfreude. Es wurde Cotillon und Scotch Reel getanzt. Walzer und Quadrille waren zwar im Kommen, wie ich von Mr Merieux wusste, aber bei Almack's war man in dieser Hinsicht noch ein bisschen rückständig. Die Patronessen, die für die Organisation der Bälle und die Auswahl der Tänze zuständig waren, hatten einen konservativen Geschmack. Und anscheinend waren sie auch sparsam, denn das Essen, das zu fortgeschrittener Stunde in den Nebenräumen ausgeteilt wurde, war miserabel – es bestand aus trockenem Kuchen und dünnen, labbrigen Schnittchen. Auch die Getränke konnten das nicht rausreißen, denn es gab nur fade, lauwarme Limo und Tee.

Sebastiano und ich tanzten zusammen einen Cotillon, weil wir den einigermaßen draufhatten. Jedenfalls hatte ich *gedacht*, ich hätte ihn einigermaßen drauf, aber als dann die Kreisfigur kam, bei der man zwischendurch den Tanzpartner wechselte, verlief ich mich irgendwie zwischen den übrigen Leuten und stand plötzlich am Rand. Sebastiano erschien wie aus dem Nichts und fasste nach meiner Hand. »Nichts anmerken lassen«, flüsterte er.

Ich lächelte strahlend und sehr bemüht in die Runde. »Zu spät«, sagte ich durch die Zähne. »Alle haben es gesehen.«

Damit war ich wahrscheinlich gesellschaftlich erledigt. Iphy hatte gesagt, dass die Patronessen keinen Fauxpas verziehen.

Doch erstaunlicherweise behandelten sie mich sehr wohlwollend, jedenfalls die eine, mit der Iphy mich kurz darauf bekannt machte. Sie hieß Lady Jersey und war eine hübsche, mit vielen Perlen behängte Gräfin Ende zwanzig.

»So, Sie kommen also von den Antillen«, sagte sie freundlich, nachdem Iphy mich vorgestellt hatte. »Dort soll es ja sehr warm sein.«

»Warm und feucht, aber es gibt auch Stürme. Man nennt sie Hurrikans, und sie können sehr hohe Flutwellen erzeugen, die oft ganze Küstenstriche überfluten.« Inzwischen hatte ich mir aus der Encyclopædia Britannica ein bisschen zusätzliches Wissen angelesen.

Die Lady schien sich jedoch nicht für meine tropische Heimat zu interessieren. »Ich hörte, George Clevely zählt zu Ihren Bewunderern. Eine sehr gute Wahl, wie ich finde.«

Das ließ offen, ob ich seine Wahl war oder er meine. Ich hinterfragte es aber nicht, denn die Unterhaltung war bereits beendet. Die Gräfin lächelte mir noch einmal gütig zu und schritt dann mit schwingenden Perlenketten davon.

Iphy war außer sich vor Begeisterung. »Sie hat sich mit dir unterhalten!«

»Sie hat drei Sätze zu mir gesagt, und ich zwei zu ihr.«

»Das spielt keine Rolle. Sie hat dich mit ihrer Aufmerksamkeit beehrt. Du bist eine gemachte Frau! Jetzt gehörst du unwiderruflich dazu!«

»Zu was?«, fragte ich begriffsstutzig.

»Zur *beau Monde*! Zum *Ton*!«

Diese Almack's-Patronessen hatten anscheinend mehr Macht, als ich gedacht hatte. Das passte zu dem, was Iphy mir schon darüber erzählt hatte – wie schnell man in der guten Gesellschaft unten durch war, wenn man keine Eintrittskarten für die Bälle bekam. Man wurde quasi zu einem sozialen Nichts. Schlimmer als jemand, der auf Facebook null Freunde hat.

Und das war noch nicht alles, denn auch, wenn man drin war, musste man sich ordentlich benehmen. Ein Mädchen durfte niemals Sitte und Anstand vergessen. Iphy schärfte mir beispielsweise dringend ein, dass ich heute genau zweimal mit George tanzen dürfe, auf keinen Fall öfter, weil mich sonst alle für eine Schlampe halten würden. George akzeptierte diese Einschränkung ohne Murren, bestand aber darauf, bei der nächsten Abendgesellschaft ganz oben auf meiner Tanzkarte zu stehen. Iphy selbst erlegte sich keine Zwänge auf. Sie tanzte mindestens dreimal hintereinander mit Sebastiano, und als ich sah, wie perfekt die beiden bei den Schrittfolgen harmonierten und was für einen phänomenalen Einblick er von oben in ihr Dekolleté haben musste, konnte ich meinen Ärger kaum zügeln.

»Wieso tanzt du dauernd mit ihr?«, zischte ich ihn an, als wir mal für eine Minute unbelauscht nebeneinanderstanden.

»Keine Ahnung«, gab er zu. »Sie sagte irgendwas von einer Tanzkarte, auf der sie mich eingetragen hat. Anscheinend wird das vorher von irgendwem festgelegt.«

»Das muss aufhören«, erklärte ich mit aller Entschiedenheit.

»Anna, ich tanze bloß mit ihr. Da ist nichts dabei, der ganze Saal guckt doch zu.«

»Das ist es ja eben.«

Ich hatte ein sehr ungutes Gefühl bei der ganzen Sache, und das bestand keineswegs allein aus Eifersucht. Als Iphy mir kurz darauf mit rosa Bäckchen über den Weg lief, stellte ich sie zur Rede. »Kann es sein, dass du ziemlich oft mit meinem Bruder getanzt hast?«, erkundigte ich mich mit mühsam beherrschter Stimme.

Sie fächelte sich mit verschämter Miene Luft zu. »Nun ja. Um die Wahrheit zu sagen – dein Bruder und ich, wir gelten allgemein bereits als verlobt. Da sieht man das nicht mehr ganz so streng.«

»Was?«, schrie ich.

Ein paar Köpfe drehten sich in unsere Richtung, und Iphy zog mich rasch in einen Nebenraum. »Nicht so laut. Wenn junge Damen ihre Stimme erheben, gilt das als ordinär.«

»Hat er etwa irgendetwas von einer Verlobung gesagt?«, rief ich, ihren Tadel ignorierend.

Sie errötete lächelnd. »Dir kann doch nicht entgangen sein, wie gut dein Bruder und ich zusammenpassen, Anne. Er wird bestimmt bald bei Reggie um mich anhalten.«

»Wie kommst du bloß darauf?«, fragte ich entsetzt.

»Eine Frau spürt so was.« Dann blickte sie über meine Schulter. »Oh, Prinny ist da!« Sie fasste nach meiner Hand und zog mich zurück in den Ballsaal. »Komm mit! Diese Gelegenheit müssen wir nutzen! Du musst ihn unbedingt kennenlernen!«

Immer noch total geschockt, ließ ich mich von ihr zurück in den großen Saal ziehen, wo sich schon ein paar der Besucher um den Prinzregenten geschart hatten, darunter die Gräfin Jersey, der er soeben mit großer Geste die Hand küsste.

»Ihre Schwiegermutter hatte einst eine Liaison mit ihm«, vertraute Iphy mir flüsternd an. »Sie war lange seine bevorzugte Mätresse.«

Das war mir absolut egal. Auch der Prinzregent interessierte mich nicht für fünf Cent. Er war einfach nur ein übergewichtiger Typ um die fünfzig, der sich aufgerüscht hatte wie eine Operettenfigur. Auf seiner Brokatweste prangten zu viele Goldketten, Schmucknadeln und Orden, und die unnatürlich dichten Locken auf seinem Kopf waren eindeutig eine Perücke. Ich wollte ihn nicht kennenlernen, sondern so schnell wie möglich zu Sebastiano, um ihn von seiner angeblich bevorstehenden Verlobung zu informieren. Hätte er bloß auf mich gehört! Höchste Zeit, dass er Iphy endlich klarmachte, dass er nicht zu haben war.

Wo steckte er nur? Während ich mich suchend nach ihm umsah, wurde ich von Iphy in den Kreis geschoben, der sich um den Prinzregenten gebildet hatte, und ehe ich mich versah, übernahm die Gräfin meine Vorstellung.

»Das ist unsere neueste Debütantin, Prinny. Lady Anne – die Schwester des jungen Foscary.«

»Ah, der Viscount von Barbados, den ich bereits bei Jackson's traf. Und seine kleine Schwester ist ein wahrhaft entzückendes Geschöpf!« Der Prinzregent betrachtete mich ausgiebig durch sein Lorgnon, eine Art Brille am Stiel, aber mit nur einem Glas. Dann umfasste er zu meinem Schrecken meinen Arm und führte mich quer durch den Saal zu einer Gruppe gepolsterter Stühle. Er schob mir einen davon zurecht und setzte sich dann neben mich.

»Erzählen Sie mir ein wenig über sich, Lady Anne«, forderte er mich auf, eine Hand leicht auf meinem Arm.

Wahrscheinlich wurde ich von allen anderen Debütantinnen glühend beneidet, denn laut Iphy galt es als höchste Ehre, von dem Regenten in ein persönliches Gespräch verwickelt zu werden. Ich wäre allerdings lieber von dieser Ehre verschont geblieben, denn er war ziemlich aufdringlich parfümiert. Außerdem mochte ich es nicht, wie sein Daumen über meinen Ellbogen strich. Der ganze Typ gefiel mir nicht, und einen Augenblick überlegte ich, ob es wirklich so schlimm für England wäre, von jemand anderem regiert zu werden. Dieser Prinz verwettete und verspielte Unsummen, bezahlte seine Schulden nicht, baggerte Debütantinnen an, machte mit anderen Frauen rum, obwohl er verheiratet war – vermutlich ließ die Liste seiner schlechten Angewohnheiten sich noch fortsetzen. Nach allem, was ich in der Zukunft über ihn gelesen hatte, war er als König nicht gerade der Liebling der Nation gewesen. Trotzdem gehörte er unverzichtbar zum Hauptstrom der Zeit. Wenn er aus dem regulären Ablauf der Geschichte verschwand, konnte das zur völligen Entropie führen. Entropie – das war, wie ich nach über drei Jahren im Club der Zeitwächter wusste, ein anderes Wort für Chaos. Und zwar für endgültiges, alles zerstörendes, unrettbares Chaos, von dem das komplette Zeitgefüge ausgelöscht werden konnte. Entropie war der Jabberwocky aus meinen Träumen, und irgendwer hatte ihn entfesselt, damit er alles auffraß. Bis auf eine winzige Zeitblase: das Jahr 1813, das in endloser Wiederholung übrig bleiben sollte, um jemandem, der sich zum Herrscher der Zeit aufschwingen wollte, als ewige Bühne zu dienen.

Damit das nicht passierte, durfte diesem übergewichtigen, pomadisierten zukünftigen König an meiner Seite nichts zustoßen, egal, was ich persönlich von ihm hielt.

Ich erzählte ihm irgendwas, das ich über Barbados gelesen hatte und schmückte es mit einem ausgedachten, sehr blutrünstigen Sklavenaufstand aus, der sich während meiner Kindheit auf der Plantage ereignet hatte.

»Sie fielen mit ihren Macheten über die Plantagenbesitzer und die Aufseher her«, berichtete ich zerstreut und reckte dabei den Hals. Ich hielt immer noch nach Sebastiano Ausschau. »Die Zuckerrohrfelder färbten sich rot vom Blut der niedergemetzelten Menschen. Doch die in Bridgetown stationierten Soldaten machten kurzen Prozess mit den Rebellen, sie rückten mit Musketen und Bluthunden an und knüpften alle, die sie schnappten, an Ort und Stelle auf. Einigen Aufständischen gelang trotzdem die Flucht. Sie schlugen sich in die Berge durch und lebten dort in Höhlen.«

Der Prinzregent hatte mir mit großen Augen zugehört. Er bekam den Mund kaum noch zu. »Was für ein abwechslungsreiches Leben Sie dort auf den Antillen geführt haben müssen! Ist es denn später gelungen, diese Aufständischen zu fassen?«

»Ja«, sagte ich geistesabwesend. »Bis auf zwei, die blieben verschwunden. Ein Mann und eine Frau. Die Frau war die Sklavin eines grausamen Pflanzers, doch in Wahrheit war sie eine geraubte Prinzessin aus dem Kongo. Und der Mann war ein tapferer schwarzer Krieger vom Stamme der Yoruba, der sich in sie verliebt und deshalb den ganzen Aufstand angezettelt hatte. Es heißt, sie leben heute noch im Dschungel, aber manche behaupten auch, sie hätten ein Boot gestohlen und wären heim nach Afrika gesegelt.« Zum Teufel, wo steckte Sebastiano nur? Und Iphy war ebenfalls verschwunden. Auch Reggie sah ich nirgends, obwohl er vorhin noch in der Nähe der Musiker gestanden hatte. Bloß der Earl hielt sich noch im Ballsaal auf. Und zwar in nächster Nähe – er war höchstens fünf Meter von uns entfernt und starrte den Prinzregenten mit verengten Augen an. Auf seinem sonst so freundlichen Hamstergesicht stand blanke Mordlust.

»In einem Boot?«, fragte der Prinzregent zweifelnd.

»Na ja, es wird ein hochseetaugliches Boot gewesen sein. Kann natürlich auch sein, dass die beiden bei der Überfahrt Hilfe hatten.«

»Das ist ja abenteuerlich!«, rief der Prinzregent begeistert. »Warum war ich noch nie auf Barbados?«

»Keine Ahnung«, entgegnete ich wahrheitsgemäß.

»Mein jüngerer Bruder ist im Gegensatz zu mir ein weitgereister Mann. Freddy ist Seefahrer, wissen Sie.«

»Ich hörte davon«, murmelte ich höflich.

»Er war schon in aller Herren Länder. Leider weilt er bereits seit vielen Jahren in der Fremde. Hier weiß kaum noch jemand, wie er aussieht.« Er lachte gutmütig, und ich stellte fest, dass seine Zähne genauso künstlich waren wie seine Haare. »Sie müssen mich Prinny nennen«, befahl er unvermittelt. »Alle meine Freunde nennen mich so.«

»Gern, Euer Gna... äh, Prinny.«

Aus den Augenwinkeln bemerkte ich eine Bewegung. Es war der Earl, der sich spiralförmig um uns herumarbeitete und dabei näher kam, bis er schließlich einen großen Schritt machte und direkt vor dem Prinzregenten stehen blieb.

»Guten Abend, Prinny.« Seine Stimme klang gepresst.

»Clevely«, sagte der Prinzregent erstaunt. »Wo kommst du denn auf einmal her?«

»Wenn du erlaubst ... Lady Anne ... Tanz versprochen ...«, brachte der Earl stotternd heraus.

Der Prinzregent tätschelte besitzergreifend meinen Arm. »Wie du siehst, unterhalte ich mich gerade sehr angeregt mit der jungen Dame. Sie weiß überaus interessante und lebhafte Dinge über ihre

Heimat zu berichten, ich hatte schon lange nicht mehr eine solch abwechslungsreiche Konversation. Du kannst auch später noch mit ihr tanzen. Komm in einer Stunde wieder.« Er wandte sich mir zu. »Erwähnte ich schon, dass ich demnächst eine kleine Gesellschaft in Carlton House gebe? Sie müssen unbedingt kommen. Ich bestehe darauf.«

»Sehr gern!«, sagte ich schnell. »Ich komme ganz bestimmt! Und mein Bruder auch.«

»Ich freue mich. Eine offizielle Einladung geht Ihnen natürlich noch zu.« Der Prinzregent drückte warm meine Hand.

George blähte die Wangen auf und setzte zu einer Bemerkung an; so leicht gab er sich nicht geschlagen. »Also weißt du, Prinny, ich finde ...«

Ich fuhr zusammen. Gerade hatte ich vor den offenen Flügeltüren des Ballsaals Reggie gesehen, und dieser Anblick löste unerklärlicherweise sämtliche Alarmsirenen bei mir aus. Hastig sprang ich auf.

»Ich muss mal kurz verschwinden«, teilte ich dem verblüfften Prinzregenten mit.

Sofort war George an meiner Seite und hielt mir seinen Arm hin. Dankbarkeit leuchtete aus seinen Augen.

»Gestatten Sie, dass ich Sie begleite, meine liebe Anne!«

»Oh, das ist nicht nötig, vielen Dank.«

»Aber ich ...« Er lief neben mir her und versuchte, Schritt zu halten. »... muss Ihnen dringend sagen ... Übermannt von meiner Zuneigung ... Ihnen mein pochendes Herz zu Füßen legen ... Bei Ihrem Bruder vorsprechen und ihn bitten ...« Stammelnd versuchte er, seiner Gefühle Herr zu werden. »Ich wäre ein guter Gatte«, platzte er schließlich heraus, so laut, dass einige der Leute, an denen wir vorübereilten, es garantiert gehört hatten, jedenfalls ließen die verdutzten Blicke darauf schließen.

»Ich habe jetzt leider keine Zeit, George. Ähm, Sir.«

»Nennen Sie mich George! Ich bestehe darauf!«

»Meinetwegen.« Ich raffte mein Kleid und fing an zu rennen, und gleich darauf hatte ich George abgehängt. Im Nebenraum sah ich Reggie gerade noch durch eine offene Fenstertür auf die Terrasse verschwinden. Ohne zu zögern lief ich hinterher und folgte ihm über einen Kiesweg in einen Garten, der von Lampions beleuchtet war. Hier und da standen ein paar Leute herum und unterhielten sich, hauptsächlich Männer, die Zigarren qualmten und mir erstaunte Blicke zuwarfen, als ich plötzlich vorbeigehastet kam.

»Reggie?«, rief ich, doch er war bereits nach rechts ins Gebüsch abgebogen. Eilig heftete ich mich an seine Fersen – und wäre hinter einem Ligusterstrauch fast in ihn hineingerannt, weil er so abrupt stehen geblieben war. Ich starrte an ihm vorbei auf eine Szenerie, die trotz der dürftigen Beleuchtung bestens zu erkennen war. In einer Rosenlaube fummelte Sebastiano an Iphy rum, die mit nacktem Busen vor ihm stand. Ihr Kleid war bis zur Taille heruntergerutscht.

Mir klappte der Mund auf. In meinem Inneren formte sich ein Schrei, aber ich bekam keinen Ton heraus.

»Iphy!«, rief Reggie. »Was tust du da?«

Sebastiano ließ die Hände fallen, als hätte er sich verbrannt. »Es ist nicht das, wonach es aussieht«, leitete er die abgegriffenste Entschuldigung aller Zeiten ein. »Ich wollte ihr nur helfen, das Kleid hochzuziehen. Der Verschluss war aufgegangen.«

Ich holte tief Luft. Einmal, zweimal, und dann noch einmal, es klang fast wie ein Keuchen. Ich fühlte den Puls in meiner Kehle rauschen.

Komm runter, befahl ich mir. Denk nach!

Doch ich konnte nicht verhindern, dass ich mich wie ein erhitzter, aufgeblasener Ballon aus purem Zorn fühlte. Dann sah ich

Sebastianos Gesicht. *Sie könnte nackt vor mir stehen, und sie würde mich trotzdem nicht interessieren.* Ich erinnerte mich überdeutlich an jedes Wort. Und auf einmal konnte ich wieder vernünftig denken und ruhiger atmen.

Er war wirklich nicht der Typ für so was. Ich war zwar ab und zu mal eifersüchtig, aber ich wusste genau, dass es dafür eigentlich überhaupt keinen Grund gab. Außerdem sprach Iphys Gesichtsausdruck für sich – eine Mischung aus Schuldbewusstsein und Triumph. Damit war im Prinzip alles klar. Sie hatte Sebastiano mit einem Trick in diese Gartenlaube gelockt und ihr Kleid runterfallen lassen. Vorher hatte sie natürlich dafür gesorgt, dass Reggie im passenden Moment auftauchte.

Hinter uns näherte sich jemand mit den mir schon vertrauten Trampelschritten. Und richtig, es war George, der gerade rechtzeitig eintraf, um mitzukriegen, wie Iphy sich das Kleid über den Busen zog und ihre aufgelöste Frisur zurechtzupfte, während Sebastiano mit pikierter Miene danebenstand.

»Na, so was«, sagte der Earl perplex.

»Ich erwarte, dass du dich augenblicklich erklärst, Sebastian«, ließ Reggie sich vernehmen. Es klang nicht mal unfreundlich.

»Ich *hab's* doch gerade erklärt. Der Verschluss von ihrem Kleid ging auf, und ich wollte ihr helfen, ihn wieder zuzumachen.«

»Du beliebst zu scherzen.«

»Nicht im Geringsten«, sagte Sebastiano verärgert. »Um es ein für alle Mal klarzustellen – ich habe keinerlei Absichten in Bezug auf deine Cousine. Weder solche, wie du sie mir gerade unterstellst, noch irgendwelche anderen. Sämtliche Aufmerksamkeiten, die ich ihr zuteilwerden ließ, waren nur reine Höflichkeit. Für mich ist sie eine Freundin meiner Schwester, nichts weiter. Iphigenia, falls du das falsch verstanden haben solltest, tut es mir sehr leid.«

Ich atmete tief durch. Endlich! Das konnte jetzt keiner mehr missverstehen!

Doch offensichtlich war die Sache damit nicht ausgestanden. Iphigenia schluchzte filmreif auf und schlug sich die Hände vors Gesicht. Der Earl stotterte irgendwas vor sich hin, von dem ich nur die Satzfetzen »höchst fatale Situation« und »ehrbare Frau in Schande gestürzt« verstand.

»Du weißt, dass das Konsequenzen hat«, sagte Reginald. Sein hübsches Ken-Gesicht hatte einen kalten Ausdruck angenommen.

Sebastiano lachte ungläubig. »Das ist Blödsinn. Wir gehen jetzt einfach alle wieder rein und vergessen das Ganze.«

»Dieser Affront lässt sich nicht vergessen. Die Ehre meiner Cousine steht auf dem Spiel.« Reginald zog sich einen seiner Handschuhe aus und warf ihn Sebastiano vor die Füße.

»Morgen früh um sechs im Hyde Park.« Er wandte sich an George. »Willst du ihm sekundieren?«

»Ich … äh …«, würgte der Earl erschrocken heraus.

»Gut. Bring deine Pistolen mit.« Er legte den Arm um die immer noch schluchzende Iphy und führte sie weg.

»Was hat Castlethorpe da eben gesagt?«, fragte der Earl bestürzt. »Hab's nicht verstanden. Sagte er was von Pistolen? Im Hyde Park? Geht's etwa um ein Duell? Aber gewiss, so muss es sein, denn er warf ja den Fehdehandschuh!« Er straffte sich und blickte mich aufopferungsvoll an. »Selbstverständlich sekundiere ich Ihrem werten Bruder, Lady Anne!«

»Ich glaube, ich spinne«, sagte ich erschrocken. »Das ist ja wohl der Super-GAU!« Meine Worte wurden nicht umgewandelt. Sebastiano warf mir einen raschen Blick zu. Trotz der angespannten Situation war dies die Gelegenheit, auf die er die ganze Zeit gewartet hatte. »Ein Boot, das tauchen kann«, sagte er laut – und verdrehte sofort entnervt die Augen. Wahrscheinlich hatte er versucht, *U-Boot* zu sagen. Immerhin war damit endlich erwiesen, dass George wirklich kein Zeitreisender war. Doch im nächsten Augenblick näherte sich ein ernst dreinblickender junger Mann, und es lag nahe, dass der Translator sich seinetwegen eingeschaltet hatte. Er verneigte sich kurz. »Mein Name ist Rule. Castlethorpe schickt mich. Ich bin sein Sekundant.«

»Ich habe ein ganz schlechtes Gefühl, wenn du da hingehst«, meinte ich gut zwei Stunden später, als wir endlich allein in meinem Zimmer waren. Im Haus war es still, alle hatten sich längst zurückgezogen. Wie immer hatten wir sorgfältig die Tür verriegelt, nur für den unwahrscheinlichen Fall, dass jemand in der Nacht allen Anweisungen zum Trotz in diesem Stockwerk herumlief. Es hätte ja theoretisch auch jemand vom Personal schlafwandeln können.

Ich lag neben Sebastiano im Bett und starrte an die Decke, oder genauer, auf den Baldachin, der vom Kerzenlicht in einladendes Rosa getaucht wurde. Es sah geradezu absurd kitschig aus, aber auch ein kleines bisschen romantisch. Unter anderen Umständen hätte ich das sicher anregend gefunden, doch im Moment war ich einfach nur erledigt und entnervt.

»Du kannst George ja sagen lassen, du hättest Migräne«, schlug ich vor.

»Unfug«, brummte Sebastiano. »Das ganze Duell ist reine Formsache. Reggies Sekundant hat doch erklärt, wie es abläuft.«

»Aber wieso kann man es nicht einfach ausfallen lassen, wenn man sowieso vorhat, danebenzuschießen?«

»So funktioniert nun mal der Kodex. Der Ehre muss Genüge getan werden. Reggie kann sein Gesicht wahren, und Iphy hat zumindest das Gefühl, dass ihre Tugend genug wert ist, um jemandem – zumindest theoretisch – dafür das Lebenslicht auszublasen.«

»Ihre Tugend ist überhaupt nichts wert, und das weiß sie ganz genau«, gab ich grollend zurück. »Sie hat einfach hoch gepokert und verloren.« Ich versagte mir den Hinweis, dass er sich wie ein Idiot benommen hatte (denn das hatte ich ihm schon ungefähr ein Dutzend Mal mitgeteilt), und ich rieb ihm auch nicht nochmals unter die Nase, wie bescheuert es war, auf Iphys Sprüche reinzufallen (»Mir ist ein bisschen schwindlig, ich brauche dringend frische Luft!« – »Oh, ich glaube, ich muss mich setzen, da drüben in der Rosenlaube gibt es eine Bank!«).

»Diese ganze Nummer war doch von vorne bis hinten das reinste Schmierentheater.« Ich schlug mit der flachen Hand auf die Bettdecke. »Die beiden wollten dich vor vollendete Tatsachen stellen und zu einem Heiratsantrag zwingen. Und jetzt sollst du auch noch bei diesem albernen Duell mitmachen, das gar keins ist. Wozu soll das gut sein?«

»In dieser Zeit herrschen nun mal altmodische Vorstellungen von Moral, Anstand und Ehre.«

Dazu fiel mir nichts mehr ein. Bedrückt dachte ich daran, dass unsere Freundschaft mit Reggie und Iphy durch diese blöde Geschichte unwiederbringlich ruiniert war. Die beiden hatten uns alle Türen in die Londoner High Society geöffnet, ohne ihre Hilfe wären wir nie so weit gekommen. Sicher, wir hatten die begehrte Einladung zur Abendgesellschaft des Prinzregenten in der Tasche, darauf war ja letztlich alles hinausgelaufen. Aber es blieb ein bitterer Nachgeschmack. Und das alles nur, weil Sebastiano mir nicht hatte glauben wollen.

»Ich bin ein solcher Idiot«, meinte er unvermittelt.

Immerhin sah er es ein. Es hatte eine Weile gedauert, aber jetzt gab er es wenigstens zu.

»Ich hätte zu George gehen und ihm das Wort direkt ins Ohr sprechen sollen«, sagte er. »Dann hätte Reggies dämlicher Sekundant es gar nicht hören können.«

Ich wandte ihm fassungslos den Kopf zu. »Du glaubst immer noch, dass George seine Schwerhörigkeit nur spielt?«

»Verflucht, ich weiß nicht, was ich glauben soll.« Sebastiano fuhr sich frustriert mit beiden Händen durch die Haare. »Ich will doch bloß nichts übersehen, Anna! Noch einen Fehler wie den mit Iphy kann ich mir nicht erlauben. Was machen wir, wenn George doch einer von den Bösen ist? Der Kerl ist immer in der Nähe, wenn wir auftauchen. Er ist wie ein Schatten. Er sieht alles und hört alles.«

»Er hört eben *nicht* alles, weil er es gar nicht kann.« Doch noch während ich das sagte, erinnerte ich mich, mit welcher Abneigung George den Prinzregenten angesehen hatte. So, als ob er ihn umbringen wollte. In dem Moment hatte ich es für schlichte Eifersucht gehalten, aber woher wollte ich wissen, dass ich damit richtiglag? Und dann war da noch die Sache mit dem verunglückten Heiratsantrag. Ich hatte Sebastiano noch gar nichts davon erzählt, weil er sich schon genug aufgeregt hatte.

Mein Blick fiel auf das Gemälde an der Wand gegenüber. Das Kerzenlicht ließ es noch düsterer und angsteinflößender wirken. Eigentlich hätte ich es längst gern wieder verschwinden lassen. Okay, es war ein echter Turner und damit als Wertanlage mindestens so gut wie eine Gründungsaktie von Apple. Trotzdem war es eine dämliche Idee gewesen, es ausgerechnet im Schlafzimmer aufzuhängen, wo ich es sofort sehen musste, sobald ich mich hinlegte. Doch eine morbide Faszination hinderte mich, es entfernen zu lassen. Jeden Abend vorm Einschlafen schaute ich es an und betrachtete die fliehende Gestalt (*meine* Gestalt!), und dabei war ich erfüllt von dem diffusen Gefühl, sie wollte mir etwas sagen.

Mir irgendwelche Hinweise geben, die ich entdecken würde, wenn ich nur genau genug hinsah.

Wovor läufst du davon?, fragte ich die Gestalt in Gedanken eindringlich. Doch es kam natürlich keine Antwort.

Im Hintergrund tickte die Uhr auf dem Kaminsims. Die Zeiger waren nicht zu sehen, aber ich wusste auch so, wie spät es war – vorhin hatte es vom nahen Kirchturm dreimal leise geläutet. In zwei Stunden mussten wir schon wieder aufstehen, und dabei hatten wir noch keine Minute geschlafen.

Seufzend schmiegte ich mich an Sebastiano. »Bist du überhaupt nicht müde?«

»Hundemüde. Aber mir geht so viel durch den Kopf.« Er beugte sich über mich und ließ einen Schauer kleiner Küsse auf meine Stirn und meine Wange regnen. »Und was ist mit dir?«

»Mir geht auch viel durch den Kopf.«

»Wir könnten versuchen, auf andere Gedanken zu kommen«, schlug er vor.

Der rosa Betthimmel sah auf einmal überhaupt nicht mehr kitschig aus, sondern nur noch romantisch. »Das könnten wir wirklich«, murmelte ich, aber da traf Sebastianos Mund bereits auf meine Lippen, und er fing an, mich richtig zu küssen. Und ab da dachte ich wirklich erst mal an gar nichts mehr.

*

Im Morgengrauen versuchte Sebastiano, sich heimlich wegzuschleichen, doch ich wurde sofort wach, als er aus dem Bett stieg.

»Leg dich ruhig wieder hin«, flüsterte er, während er mit dem altmodischen Feuerzeug – einem luftpumpenartigen Gerät namens *Tachypyrion* – die Lampe anzündete.

Aber ich suchte bereits ein paar Klamotten zusammen. Leider eignete sich nichts von meinem ganzen Zeug wirklich gut für diesen Ausflug. Das olivgrüne Reitkostüm wirkte noch am robustesten, also zog ich es an. Es saß tatsächlich prima, und in dem unwahrscheinlichen Fall, dass ich jemals Lust bekäme, auf ein Pferd zu steigen, hätte ich damit bestimmt eine gute Figur gemacht. Blöd war nur, dass es an der Vorderseite gefühlte tausend Knöpfe hatte, die sich nur in mühsamer Kleinarbeit schließen ließen.

Ich zog mir die bequemsten Stiefeletten aus meinem reichhaltigen Schuhsortiment an und flocht meine Haare zu dem obligatorischen Zopf für schwierige Einsätze. Sebastiano war bereits in seine Sachen geschlüpft. Der Einfachheit halber hatte er das Zeug vom Vorabend angezogen, um keine Zeit zu verlieren. Er benutzte meinen Kamm und rückte sich vor dem Spiegel flüchtig das Halstuch zurecht. »Mir wäre es wirklich lieber, wenn du hierbleibst.«

»Mir aber nicht.«

Damit war alles gesagt. Er wusste, dass er mich nicht umstimmen konnte, daher versuchte er es erst gar nicht. Auf leisen Sohlen gingen wir nach unten. Unsere Annahme, dass alle im Haus noch schliefen, erwies sich allerdings als Irrtum. Aus der Küche im Untergeschoss tönte schon das Klappern von Töpfen, und wir hörten die Köchin schimpfen, die irgendwem befahl, endlich Kohlen holen zu gehen.

Wir kamen trotzdem unbemerkt aus dem Haus. Draußen zog gerade geisterbleich die Morgendämmerung herauf, doch die Sicht war miserabel, denn durch die Straßen wallte dichter Nebel. Es war eine wirklich gruselige Atmosphäre, und wenn ich nicht genau gewusst hätte, dass Jack the Ripper erst in über siebzig Jahren aktiv werden würde, hätte ich wahrscheinlich darauf bestanden, dass Sebastiano vorsorglich den Degen zückte. Den hatte er allerdings gar nicht angelegt, weil in dieser Epoche meist nur

Offiziere einen trugen. Außerdem sollte das Duell (das obendrein nur ein Fake war) ja mit Pistolen ausgetragen werden.

Bis zum Hyde Park war es nicht weit, nur ein kleiner Fußmarsch, gerade lang genug, um sich von der kühlen Morgenluft die nächtliche Erschöpfung aus dem Hirn pusten zu lassen. Unterwegs begegneten wir kaum jemandem. Ab und zu tauchten Gestalten aus dem Nebel auf – ein Mann mit einem Handkarren, ein Reiter, ein Betrunkener –, doch sie wurden auf dieselbe unheimliche und lautlose Weise wieder verschluckt, wie sie erschienen waren.

George und Mr Rule erwarteten uns an der Ecke des Parks, wo in ein paar Jahrzehnten Marble Arch stehen würde, in unmittelbarer Nähe von Speaker's Corner – das es jetzt natürlich auch noch nicht gab. George war mit der Kutsche gekommen, denn bis zum eigentlichen Ort dieser Scharade war es noch ein Stück zu fahren.

Er hielt mir fürsorglich die Tür auf und half mir beim Einsteigen.

»Liebste Anne, Sie hätten zu dieser unseligen Vorführung nicht mitkommen sollen. Dennoch schätze ich mich überglücklich, Sie so bald schon wiederzusehen!« Wahrscheinlich glaubte er zu flüstern, aber natürlich konnte man ihn weithin hören, denn sogar der Kutscher blickte sich neugierig zu uns um.

Kaum waren wir ein Stück gefahren, fing George an, herumzudrucksen, und deutete stockend an, dass er später, wenn alles vorbei war, unbedingt mit Sebastiano unter vier Augen sprechen wolle. Zum Glück kamen wir am vereinbarten Treffpunkt an, bevor er das genauer ausführen konnte, denn Sebastiano machte nicht den Eindruck, als hätte er Lust, sich mit George zu unterhalten, egal worüber.

Reggie wartete bereits auf uns. Mit verschränkten Armen lehnte er am Stamm einer großen Eiche. Sein Pferd hatte er in der

Nähe angebunden. Mittlerweile war es etwas heller geworden, doch der Nebel war immer noch sehr dicht, sodass ich den Ausdruck auf seinem Gesicht nicht richtig erkennen konnte. Aber dann kam er näher, und ich sah, dass seine Miene überhaupt keine Regung zeigte.

»Guten Morgen, Anne. Du siehst mich erstaunt. Die Anwesenheit einer Frau ist … unüblich.«

»Ich wollte aber mit.«

»Verstehe.« Er nickte Sebastiano zu. »Foscary.«

»Bringen wir es hinter uns«, sagte Sebastiano kühl.

Ich war drauf und dran, damit herauszuplatzen, wie bescheuert ich diese ganze Aktion fand. Wozu sollte ein Duell gut sein, bei dem vorher ausgemacht war, dass keiner verletzt werden sollte? Da konnte man es auch gleich ganz sein lassen. Doch diese vernünftige Möglichkeit hatte anscheinend niemand auf dem Radar.

Um der Form Genüge zu tun, gab es sogar zwei Sätze Pistolen. Ein Paar hatte Rule mitgebracht, das andere George, beide scharf geladen und einsatzbereit. Rule klappte seine Kiste auf und hielt sie Sebastiano zur Begutachtung hin, und George tat dasselbe mit seiner. Sebastiano wählte ohne hinzusehen die Waffen von Rule (sein Misstrauen gegenüber George war anscheinend nicht auszurotten), und nachdem er eine der Pistolen aus der Schachtel genommen hatte, ergriff Reginald die zweite und zeigte dann auf eine nebelverhangene Wiese.

»Da drüben auf der freien Fläche«, sagte er. »Gesamtdistanz zwanzig Schritt?« Ironisch fügte er hinzu: »Mehr Sichtweite haben wir sowieso nicht.«

»Soll mir recht sein«, gab Sebastiano zurück. Mir befahl er: »Geh hinter die Kutsche!«

»Aber …«

»Hier stehen Bäume. Es könnte einen Querschläger geben.«

George war derselben Meinung. Er klemmte sich seine unbenutzte Waffenkiste unter den Arm, zog mich hinter die Kutsche und tätschelte tröstend meinen Arm. »Es ist gleich vorbei, meine liebste Anne! Keine Angst vor dem lauten Knall. Ist ja alles bloß Theater.«

»Jeder zehn Schritte, und dann schießen wir sofort ohne Ansage«, hörte ich Reginald sagen. »Einverstanden?«

»Einverstanden«, entgegnete Sebastiano.

Ich lugte am hinteren Trittbrett der Kutsche vorbei und sah gerade noch, wie Sebastiano und Reginald im Nebel verschwanden.

Rule fing an zu zählen. »Eins, zwei, drei …«

Wegen des Nebels war nichts zu sehen. Nicht mal Rule, der immer noch laut zählte. »Sieben, acht, neun, zehn!«

Als er aufhörte, gab es einen ohrenbetäubenden Doppelknall.

»Oh, verdammt!«, rief Rule entsetzt. »Foscary ist getroffen!«

Ich weiß noch, wie ich den Mund zu einem Schrei aufriss, aber es kam nichts heraus, nur ein ersticktes Keuchen. Einen schrecklichen Moment lang war sogar mein Körper gelähmt, ich konnte nicht mal die Hand heben. Doch das dauerte nur den Bruchteil einer Sekunde. Ich stieß George zur Seite und rannte los. Hinter mir hörte ich ihn irgendwas stottern, es klang wie »Furchtbarer Unfall …«, doch den Rest verstand ich schon nicht mehr. Auf dem Weg zu Sebastiano rutschte ich auf der nassen Wiese aus und fiel hin. Ich versuchte, mich hochzurappeln und wurde von George eingeholt, der nach meinem Arm fasste. »Anne …«

Ich stieß ihn abermals weg und rannte weiter. Dann hatte ich Sebastiano erreicht. Er hatte sich auf die Seite gedreht und hielt sich die Schulter. Sogar im schwachen Morgenlicht konnte man sehen, wie bleich sein Gesicht war.

Schluchzend und außer Atem fiel ich neben ihm auf die Knie. Blut quoll unter seiner Hand hervor. »Wie schlimm ist es?«

»Lauf weg!«, brachte er mühevoll hervor. »So schnell du kannst!«

Ich folgte seinem Blick und sah Reginald aus dem Nebel auftauchen. Er kam gemächlich auf uns zu, als hätte er alle Zeit der Welt. Erst in diesem Augenblick verstand ich, was los war – es war gar kein Unfall gewesen. Er hatte Sebastiano absichtlich niedergeschossen.

Schon hatte er uns erreicht und blickte kalt auf Sebastiano hinunter. »Nur die Schulter, hm? Normalerweise treffe ich besser. Hättest du Georges Pistolen gewählt, wärst du jetzt tot. Die von Rule sind nicht ganz so hochwertig. Aber dieser dumme kleine Fehler lässt sich ja noch aus der Welt schaffen.« Seelenruhig ging er um mich herum zu George, der hinter mir stand und Reginald fassungslos anglotzte, auch dann noch, als der ihm die Waffenkiste entriss, die er immer noch unterm Arm klemmen hatte.

Erst als Reginald ein paar Schritte zur Seite ging und die Kiste aufklappte, erwachte ich aus meiner Erstarrung. Mit einem Aufschrei warf ich mich auf ihn. Die Kiste fiel ins Gras, beide Pistolen rutschten heraus. Reginald schlang einen Arm um mich und presste mich hart an sich, während er sich geschmeidig bückte und eine der Waffen aufhob. »Verdammt!«, zischte er wütend neben meinem Ohr. »Was denkst du, wer du bist? Karate Kid oder was?«

Ich erstarrte, als ich begriff, was er da gerade gesagt hatte. Oder hatte ich mich verhört? Doch bei seinen nächsten Worten war jeder Irrtum ausgeschlossen.

»Ups, da hab ich wohl gepennt, wie? Und dabei habe ich die ganze Zeit so gut aufgepasst, kein falsches Wort zu sagen. Hey, Anna, kannst du dich noch an unsere erste Begegnung erinnern? War gar nicht weit weg von hier. Ich hab euch fast umgenietet. Na ja, bloß mit dem Rad. Aber heute mache ich es richtig.«

»Es gibt Zeugen«, stieß ich hervor.

»Rule? Der ist abgehauen, als dein Lover umfiel. Duelle sind verboten, und der Typ ist allergisch gegen Ärger. Um George kümmere ich mich noch. Genauso wie um dich.«

»Ich bring dich um!«, schrie Sebastiano. »Lass sie los, du Drecksack!« Er versuchte, sich hochzustemmen, doch er hatte keine Kraft und fiel wieder auf die Seite. Reginald lachte spöttisch und spannte den Hahn der Pistole.

»George!«, kreischte ich. »Tu was! Steh nicht einfach nur so herum! Hilf mir!«

Mit meinem Geschrei wollte ich nur Reginald ablenken, denn Sebastiano begann gerade, in meine Richtung zu robben. Auf Georges Beistand konnten wir wohl lange warten. Wenn ich jemals einen Menschen gesehen hatte, der bis oben hin die Hosen voll hatte, dann George. Alles, wozu er sich bisher aufgerafft hatte, bestand darin, ein paar Schritte zurückzuweichen und sich Hilfe suchend umzusehen.

Ich knallte Reginald mit aller Macht meinen rechten Absatz auf den Fuß. Er stöhnte auf, ließ mich aber nicht los. Die nächste Maßnahme wäre gewesen, ihm den Ellbogen zwischen die Rippen zu donnern, doch er hielt mit unerbittlichem Griff meine Arme umklammert. Wenn es hart auf hart kam, waren Männer leider viel stärker als Frauen. Ich hieb mit dem Hinterkopf gegen sein Kinn, aber anscheinend kannte er auch diesen Trick, denn ich erwischte ihn nicht.

Dann zielte er auf Sebastiano und drückte ab.

»Nein!« Mein Aufschrei fiel mit dem Klicken zusammen, das vom Abzug der Pistole kam. Das Zündpulver musste im Gras nass geworden sein. Fluchend warf Reginald die Pistole weg und wollte sich nach der anderen bücken, doch mittlerweile war Sebastiano nah genug herangekommen; er streckte den unverletzten Arm aus und schnappte sich die zweite von Georges Duellpistolen, ehe Reginald danach greifen konnte. Dann rollte er sich blitzartig auf den Rücken, spannte den Hahn und nahm Reginald ins Visier.

Der kapierte sofort, dass er verloren hatte, und trat den Rückzug an. Aber er hatte mich immer noch im Schwitzkasten und zerrte mich mit sich, sodass er hinter mir in Deckung bleiben konnte. Nachdem er mich ungefähr ein Dutzend Meter weit durchs Gelände geschleift hatte, stieß er mich hart gegen einen Baum und knallte dabei meinen Kopf gegen den Stamm.

»Du Miststück, das wirst du büßen«, sagte er wütend. Er schlug mir brutal in den Magen und fing dann an, mich zu würgen. Mir blieb die Luft weg, gleichzeitig war ich aufgeputscht von Adrenalin und Todesangst und wehrte mich aus Leibeskräften gegen seinen Angriff. Ohne zu zögern verpasste ich ihm einen Fausthieb gegen die Nase, blitzartig und schräg von unten herauf, genauso, wie es uns in dem Kurs in der Schule gezeigt worden war. Ich wurde mit einem befriedigenden Knacken belohnt. Anschließend wäre der Kniestoß in die sensiblen männlichen Teile drangekommen, doch im nächsten Moment ertönte Hufschlag. Zwei Reiter tauchten auf dem nahe gelegenen Weg auf, und Reginald zog es vor, das Feld zu räumen, bevor sie auf uns aufmerksam werden konnten. Innerhalb weniger Augenblicke war er im dichten Nebel verschwunden.

»Ich finde, es sieht schon viel besser aus«, sagte ich. Dabei musste ich mir Mühe geben, meine Stimme sachlich klingen zu lassen und nicht gleich wieder in Tränen auszubrechen. Obwohl es diesmal Tränen der Erleichterung gewesen wären, ganz im Gegensatz zu meinen Heulanfällen in den ersten Tagen nach dem niederträchtigen Mordanschlag. Da hatte ich die meiste Zeit nur dagesessen und um Sebastianos Leben gezittert, denn anfangs hatte es ziemlich schlecht für ihn ausgesehen. Der Arzt hatte sein Bestes getan, aber obwohl er alle Vorsichtsmaßnahmen beachtet hatte, zu denen ich ihn gezwungen hatte, hatten wir beide nicht verhindern können, dass die Verletzung anfing zu eitern und das Fieber in Sebastianos Körper wütete. Zum Glück lag das jetzt hinter ihm.

»Die Entzündung ist abgeklungen«, stimmte der Arzt mir zu. Er hieß Doktor Stanhope, war ein schnurrbärtiger Herr um die fünfzig und galt als einer der besten Chirurgen Londons. Tatsächlich hatte er seine Sache richtig gut gemacht, jedenfalls war das meine Meinung, denn er hatte die Kugel fachmännisch herausoperiert und die Wunde schön glatt vernäht. Die Narbe würde später einmal nicht allzu schlimm aussehen, jedenfalls nicht schlimmer als die anderen, die Sebastiano schon aus seinen diversen Zeitwächter-Einsätzen mit nach Hause gebracht hatte. Die Einschussstelle befand sich ganz dicht neben jener, die er von unserem Einsatz in Paris im vorletzten Jahr davongetragen hatte.

»Es heilt sehr gut«, befand Dr. Stanhope, während er die Hand ausstreckte, um die Wunde an Sebastianos Schulter zu betasten. Ich schlug ihm reflexartig auf die Finger.

»Nicht ohne Schnaps«, fauchte ich ihn an.

Sebastiano grinste. Der Arzt machte ein gekränktes Gesicht. Ich hatte es schon wieder gewagt, seine fachliche Kompetenz infrage zu stellen. Doch weil er für Sebastianos Behandlung eine Menge Geld einsackte, nahm er Rücksicht auf meine exzentrischen Anwandlungen und bemühte sich sogar um ein verständnisvolles Lächeln, als ich ihm eine Ladung Gin über die Hände schüttete. Ähnlich akribisch hatte ich von Anfang an die Anwendung aller Instrumente sowie des Verbands- und Nahtmaterials überwacht. Alles, was mit der Wunde in Berührung kam, hatte ich eigenhändig desinfiziert. Die Leinenbinden und Mulltupfer hatte ich ausgekocht und heiß gebügelt, und jeder, der für irgendwelche Pflege- und Hilfsmaßnahmen Hand anlegte, hatte sich mit heißem Wasser und Kernseife die Hände waschen müssen. Dr. Stanhope durfte den Patienten nur berühren, wenn er sich vorher mit einem ordentlichen Quantum Gin die Finger abgerieben hatte. In Sebastianos Schlafzimmer stank es wie in einer Schnapsbrennerei – ein geringer Preis für die Einhaltung lebenswichtiger Hygienemaßnahmen.

Nachdem Dr. Stanhope die Visite für beendet erklärt und sich empfohlen hatte, setzte ich mich zu Sebastiano ans Bett und nahm seine Hand.

»Wenn wir lebend aus dieser ganzen Sache herauskommen und es nach Hause schaffen, hören wir damit auf«, teilte ich ihm mit.

»Womit?« In seinen Augen funkelte ein kleines Lächeln. Der letzte Fieberschub lag erst zwei Tage zurück, doch seine Miene ließ keinen Zweifel daran, dass er das Schlimmste überstanden hatte. »Etwa mit dem Zeitreisen? Das kann nicht dein Ernst sein.«

»Ist es aber. Ich habe genug davon, dass du mindestens einmal im Jahr angeschossen oder mit Messern traktiert wirst. Damit muss Schluss sein. Schließlich sollen meine Kinder mit einem Vater aufwachsen.«

»Oh«, sagte er nachdenklich. »Über Kinder hatten wir noch gar nicht gesprochen.«

»Haben wir wohl«, korrigierte ich ihn. »Wir haben mal gesagt, dass wir irgendwann welche wollen.«

»Stimmt«, meinte er interessiert. »Gute Idee eigentlich. Wann legen wir los?«

Ich schlug ihm auf die Hand, die sich irgendwie in Richtung meines Ausschnitts verirrt hatte. »Das kannst du die nächste Zeit vergessen. Dr. Stanhope hat gesagt, dass du noch eine Woche liegen bleiben und jede Anstrengung vermeiden sollst.«

»Ich liege schon seit einer Woche im Bett und habe allmählich die Nase voll davon.«

»Du wärst fast gestorben«, hielt ich ihm vor, und diesmal klang meine Stimme nicht sachlich, sondern zittrig.

Er beugte sich vor und küsste mich sanft. »Ich weiß. Es tut mir leid.«

Er machte sich immer noch Vorwürfe, weil er meine Warnungen wegen Iphy in den Wind geschlagen und Reginalds Plänen damit Vorschub geleistet hatte. Dabei lag auf der Hand, dass diesem Mistkerl jeder Anlass recht gewesen wäre. Er hatte wahrscheinlich von Anfang an eine Möglichkeit gesucht, Sebastiano aus dem Weg zu räumen, und ich wäre jede Wette eingegangen, dass er bereits auf die nächste Gelegenheit lauerte.

Seit dem Duell war er spurlos verschwunden. In der Öffentlichkeit konnte er sich nicht mehr blicken lassen, dafür hatten wir immerhin gesorgt: Reginald Castlethorpe wurde wegen versuchten Mordes gesucht. Alle Welt glaubte, dass er auf den Kontinent geflüchtet war, so wie es in dieser Epoche die meisten adligen Verbrecher taten, nach denen gefahndet wurde. Doch uns war klar, dass er in irgendeinem Versteck in der Nähe hockte und darauf wartete, dass seine Zeit kam.

Aber diesmal waren wir nicht schutzlos. Mr Scott hatte uns auf meine Bitte hin zwei zuverlässige Leibwächter besorgt, die unauffällig und in ständigem Wechsel das Haus bewachten, damit sich keine verdächtigen Gestalten nähern konnten. Die beiden waren ehemalige *Bow Street Runner*, das war so eine Art historisches CSI – in der Bow Street saß in dieser Epoche nämlich die Londoner Kripo. Mit derart kompetenten Leuten im Hintergrund fühlte ich mich gleich ein bisschen sicherer. Und mit Mr Fitzjohn ebenfalls. Er sorgte in seiner unerschütterlich ruhigen Art dafür, dass nur Leute ins Haus kamen, die sich vorher persönlich angemeldet hatten und über jeden Zweifel erhaben waren. Aber sogar von denen ließ er noch lange nicht jeden herein. George Clevely hatte beispielsweise schon dreimal vorgesprochen, beim letzten Mal sogar angeblich unter Tränen (jedenfalls hatte Mr Fitzjohn das angedeutet), doch ich hatte ihn nicht sehen wollen. Nachdem der Earl sich während des Duells wie der letzte Feigling benommen hatte, war er menschlich bei mir unten durch. Sebastiano hatte ihn außerdem immer noch in Verdacht, möglicherweise mit Reginald unter einer Decke zu stecken. Allerdings gingen unsere Meinungen in diesem Punkt auseinander, denn ich hatte an jenem unglückseligen Morgen Georges kreidebleiches, zutiefst verängstigtes Gesicht gesehen und mitgekriegt, wie seine Hände gezittert hatten, als Reginald ihm die Waffenkiste weggenommen hatte. Ein Komplize hätte sich bestimmt anders verhalten.

George war jedoch im Moment eines unserer kleineren Probleme. Es gab ein anderes, das weit wichtiger war und über das ich schon seit Tagen nachdachte. Ich hatte sogar schon einen Plan, wie ich es lösen konnte. Sebastiano wusste allerdings noch nichts davon. Schließlich war er noch bettlägerig.

»Woran denkst du gerade?«, wollte er wissen.

»An nichts«, behauptete ich.

»Falsche Antwort. Ich kenne diesen Gesichtsausdruck. Den hast du nur, wenn du irgendwas ausheckst und mir nichts davon sagst.«

»Das ist Blödsinn«, log ich. »He, du musst im Bett liegen bleiben!«, rief ich erschrocken, als er Anstalten machte aufzustehen.

»Auch bei Bettlägerigkeit gibt es gewisse Einschränkungen, die ein Mann nur für begrenzte Zeit ertragen kann. Zum Beispiel das da.« Er zeigte gebieterisch auf den hässlichen, blechernen Gegenstand seiner Abneigung. »Tu das Ding weg, ich will es nie wieder sehen.«

Ich ignorierte die Bettpfanne und sprang auf, um ihn zu stützen, doch das lehnte er ab. »Ich kann allein gehen«, erklärte er. Tatsächlich war er zu meinem Erstaunen recht sicher auf den Beinen, und mir wurde klar, dass er schon vorher aufgestanden sein musste. Wahrscheinlich mithilfe von Meeks, der ihm in den letzten Tagen auch bei der Körperpflege geholfen hatte. »Und ich will heute was Anständiges essen«, teilte er mir mit, schon auf halbem Weg zum Klo. »Diese ewige Hühnerbrühe kommt mir bald zu den Ohren raus.«

Das war ein gutes Zeichen! Ich vergaß meine Besorgnis und eilte nach unten, um bei Mrs Fitzjohn ein großes Steak fürs Abendessen zu ordern. Kaum hatte ich das erledigt, trat Mr Fitzjohn auf mich zu und hielt mir das obligatorische kleine Silbertablett entgegen, auf dem eine zusammengefaltete Nachricht lag.

»Schon wieder der Earl?«, fragte ich entnervt.

»Nein, diesmal ist es Lady Winterbottom.« Diskret deutete Mr Fitzjohn zur Haustür. »Sie wartet draußen auf Antwort.«

Ich klappte den Brief auseinander. Er bestand nur aus einem Satz.

Liebe Anne, mit der flehentlichen Bitte um Vergebung ersuche ich dich inständig um eine Unterredung. I. W.

Diese Zicke! Sie traute sich ernsthaft noch mal her! Spontan wollte ich Mr Fitzjohn bitten, sie wegzuschicken, doch dann hielt ich inne. »Bringen Sie sie in den Empfangssalon.«

Mr Fitzjohn wirkte leicht überrascht, fing sich aber sofort wieder und verneigte sich. »Wie Mylady wünschen.«

Im Salon stellte ich mich ans Fenster und wartete darauf, dass Mr Fitzjohn Iphy hineinführte. Sie betrat den Raum zögernd und blieb unsicher stehen, bis Mr Fitzjohn leise die Tür hinter sich zugezogen hatte.

»Guten Tag, Anne«, sagte sie leise.

Ich nickte höflich und deutete auf einen Sessel. »Nimm doch Platz. Möchtest du eine Erfrischung?«

Sie schüttelte nur stumm den Kopf und blieb stehen, womit ich Gelegenheit bekam, ihre wie immer perfekte Erscheinung zu registrieren. Heute war sie deutlich weniger farbenfroh gekleidet als sonst. Sie trug ein schlicht geschnittenes Ensemble aus rauchgrauem Crêpe de Chine und dazu ein anthrazitfarbenes Hütchen mit nur einer einzigen schmalen Schleife. Hätte sie nicht trotzdem so elegant und makellos schön ausgesehen, hätte man beinahe glauben können, sie wolle quasi in Sack und Asche gehen.

»Ich hörte, dass dein Bruder auf dem Wege der Besserung ist«, sagte sie. »Darüber bin ich sehr, sehr froh.«

Ich nickte und fragte mich, was als Nächstes kam.

»Anne, als ich hörte, was Reginald getan hat, konnte ich es nicht fassen. Dass er zu solch einer Niedertracht fähig wäre ...«

»Seit wann kennst du Reginald eigentlich?«, fiel ich ihr ins Wort.

Sie wirkte ein wenig verwirrt. »Wie seltsam, dass du mich das fragst. Genau dasselbe überlegte ich dieser Tage nämlich auch. Er kam letztes Jahr vom Kontinent zurück, aus dem Krieg gegen die Franzosen, und ich weiß noch, wie er mich besuchte und wie ich mich darüber freute, meinen lieben Cousin endlich wiederzusehen. Doch wenn ich nun rückblickend alles bedenke ... Meine Erinnerung ... irgendwie scheint sie Lücken aufzuweisen, denn mir sind gar keine früheren Begegnungen eingefallen, und das finde ich wirklich sehr eigenartig.« Sie wischte sich kurz über die Stirn, als müsste sie etwas von dort entfernen. »Ich will nicht an ihn denken, irgendwie fühlt sich das so seltsam und unbehaglich an.«

Etwas in der Art hatte ich schon vermutet. Jemand hatte sie massiv manipuliert, damit sie glaubte, Reginald sei ihr Cousin. Oder vielleicht war sie sogar – und bei dieser Vorstellung wurde mir mulmig – insgesamt nur eine illusorische Existenz, so wie die Ehefrau von Mr Stephenson, die sich in Luft auflösen würde, sobald es ihn nicht mehr gab.

»Anne, ich bin hergekommen, weil ich dich und deinen Bruder um Vergebung bitten möchte.« Und dann brach es förmlich aus ihr heraus. »Mir war nicht klar, dass ich von falschen Voraussetzungen ausging! Ich hatte so sehr gehofft, dass er und ich …« Sie stockte, und ihre veilchenblauen Augen füllten sich mit Tränen. »Gott steh mir bei, aber ich habe mich auf Anhieb in deinen Bruder verliebt. Ich bildete mir ein, wenn ich nur ein kleines bisschen nachhelfe, würde er sich mit mir verloben, und alles wäre gut! Oh, Anne! Was hätte ich darum gegeben, ihn glücklich zu machen! Ich wollte nur sein Bestes, das musst du mir glauben! All diese dummen kleinen Gänse, die derzeit auf dem Londoner Heiratsmarkt zu haben sind, hätten ihn nicht annähernd so gut verstanden wie ich! Glaub mir, Anne, ich wollte nie etwas anderes als ihm eine gute Frau zu sein! Sein Geld, sein Titel – all das war mir letztlich völlig egal! Aber hätte ich … hätte ich geahnt, was für schreckliche Konsequenzen aus meinem Handeln erwachsen, hätte ich doch niemals …« Sie hielt aufschluchzend inne und drückte sich ein Spitzentaschentuch vors Gesicht.

Erschrocken hatte ich ihrem Gefühlsausbruch zugehört. Berechnend klang das wirklich nicht, im Gegenteil – ich konnte alles nur zu gut nachfühlen. Es wäre gar nicht normal gewesen, wenn sie sich *nicht* in Sebastiano verliebt hätte. Und sie war ja nun mal davon ausgegangen, dass er eine Frau suchte, schließlich war das die offizielle Version gewesen. Im Grunde hatte sie nichts Schlimmes getan. Dass Reginald diese ganze Sache forcieren und dann auch noch als Vorwand benutzen würde, um Sebastiano aus dem Weg zu räumen, konnte sie ja nicht wissen. Das musste sie genauso erschüttert haben wie mich.

»Highspeed-DSL«, sagte ich. Nur vorsorglich, man konnte ja nie wissen. Es wurde in *Schnelle Verbindung* umgewandelt, und ich atmete verstohlen auf. Ich meinte zwar mich zu erinnern, dass der Translator in Iphys Anwesenheit schon ein- oder zweimal Wörter von mir angepasst hatte, aber sicher wusste ich es nicht mehr. Jetzt hatte ich die Gewissheit: Sie spielte mir definitiv nichts vor.

»Eine schnelle Verbindung«, wiederholte Iphy. »Oh, Anne, wie recht du hast! Das trifft genau das, was ich mir mit Sebastian erhoffte!« Iphy tupfte sich das tränennasse Gesicht ab. Sie gehörte zu der seltenen Spezies von Frauen, die auch verheult noch bildhübsch aussehen. »Es war von meiner Seite aus eben Liebe auf den ersten Blick.«

»Äh … ja«, brachte ich lahm hervor. »So was gibt es manchmal.«

Hoffnung leuchtete aus ihren großen feuchten Augen. »Vielleicht, wenn wir eine Weile warten und alles etwas langsamer angehen lassen …«

»Schlag ihn dir ein für alle Mal aus dem Kopf«, sagte ich streng. »Er liebt eine andere.«

Ihr Mund rundete sich zu einem erstaunten Oh. »Wirklich?« Dann nickte sie langsam. »Natürlich. Das würde alles erklären. Wie abwesend er manchmal wirkte, obwohl ich direkt vor seiner Nase war …« Sie unterbrach sich und fügte ein wenig vorwurfsvoll hinzu: »Du hättest das mir gegenüber ruhig einmal andeuten dürfen, weißt du. Dann hätte ich mich gewiss nicht auf diese Weise lächerlich gemacht.«

»Es musste geheim bleiben.«

»Oh!« Ihre Nasenlöcher blähten sich leicht, als hätte sie eine besonders aufregende Spur gewittert. »Wer ist es?«

»Ich kann es dir nicht sagen, denn dann wäre es ja nicht mehr geheim.«

Sie fing an zu überlegen. »Mit Sicherheit ist es keine von den Debütantinnen bei Almack's, denn denen hat er keinen zweiten Blick gegönnt, obwohl sie sich ihm wie Perlen an der Schnur darboten. Warte … ist es eine verheiratete Frau?«

»Nein«, sagte ich entrüstet.

»Dann muss es eine Bürgerliche sein!«, versetzte Iphy triumphierend. »Jemand ohne Rang und Namen!« Im nächsten Augenblick zog sie die Stirn kraus. »Ihr seid doch erst vor wenigen Wochen von den Antillen gekommen. Wie konnte er da so schnell … Ah! Sie stammt von dort!« Eindringlich blickte sie mich an. »Habe ich recht? Liebt er eine Frau aus eurer Heimat?«

»Ja, genau, und zwar schon seit Jahren«, platzte ich heraus, bevor ich mich zurückhalten konnte. Aber dann begriff ich, dass ich mich gar nicht zurückhalten *wollte*, im Gegenteil. Höchste Zeit, für klare Verhältnisse zu sorgen. »Er ist verrückt nach ihr und wird nie eine andere lieben können«, erklärte ich nachdrücklich.

»Und er konnte nicht um sie anhalten, weil sie aus dem niederen Volk stammt«, hauchte Iphigenia mit großen Augen. »Ist sie etwa … eine Sklavin?«

Wenn, dann war ich höchstens eine Sklavin meiner Gefühle. Ich schüttelte wortlos den Kopf.

»Aber jemand ohne Rang und Geld, nicht wahr?«

»So in etwa. Auf jeden Fall liebt er sie mehr als sein Leben.«

»Ich verstehe. Nun wird mir manches klar.« Iphigenia ließ den Kopf hängen. »All die Gerüchte, er wolle in London eine geeignete Ehefrau suchen … da habe ich mich wohl blenden lassen. Hätte ich die Wahrheit doch nur früher gekannt. Uns allen wäre so viel Ärger erspart geblieben.«

»Er hätte wohl besser etwas durchblicken lassen«, stimmte ich zu.

Unter immer noch nassen Wimpern warf sie mir einen flehenden Blick zu. »Anne, glaubst du, ihr beide könnt mir verzeihen?«

»Also, ich auf jeden Fall«, erwiderte ich großzügig. Ich deutete auf das Sofa. »Setz dich doch endlich. Dann können wir uns besser unterhalten. Ich werde Mrs Fitzjohn bitten, uns Tee zu bringen.«

Als sie eine Stunde später wieder ging, hatte ich mich vollständig mit ihr ausgesöhnt. Sie war wieder ganz die alte Iphy, fröhlich und kaufsüchtig (sie wollte mich gleich am nächsten Morgen für einen ausgedehnten Einkaufsbummel abholen), und ich selbst befand mich im Besitz der Informationen, die mir noch gefehlt hatten. Nun konnte ich meinen Plan in die Tat umsetzen.

*

Sebastiano erzählte ich natürlich nichts davon, denn dann hätte ich das Ganze vergessen können, bevor ich überhaupt damit loslegte. Weil er schon am Nachmittag misstrauisch geworden war, obwohl ich da noch in der Planungsphase gesteckt hatte, ließ ich mich für den Rest des Tages einfach nicht mehr in seinem Zimmer blicken. Anderenfalls hätte er garantiert gemerkt, dass ich kurz davor war, in die Realisierungsphase einzutreten. Ich ging ihm nur noch kurz Gute Nacht sagen, nachdem Meeks ihn bereits in ein frisches Nachthemd gesteckt und ihm liebevoll das Haar gebürstet hatte (im Brutus-Stil). Vorher hatte er ihm das Essen im Bett serviert und ihm das Steak klein geschnitten, und wahrscheinlich hätte er ihn sogar damit gefüttert, wenn Sebastiano ihn nicht vorübergehend rausgeworfen hätte. Den genauen Hergang hatte ich nicht mitgekriegt, nur Meeks gekränkte Miene, als er vor Sebastianos Zimmer im Gang wartete, während Sebastiano drinnen fluchte, dass er verdammt noch mal kein Baby sei, das nicht allein die Gabel halten könne, und dass dies zum Teufel das allerletzte Mal sei, dass er im Bett aß.

Meeks stand mit leidender Miene neben der Tür. Er konnte es ganz schlecht verkraften, dass ich mich so oft in den geheiligten Gefilden eines männlichen Schlafzimmers aufhielt. Und dabei hatte ich sowieso schon andauernd seine angestammte Ehre als Kammerdiener mit Füßen getreten, weil ich mir angemaßt hatte, ihn bei sämtlichen Waschungen und sonstigen hygienischen Angelegenheiten Seiner Lordschaft mit Adleraugen zu überwachen. Er hatte keinen Handgriff tun dürfen, ohne dass ich danebenstand. Das setzte ihm schwer zu, und er sagte gern Dinge wie: »Vielleicht sollten Ihre Ladyschaft lieber kurz hinausgehen, während ich Seine Lordschaft rasiere« oder »Die Benutzung der Bettpfanne könnte für die empfindsamen Augen einer jungen Lady ein großer Schock sein.«

Dass er sich heute ganz allein um Seine Lordschaft hatte kümmern dürfen, hatte seinen Groll anscheinend nicht zum Verschwinden gebracht, denn er behielt mich argwöhnisch im Auge und ließ einen schmerzlichen Laut hören, als ich Sebastiano über das frisch frisierte Haar strich.

»Ist alles in Ordnung?«, fragte Sebastiano mich. »Du kommst mir … angespannt vor.« Er wirkte bereits schläfrig, was kein Wunder war – ich hatte dafür gesorgt, dass in seiner letzten Tasse Tee ein paar Tropfen Laudanum waren. Nicht viel, nur gerade genug, dass er schön müde war und gar nicht auf die Idee kam, es könnte irgendwas nicht stimmen.

»Alles bestens. Morgen gehe ich übrigens mit Iphy einkaufen. Wir haben uns sozusagen wieder vertragen. Sie war an der ganzen Sache mehr oder weniger unschuldig. Es ist genau so, wie ich schon vermutet hatte – du weißt schon.« Ich warf ihm einen bedeutungsvollen Blick zu, doch ihm fielen schon die Augen zu. Ich küsste ihn auf die Stirn, dann eilte ich zurück in mein Zimmer. Bridget hatte ich schon eine Stunde früher als üblich hoch in ihre eigene Kammer geschickt und ihr ein Kleid zum Flicken mitgegeben, bei dem ich absichtlich den Saum zerrissen hatte. Sonst hätte sie mich garantiert wieder verdächtigt, sie loswerden zu wollen. Dank dieser Zusatzaufgabe konnte diese Sorge gar nicht erst aufkommen. Ich hörte, wie sie auf dem Weg zur Treppe mit sich selbst über ihr Lieblingsthema sprach.

»Ich bin so froh, dass Mylady mich braucht und mir sogar am Abend noch Arbeit gibt! Auch wenn ich dafür diesen grässlichen Saum nähen muss und mir die Augen damit verderbe. Aber was bleibt mir übrig, denn wenn ich es ablehne, wird sie mich bestimmt vor die Tür setzen. Himmel, habe ich es gut, dass ich das Kleid säumen darf!«

Irgendwann hörte ich auch Meeks nach oben gehen, und schließlich wurde es still im Haus. Ich wartete bis Mitternacht, dann brach ich leise und heimlich auf.

Draußen vor dem Haus geschah jedoch etwas, womit ich nicht gerechnet hatte. Ein Mann trat mir mit gezückter Pistole in den Weg.

»Stehen bleiben, oder es knallt!«, sagte er barsch.

Ich erschrak heftig, bis ich kapierte, wer da vor mir stand. »Pst«, sagte ich und legte den Finger auf die Lippen. »Ich bin's nur.«

»Lady Foscary«, erwiderte der Bow Street Runner verdutzt. »Meiner Treu, ich hätte Sie fast erschossen! Man erkennt Sie gar nicht in diesen Sachen!«

Ich versuchte, mich an seinen Namen zu erinnern. Es gab nur

zwei Möglichkeiten: entweder Smith oder West, aber die beiden Typen sahen sich mit ihren Backenbärten und den dunklen Anzügen so ähnlich, dass man sie kaum auseinanderhalten konnte.

»Alles in Ordnung, Mr Smith«, sagte ich aufs Geratewohl. »Es ist bloß eine Wette. Deshalb habe ich mich auch verkleidet.« Genau genommen hatte ich eine Livree und eine Kappe von Cedric aus der Wäschekammer gestohlen und gab nach meinem Dafürhalten einen passablen Diener ab, zumindest optisch.

»West«, korrigierte der Bow Street Runner. »Ich heiße West. Von welcher Wette sprechen Sie?«

»Von der, die ich mit Seiner Lordschaft abgeschlossen habe. Wir haben gewettet, ob ich unbemerkt aus dem Haus und an Ihnen und Mr Smith vorbeikomme.«

»Niemand kommt an uns vorbei.«

»Dasselbe habe ich auch gesagt. Ich habe zehn Pfund darauf gesetzt.«

»Dann haben Sie wohl gewonnen, Mylady. Aber jetzt sollten Sie wieder reingehen. So spät in der Nacht treibt sich allerlei gefährliches Gelichter draußen herum.«

»Das stimmt. Wo ist eigentlich Mr Smith?«

»Hinterm Haus. Wir sichern alle Seiten ab.«

»Gut zu wissen. Na, dann gehe ich jetzt mal wieder rein.«

Danach war eine kurze Abwandlung des Plans angesagt. Jetzt musste ich mir zuerst überlegen, wie ich überhaupt ungehindert wegkam, eine ärgerliche Verzögerung. Doch ich fand ziemlich schnell eine Lösung und war sehr stolz auf mich, dass ich noch auf dem Weg zur Haustür darauf kam, obwohl es im Grunde das abgedroschenste aller Ablenkungsmanöver war. Man sah es in jedem dritten Film – der geworfene Stein. Ich wartete einfach, bis Mr West mir den Rücken zudrehte, dann bückte ich mich, hob ein Steinchen von der Straße auf und schleuderte es in das umzäunte, begrünte Rondell, das sich in der Mitte des Platzes befand. Mr West fuhr sofort herum.

»Ich glaube, da war jemand«, sagte ich leise. »Ich habe eine Gestalt in den Büschen gesehen!«

Er kam mit gezückter Pistole näher und äugte wachsam über den Zaun. »Gehen Sie besser rasch ins Haus, Mylady.«

»Natürlich. Ich bin schon so gut wie drinnen.«

Rückwärts gehend entfernte ich mich von ihm, während er begann, hoch konzentriert das Gebüsch in dem kleinen Park zu inspizieren. Irgendwann geriet er außer Sicht. Auf diesen Moment hatte ich gewartet. Sofort drehte ich mich um und huschte auf leisen Sohlen (ich hatte extra weiche Slipper angezogen) die nächtliche Straße entlang. Wenn Mr West mit der Durchsuchung des kleinen Parks fertig war, würde er denken, ich sei wieder ins Haus gegangen, und alles hatte seine Ordnung. Mich kostete es zwar einen Umweg, weil ich erst einen Bogen schlagen musste, doch das war nur eine kleine Unannehmlichkeit – abgesehen von dem riesigen Hundehaufen, in den ich unterwegs mit dem linken Fuß hineintrat, und leider auch abgesehen von der Scherbe, an der ich mir die dünne Ledersohle meines rechten Schuhs und gleichzeitig ein Stück der darunter befindlichen Haut aufschlitzte. Es tat scheußlich weh, und den Rest des Weges musste ich humpeln. Aber ich unterdrückte den Schmerz heroisch. Gemessen an dem, was Sebastiano letzte Woche durchgemacht hatte, war das eine Bagatelle.

Es dauerte eine Weile, bis ich Reginalds Haus fand, obwohl Iphy es mir sehr gut beschrieben hatte. Natürlich hatte ich sie nicht direkt darüber ausgefragt, sondern ganz beiläufig (»Wer kümmert sich eigentlich jetzt um sein Haus, während er auf der Flucht ist? Und wo genau befindet sein Haus sich gleich noch mal?«). Sie hatte zwar einmal erwähnt, dass er in der Wimpole Street lebte, aber die war ziemlich lang.

Iphy hatte mir, mitteilsam, wie sie war, umgehend das nötige Wissen verschafft. Und mir damit, ohne es zu wissen, zugleich den noch fehlenden Anstoß gegeben, mein Vorhaben so schnell wie möglich in die Tat umzusetzen, denn besser als im Moment konnten die Voraussetzungen gar nicht sein.

»Ich hörte, er hat alle Diener entlassen. Das Haus steht also jetzt völlig leer. Wahrhaftig ein Jammer, denn es ist so schön! Ein prachtvolles Gebäude mit griechischen Pilastern und einem richtigen kleinen Renaissanceturm.«

Ich musste ein gutes Stück laufen, und mein Fuß schmerzte immer heftiger, aber schließlich entdeckte ich im matten Licht einer Laterne doch noch das Haus mit besagtem Turm. Es war wirklich ein schönes Anwesen. Wer immer Reginalds Mentor war – er hatte nicht gespart, genauso wenig wie José bei uns.

José … Wo er wohl jetzt steckte? Ob er eine Vorstellung davon hatte, was in der Zwischenzeit alles geschehen war? Sebastiano war trotz seiner Verletzung immer noch zuversichtlich, er beharrte darauf, dass es nicht mehr lange dauern würde, bis der Alte wieder auftauchte, doch ich war nicht annähernd so überzeugt davon wie er.

Vielleicht kehrte meine Zuversicht zurück, wenn ich die Maske wieder in Händen hatte. Und genau deshalb war ich in dieser Nacht hier – ich setzte meine ganze Hoffnung darauf, dass Reginald die Maske in seinem Haus versteckt hatte. Doch als ich nun direkt davorstand und es im Licht der gelblich leuchtenden Straßenlaterne betrachtete, sank mir ein wenig der Mut. Woher wollte ich wissen, dass er die Maske nicht einfach mitgenommen hatte? Die banale Antwort lautete: Ich hatte das *Gefühl*, dass sie hier war. Genauer hätte ich es nicht beschreiben können. Und das musste reichen. Jedenfalls war es genug, um den Versuch zu wagen, sie mir zurückzuholen.

Bloß war das Haus in meiner Vorstellung nicht ganz so riesig gewesen. Es war wirklich gewaltig, bestimmt so groß wie unser Haus am Grosvenor Square. Theoretisch konnte ich, wenn Reginald die Maske gut versteckt hatte, wochenlang danach suchen, ohne sie zu finden.

Ich atmete durch und beschloss, mir darüber jetzt keine Gedanken zu machen, denn sonst hätte ich es gleich bleiben lassen können. Stattdessen befasste ich mich mit der Frage, wie ich in das Haus hineinkam. Logischerweise versuchte ich es erst mal vom Garten aus.

Zu meiner Erleichterung entdeckte ich auf der Rückseite des Gebäudes an einer Terrassentür recht schnell einen Fensterladen, der sich ganz leicht aufklappen ließ. Ebenso problemlos gelangte ich anschließend ins Haus: Ich zog meine Jacke aus, wickelte sie um meinen Arm und schlug mit dem Ellbogen die Scheibe ein. Das Glas zerbrach beinahe geräuschlos und vor allem sofort – die Erfindung von Sicherheitsglas lag noch weit in der Zukunft; die dünnen Scheiben dieser Epoche hielten nicht viel aus. Nach kurzem Gefummel fand ich den Türgriff und legte ihn um. Damit stand einem nächtlichen Einbruch nichts mehr im Wege. Ich hielt die kleine Laterne, die ich extra zu diesem Zweck mitgebracht hatte, in die Höhe und achtete darauf, nicht schon wieder auf Scherben zu treten, als ich den dunklen Raum betrat.

Ich befand mich in einem für diese Epoche typischen Arbeitszimmer. Volle Bücherschränke mit Bleiglastüren, ein schwerer Mahagonischreibtisch, ein Globus, Landkarten an den Wänden, ein massiver, gemauerter Kamin mit einer runden Messinguhr auf dem Marmorsims – alles sah ganz ähnlich aus wie in unserem Haus am Grosvenor Square. Anscheinend waren solche Bibliotheken bei reichen Leuten im Regency ein Must-have.

Ich stellte die Lampe auf dem Schreibtisch ab und fing sofort an zu suchen, der Einfachheit halber als Erstes in den Schubladen. Ich zog sie der Reihe nach auf und stieß auf die klassischen Utensilien – Papier mit aufgedrucktem Wappen und Monogramm (sehr angeberisch und in Großbuchstaben: *R.C.* für Reginald Castlethorpe), eine Stange Siegelwachs, feine Büttenumschläge, eine Dose Löschsand, eine Schachtel mit goldenen Schreibfedern. In der dritten Schublade lag die Maske. Einfach so. Ohne Verpackung. Ich starrte sie an und konnte mein Glück kaum fassen. Gab es so viel Dusel überhaupt? Aber wieso eigentlich nicht? Schließlich hatten wir bisher einen Rückschlag nach dem anderen einstecken müssen. Warum sollte es nicht ein einziges Mal gut laufen? Manchmal teilte einem das Schicksal nun mal bessere Karten zu, und das hier war eine davon. Innerlich jubilierend, nahm ich die Maske aus der Schublade und schob sie mir in die Hosentasche.

Plötzlich spürte ich kühle Zugluft, sie strich über meinen Nacken, genau an der Stelle, wo es früher immer gejuckt hatte, als ich meine Gabe noch besessen hatte. Irgendwas stimmte hier nicht. Lauschend hob ich den Kopf. War da nicht eben ein Geräusch gewesen? Da, jetzt hörte ich es eindeutig – ein Knarren. Und im nächsten Augenblick ging die große Flügeltür auf, und eine dunkle Gestalt kam in den Raum.

»Hallo, Anna.« Die Gestalt kam näher, bis sie vom Lichtkegel der Lampe erfasst wurde. Reginald hatte nur noch teilweise Ähnlichkeit mit Bräutigam-Ken – seine Nase war sogar nach über einer Woche noch dick angeschwollen und dunkel verfärbt.

»Ja, sie ist gebrochen, falls du dich das gerade gefragt haben solltest«, sagte er. Der Grimm in seiner Stimme wurde ein wenig durch das dumpfe Näseln beeinträchtigt, aber dem wütenden Glitzern in seinen Augen tat es keinen Abbruch.

»Du gehst ein ziemliches Risiko ein, indem du noch hier rumhängst«, sagte ich.

»Kein so großes wie du, indem du hier einbrichst.«

»Du hast damit gerechnet«, stellte ich fest.

»Klar. Deshalb hänge ich ja hier rum.« Er grinste bösartig. »Man könnte sagen, ich habe dir eine Falle gestellt, und du bist reingelaufen wie Bambi.«

Er kam auf mich zu, und nun sah ich, dass er ein großes, gefährlich blitzendes Messer in der Hand hatte. »Diesmal krieg ich dich.«

»Träum weiter«, stieß ich hervor, während ich einen schweren Briefbeschwerer vom Schreibtisch nahm und damit nach ihm warf. Blöderweise traf ich nur den Globus, der sich gut und gerne anderthalb Meter neben Reginald befand. Im Werfen war ich schon immer katastrophal unbegabt gewesen.

Doch ich hatte damit sowieso nur meine sofortige Flucht einleiten wollen. Mit einem weiten Sprung setzte ich über die Glasscherben hinweg durch die Tür (na gut, der Sprung war *nicht* besonders weit, denn damit konnte ich genauso wenig punkten wie mit meiner Wurftechnik) und lief zurück in Richtung Straße. Von meiner rechten Fußsohle schossen stechende Schmerzen bis hinauf ins Knie. Ich war schon wieder auf eine Scherbe getreten, und das Resultat tat höllisch weh. Zu allem Überfluss stolperte ich ständig über irgendwas, denn ich konnte so gut wie nichts sehen, weil ich keine Lampe mehr hatte und die Laternen an der Straße hier hinterm Haus nicht viel nützten. Die Kappe fiel mir runter, mein Zopf schwang hin und her, und die Strähnen, die sich daraus gelöst hatten, hingen mir ins Gesicht. Mit zusammengebissenen Zähnen versuchte ich, Land zu gewinnen, doch als ich endlich die Straße erreicht hatte und hinkend über das holprige Pflaster davonrannte, hörte ich bereits das trommelnde Geräusch von Reginalds Stiefelabsätzen hinter mir – und es kam rasend schnell näher. Nach wenigen Sekunden hatte er mich schon eingeholt. Er erwischte mich grob am Zopf, riss mich zurück und brachte mich zu Fall. Sein wutverzerrtes Gesicht war direkt über mir.

»Jetzt kann dir keiner mehr helfen«, höhnte er. »Nicht mal euer Alter, dieser José. Und deine blöde Maske nützt dir jetzt auch nichts mehr.« Das Messer fuhr in einem sausenden Bogen auf mich herab.

*

»Hilfe!«, schrie ich – und war im nächsten Augenblick woanders. Zuerst glaubte ich, ich sei tot. Reginald musste mich umgebracht haben, und jetzt war ich an dem Ort, wo man hinkam, wenn man starb – wo auch immer das war. Vielleicht in so eine Art Niemandsland zwischen Himmel und Hölle, bis eine höhere Macht entschieden hatte, wo das endgültige Ziel war.

Dann bemerkte ich, dass ich durch den Tunnel der Zeit fiel. Und diesmal ahnte ich, dass es kein Traum war, sondern nackte, grauenhafte Realität. Der fauchende Luftzug vom Grund des Schachts, das gefräßige Grauen, das dort unten lauerte – es war alles echt. Auch der gellende Schrei, den ich ausstieß und der mir in der Kehle schmerzte, weil er meine Stimmbänder überforderte. Ich stieß ihn wirklich aus, und ich hörte seinen Widerhall wie ein Echo aus einer fernen Zeit.

Dann nahm ich außer der Angst und dem Gefühl des Fallens noch etwas anderes wahr – eine tröstende Präsenz, die mir bekannt vorkam.

»Verlier jetzt nur nicht die Nerven«, hörte ich José von irgendwoher sagen. »Und hör endlich auf herumzukreischen, damit änderst du nämlich überhaupt nichts.«

»Aber das hier ist *echt!*«, kreischte ich.

»Natürlich ist es das.« Er tauchte neben mir auf, im Fallen begriffen wie ich, das faltige Gesicht mir zugewandt. Seine Kleidung flatterte im Luftzug, und auf seiner schwarzen Augenklappe saßen Eiskristalle. »Deshalb musst du dich jetzt konzentrieren, damit du rechtzeitig wieder hier rauskommst, denn du weißt, was dich unten erwartet.«

O Gott. Der Jabberwocky.

»Wie komme ich überhaupt hierher?«, schrie ich. Doch dann beantwortete ich mir die Frage in Gedanken lieber selbst, statt Zeit damit zu verschwenden, auf Josés Erklärungen zu warten. Die Maske hatte mich hergebracht. Oder genauer: mein Unterbewusstsein in Kombination mit der Maske. Es hatte einfach im Angesicht meines unmittelbar bevorstehenden Todes José als Rettungsanker eingestuft – wahrscheinlich deshalb, weil Reginald seinen Namen und gleichzeitig die Maske erwähnt hatte. Und weil keine Zeit mehr für irgendwelche anderweitigen Überlegungen geblieben war.

Der Mahlstrom der Zeit begann an mir zu zerren. Während ich die ganze Zeit eher kreiselnd gefallen war, wie ein Herbstblatt im Sturm, wurde ich plötzlich schneller, etwas zog mich in die Tiefe. Kälte hüllte mich ein, auf meiner Haut gefroren eisige Partikel zu einem Panzer und lähmten meine Bewegungen.

»Hilfe!«, brüllte ich.

»Die Steine«, schrie José von irgendwo weit über mir. »Da ist das letzte Tor!«

Aber seine Stimme verklang wie ein Flüstern im Orkan, ich rauschte dem Jabberwocky entgegen, gleich würde er mich mit seinem kalten, tödlichen Atem einsaugen, und mit mir alle Zeit, die noch übrig war. Bis auf das Jahr 1813, doch das war Lichtjahre entfernt, abgeschnitten vom Zeitstrom und außerhalb meiner

Reichweite. Wenigstens Sebastiano war dort sicher, er hatte eine Chance weiterzuleben. Vorausgesetzt, dass es in die Pläne desjenigen passte, der sich diesen Zeitraum als Bühne für seine Prinzen-Performance ausgesucht hatte.

Die Vorstellung, jemand könnte Sebastiano erneut nach dem Leben trachten – immerhin hatte vor einer Woche erst Bräutigam-Ken versucht, ihn umzubringen –, setzte ungeahnte Reserven bei mir frei. Wütendes Aufbegehren erfüllte mich, und ich versuchte, mich gegen die tödliche Kraft aus der Tiefe zu stemmen. Solange auch nur ein Atemzug in mir war, würde ich nicht zulassen, dass Sebastiano etwas geschah! Ich wollte zu ihm zurück!

»Lass mich los!«, flüsterte ich. Vielleicht dachte ich es auch nur, denn meine Stimmbänder waren längst gefroren, genau wie meine Augen, meine Lippen und der ganze Rest von mir.

»Anna! Es ist gut! Ich bin es doch nur! Es ist nur ein Traum!«

Sebastianos Stimme drang wie durch dichten Nebel zu mir. Eine warme Hand streichelte mein Gesicht. Ich schlug benommen die Augen auf und stellte zweierlei fest: Sebastiano beugte sich über mich, und ich lag in seinem Bett. Dass es sein Bett war und nicht meins, erkannte ich an den Gemälden über dem Kamin. Sie stammten von Mr Turner. Eines davon war ein hübsches kleines Seestück, und eines ein Porträt von mir, auf dem ich nicht ganz so verängstigt aussah wie auf den anderen, die Mr Turner von mir gemalt hatte. Auf der kleinen Konsole neben dem Bett verbreitete eine Nachtleuchte ihr schummeriges Licht. Sebastiano ließ sie abends immer brennen, damit er, wenn er nachts mal rausmusste, nicht extra eine Lampe anzünden musste. Das fiel ihm wegen der Verletzung noch schwer.

»Wo kommst du auf einmal her?«, fragte Sebastiano. »Und was hast du da für Sachen an? Himmel, du bist ja völlig durchgefroren! Warst du etwa draußen?«

Ich war wieder im richtigen Leben. Die Maske hatte mich zurückgebracht.

»Das willst du nicht wissen«, murmelte ich. Mit beiden Händen strich ich über meinen Körper, doch dort, wo eben noch eine dicke Eisschicht gewesen war – zumindest hatte es sich so *angefühlt* –, ertastete ich nur normale, wenn auch etwas klamme Kleidung.

»Wieso gehst du mitten in der Nacht aus dem Haus?«, wollte Sebastiano wissen. »Und erzähl mir ja nicht, du hättest bloß einen Spaziergang gemacht.«

Eigentlich wäre das die ideale Ausrede gewesen. Ein kleiner Spaziergang gegen meine Schlaflosigkeit und danach ein spontaner Abstecher in sein Bett, weil ich mich einsam gefühlt hätte. Die Wahrheit konnte ich ihm unmöglich verraten. Der Arzt hatte gesagt, dass jede Aufregung den Heilungsprozess gefährden könne. Aber Sebastiano besaß die beunruhigende Fähigkeit, mir Lügen am Gesicht ablesen zu können. In diesem Fall ging das sogar so weit, dass er die Wahrheit erkannte, bevor ich überhaupt dazu kam, irgendwelche Ausflüchte zu formulieren.

»Du bist gesprungen«, sagte er. Seine Stimme klang heiser vor Entsetzen. Er fasste in meine Hosentaschen. Zuerst in die eine, in der allerdings nichts war außer dem Haustürschlüssel, und dann in die andere, in der sich die Maske befand. Er zog sie hervor und starrte sie an, als könnte sie beißen. »Was hast du getan?«

Irgendwas klapperte schon die ganze Zeit wie verrückt. Ich merkte erst mit Verspätung, dass es meine Zähne waren.

»Ich will sofort wissen, was los ist, Anna.«

»Der Arzt hat gesagt, dass du Ruhe brauchst, da wäre jeder Stress ganz schädlich.«

»Meinst du die Art von Stress, die daher kommt, dass ich mitten in der Nacht davon aufwache, dass du urplötzlich in Cedrics Klamotten neben mir liegst und um Hilfe schreist?«

Sebastiano mochte körperlich angeschlagen sein, doch sein Verstand ließ nichts zu wünschen übrig. Ich musste gar nicht viel erklären, er reimte es sich mühelos zusammen.

»Du warst in Reginalds Haus«, stellte er fest.

Ich nickte nur und versuchte vergeblich, das Zittern zu unterdrücken, das meinen ganzen Körper erfasst hatte.

»Und dann hat er dich erwischt, sodass du springen musstest.«

Ich nickte abermals.

»Hat er dich angegriffen?«

»Mit einem Messer«, räumte ich ein. »Aber ich bin gesprungen, bevor er mich verletzen konnte.«

Sebastianos Gesicht war starr vor Wut, wobei ich nicht unterscheiden konnte, ob sein Zorn mir galt oder Reginald.

Wenigstens kam er nicht auf den Gedanken, dass ich nicht direkt zu ihm gesprungen war, sondern zuerst im Zeitstrom gelandet und beinahe im Rachen des Jabberwocky verschwunden war. *Das* hätte ihn wirklich gestresst. Wobei mir das Ganze rückblickend immer mehr wie ein böser Traum vorkam – was es vielleicht sogar tatsächlich war. In dem Fall wäre es sowieso völlig überflüssig gewesen, Sebastiano damit zu beunruhigen.

»Immerhin habe ich jetzt die Maske wieder.« Darauf war ich, wie ich gerade bemerkte, ziemlich stolz. Mein Zittern ließ nach, und meine Zähne hörten auf zu klappern.

»Ich will alle Einzelheiten hören«, sagte Sebastiano grimmig.

Mühsam setzte ich mich auf und atmete ein paarmal durch, und dann erzählte ich ihm eine abgekürzte Version meiner nächtlichen Erlebnisse. Danach war Sebastiano nicht länger wütend, sondern sehr nachdenklich. Wir saßen nebeneinander auf dem Bett, die Rücken ans Kopfende gelehnt. Er hatte den unverletzten

Arm um mich gelegt. Ab und zu streichelte er gedankenverloren meine Hüfte.

»Das Ganze gefällt mir nicht«, meinte er schließlich.

»Oh, mir gefiel es auch nicht besonders«, sagte ich schnell. Ich war erleichtert, dass er nicht sauer auf mich war.

»Das meinte ich nicht.«

»Oh. Was denn sonst?«

»Findest du es nicht seltsam, dass du so leicht in sein Haus einbrechen konntest?«

»Ein bisschen habe ich mich schon darüber gewundert«, gab ich zu. »Aber ich dachte, ich hätte einfach nur mal Glück. So was soll es ja geben.«

»So viel Glück, dass dann noch zu allem Überfluss die Maske gleich in der erstbesten Schublade herumlag?«

»Na ja, eigentlich war es die dritte.« Ich runzelte die Stirn. »Aber es stimmt, das ging wirklich alles sehr glatt. Jedenfalls bis Reginald plötzlich auftauchte.«

»Der Kerl hat dich erwartet.«

Damit hatte er eindeutig recht. Reginald hatte es ja sogar selbst zugegeben. Die Maske war folglich nur der Köder gewesen, der mich anlocken sollte.

»Eins verstehe ich nicht«, wandte ich ein. »Wieso hat er mich die Maske stehlen lassen? Er hätte mich doch gleich umbringen können, als ich durch die Fenstertür reinkam.«

»Er wollte dich nicht töten«, sagte Sebastiano. »Er hat nur so getan. Dabei ging es ihm nur um eine Sache, und dafür musste er zulassen, dass du die Maske an dich nimmst.«

Überrascht wandte ich den Kopf, um ihn anzusehen. »Du denkst, er wollte, dass ich springe?«

»Allerdings.«

»Aber warum?«

»Wenn ich das wüsste, wären wir definitiv einen Schritt weiter.«

Nachdenklich drehte ich die Katzenmaske in den Händen und betastete den weichen Stoff. Sie fühlte sich so harmlos an und sah noch harmloser aus. Wie eine ganz normale, jetzt leicht zerknitterte Karnevalsmaske aus Samt, mit hübscher Goldstickerei, feinen Fransen und verstärkten Rändern. Und doch wohnten ihr unermessliche Kräfte inne. Ich hatte immer schon wissen wollen, warum ausgerechnet ich die Maske bekommen hatte, genauso wie die Gabe, drohende Gefahren zu erkennen. Einmal, zu Beginn meiner Tätigkeit als Zeitwächterin, hatte ich Sebastiano gefragt, welche Rolle ich in dem ganzen Spiel innehatte. Er hatte mit der Antwort kurz gezögert und dann gemeint, vielleicht sei ich so eine Art Joker.

Jedenfalls kannten wir sonst niemanden mit diesem komischen Nackenjucken (abgesehen davon, dass es bei mir momentan nicht funktionierte). Und was die Maske betraf – ich kannte nur eine Person, die ebenfalls eine erhalten hatte, ein Mädchen namens Clarissa, das ich im Jahr 1499 kennengelernt hatte. Genaueres hatte sie mir jedoch nicht darüber erzählt, ich wusste nur, dass sie einen wichtigen Auftrag versiebt und sich deshalb der Maske nicht als würdig erwiesen hatte, weshalb sie viele Jahre im fünfzehnten Jahrhundert festgesessen hatte. Am Ende hatte sie mir das Leben gerettet und damit doch noch eine Chance bekommen, wieder in ihre Zeit zurückzukehren – das Jahr 1793. Aber dann hatte sie es vorgezogen, im Jahr 1499 zu bleiben, weil sie sich in den dortigen Boten verliebt hatte. Ich hatte danach nie wieder etwas von ihr gehört, hoffte aber, dass die beiden zusammen glücklich geworden waren.

Ich merkte, wie ich mich in Erinnerungen verlor, und zwang mich zur Konzentration. Wieso hatte Reginald gewollt, dass ich springe?

»Ich könnte mir vorstellen, dass er einfach nur sehen wollte, ob die Maske funktioniert«, meinte Sebastiano, als hätte er gerade meine Gedanken gelesen. »Denkbar wäre es. Neben ein paar anderen Möglichkeiten, über die ich noch genauer nachdenken muss. Im Moment kommt mir das Ganze noch wie ein ziemliches Durcheinander vor.«

Er hatte recht. Es war alles so verworren! Bedrückt blickte ich in die bläulich flackernde Flamme der kleinen Nachtlaterne. Auch wenn die ganze Sache mit dem Jabberwocky und José im Zeitstrom nur ein grässlicher Albtraum gewesen war (was ich inständig hoffte!) – meine Angst fühlte sich trotzdem sehr real an.

»Was sollen wir jetzt bloß machen?«, fragte ich mutlos. »Irgendwie muss es doch weitergehen!«

»Auf jeden Fall tust du nichts mehr ohne mich.« Sebastiano bewegte die verletzte Schulter und stöhnte leise. »Himmel noch mal, wenn ich nur erst wieder den Arm richtig gebrauchen könnte! Wie gern würde ich mir diesen Mistkerl kaufen! Vielleicht sollte ich ihm morgen mal einen kleinen Besuch abstatten. Nur für den Fall, dass er dann immer noch dort ist.«

»Das kannst du sofort vergessen. Du musst dich schonen. Der Arzt hat gesagt, dass du noch mindestens zwei Wochen jede Anstrengung vermeiden musst.«

»Jede?« Er sah mich an. In seinen Augen stand ein kleines Funkeln. »Was hältst du davon, wenn du dieses Zeug ausziehst und die Tür abschließt?«

»Ich weiß nicht … Du hast doch Schmerzen!«

»Ein Italiener kennt keinen Schmerz.«

»Waren das nicht die Indianer?«

»*Piccina*, ich habe eine ganze Woche lang allein geschlafen und fühle mich schrecklich einsam.«

Das konnte ich gut nachvollziehen. Ich selber fühlte mich auch schrecklich einsam. Und seinem Latin-Lover-Tonfall hatte ich noch nie widerstehen können. »Na gut. Aber nur kuscheln.«

Im Traum hatte ich eine seltsame Vision. Ich stand vor einem Gemälde von Mr Turner, das den Steinkreis von Stonehenge zeigte. Stumm und dunkel ragten die hohen Felsen in der Nacht auf, doch mit einem Mal schien sich zwischen ihnen etwas zu bewegen. Als ich genauer hinschaute, konnte ich erkennen, dass es eine menschliche Gestalt war. Sie rannte auf den Steinkreis zu.

Seltsam, dachte ich. Es ist doch nur ein Bild. Wie kann sich die Gestalt darin fortbewegen? Aber das war nicht alles, denn als die Gestalt näher kam und deutlicher wurde, sah ich ihr Gesicht. Es war mein eigenes! Und ich rannte nicht nur, sondern sprintete. Und dabei blickte ich immer wieder über die Schulter zurück, als würde ich verfolgt. Unwillkürlich schaute ich auch in meinem Traum hinter mich, doch dort war nur diffuse Dunkelheit. Trotzdem hatte ich das Gefühl, von einer bedrohlichen Macht verfolgt zu werden.

Das Tor!, schoss es mir durch den Kopf. Ich musste zum Zeitportal! Alles hing davon ab, dass ich es erreichte.

Plötzlich schien etwas in mir zu reißen, und ich fühlte mich in das Bild hineinversetzt. Haushoch und erschreckend echt standen die Steinblöcke vor mir und versperrten mir den Weg. Und ich wurde immer noch verfolgt. Die Bedrohung verwandelte sich in ein Gefühl unmittelbarer Gefahr. Wenn ich es nicht schaffte, das Tor zu erreichen, war alles verloren!

Aus den Augenwinkeln bemerkte ich eine Bewegung. Zu spät. Gleich würde man mich schnappen.

Keuchend fuhr ich hoch und blickte mich wild um. Ich hatte alles nur geträumt. Doch es fühlte sich nach wie vor unglaublich real an, so wie mein Sturz durch den Zeitschacht. Und das war noch nicht alles: Irgendetwas drängte mich, aufzustehen und nach nebenan in mein Zimmer zu gehen, wo das Bild hing, in das ich mich eben quasi hineingeträumt hatte. Ich versuchte, diesem Drang zu widerstehen und einfach weiterzuschlafen, aber es klappte nicht.

Neben mir lag Sebastiano. Er hatte sich auf die unverletzte Seite gedreht und das Gesicht halb im Kissen vergraben. Ein paar lockige Haarsträhnen fielen ihm über Stirn und Schläfe, er stöhnte im Schlaf. Man konnte sehen, dass er Schmerzen hatte, denn sein Gesicht war verzerrt. Sacht strich ich ihm das Haar aus dem Gesicht und küsste ihn auf die Wange, dann zündete ich eine Kerze am Nachtlicht an und schlich über den Flur zu meinem Zimmer. Als ich es betrat, kam von irgendwoher ein Windstoß und blies die Kerzenflamme aus. Dennoch stand ich nicht im Dunkeln, denn in der Nähe gab es eine diffuse Lichtquelle. Sie rührte von dem Gemälde her, das an der Wand gegenüber von meinem Bett hing und die Stonehenge-Szenerie zeigte, von der ich vorhin geträumt hatte. Ich sah mir selbst ins Gesicht, blickte in meine eigenen, angstvoll aufgerissenen Augen. Hinter meiner Gestalt ragten die gemalten Steinblöcke auf, dunkle, mit der Nacht verschmelzende Umrisse. Zwischen ihnen glühte ein unheimliches Licht. Wie von magischen Fäden gezogen ging ich auf das Bild zu und streckte die Hand danach aus, doch noch bevor meine Finger die schimmernde Leinwand berühren konnten, verschwand das Licht. Das, was davon übrig blieb, war nur ein matter Reflex von Helligkeit, verursacht durch den Widerschein einer Nachtleuchte dicht hinter mir. Ich fuhr herum und schrie leise auf, aber es war nur Sebastiano, der mir gefolgt war. Wankend stand er da und hielt sich am Türrahmen fest.

»Du sollst doch nicht aufstehen!«, rief ich.

»Und was ist mit dir? Kannst du nicht einfach mal ruhig im Bett liegen bleiben und schlafen, so wie andere Menschen es auch machen?«

Verstört erwiderte ich seinen Blick, dann starrte ich erneut auf das Bild. Es sah aus wie immer.

»Ich … ich hatte einen seltsamen Traum …«

»Das hast du dauernd.« Er seufzte und streckte die Hand aus. »Komm wieder ins Bett.«

Stumm nahm ich seine Hand und ging mit ihm zurück in sein Zimmer. Den Rest der Nacht schlief ich tief und traumlos. Und als ich aufwachte, wusste ich ganz genau, was ich zu tun hatte.

✵

Als Erstes suchte ich in der Encyclopædia den Ort heraus, an dem sich Stonehenge befand. Es lag in der Nähe von Amesbury, einem Kaff nördlich von Salisbury in der Grafschaft Wiltshire.

»Wie lange braucht man, um nach Amesbury zu fahren?«, erkundigte ich mich bei Mr Fitzjohn.

»Nun, ich würde meinen, es sind alles in allem zwei Tagesreisen. Darf ich fragen, ob Mylady planen, dorthin zu fahren? Soll ich die Equipage für eine längere Fahrt herrichten lassen?«

»Das wäre sehr freundlich. Ach ja, und lassen Sie doch bitte gleich Jerry rufen, ich möchte ein paar Dinge mit ihm besprechen.«

Dummerweise beging ich den Fehler, Sebastiano von meinen Plänen zu erzählen, während ich ihm bei einem späten Frühstück Gesellschaft leistete. Ich hätte besser meinen Mund gehalten, denn er war übernächtigt, schlecht gelaunt und hatte Schmerzen. Meeks hatte ein Tablett mit Krankenkost und einer Kanne Tee heraufgebracht und mir giftige Blicke zugeworfen, weil ich schon wieder im Schlafzimmer seines ruhebedürftigen Herrn herumhing. Mit hoheitsvoll entrüsteter Miene begann er, Jacketts auszubürsten, bis Sebastiano ihm befahl, ein Bad einzulassen und die Rasur vorzubereiten.

Mit knappen Worten erklärte ich Sebastiano, was ich vorhatte. »Du kannst natürlich nicht mit«, schloss ich. »Für eine so weite Fahrt bist du noch nicht fit genug.«

»Vergiss es«, sagte er prompt. »Ich hatte dir doch eindeutig gesagt, dass du nichts mehr allein unternimmst.«

»Ich will es mir ja nur *ansehen*. Außerdem bin ich nicht allein da, sondern mit Jerry. Ich habe schon mit ihm gesprochen, er meinte, es sei kein Problem. Er kennt die Strecke nach Amesbury. Und *so* weit ist es ja auch wieder nicht. Ich wäre ganz schnell wieder da.«

»Nein«, sagte Sebastiano. »Und das ist mein letztes Wort.«

An dieser Stelle unserer Unterhaltung kehrte Meeks mit dem vorgewärmten Rasierwasser zurück, was mir ganz gelegen kam, denn ich hatte keine Lust, mit Sebastiano zu streiten. Und dazu wäre es unweigerlich gekommen, denn ich war keineswegs bereit, meine Fahrt nach Amesbury aufzuschieben. Ich *wusste* ganz einfach, dass ich in der übernächsten Nacht dort sein musste. Möglicherweise hing diese innere Gewissheit damit zusammen, dass dann Vollmond sein würde. Es war vielleicht unsere einzige Chance, das verborgene Tor zu finden. Aus diesem Grund hatte ich kurz entschlossen mit Jerry ausgemacht, dass er mich gleich nach dem Mittagessen abholen kam. Dann konnten wir bis zum Einbruch der Dunkelheit durchfahren und uns für die Nacht eine Unterkunft suchen, sodass wir morgen im Laufe des Tages Amesbury erreichten, was mir Gelegenheit verschaffen würde, die Umgebung von Stonehenge sorgfältig auszukundschaften und in aller Ruhe beim Steinkreis abzuwarten, bis der Mond aufging.

Das war jedenfalls der Plan. Doch ich hatte nicht mit den Schwierigkeiten gerechnet, die noch auf mich warteten. Eine davon war Bridget. Als ich sie informierte, dass ich für zwei Tage ihre Dienste nicht benötigte, löste das eine mittlere Panik bei ihr aus.

»Sie ist meiner überdrüssig«, flüsterte Bridget sich beim Hinausgehen deutlich hörbar zu. Ihre Stimme klang tränenerstickt. »Ich werde obdachlos und muss hässlichen Männern meine Gunst schenken, um überleben zu können. Vielleicht sogar dem widerlichen Groom Jacko, der mir drei Guineas geben will, wenn ich ihn erhöre. Ein schöner und wohlerzogener Mann wie Meeks würde mir ganz sicher keinen zweiten Blick gönnen. Er hat ja nur Augen für Mylords blanke Stiefel.« Bridget hielt inne, aber nur, um einen zittrigen Seufzer auszustoßen. »Wie kann sie mich einfach so wegschicken? Ahnt sie nicht, was sie mir damit antut? Das ist mein Ende!«

Ich hätte gern irgendwas getan, damit sie endlich diese Angstneurose ablegte, doch mir fiel gerade keine passende Gegenmaßnahme ein. Davon abgesehen, hatte ich keine Zeit. Jerry wartete wahrscheinlich schon unten. Außerdem musste ich es vor meinem Aufbruch noch irgendwie managen, dass Sebastiano sich über meine Abwesenheit keine Gedanken machte.

Natürlich würde er merken, dass ich weg war, aber je später er es mitkriegte, desto besser. Idealerweise kam er erst morgen dahinter, denn dann wäre klar, dass es nichts brachte, mir zu folgen – bis er mich eingeholt hätte, wäre ich ja schon auf dem Rückweg. Er würde sofort einsehen, dass es für ihn das Beste war, einfach im Bett zu bleiben und sich zu schonen.

Ungeduldig lungerte ich auf dem Gang herum, bis Meeks das nächste Mal aufkreuzte.

»Ach, Mr Meeks, wie gut, dass ich Sie zufällig hier treffe – wie geht es Seiner Lordschaft? Ist er noch in der Wanne?«

Meeks setzte sogleich sein »Nicht-schon-wieder«-Gesicht auf. Offensichtlich befürchtete er, ich wollte Sebastiano abermals belästigen, denn er teilte mir von oben herab mit, dass seine Lordschaft geruhe, ein Schläfchen zu halten, da das Baden sehr anstrengend gewesen sei. »Seine Lordschaft darf für eine Weile nicht gestört werden«, fügte er gönnerhaft hinzu.

»Umso besser«, murmelte ich geistesabwesend.

»Wie belieben?«

»Oh, ich meinte, das klingt doch schon sehr viel besser«, erklärte ich schnell. »Jedenfalls besser als gestern. Da konnte er ja noch nicht baden, weil ihm der Arm so wehtat.«

Und noch viel besser war, dass Sebastiano gerade schlief. So konnte ich wenigstens verschwinden, ohne dass er es merkte.

»Falls Seine Lordschaft nach mir fragt – ich bin in der City zum Tee verabredet«, behauptete ich. »Und heute Abend will ich in die Oper gehen, es kann also spät werden.«

»Ich werde es Seiner Lordschaft ausrichten, falls ihm der Sinn nach Myladys Gesellschaft stehen sollte«, gab Meeks in geziertem Ton zurück.

Blödmann. Ich konnte wirklich nicht verstehen, was Bridget an dem Typen fand. Na gut, er sah nicht übel aus, wenn man sich sein aufgeblasenes Getue mal wegdachte. Abgesehen von dem Schnurrbart, der ging gar nicht – eine an beiden Seiten hochgezwirbelte und mit Haarwachs fixierte Scheußlichkeit. Aber in dieser Epoche standen die Leute ja auf so was. Und seine Zähne machten auch einen guten Eindruck, sie waren weiß und gepflegt. Außerdem hatte er schöne Hände, mit sauber geschnittenen Nägeln und elegant geformten Fingern, die mit traumwandlerischer Sicherheit jeden noch so kleinen Fussel auf Sebastianos Samthosen aufspürten und entfernten.

Meeks bemerkte, dass ich mir seine Hände ansah, und betrachtete sie selbst einen Augenblick lang irritiert, bevor er sie hinter dem Rücken verschränkte. »Kann ich Mylady noch mit irgendetwas dienen?«

»Oh nein, es ist alles in Ordnung, und ich bin auch schon so gut wie weg.« Damit ließ ich ihn stehen und ging zur Treppe. Als ich kurz zurückblickte, sah ich, dass er mir mit gerunzelter Stirn nachschaute.

Meine Erleichterung darüber, dass ich die größten Probleme vor meiner Abreise so elegant gelöst hatte, verflüchtigte sich bald, denn Jerry tauchte nicht auf. Ich wartete eine Weile vor dem Haus, dann ging ich wieder hinein und sah beunruhigt auf die Standuhr in der Halle. Es war Viertel nach zwei. Jerry hatte um Punkt zwei mit der Reisekutsche vorfahren sollen.

»Kann ich Mylady behilflich sein?« Wie ein geräuschloser, grau-weiß gestreifter Schatten stand Mr Fitzjohn im Hintergrund und blickte mich höflich fragend an. Ich umfasste mit beiden Händen fest die Henkel meiner kleinen Reisetasche. Aus irgendwelchen Gründen verspürte ich das Bedürfnis, mich ihm anzuvertrauen und ihm zu erklären, warum ich nach Amesbury fahren wollte, doch natürlich ging ihn das überhaupt nichts an.

»Jerry wollte mich um zwei abholen«, informierte ich ihn. »Ob Sie vielleicht Cedric rasch hinüber zur Remise schicken können, damit er nachsieht, wo Jerry bleibt?«

»Gewiss.«

Danach wartete ich ungeduldig weitere zehn Minuten, bis Cedric verschwitzt vom schnellen Laufen zurückkehrte und sich atemlos vor mir verneigte.

»Jerry ist weg.«

»Wieso weg?«

»Na, er ist nicht da. Jacko sagt, Jerry ist verschwunden.«

»Er kann doch nicht einfach so verschwinden!«

»Hat Jacko aber gesagt.«

»Was *genau* hat Jacko denn gesagt?«, mischte Mr Fitzjohn sich mit strengem Tonfall ein.

Cedric verneigte sich abermals. »Sir, er sagte, dass ein Laufbursche Jerry eine Botschaft überbrachte, woraufhin Jerry ohne ein Wort abhaute und nicht mehr zurückkehrte.«

»Das muss eine ernste Nachricht gewesen sein«, befand Mr Fitzjohn. »Es sieht Jerry nicht ähnlich, sich einfach vom Dienst zu entfernen, ohne jemandem Bescheid zu geben.«

Das sah ich ganz genauso und erging mich bereits in den wildesten Spekulationen. »Jacko soll mit dem Einspänner vorfahren und mich zum Buchhändler Mr Scott bringen«, ordnete ich an. Cedric verneigte sich ein drittes Mal und drückte sich die Kappe aufs Haar, bevor er im Laufschritt zurück zu den Ställen eilte.

»Wenn Sie meine Hilfe benötigen, Mylady – bitte zögern Sie nicht, mir Ihre Wünsche mitzuteilen«, bat Mr Fitzjohn, während er mich aufmerksam und ein wenig besorgt betrachtete.

Ich nickte nur stumm und wartete voller Unruhe, bis Jacko endlich vorgefahren kam. Er musste mir noch einmal genau erzählen, wie sich die Überbringung der Botschaft an Jerry zugetragen hatte, doch dabei erfuhr ich nur das, was Cedric schon berichtet hatte.

»Nein, Jerry hat wirklich nichts gesagt«, erklärte Jacko mir. »Kein Wort, so wahr ich hier stehe. Er ist einfach auf und davon.«

Die ominöse Botschaft hatte Jacko nicht gesehen, ganz abgesehen davon, dass er überhaupt nicht lesen konnte. Und nein, den Laufburschen kannte er auch nicht, das war bloß ein Junge von der Penny Post gewesen, wie sie scharenweise in der Stadt unterwegs waren.

Jacko entblößte seinen zahnlosen Kiefer zu einem zuvorkommenden Lächeln und half mir in die Kutsche. Bevor er den Schlag zuwarf und den Kutschbock erklomm, erkundigte er sich leutselig, ob mit meinem und Miss Bridgets Befinden alles zum Besten stehe. Geistesabwesend murmelte ich irgendeine Antwort, mit der er sich zufriedengeben musste. Während der Fahrt in die Bond Street kreisten meine Gedanken ununterbrochen um die bohrende Frage, was mit Jerry los war.

Beim Betreten des Ladens kam Mr Scott mir entgegengehinkt. Er war blasser als sonst, und sein Gesicht wirkte leicht verzerrt. Anscheinend hatte er starke Schmerzen. Wieder überkam mich der drängende Wunsch, ihm irgendwie zu helfen. Es war einfach nicht fair, dass Zeitreisende keine Medikamente aus der Zukunft mitbringen durften.

»Mylady! Was verschafft mir die Ehre Ihres Besuchs? Sollten Sie nicht schon auf dem Weg nach Amesbury sein? Und wo ist Jerry? Draußen bei der Kutsche?«

»Nennen Sie mich doch einfach nur Anna«, bat ich. »Wenn wir unter uns sind, können wir die Förmlichkeiten lassen. Und ich bin hergekommen, weil ich hoffte, Jerry hier zu finden.«

»Zu finden? Ist er denn nicht bei Ihnen?«

»Nein, er ist verschwunden.«

»Verschwunden?« Mr Scott schwankte kurz, weil er sein Gewicht zu stark auf das versehrte Bein verlagerte. Hastig hielt er sich an einem der Regale fest. »Aber wohin denn?«

»Ich weiß nur, dass er in der Remise eine Nachricht bekommen hat und daraufhin fortging. Er hatte mich um zwei Uhr abholen sollen, doch er tauchte nicht auf. Wir wollten nach Amesbury fahren.«

»Er hat mir von Ihren Reiseplänen erzählt«, stimmte Mr Scott zu. Angst und Sorge verdunkelten seine Züge. »Am frühen Vormittag war er kurz hier, um seine Sachen für die Übernachtung zu packen und etwas Geld zu holen. Und jetzt soll er verschwunden sein?«

»Irgendwas muss passiert sein«, stellte ich fest.

Mr Scotts Gesicht wurde hart. »Ich glaube, jemand hat ihn mit dieser Nachricht weggelockt.«

»Aber warum?« Entsetzt sah ich den alten Buchhändler an. Die Hand, mit der er sich immer noch am Regal festklammerte, zitterte heftig.

»Damit Sie nicht nach Amesbury fahren.«

O mein Gott. Glaubte er etwa, dass irgendwer den armen Jerry ... Nein. Ich verbot mir jeden Gedanken daran, es war zu schrecklich.

»Ich bete zu Gott, dass ihm kein Leid geschehen ist.« Mr Scotts Stimmte zitterte ebenso sehr wie seine Hände. »Er ist mein Ein und Alles. Mein ganzes Leben.«

Mir war plötzlich sehr kalt. »Was soll ich denn jetzt tun? Wäre es besser, wenn ich meinen Plan aufgebe und nicht nach Stonehenge fahre?«

»Nein«, erwiderte Mr Scott mit großer Bestimmtheit. »Sie müssen dorthin. Jetzt erst recht. Ich weiß inzwischen, dass es für Ihre Mission von höchster Bedeutung ist, bei Vollmond den Steinkreis aufzusuchen.«

»Sie *wissen* es?« Ungläubig erwiderte ich Mr Scotts entschlossenen Blick. »Woher denn?« Ein Hoffnungsstrahl durchfuhr mich. »Hatten Sie etwa Kontakt mit José? War er hier? Hat er sich gemeldet?«

»Nein, ich habe nichts von Mr Marinero gehört. Aber ich habe etwas entdeckt. Ein Zeichen.«

»Ein Zeichen?«, fragte ich verständnislos.

Er nickte. »Wenn Sie nicht hergekommen wären, hätte ich es Ihnen heute noch zum Grosvenor Square gebracht. Kommen Sie, ich habe es hinten.« Er humpelte voraus in das Hinterzimmer. Sein Holzbein stieß dumpf gegen den Türrahmen. Um ein Haar wäre er gestolpert, weil er es so eilig hatte. In dem kleinen Raum hinter dem Laden war es warm. Die Sonne schien durch die beiden schmalen Fenster und heizte die Luft auf. Im Hundekorb neben dem abgeschabten Sofa lag Tilly und schlief. Als ich hinter Mr Scott den Raum betrat, öffnete sie ein Auge und schaute mich müde an. Hinter einem der beiden Sessel kam ein hellbraunes Fellbündel hervorgeschossen und sprang begeistert an mir hoch.

»Sisyphus!« Unwillkürlich bückte ich mich und nahm den freudig fiependen Welpen hoch. »Du bist aber gewachsen! Solltest du nicht schon längst ein neues Zuhause haben?«

Mr Scott seufzte. »Eine Nachbarin wollte ihn nehmen, doch die musste plötzlich nach Exeter, weil ihre Mutter krank wurde. Also musste er hierbleiben, was uns wirklich vor große Schwierigkeiten stellt. Mrs Simmons ist jetzt schon völlig überfordert mit Sisyphus. Na ja, und was mich betrifft …« Flüchtig deutete er auf sein Holzbein, bevor er ein zusammengefaltetes Pergament aus dem Regal nahm und sich damit an den Tisch setzte. »Ich werde mich wohl Mrs Simmons Vorschlag fügen müssen, Sisyphus einem Hundefänger zu übergeben.«

»Was geschieht denn dort mit ihm?«, fragte ich betroffen.

»Er ist lebhaft und klug und könnte zum Wachhund ausgebildet werden.«

Ich war entsetzt. Mittlerweile hatte ich in der Stadt einige Wachhunde gesehen. Das waren aggressive, zähnefletschende, lieblos gehaltene Tiere, deren Bewegungsradius nur bis zum Ende ihrer rasselnden Ketten reichte.

»Und wenn das mit der Ausbildung zum Wachhund nicht klappt?«

Mr Scott zuckte traurig die Achseln. »Ich kann ihn nicht behalten. Es ist niemand da, der ihn ausführen könnte. Jerry hat sich bisher in seiner freien Zeit um ihn gekümmert, doch solange er weg ist …« Sorgenvoll ließ er das Ende des Satzes in der Luft hängen.

Sisyphus stupste mich wie unabsichtlich mit seiner feuchten Nase an. Ich blickte in die großen dunklen Hundeaugen und war verloren. »Ich nehme ihn mit«, erklärte ich.

Mr Scotts Miene hellte sich auf. »Damit würden Sie uns einen großen Dienst erweisen!«

»Das mache ich doch gern.« Mit dem kleinen Hund auf dem Schoß setzte ich mich zu ihm an den Tisch und sah mit gemischten Gefühlen zu, wie er das Pergament auseinanderfaltete und mir hinschob. »Da, sehen Sie.«

Das Zeichen. Ich merkte, wie sich winzige Haare in meinem Nacken aufstellten. Genau an der Stelle, wo ich früher immer das Jucken gespürt hatte, wenn Gefahr drohte. Es war nicht dasselbe, nicht mal annähernd, sondern bloß ein Hauch von dem früheren Gefühl. Doch um zu erkennen, wie unheimlich und Furcht einflößend die vor mir liegende Abbildung war, bedurfte es keiner besonderen Gabe. Das Pergament war alt und verknittert. An den Ecken war es rußgeschwärzt, als hätte jemand versucht es anzuzünden und es sich dann anders überlegt. Die Zeichnung auf dem fleckigen Bogen war zum Teil verschmiert, aber trotzdem waren die Details hervorragend zu erkennen: Auf dem Bild war Stonehenge zu sehen – oder zumindest ein Teil davon. Eine düstere Szenerie mit hoch aufragenden Felsklötzen, jeweils zwei nebeneinander, mit einem darüber liegenden Dachstein. Tore aus Stein. Und vielleicht Tore in die Ewigkeit. Es gab keinen Zweifel für mich: Dort befand sich das Tor, das wir suchten. Das letzte, das noch übrig war. Am nachtschwarzen Himmel hing ein bleicher, voller Mond, und im Vordergrund war ein Gegenstand abgebildet, der scheinbar achtlos an den Rand gezeichnet war.

Die Katzenmaske.

»Woher haben Sie die Zeichnung?«, fragte ich mit rauer Stimme. Mein Herz klopfte heftig. Mechanisch streichelte ich Sisyphus über das seidige Köpfchen und bemerkte kaum, dass er fröhlich versuchte, mir die Hand zu lecken.

»Das ist ja das Seltsame«, sagte Mr Scott mit belegter Stimme. »Sie kam mit der Post.«

»Gibt es einen Absender?«

Mr Scott schüttelte den Kopf. »Ich konnte nur in Erfahrung bringen, dass es schon vor einer Weile aufgegeben wurde, mit der ausdrücklichen Anweisung, es heute zuzustellen.«

Wilde Hoffnung erfüllte mich. »Bestimmt kommt es von José! Ein Hinweis, den er uns hinterlassen hat!«

»Das ist auch meine Vermutung. Deshalb ja auch meine Schlussfolgerung, dass Sie in der bevorstehenden Vollmondnacht dorthin müssen.« Mr Scott war noch blasser als vorhin. Seine Verzweiflung war fast mit Händen zu greifen. Die Angst um Jerry setzte ihm schwer zu. Ich hätte ihm gern geholfen oder ihn irgendwie beruhigt, doch ich wusste ja selbst nicht, was los war. Trotzdem rang ich mich zu ein paar beruhigenden Worten durch.

»Es wird alles gut«, meinte ich tröstend. »José wird einen Weg finden, die Sache zu regeln. Er wird dafür sorgen, dass Jerry zurückkommt. Ganz bestimmt.«

Doch als ich wenig später mit dem zusammengefalteten Pergament und einem Körbchen unterm Arm zum Grosvenor Square zurückkehrte, war es mit meiner Zuversicht nicht allzu weit her. Die Schwierigkeiten, die sich mittlerweile vor mir auftürmten, schienen zu einem immer höheren Berg anzuwachsen.

»Aus dem Korb winselt es«, stellte Jacko fest, als er mir vorm Haus aus der Kutsche half. »Scheint mir, als säße da ein Hund drin.«

Ich sparte mir die Antwort auf diese messerscharfe Schlussfolgerung. Stattdessen stellte ich ihm eine naheliegende Frage. »Jacko, waren Sie schon mal in Amesbury?«

Er runzelte die ohnehin schon faltige Stirn. »Wo?«

»In Amesbury.«

»Noch nie in meinem Leben nich«, erklärte er.

»Aber ich!«, trompetete es hinter mir. Ich fuhr zusammen. Auch das noch. Mit einem gezwungenen Lächeln drehte ich mich zum Earl von Clevely um.

»George! Na so was! Wo kommen Sie denn auf einmal her?«

Er zeigte auf seine angeberisch große Kutsche. »Wollte Ihnen meine Aufwartung machen, liebste Anne. War mehrfach hier in der letzten Woche, doch immer hieß es, Sie sind nicht da. Was für ein feiner Zufall, dass Sie gerade kommen. Potztausend, ist das da etwa ein Hund da in dem Korb? Und was wollen Sie in Amesbury?«

Ich betrachtete ihn mit vorsichtiger Hoffnung. Vielleicht war er die Lösung meines derzeit drängendsten Problems. »Ich habe dort zu tun. Aber es ist … vertraulich.«

»Werde Sie hinbringen«, sagte George prompt. Mit gewichtiger Geste rückte er seine mit Ornamenten bestickte Samtweste zurecht und betastete anschließend seinen bombastischen Krawattenknoten, um sich davon zu überzeugen, dass alles noch richtig saß.

»Ich muss morgen Abend schon dort sein«, erklärte ich.

»Wie belieben?«, fragte er, die Hand hinter ein Ohr gelegt.

»Ich muss morgen Abend schon dort sein«, wiederholte ich etwas lauter. »Vor Einbruch der Dämmerung!« Dann zuckte ich zusammen – soeben öffnete sich die Haustür. Doch es war nur Mr Fitzjohn, der höflich auf mein Eintreten wartete.

»Habe die Fahrt schon ohne Schwierigkeiten an einem Tag gemacht«, führte der Earl aus. »Ich besitze ein fabelhaftes Vierergespann und kann daher die erste Etappe doppelt so schnell fahren wie der schnellste Postkutscher.«

»Heißt das, es würde reichen, wenn wir morgen früh fahren?«

»Auf jeden Fall.« Er strahlte mich an. »Ich hole Sie Schlag sechs hier ab. Dann bleibt sogar Zeit für eine schöne Mittagspause.« Er sprach so laut, dass es bestimmt bis zum letzten Winkel des Platzes vordrang. Zumindest bis zu Mr West und Mr Smith, den beiden ehemaligen Bow Street Runners, die mir immer noch auf allen Wegen getreulich folgten und mir auch vorhin in die Bond Street nachgefahren waren. Momentan standen beide wie zufällig ein paar Häuser weiter und unterhielten sich, doch ich merkte, wie sie George im Auge behielten. Morgen früh würde ich mir wieder etwas einfallen lassen müssen, um ihnen zu entwischen.

»George, es wäre mir lieber, wenn Sie etwas leiser sprechen könnten.«

»Was?«

Ich hielt den Finger vor die Lippen, worauf er verständnisvoll nickte. »Werde schweigen wie ein Grab und auf die Minute pünktlich sein. Meine liebe, liebe Anne! Ich würde bis ans Ende der Welt mit Ihnen fahren! Würde so gern endlich mit Ihrem Bruder sprechen. Sie wissen schon. Um mich zu erklären.«

Das entzückte Lächeln, mit dem er mich bedachte, war mir ein bisschen peinlich, und noch weniger hielt ich davon, mit welcher Inbrunst er mir die Hand küsste. Gut, dass Sebastiano es nicht sah.

Irgendwas brachte mich dazu, zum Haus hinaufzuschauen. Mist. Er *hatte* es gesehen. Blass und sichtlich geschwächt stand er im offenen Fenster seines Schlafzimmers im ersten Stock und sah mit unheilverkündender Miene zu uns herab.

»Leider muss ich Sie jetzt verlassen, George. Mein Bruder wartet bereits auf mich.« Ich entriss dem Earl meine Hand und lächelte ihn mit gespieltem Bedauern an.

George war meinem Blick gefolgt und schnalzte bedauernd mit der Zunge. »Ich hoffe, Foscary erholt sich gut. Üble Sache, das mit Castlethorpe. Hätte nie gedacht, dass der Kerl so hinterhältig ist. Wie gut, dass er weg ist. Würde ihn sonst selber fordern müssen. Grässlicher Zwischenfall. Kann das immer noch nicht richtig fassen. Aber das schrieb ich Ihnen ja bereits, liebste Anne.«

Und das nicht nur einmal. Seit dem Duell hatte George mir nebst seinen vergeblichen Versuchen, persönlich bei mir vorzusprechen, mindestens drei Briefe überbringen lassen, in denen er mir abwechselnd sein Entsetzen, seine Beschämung und seine Anteilnahme beteuert hatte. Von seiner Bewunderung ganz zu schweigen.

»Ich muss jetzt gehen«, sagte ich so freundlich wie möglich.

Der Earl verneigte sich. »Auf morgen, meine liebste Anne!«

Ich beeilte mich, ins Haus zu kommen.

*

»Wo warst du?«, wollte Sebastiano wissen, als ich zwei Minuten später in sein Schlafzimmer trat. Meeks öffnete mir mit missbilligendem Gesicht die Tür und verzog sich anschließend nur widerwillig, als Sebastiano ihn aufforderte, uns allein zu lassen. »Und was wollte dieser Kerl schon wieder hier?«

Ich wartete, bis Meeks die Tür von außen zugemacht hatte. »Ich schätze, dasselbe wie immer«, sagte ich wahrheitsgemäß. »Er verehrt mich ein bisschen. Es ist alles ganz harmlos, das weißt du genau. Ich habe dir schließlich alle seine Briefe gezeigt.«

»Das ist genau der Punkt. Er gibt sich allzu harmlos. Ganz der verliebte, aufdringliche Trottel. Wenn du mich fragst, sucht er einfach nur jede Gelegenheit, sich in unserer Nähe herumzutreiben. Ich traue dem Burschen nicht.«

Im ersten Impuls wollte ich ihm widersprechen, doch die bisherigen Erfahrungen in dieser Sache hatten mich gelehrt, dass es gesünder war, niemandem vorschnell zu vertrauen, vor allem nicht Leuten, die wir sowieso schon in Verdacht gehabt hatten. Es war vielleicht nicht besonders wahrscheinlich, aber eben auch nicht völlig ausgeschlossen, dass George nicht ganz echt war. Sein plötzlicher Wunsch, mich nach Amesbury zu fahren, konnte auch anderen Motiven entspringen als seiner Verehrung. Vielleicht sollte ich doch besser eine andere Möglichkeit finden, dorthin zu gelangen. Himmel noch mal, das wurde alles immer komplizierter!

»Wieso sagst du ihm nicht einfach, dass er dich in Ruhe lassen soll?«, fuhr Sebastiano fort.

Ich war so frustriert, dass ich mir eine kleine Spitze nicht verkneifen konnte. »So wie du Iphy gesagt hast, dass sie dich in Ruhe lassen soll?«

Darauf ging Sebastiano nicht ein. Er betrachtete mich stirnrunzelnd. »Es gefällt mir nicht, dass du so häufig unterwegs bist. Bräutigam-Ken könnte noch in der Nähe herumlungern. Und andere von seiner Sorte. Es muss mindestens noch einen geben, der mit ihm zusammenarbeitet. Theoretisch könnte es jeder sein.«

»Mr West und Mr Smith sind wie zwei Schatten, mir passiert schon nichts.«

»Es sei denn, du trickst sie wieder aus, um im Alleingang irgendwelche halsbrecherischen Aktionen starten zu können.« Mit zusammengezogenen Brauen sah er mich an. »Anna, versprich mir, dass du das nicht noch mal machst!«

Ich merkte, wie Wärme in meine Wangen stieg. Gleich würde

ich erröten. Sebastiano stand ungefähr eine Millisekunde davor, mich zu durchschauen, doch ein Klopfen rettete mich.

»Herein!«, rief ich erleichtert.

Es war Mrs Fitzjohn. Mit einem ihrer steifen Knickse teilte sie mir mit, dass Lady Winterbottom zu einem Besuch eingetroffen sei und dass der kleine Hund sein Geschäft auf dem Aubusson-Teppich verrichtet hätte.

»Ich komme sofort«, erwiderte ich, schon auf dem Weg zur Tür.

»Kleiner Hund? Also warst du bei Mr Scott«, stellte Sebastiano fest. Ein wenig unbeholfen ließ er sich auf der Bettkante nieder. Niemandem konnte entgehen, wie erholungsbedürftig er immer noch war. »Hättest du mir irgendwann von allein erzählt, dass du dort warst?«

»Hm, ich wollte es dir eben sagen, aber wir mussten ja zuerst über George reden. Und ja, ich habe Sisyphus mitgebracht. Aber es ist nur vorübergehend.« Ich hatte ein schlechtes Gewissen, weil ich Sebastiano die wirklich entscheidenden Fakten vorenthielt, doch ich handelte in einer Art Notstand. Alles, was ich ihm hätte erzählen können – dass Jerry verschwunden war, dass mir ein geheimnisvolles Pergament zugespielt worden war, dass ich morgen früh ohne ihn nach Amesbury fahren wollte –, hätte ihn nur aufgeregt. Und es hätte außerdem dazu geführt, dass er mitgefahren wäre, ohne jede Rücksicht auf seinen Zustand. Aber gerade das ging auf gar keinen Fall. Die Wunde wäre bei der endlos langen und holprigen Fahrt womöglich wieder aufgebrochen und das Fieber zurückgekommen. Mit Folgen, über die ich gar nicht erst nachdenken wollte. Um keinen Preis der Welt wollte ich ihn dieser Gefahr noch einmal aussetzen. Sebastiano brauchte nichts so sehr wie Ruhe und Erholung, und ich würde dafür sorgen, dass er beides bekam.

»Am besten legst du dich wieder hin«, riet ich ihm.

Bevor ich das Zimmer verließ, bemerkte ich, dass er mir grübelnd nachsah. Fast so, als traute er mir nicht. Wozu er ja auch allen Grund hatte. Mir sank das Herz, während ich nach unten ging. Ich fühlte die Verantwortung auf mir lasten wie einen schweren Felsklotz. Wie gern hätte ich mit Sebastiano über alles gesprochen! Doch es war unmöglich. Ich musste das allein durchziehen, denn wenn ich ihn einweihte, würde er nicht zulassen, dass ich ohne ihn nach Amesbury fuhr. Und wenn er mitkam, konnte ihn das in seinem derzeitigen Zustand umbringen. Es war ein Dilemma, für das es nur eine Lösung gab – er musste hierbleiben. Also hatte ich gar keine Wahl, ich *musste* meinen Plan vor ihm geheim halten. So einfach war die Sache. Und so schwer.

Ein Seufzer entwich mir, als ich den kleinen Salon im Erdgeschoss betrat, wo Iphy auf mich wartete.

»Liebste Anne!« Sie verpasste mir ein Luftküsschen neben der rechten Wange. Ihr Haar roch nach einem Hauch von Verbenen, und ihre Wangen zeigten eine frische, rosige Farbe, ohne den geringsten Einsatz von Rouge. Ihr lavendelblaues Kleid war funkelnagelneu, jedenfalls hatte ich es noch nie an ihr gesehen, ebenso wenig wie die farblich darauf abgestimmten Handschuhe aus butterweichem Ziegenleder und den kleinen Hut mit den aufgestickten Blüten. »Ich hoffe, es geht dir gut, meine Teure!«

»Ja, danke der Nachfrage«, erwiderte ich zerstreut. Eigentlich hatte ich überhaupt keine Zeit, mit ihr zu reden. Ich musste mich dringend um eine Mitfahrgelegenheit nach Amesbury kümmern. George war zu meinem Bedauern nicht hundertprozentig zu trauen, und ich wollte in dem Punkt kein überflüssiges Risiko eingehen. »Ich kann heute leider nicht mit einkaufen oder spazieren fahren«, erklärte ich prophylaktisch.

»Ich bin nur hier, um mich nach dem Befinden deines Bruders zu erkundigen. Und ich habe ihm etwas mitgebracht.« Sie nahm ihr Retikül von der Lehne des Sessels, auf dem sie eben noch gesessen hatte, und zog ein Päckchen heraus. »Das sind ganz frische Pralinen. Mit Mandelkrokant. So, wie er sie liebt.«

Woher zum Teufel wusste Iphy, welche Pralinen Sebastiano gern aß? Ehe ich mich versah, platzte ich mit der Frage laut heraus. Sie betrachtete mich erstaunt. »Woher ich das weiß? Ich habe ihn gefragt, und er hat es mir gesagt.«

»Wann?«

Sie wurde rot. »An dem Abend, als … wir gemeinsam im Garten waren.«

Aha. Zuerst hatte sie sich nach seinem Lieblingskonfekt erkundigt und ihm dann ihren Busen gezeigt. Ich sah sie entschlossen an. »Er hat gerade keine Zeit für Besuche. Er muss Bettruhe halten.«

»Wirklich? Ich traf gerade Meeks in der Halle, und der meinte, Sebastian sei angekleidet und könne Besuch empfangen. Du seist beispielsweise auch ständig bei ihm.«

Entrüstet straffte ich die Schultern. »Ich bin seine Schwester!«

»Und ich bin eine gute Freundin, die nur sein Bestes will.« Sie lächelte wehmütig. »Weißt du, Anne, nach allem, was dein armer Bruder durchgemacht hat, kann er jede noch so kleine Aufmunterung dringend brauchen. Diese Frau, die er in der Karibik liebte – sie ist weit weg. Und zudem zu weit unter seinem Stand. Seine Zukunft ist hier in London, in der Stadt seiner Vorfahren und im Kreis der Gesellschaft, zu der er aufgrund seiner Stellung gehört. Es ehrt ihn, dass er ihr so lange die Treue bewahrt hat, aber mit der Zeit wird er begreifen, dass sein Leben noch vor ihm liegt. Ein Leben voller Glück.«

Es war sonnenklar, worauf das hinauslief. Iphy plante eine Neuauflage ihrer Heiratspläne. Es war äußerst dämlich von mir gewesen, ihr in diesem Punkt die nötige Einsicht zu unterstellen.

Eine Iphigenia Winterbottom gab nicht so schnell auf, im Gegenteil – für sie galt die Devise: jetzt erst recht.

Sie lächelte mich sonnig an. »Vielleicht sollten wir Meeks bitten, mich hinauf ins Herrenzimmer zu führen. Ich würde Sebastian gern persönlich die Pralinen überreichen.«

Mir platzte der Kragen. Ich war es einfach leid. »Iphy, das mit dir und Sebastian – es kann wirklich nichts werden. Er ist den Frauen nicht zugeneigt.« Eigentlich hatte ich *schwul* gesagt, doch anscheinend hatte der Translator es gut genug übersetzt, denn Iphy verstand es auf Anhieb.

Sie klappte den Mund auf und brauchte zwei Anläufe, bis sie etwas äußern konnte. »Das ist nicht wahr!«, hauchte sie erschüttert.

»Ist es wohl.«

»Beweise es!«

Ich war drauf und dran, Sebastiano eine herzzerreißende Männerromanze im Stil von *Brokeback Mountain* anzudichten, aber mir fiel gerade noch rechtzeitig ein, dass in dieser Epoche Schwulsein alles andere als politisch korrekt war. Es stand sogar unter Strafe. Daher erklärte ich nur streng: »Du vergisst anscheinend, dass es verboten ist. Deshalb gibt es überhaupt nichts zu beweisen. Meinem armen Bruder bleibt seit seiner frühen Jugend nichts anderes übrig, als seine Neigung zu unterdrücken und zu verbergen.«

»Zu unterdrücken …«, wiederholte Iphy stammelnd und offensichtlich unter Schock.

»Genau«, fuhr ich ungerührt fort. »Sobald sich eine Frau an ihn heranmacht, findet er es einfach nur furchtbar. Trotzdem macht er gute Miene zum bösen Spiel und tut sogar manchmal so, als würde er es mögen, sozusagen als Tarnung.« Ich blickte ihr fest in die Augen. »Du willst doch nicht ernsthaft einen Mann heiraten wollen, der seinen Kammerdiener attraktiver findet als dich?

Das war nur ein Beispiel«, fügte ich schnell hinzu, bevor sie falsche Schlüsse ziehen konnte. Freundlich, aber bestimmt nahm ich ihr die Pralinenschachtel aus der Hand. »Ich gebe sie ihm und richte ihm Grüße von dir aus. Jetzt musst du aber leider gehen, denn ich habe noch viel zu tun.« Ehe sie Widerspruch erheben konnte, fasste ich sie unter und geleitete sie aus dem Salon zur Haustür. Sie war immer noch so verdattert, dass sie kein Wort herausbrachte, abgesehen von einem gepressten *Adieu* zum Abschied.

Mein Gewissen regte sich, als ich sah, wie belämmert sie auf dem Weg zu ihrer Kutsche dreinblickte, doch ich tröstete mich damit, dass all die faustdicken Lügen, die ich heute schon in die Welt gesetzt hatte, einem guten Zweck dienten. Schließlich befand ich mich auf einer Mission und musste sozusagen die Welt retten. Da durfte ich vor ein bisschen Geflunker nicht zurückschrecken. Außerdem war Sebastiano *wirklich* ruhebedürftig. Ich konnte nicht zulassen, dass Iphy mit neuen Annäherungsversuchen seine Genesung gefährdete.

Na gut, die Pralinen konnte ich ihm ja geben. Die waren bestimmt lecker. Probeweise machte ich die Schachtel auf. Sie sahen wirklich sehr einladend aus. Vielleicht könnte ich zuerst selber eine …

»Mylady.«

Schuldbewusst fuhr ich herum. Fitzjohn hatte sich auf seine geräuschlose Art genähert und stand hinter mir. Er räusperte sich. »Wenn Mylady mir eine Frage erlauben … Ist Jerry wieder aufgetaucht?«

»Nein, leider nicht«, antwortete ich bedrückt. »Und ich weiß immer noch nicht, wie ich nach Amesbury komme. George … Ich wollte sagen, der Earl von Clevely hat mir angeboten, mich hinzubringen, aber ich weiß nicht recht, ob ich das Angebot annehmen soll.«

»Das wäre in der Tat höchst unschicklich«, stimmte Fitzjohn zu. »Eine Landpartie einer unverheirateten jungen Dame mit einem männlichen Begleiter, der weder mit ihr verwandt ist noch in ihren Diensten steht, wäre wohl ohne Weiteres geeignet, den Ruf ebendieser jungen Dame ein für alle Mal zu ruinieren.«

Ach du liebe Zeit. Darüber hatte ich noch gar nicht nachgedacht. Natürlich hatte Fitzjohn recht. Die Leute würden sofort anfangen zu tratschen, und ich wäre in null Komma nichts gesellschaftlich unten durch. Am Ende würde mich das noch die Einladung auf die Party des Prinzregenten kosten – und damit unseren wichtigsten Kontakt überhaupt, denn um den Typen und sein Wohlergehen drehte sich ja alles.

Wie gut, dass ich Fitzjohn als Butler hatte. Er hatte mich vor einem schweren Fehler bewahrt. Womit die Lösung meines Problems leider in noch weitere Ferne rückte.

»Wenn Mylady mir einen Vorschlag gestatten – ich selbst kenne den Weg nach Amesbury sehr gut. Ganz in der Nähe lebt eine alte Tante von mir, die ich schon häufig besucht habe. Man sagt mir zudem nach, dass ich ein ganz passabler Wagenlenker bin. Und da ich Ihr Butler bin, wäre Ihr guter Ruf im Falle meiner Begleitung nicht in Gefahr.«

Verblüfft ließ ich dieses Angebot sacken, was jedoch nur eine halbe Sekunde dauerte. Was für eine geniale Lösung! Damit hatte ich auf einen Schlag die ganze Organisation in Sack und Tüten. Ich musste mir nicht mal mehr Gedanken machen, wie ich Smith und West ausmanövrieren konnte, denn ich würde ja unter dem Schutz meines Butlers abreisen. Besser ging es gar nicht!

»Sie sind meine Rettung, Mr Fitzjohn! Ich beneide mich gerade wirklich selber, weil ich einen so fabelhaften Butler habe!«

Auf diese begeisterte Bemerkung reagierte Mr Fitzjohn mit der üblichen Gelassenheit. Nur ein winziges Zucken in seinem rechten Mundwinkel deutete darauf hin, dass mein Lob ihn nicht kaltließ. Halb und halb wartete ich darauf, dass er sich bei mir erkundigte, was zum Henker ich überhaupt in Amesbury wollte und warum ich ausgerechnet morgen Abend dort sein musste, doch seine berufsbedingte Diskretion hielt ihn davon ab, mich mit neugierigen Fragen zu löchern. Er wollte lediglich höflich wissen, ob es mir recht sei, wenn seine Frau den nötigen Proviant und ein paar warme Ziegelsteine für die Reise einpackte. Natürlich war es mir *sehr* recht.

Damit war es entschieden. Fitzjohn würde mich nach Amesbury bringen, und rechtzeitig beim ersten Erscheinen des Vollmonds würde ich im Steinkreis von Stonehenge stehen. Und dort tun, was immer das Schicksal für mich vorgesehen hatte.

*

Irgendwie schaffte ich es, mein Vorhaben weiterhin vor Sebastiano geheim zu halten. Zugegeben, das war keine große Kunst, denn ich verbrachte am Vorabend meines Aufbruchs nur noch ein paar Minuten bei ihm, um ihm Gute Nacht zu sagen. Er hatte ein bisschen Laudanum gegen die Schmerzen eingenommen und war schon ziemlich weggetreten, als ich zu ihm ins Zimmer kam.

Er lag bereits im Bett, gewaschen und gekämmt und trotz seiner Müdigkeit sehr attraktiv in dem sauberen weißen Nachthemd, in das Meeks ihn gesteckt hatte. Als ich mir bewusst machte, mit welcher Inbrunst der Kammerdiener den lieben langen Tag um Sebastiano herumwuselte, kam mir für einen kurzen Moment der Verdacht, dass Meeks diesen Job vielleicht wirklich nicht nur aus rein professionellem Interesse erledigte. Doch was das anging, musste ich mir wahrlich keine Gedanken machen. Gegen männliche Avancen war Sebastiano hundertprozentig und absolut immun, von daher störte es mich überhaupt nicht, wenn sein Kammerdiener ihn ein bisschen zu sehr anschmachtete. Abgesehen vielleicht davon, dass Meeks sich jedes Mal wie eine Oberzicke benahm, wenn ich mal fünf Minuten mit Sebastiano allein sein wollte.

»Schlaf schön«, sagte ich leise, während ich ihm übers Haar strich und dabei die perfekte Brutus-Frisur ruinierte. Ich küsste ihn sanft und ging dann selbst zu Bett, obwohl es noch keine acht Uhr war. Mir blieben bis zum Aufstehen nur ein paar Stunden Schlaf, denn Fitzjohn hatte gemeint, es sei besser, bereits vor dem Morgengrauen loszufahren, da wir anderenfalls damit rechnen müssten, dem Earl zu begegnen. Mein Schlaf war unruhig und von den üblichen Albträumen durchsetzt. Als ich gegen vier Uhr morgens aufstand und rasch in bequeme, warme Kleidung schlüpfte, fühlte ich mich zerschlagen und übernächtigt. In der Halle stand Mrs Fitzjohn mit einem Proviantkorb, warmen Decken und einer Tasche erhitzter Ziegelsteine bereit, und während Mr Fitzjohn alles mit Jackos Hilfe in die Kutsche brachte, trank ich rasch noch eine Tasse heiße Schokolade im Stehen.

»Am besten, Sie schlafen noch eine Weile«, empfahl Mr Fitzjohn mir, als ich anschließend gähnend die Kutsche bestieg. »Ich habe dafür gesorgt, dass eine ausreichende Menge weicher Kissen vorhanden ist.«

Davon konnte ich mich im nächsten Moment selbst überzeugen. Dankbar sank ich auf die zu einer plüschigen Kuschelecke ausgepolsterte Sitzbank und stellte meine Füße auf die warmen Ziegelsteine am Boden der Kutsche. »Ich weiß gar nicht, womit ich Sie verdiene, Mr Fitzjohn.«

»Nun, jede Herrschaft hat letztlich die Untergebenen, die sie verdient«, erklärte Mr Fitzjohn freundlich, bevor er sorgfältig den Schlag der Kutsche schloss.

Diesen Ausspruch fand ich ungewöhnlich weise und wollte ein bisschen darüber nachdenken, aber während ich das tat, nickte ich ein. Als ich das nächste Mal aufwachte, war es immer noch dunkel. Allzu lange konnte ich nicht geschlafen haben.

»Nur eine Mautstelle«, sagte Jacko, als ich das Fenster öffnete und hinaussah. »Gleich geht es weiter.«

Bald sollte ich feststellen, dass es auf unserem Weg noch mehrere Mautstellen mit Schlagbäumen gab, an denen wir halten mussten. Offenbar hatten alle möglichen Grundherren außerhalb der Stadt Wegerechte, die von Reisenden zu beachten waren. Mit der Zeit wurde ich davon jedoch nicht mehr wach, sondern schlief tief und traumlos bis in den Vormittag hinein. Als ich wieder aufwachte, hatten wir erneut angehalten, diesmal an einer Pferdestation, wo das Gespann ausgewechselt wurde. Eine praktische Einrichtung – auf dem Rückweg konnte man später seine eigenen Pferde wieder anspannen und die gemieteten zurückgeben.

Ich nutzte die Gelegenheit, um in der benachbarten Gaststätte eine Tasse Tee zu trinken und ein Schinkensandwich aus Mrs Fitzjohns Proviantkorb zu mir zu nehmen. Ich hatte kaum an meinem Tee genippt, da kam Mr Fitzjohn in den Schankraum. Er wirkte besorgt.

»Ich fürchte, wir sind verfolgt worden, Mylady«, sagte er leise und versuchte dabei, mich vor den neugierigen Blicken der Wirtin abzuschirmen. »Es ist der Earl. Er hat gerade im Hof gehalten.«

Mir fuhr der Schreck in die Glieder. George war mir hinterhergefahren! Das konnte nur bedeuten, dass Sebastiano letztlich doch recht gehabt hatte: George war einer von den Bösen.

»Was machen wir jetzt?«, fragte ich. »Ich will ihm lieber nicht begegnen.«

»Überlassen Sie das nur mir, Mylady. Bleiben Sie ruhig sitzen, bis ich zurückkomme.«

Einerseits war es sehr praktisch, die Sache Mr Fitzjohns fähiger Umsicht zu überlassen. Andererseits war die ganze Situation viel zu beunruhigend, um entspannt sitzen zu bleiben. Also sprang ich auf und lief im Schankraum umher, gefolgt von den befremdeten Blicken der Wirtin und zweier Gäste – ein bäuerliches Paar, das sein gesamtes Gepäck mit in die Schankstube geschleppt hatte, unter anderem einen Käfig voller gackernder Hühner.

Kurz darauf kam Mr Fitzjohn zurück. »Die Luft ist rein. Er ist weg.«

»Was haben Sie ihm gesagt?«

»Ich selbst nichts, er hat mich gar nicht gesehen. Ich habe den Stallburschen bestochen, ihm zu erzählen, dass wir mit einer anderen Kutsche weitergefahren seien, wegen einer gebrochenen Deichsel an unserer Equipage. Daraufhin sprang er sofort in seinen Phaeton und fuhr davon. Er wird seine Pferde antreiben wie ein Verrückter, um uns einzuholen, und gar nicht auf den Gedanken kommen, dass wir hinter ihm herfahren.«

»Aber spätestens in Amesbury wird er merken, dass er hereingelegt wurde«, gab ich zu bedenken.

»Keine Sorge, ich werde Mittel und Wege finden, Mylady eine Begegnung mit diesem aufdringlichen Verehrer zu ersparen«, teilte Mr Fitzjohn mir mit. Seine übliche Gelassenheit war grimmiger Entschlossenheit gewichen.

»Ich weiß nicht, ob er wirklich aus diesem Grund hinter mir her ist«, gab ich zu. »Also weil er verliebt in mich ist. Es kann sein, dass er in Wahrheit … Böses im Schilde führt.«

»Sie meinen, er könnte wütend über Ihre Zurückweisung sein? Es als unverzeihliche Schmach empfinden, dass Sie ihn einfach ohne jede Nachricht haben stehen lassen?«

»Das wäre denkbar«, stimmte ich mit mulmigen Gefühlen zu. Natürlich war das Quatsch, aber für Mr Fitzjohn war eine solche Begründung wenigstens nachvollziehbar. Jedenfalls eher, als wenn ich ihm gesagt hätte, dass der Earl höchstwahrscheinlich ein heimtückischer Typ aus der Zukunft war. Wie auch immer – Mr Fitzjohn musste zumindest erfahren, dass von George möglicherweise Gefahr ausging.

»Keine Sorge, Mylady. Ich bin gewappnet.« Fitzjohn klopfte auf eine Ledertasche, die er schon die ganze Zeit bei sich trug, an einem langen Riemen über der Schulter hängend.

Mein Mund wurde trocken. »Ist da … eine Pistole drin?«

Fitzjohn nickte würdevoll. »Auf Reisen muss man immer mit Wegelagerern rechnen und sollte seinen Schutz nicht dem Zufall überlassen. Ich habe es mir daher schon vor langer Zeit zur Angewohnheit gemacht, auf Überlandfahrten immer eine Waffe mitzuführen, um mir Beutelschneider und Raubgesindel vom Hals zu halten.«

Du meine Güte. Mein Butler schleppte eine Pistole mit sich herum! Ich schluckte heftig. Dieses Unterfangen wurde immer mehr zu einem unberechenbaren Abenteuer.

Doch zu meiner Erleichterung verlief die restliche Reise ohne jeglichen Zwischenfall. Es gab höchstens mal ein Schlagloch, das die Kutsche zum Rumpeln brachte und mich tüchtig durchschüttelte. Wir fuhren den ganzen Tag und hielten nur an, um zwischendurch die Pferde zu wechseln, eine Kleinigkeit zu essen oder mal eben auszutreten. Der Groom Jacko erwies sich als zäher Bursche. Staubbedeckt und geduckt hockte er auf der schmalen Hilfsbank hinter dem Kutschbock und stieß gelegentlich vor unübersichtlichen Kurven oder bei entgegenkommenden Fuhrwerken ins Horn, während Mr Fitzjohn mit unermüdlichem Geschick die Zügel führte.

Wir fuhren durch eine liebliche, von sanften Hügeln gewellte Landschaft, in der malerische kleine Dörfer wie dahingetupft in der Sonne lagen. Angesichts der idyllischen, von Vogelgezwitscher untermalten Ruhe schienen sämtliche Gefahren weit weg, doch dieser äußere Eindruck war trügerisch, denn als wir unserem Ziel näher kamen, fühlte ich die namenlose Bedrohung, die auf mich wartete. Ich wusste, dass eine Nacht der Entscheidungen vor mir lag. Dennoch zog mich alles dorthin, ich kam keinen Moment lang auf den Gedanken, es mir anders zu überlegen und lieber zurückzufahren. Alles, was heute geschehen würde, war so unausweichlich wie das Erscheinen des Mondes, der bald leuchtend am Horizont aufgehen würde. Der Himmel war den ganzen Tag wolkenlos gewesen, entsprechend klar würde sich auch der Nachthimmel zeigen.

Die Gegend um Amesbury war sehr ländlich. Abgesehen von ein paar strohgedeckten Cottages sowie diversen Weizenfeldern und Rübenäckern waren nur wenige Spuren menschlicher Zivilisation zu sehen. Das Dorf selbst war ein verschlafenes Nest. Außer einem Bauern, der ein Fass über die Straße rollte, begegnete uns keine Menschenseele. In der Hofeinfahrt einer Herberge entdeckte ich im Vorbeifahren zu meinem Schrecken die prächtige Kutsche von George Clevely. Besorgt blickte ich durchs Fenster zurück, doch niemand schien uns Aufmerksamkeit zu schenken. Wir verließen den Ort in westlicher Richtung, und während wir die Dorfgrenze hinter uns ließen, ging die Sonne unter. Einige Kilometer weiter hielt die Kutsche am Fuß eines Hügels an. Fitzjohn öffnete mir den Schlag.

»Wir sind da, Mylady. Das restliche Stück müssen wir zu Fuß gehen.«

Er hielt mir höflich seinen Arm hin, und ich hängte mich ein und blickte den Hügel hinauf. Vor dem purpurfarbenen Himmel zeichneten sich scharf umrissen die großen, aufrecht stehenden Felsen ab. Hier war es. Das legendäre Stonehenge.

*

Wir waren den von Grasbüscheln überwucherten Pfad gerade erst ein paar Dutzend Schritte hinaufgestiegen, da hörte ich hinter mir die Kutsche davonrollen. Überrascht wandte ich mich um und sah gerade noch, wie sie um die nächste Wegbiegung verschwand.

»Was macht Jacko denn da? Wieso fährt er weg?«

»Ich habe ihn beauftragt, im Dorf eine Unterkunft zu besorgen und anschließend zurückzukommen. Irgendwo müssen wir ja nächtigen. Außerdem müssen die Pferde getränkt werden.«

Prüfend blickte Mr Fitzjohn zum Himmel. »Wir sollten eine Fackel anzünden, es wird gleich dunkel.« Tatsächlich hatte er eine dabei. Staunend sah ich zu, wie er sie mit dem Tachypyrion in Brand setzte. Er dachte wirklich an alles. Ohne ihn wäre ich schlicht aufgeschmissen gewesen.

Die Sonne war nun endgültig verschwunden. Das orangerote Farbenspiel über dem Hügel verblasste und wich dem diffusen Grau der aufziehenden Dämmerung. Wir hatten den Steinkreis fast erreicht. Wuchtig ragten die Monolithen vor uns auf. Zwischen den bemoosten Felsen schienen uralte Geheimnisse zu lauern, die Luft war aufgeladen von fremdartiger Energie. Was immer heute hier passierte – es würde bald geschehen. Bis zum Aufgang des Mondes konnte es nur noch ein paar Minuten dauern.

Mr Fitzjohn zog eine Taschenuhr hervor und klappte sie auf. »Noch eine Minute bis zum Mondaufgang.«

Von irgendwoher kam ein kalter Lufthauch und streifte mich.

Die plötzliche Erkenntnis traf mich wie eine Keule.

»Ich hatte Ihnen überhaupt nicht gesagt, dass ich nach Stonehenge wollte«, entfuhr es mir, während ich gleichzeitig vor Fitzjohn zurückwich. »Ich hatte bloß von Amesbury gesprochen. Genau wie bei George. George hat im Dorf angehalten, weil er keine Ahnung hatte, dass ich zu den Steinen wollte. Aber *Sie* wussten es und sind deshalb gleich durchgefahren.«

»Stimmt. Ich fragte mich schon, wann es Ihnen auffällt.« Mr Fitzjohns sonst so würdevolles Gesicht wirkte im Fackellicht auf einmal seltsam dämonisch.

»*Sie* sind es«, stieß ich hervor. »Sie sind der Alte, der hinter allem steckt. Sie wollen die Zeit zerstören!«

»Nicht alles davon. Das, was ich brauche, behalte ich. Und was ich loswerden will … nun ja. Sie ahnen es sicher. Es ist ein bisschen drastisch, aber mir bleibt nichts anderes übrig. Schließlich will ich ja ein Spiel gewinnen. Und das klappt nun mal am besten, wenn man alle anderen Spieler rauswirft.«

»Und was habe ich damit zu tun? Warum haben Sie mich hergebracht?« Ich bekam die Frage nur mit Mühe heraus.

»Nun ja. Sie haben die Maske. Leider funktioniert das Ding nicht ohne Sie. Ich habe es ausprobiert, weil ich dachte, es ginge, doch das war ein Irrtum. Deshalb durften Sie es sich zurückholen. Und deshalb sind Sie jetzt hier. Sie und die Maske.«

»Was haben Sie mit Jerry gemacht?«, entfuhr es mir.

»Er musste leider von der Bildfläche verschwinden, damit ich an seiner Stelle mit Ihnen hierherfahren konnte.«

Mir war speiübel, um ein Haar wäre es mir hochgekommen.

»Und was passiert jetzt?«, fragte ich. »Wollen Sie mich auch umbringen?«

»Das hängt ganz von Ihnen ab. Sie wissen doch, es ist alles nur ein Spiel. Es gibt Gewinner und Verlierer. Sie können um den Sieg kämpfen.« Er wies zum Horizont. »Der Mond geht gerade auf. Ich will es mal so sagen: Sie haben eine Fifty-fifty-Chance, es zu schaffen. Ein faires Spiel, finde ich.« Er sagte es in höflichem Ton, doch der Klang seiner Stimme jagte mir einen Schauer über den Rücken. Seine zurückhaltende Ehrerbietung war völlig verschwunden. Das ganze Butler-Getue – aus und vorbei. Mit einem Mal schien er einige Zentimeter größer zu sein – und eiskalt entschlossen.

Mein Herz hämmerte. Ich atmete tief durch, während ich mich unauffällig zur Flucht bereit machte. Wenn ich die Röcke raffte und den Sprint meines Lebens hinlegte, konnte ich es vielleicht ins Dorf schaffen und dort George Clevely um Hilfe bitten. Zumindest wusste ich ja jetzt, dass er völlig unschuldig war und ich ihn ganz umsonst verdächtigt hatte. Er war mir bloß gefolgt, weil er sich Sorgen um mich machte. Hätte ich ihm nur mehr vertraut, dann wäre ich mit ihm hierhergefahren statt mit Fitzjohn und säße jetzt nicht in dieser Patsche!

Mit verengten Augen blickte ich den Hang hinunter in Richtung Straße. Im Laufen war ich nicht besonders gut, aber Mr Fitzjohn sah auch nicht allzu sportlich aus. Außerdem war er – zumindest optisch – mindestens doppelt so alt wie ich. In Wahrheit vielleicht sogar hundertmal. Auch wenn er übermenschliche Fähigkeiten besaß (ich wollte gar nicht wissen, welche!), müsste er mich erst mal schnappen.

Doch dann wurde mir klar, dass ich gar nicht ins Dorf laufen musste. Die Rettung wartete ganz in der Nähe. Oben zwischen den Felsen war ein Flimmern zu sehen, und von irgendwoher, wie aus sehr weiter Ferne, hörte ich José nach mir rufen.

»Hierher, Anna! Zum Tor!«

Zwischen den Monolithen war der Vollmond aufgegangen. Eingerahmt von einem der steinernen Tore, war er über der Hügelkuppe aufgetaucht. Sein bleiches Licht umfloss den Steinkreis und mischte sich mit dem Glühen des sich öffnenden Zeitportals.

Ohne zu zögern spurtete ich darauf zu. Inmitten des Flimmerns sah ich auf einmal Josés schattenhafte Gestalt. Ich erkannte sogar sein Gesicht mit der schwarzen Augenklappe. Er wirkte erschöpft, aber in seinen Zügen spiegelte sich Hoffnung wider.

»Lauf schneller!«, schrie er und streckte vom anderen Ende der Zeit her die Hand nach mir aus. »Ich brauche dich hier! Ohne dich komme ich nicht durch!«

Ich gab mein Bestes, doch es war nicht genug. Und plötzlich veränderte sich Josés Gesichtsausdruck.

»Pass auf!«, rief er. Seine Stimme ging fast in dem Brausen und Heulen des Zeitstroms unter. Doch seine Warnung kam zu spät. Im nächsten Sekundenbruchteil sprang mich jemand von der Seite an. Ein massiver Körper prallte gegen mich und brachte mich zu Fall. Von dem heftigen Bodycheck wurde mir jeder Kubikzentimeter Luft aus dem Zwerchfell gepresst. Platt wie eine Flunder landete ich auf dem Rücken und der Angreifer auf mir. Im Mondlicht sah ich dicht über mir hellblondes Haar und blitzende Zähne. Keine Frage, das war Bräutigam-Ken alias Reginald Castlethorpe. Er hatte mir hier aufgelauert, natürlich in Absprache mit Fitzjohn. Aber warum?

Dann verstand ich es, denn Fitzjohn war mir gefolgt und berührte mit ausgestrecktem Arm das Portal.

»Nein!«, hörte ich José noch von ferne rufen, aber das Tor brach bereits zusammen, es implodierte förmlich und verschwand zusammen mit José im Nichts, begleitet von einem gewaltigen Donnerschlag. Der darüber liegende Dachstein krachte unter der Druckwelle zu Boden. Erdklumpen flogen durch die Luft, einer davon traf Reginald an der Schulter und zerplatzte zu lehmigen Brocken, von denen mir einer oder zwei in den offenen Mund fielen.

Würgend und spuckend und unter Reginalds Gewicht fast erstickend begriff ich, was geschehen war. José hatte aus irgendwelchen Gründen das Tor nur öffnen können, weil ich in der Nähe war, während Fitzjohn genau auf diesen einen Moment gewartet hatte, um das Portal lokalisieren und zerstören zu können. Das letzte noch existierende Tor war weg, und es war allein meine Schuld.

Fifty-fifty, und ich hatte verloren.

»Schlag sie bewusstlos!«, rief Fitzjohn. »Schnell, sonst springt sie!«

»Ich habe eine bessere Idee. Ich bring sie um. Jetzt brauchen wir sie ja nicht mehr.« Reginald griff neben sich und packte einen Stein. Als er damit ausholte, knallte ich ohne groß nachzudenken meine Stirn, so hart ich konnte, gegen sein Kinn. Er ließ den Stein fallen und fuhr stöhnend zurück, und es gelang mir, ihn wegzustoßen und mich unter ihm hervorzurollen.

»Du Miststück, ich krieg dich noch«, brüllte Reginald, während ich mich hochrappelte und zwei Schritte zur Seite taumelte.

»Zu spät, du Idiot«, sagte Fitzjohn. Der Feuerschein der Fackel tauchte sein Gesicht in ein unheimliches Licht.

Reginald fletschte wutentbrannt die Zähne und machte einen Hechtsprung in meine Richtung.

Ich kniff fest die Augen zu und wünschte mich zurück zu Sebastiano. Im nächsten Augenblick verschwand die Welt in einem eisigen, tiefschwarzen Loch.

»Anna!«, hörte ich jemanden von weit her meinen Namen rufen, gefolgt von einer Reihe italienischer Flüche, die wie Musik in meinen Ohren klangen. Auf diese Art und Weise fluchte nur ein einziger Mensch, den ich kannte, und das war Sebastiano. Es klang richtig nett, wenn er fluchte. Weniger nett waren die Ohrfeigen. Eine rechts, eine links, und dann noch eine, wieder rechts, diesmal etwas fester als die beiden ersten.

»Komm zu dir!«, schrie er mich an.

»Ja doch«, murmelte ich benommen. Leider nicht rechtzeitig vor der vierten Ohrfeige, von der ich endgültig wach wurde. Und die ich leider verdient hatte, nach allem, was ich verbockt hatte. »Es ist meine Schuld«, flüsterte ich.

Sebastiano atmete erleichtert auf und zog mich in seine Arme. »Gott sei Dank! Du lebst!«

Fast kam es mir so vor, als unterdrückte er ein Schluchzen, aber das musste ein Irrtum sein. Doch als ich seine nächsten Worte hörte, erkannte ich, dass ich gar nicht so weit danebenlag.

»Du warst auf einmal hier, auf dem Fußboden, und du hast nicht geatmet«, stieß er hervor. »Ich dachte, du bist tot!«

»Alles gut«, murmelte ich, während ich mühsam die Augen öffnete. »Gib mir einen Moment.«

Diesen Vorschlag fand er anscheinend inakzeptabel. Seine Angst um mich schlug in Zorn um. »*Dio mio*, wo zum Teufel warst du? Es kam mir schon den ganzen Tag komisch vor, dass du nicht aufgetaucht bist, egal, was Meeks mir erzählt hat. Von wegen Einkaufen mit Iphy oder Besuch in der Oper!« Er packte mich bei den Schultern und schüttelte mich. »Verdammt, Anna, rede mit mir! Wo hast du gesteckt? Etwa in Stonehenge? Ich dachte, wir waren uns einig, dass du das nicht auf eigene Faust machst!«

»Es ging nicht anders«, sagte ich mit zittriger Stimme. Und dann erzählte ich ihm alles. »Ich hatte die Chance, José zurückzuholen«, schloss ich leise. »Aber ich habe es vermasselt.«

Er hatte mir mit versteinerter Miene zugehört. »Wir müssen von hier weg«, sagte er tonlos. Nur diesen einen Satz. Er war bereits aufgestanden und fing an, sich anzuziehen. Ich sah, wie schwer ihm das wegen des verletzten Arms fiel, und wollte ihm helfen, doch das lehnte er brüsk ab. »Pack lieber ein paar Sachen für dich zusammen. Nimm nur das Nötigste mit. Wir gehen zu Fuß, niemand soll unsere Spur zurückverfolgen können.«

»Aber wo sollen wir denn hin?«

»Wir suchen uns irgendwo ein Versteck, und zwar da, wo Fitzjohn es nicht vermutet. Wenn wir hier auf dem Präsentierteller sitzen bleiben, sind wir morgen früh tot. Er braucht uns jetzt nicht mehr.«

»Dasselbe hat Reginald auch gesagt«, stimmte ich beklommen zu.

»Da siehst du es. Dass ich selber überhaupt noch lebe, verdanke ich vermutlich dem Umstand, dass Fitzjohn alles so normal wie möglich weiterlaufen lassen wollte, um deine Aktionen besser überwachen und ständig in deiner Nähe bleiben zu können. Jetzt hat er erreicht, was er wollte – die Epoche ist endgültig isoliert, die Tore sind vernichtet. Ab sofort sind wir ihm nur im Weg, also wird er dafür sorgen, dass er uns ein für alle Mal loswird.«

»Und die anderen hier im Haus? Meinst du, einer von denen …« Ich brach ab. Es schnürte mir die Kehle zusammen, bloß daran zu denken.

Sebastiano fasste meine Befürchtung in Worte. »Wir können keinem mehr trauen. Jeder von denen könnte auf Fitzjohns Lohnliste stehen.«

»Wir könnten ihn anzeigen und verhaften lassen. Er ist doch offiziell nur ein Butler!«

»In der Bow Street hat er ebenfalls seine Leute sitzen, das ist so sicher wie das Amen in der Kirche.« Sebastianos Gesicht war bleich und grimmig, und ich sah, welche Anstrengung es ihn kostete, sich anzuziehen.

»Lass mich dir doch helfen!«

Er drängte meine Hand weg. »Geh packen. Und sieh zu, dass du niemanden aufweckst.«

Niedergeschmettert ging ich nach nebenan und warf wahllos ein paar Sachen in eine Tasche. Nach einigem Nachdenken packte ich in eine zweite Tasche ein paar von meinen Lieblingsbüchern und drei Bände der Encyclopædia. Als ich zu Sebastiano zurückkehrte, war er fertig angezogen und hatte seinen Reisesack gepackt.

»Wozu brauchst du zwei Taschen?«, fragte er.

»Äh … Na ja, auf zwei Seiten verteilt das Gewicht sich anatomisch besser. Ist gesünder für die Schultern.«

»Wenn du die Bücher nicht mehr tragen kannst, laden wir sie unterwegs ab«, verkündete er.

»Ja, natürlich tun wir das«, versicherte ich, in Wahrheit wild entschlossen, die Bücher notfalls bis zum Ende der Welt (oder der Zeit) mitzuschleppen.

Ich sah, dass Sebastiano die Schatulle mit dem Geld und dem Schmuck aus dem Herrenzimmer geholt hatte. Immerhin würden wir nicht mittellos losziehen, das beruhigte mich ein wenig. Soweit in dieser verfahrenen Situation überhaupt irgendetwas beruhigend sein konnte.

Er war meinem Blick gefolgt und schüttelte düster den Kopf. »Die Schatulle ist leer. Geld, Schmuck – alles weg. Sogar unser Brillantcollier.«

»Was?« Ich erschrak. »Aber wieso …?«

»Der Mistkerl hat alle wertvollen Dinge mitgenommen und nur den Kleinkram dagelassen. Ich habe ein paar silberne Kerzenleuchter eingepackt, die könnten wir vielleicht zu Geld machen. Aber nur im absoluten Notfall, weil Fitzjohn bestimmt alle einschlägigen Pfandleihen überwachen lässt. Ich hoffe, du hast noch ein bisschen Bares dabei.«

Bestürzt sah ich ihn an. »Nur das bisschen Reisegeld, das ich eingesteckt hatte.«

»Das muss reichen.«

»Es reicht höchstens für ein paar Mahlzeiten und eine Übernachtung.«

»Wir werden eben unsere Ansprüche etwas runterfahren müssen.« Er schulterte seinen Reisesack und verzog das Gesicht, weil die Bewegung ihm wehtat. »Lass uns von hier verschwinden.«

So leise wie möglich gingen wir nach unten. In der Halle blieb ich wie angewurzelt stehen. Aus der Küchenetage einen Stock tiefer war ein unverkennbares Geräusch zu hören. Es wäre ein begeistertes Bellen gewesen, wenn Sisyphus ein paar Monate älter gewesen wäre, aber da er noch ein Welpe war, klang es eher wie ein freudiges Fiepen.

»Warte einen Moment«, sagte ich, und bevor Sebastiano Einspruch erheben konnte, war ich schon auf dem Weg in die Küche. Das Hundekörbchen stand neben dem Herd. Ich hatte Mrs Fitzjohn extra darum gebeten, Sisyphus nicht allein zu lassen und auch nachts nach ihm zu sehen, weil er sich in der fremden Umgebung und ohne seine Mutter sicher ängstigen würde. Anscheinend war sie davon ausgegangen, ein Schlafplatz in der Küche sei mehr als gut genug für den kleinen Kerl.

Er war aus seinem Körbchen geklettert und kam auf mich zugelaufen. Aufgeregt versuchte er, an mir hochzuspringen, und als ich neben ihm in die Knie ging, fing er sofort an, mir dankbar die Hand zu lecken.

»Was soll nun aus dir werden?«, fragte ich ratlos. Aber im Grunde kannte ich die Antwort bereits, noch bevor er mit seinem hilflosen Jaulen loslegte und mich mit großen Augen anflehte.

»Schon gut, ich nehme dich mit. Aber du musst jetzt wirklich still sein.«

Und erstaunlicherweise war er das dann auch, woran man eindeutig erkennen konnte, wie clever er war. Ich packte ihm einen Knochen zum Spielen und Kauen in den Deckelkorb, und sofort fing er an, geschäftig daran herumzunagen. Mit dem Körbchen in der Hand ging ich zurück nach oben in die Halle, wo Sebastiano mit unergründlicher Miene auf mich wartete.

»Wenn wir uns sowieso verstecken müssen, kann er genauso gut mit uns kommen«, verteidigte ich meinen spontanen Entschluss.

Sebastiano sah mich ein paar endlose Sekunden lang an, und ich richtete mich auf eine zähe Diskussion ein. Vorsorglich brachte ich eines meiner besten Argumente gleich als Erstes.

»Er ist ein wirklich nützlicher Begleiter«, erklärte ich. »In ihm steckt ein prima Wachhund. Hast du gehört, wie er angeschlagen hat, als er mitkriegte, dass jemand hier in der Halle ist? Und dabei waren wir absolut leise. Das muss ihm erst mal einer nachmachen!« Es hätte sich bestimmt viel überzeugender angehört, wenn ich laut und nachdrücklich hätte sprechen können statt bloß zu flüstern.

»Anna.« Sebastiano seufzte. Dann streckte er zu meiner Überraschung die Hand aus und streichelte meine Wange. »Was soll ich nur mit dir machen?«

»Keine Ahnung«, erwiderte ich ehrlich.

»Eigentlich sollte ich wahnsinnig sauer auf dich sein, weißt du das?«

»Das solltest du wirklich«, sagte ich mit klopfendem Herzen. »Zumal ich selber auch wahnsinnig sauer auf mich bin. Streng genommen müsstest du mir noch ein paar zusätzliche Ohrfeigen verpassen. Oder mich wenigstens ein bisschen anbrüllen. Obwohl – das könnte jemand hören, und wir müssen ja leise sein. Aber später solltest du es auf alle Fälle tun.«

»Ich werde darüber nachdenken. Jetzt lass uns erst mal von hier verschwinden.«

»Aber wohin denn?«

»Uns wird unterwegs schon was einfallen.«

»Du darfst doch noch gar nicht herumlaufen! Der Arzt hat gesagt …«

»Wenn wir hierbleiben, können wir bald nie wieder herumlaufen.«

Und so verließen wir mitten in der Nacht Foscary House und damit unser luxuriöses Leben. Der Himmel hatte sich zugezogen, die Dunkelheit war schwarz und bedrohlich. Wolken verhüllten den Vollmond, während wir uns auf den Weg machten, ohne Hoffnung und ohne zu wissen, was uns die Zukunft bringen würde.

TEIL VIER

Ich habe gerade vorn an der Ecke einen von unseren ehemaligen Leibwächtern gesehen«, informierte ich Sebastiano drei Wochen später, während ich nach Luft schnappend und in einem Schauer von Regentropfen in die ärmliche Dachkammer platzte, die wir gemeinsam bewohnten.

»Verdammt.« Er wandte sich zu mir um, und ich hatte Gelegenheit, seinen nackten, durchtrainierten Oberkörper zu bewundern – einer der wenigen Lichtblicke der letzten Zeit. Er übte jeden Tag mit Hanteln (eigentlich waren es bloß schwere Ziegelsteine), viel fehlte ihm nicht mehr zu seiner früheren Form. Die Verletzung war gut ausgeheilt, und in seinen Bewegungen war er auch nicht mehr eingeschränkt. Durch zähes tägliches Training hatte er seine Stärke und Schnelligkeit Stück für Stück wieder zurückgewonnen. Und leider sah es jetzt ganz danach aus, als würden wir beide vielleicht schon bald auf seine Kampfkraft angewiesen sein.

»Welcher war es?«, wollte er grimmig wissen.

»Smith.« Ich bemühte mich, meinen jagenden Puls unter Kontrolle zu bringen, doch weil ich gerade voller Panik sechs steile Treppen hinaufgerannt war, war das leichter gesagt als getan. Nachdem ich wochenlang nur untätig herumgesessen und mir die Zeit hauptsächlich mit Lesen vertrieben hatte, war ich ziemlich außer Form. Keuchend fügte ich hinzu: »Obwohl, hm, nein, es könnte auch West gewesen sein. Du weißt doch, ich kann die beiden nicht so gut auseinanderhalten. Aber ich glaube, es war Smith. Wobei es eigentlich auch keine Rolle spielt, denn einer von den beiden war es auf alle Fälle.«

»Bist du sicher, dass er dich nicht bemerkt hat?«

»Ganz sicher. Ich bin rechtzeitig abgehauen.«

Sebastiano schüttelte den Kopf. »Zeit zu packen. Hier wird der Boden zu heiß. Wir müssen sofort den Standort wechseln. Gut, dass wir überhaupt so lange bleiben konnten. Ich hatte schon früher erwartet, dass sie auftauchen.«

»Der Kerl könnte auch nur zufällig hier gewesen sein.«

»Das glaubst du doch selber nicht. Fitzjohn lässt seine Schnüffler in der ganzen Stadt nach uns suchen, und dass er sie auch ins Eastend schickt, ist der Beweis dafür, dass er uns in dieser Gegend vermutet. Was anderes können wir uns schließlich auch gar nicht leisten.« Er legte die beiden Ziegelsteine weg und griff nach seinem Messer. Zielsicher warf er es von einer Hand in die andere und wieder zurück, dann attackierte er mit einem blitzartigen Stich einen unsichtbaren Gegner. Mir lief ein ehrfürchtiger Schauer über den Rücken, als ich sah, wie schnell und geschickt er war. Gleich darauf zuckte ich heftig zusammen, als er das Messer mit einem schlangengleichen Zucken seiner Hand gegen die unschuldige Wand schleuderte, wo es zitternd stecken blieb. Genau zwischen den Augen der lieblich lächelnden, vollbusigen Schönheit, die dort in Öl gemalt hing. Molly hatte behauptet, es sei ein Jugendporträt von ihr, das ein berühmter Künstler gefertigt habe, doch abgesehen von den roten Haaren war es ihr nicht besonders ähnlich.

Sebastiano riss das Messer aus dem Bild und setzte seine artistischen Kunststücke fort. Er warf den Dolch scheinbar nachlässig über seine Schulter und fing ihn mit der anderen Hand hinter seinem Rücken auf. Dann fuhr er ruckartig herum, durchschnitt mit der Klinge in einem blitzenden X die Luft und warf das Messer in hohem Bogen in Richtung Bett. Bevor es landen konnte, hatte er es mitten in einem Hechtsprung aufgefangen.

Beeindruckt beobachtete ich, wie das klapprige Bett unter der harten Landung von Sebastianos achtzig Kilo beinahe zusammenbrach.

»Wow«, sagte ich. »Aber ich glaube, das gibt Ärger mit Molly.«

Ich hatte es kaum ausgesprochen, als auch schon die Tür aufflog und Molly erschien. »Was war das eben für ein Radau?«, wollte sie wissen.

Das Messer zischte an ihrer Nase vorbei und landete zwischen ihren Augen – natürlich denen ihres Porträts –, was sie zu einem schrillen Aufschrei veranlasste.

»Tut mir leid«, sagte Sebastiano, während er sich aufsetzte. »Es war eine Art Reflex. Dieser Trick ist nämlich sozusagen eine Einheit. Also Fallen, Fangen und Werfen in einem.«

Molly presste sich die Hand auf ihren wogenden Busen. »Das halten meine Nerven nicht aus! Ich ahnte nicht, dass hier ständig mit scharfen Messern hantiert wird, als ich euch Obdach gewährte!« Sie setzte Sisyphus auf dem Boden ab, der sofort anfing, schnüffelnd seine Umgebung zu erkunden, obwohl er das winzige Dachzimmer mittlerweile in- und auswendig kannte.

Molly stieß einen jammervollen Laut aus. »Mein kostbares Porträt! Es ist ruiniert!«

Tatsächlich war es durch die diversen Treffer von Sebastianos Dolch nicht gerade hübscher geworden. Molly würde dafür einiges an Wiedergutmachung fordern. Um unsere Finanzen zu schonen, hatte ich vor ein paar Tagen angefangen, ihr unten in ihrem von

Plüschkissen überladenen Wohnzimmer Klavierunterricht zu geben. Sie hatte nämlich von einer Freundin ein Tafelklavier geerbt, ein in dieser Epoche besonders beliebtes Musikinstrument. Besagte Freundin war die Mätresse eines erfolgreichen Pferdehändlers gewesen, der aus einer Bauernfamilie stammte, sich aber unbedingt kulturell weiterentwickeln wollte und ihr deshalb das Ding geschenkt hatte. Leider hatte Mollys Freundin – ihr Name war Bess – nicht mehr viel Spaß damit gehabt, denn bald darauf war sie an Schwindsucht gestorben. Das Klavier hatte sie mitsamt ihrem Liebhaber ihrer besten Freundin Molly Flanders vermacht, die jetzt bei mir lernte, darauf zu spielen.

»Nicht, dass noch 'ne feine Dame aus mir wird«, hatte sie zu mir gesagt. »Ist nur, weil ich die gute Bess so sehr mochte. Und weil es Mr Phelps gefällt, wenn man sich mit Musik und Oper und diesem Quatsch befasst.«

Leider war Molly komplett unmusikalisch. Ihre Etüden waren nur schwer zu ertragen, und die Wände im Haus waren zu dünn, um den Lärm abzuhalten. Abgesehen davon war es auch sonst nicht wirklich gemütlich hier – schöner Wohnen ging anders.

Wir hausten in einer zugigen kleinen Mansarde über den beiden Kammern, die Molly bewohnte, in einem vergammelten und miefenden Mietshaus in der Brick Lane. Nach unserer Flucht vom Grosvenor Square war uns nichts Besseres eingefallen, als bei ihr Zuflucht zu suchen. Schließlich hatte sie es uns seinerzeit in der Kirche ausdrücklich angeboten. Tatsächlich hatte sie uns großmütig aufgenommen, aber sie hatte so ihre Prinzipien, und das oberste lautete, nie etwas umsonst zu tun. Angeblich zahlte sie selbst eine so horrende Miete, dass sie ohne unseren Zuschuss schon längst hätte ausziehen müssen. Doch die neuen Kleider und die schreiend pink gefärbte Federboa, die ebenfalls brandneu sein musste, deuteten nicht gerade darauf hin, dass sie finanziell auf dem letzten Loch pfiff. Außerdem gab es noch Mr Phelps, dank dessen Gunst sie nur noch selten auf der Straße arbeiten musste. Unter anderem lernte sie auch deshalb Klavier, um später einmal eine Ehefrau nach Mr Phelps Geschmack zu sein. Für dieses Ziel kämpfte sie mit zäher Entschlossenheit. Dabei spielte es überhaupt keine Rolle, dass er noch verheiratet war.

»Seine Alte hat nicht mehr lange zu leben«, hatte Molly mir letztens anvertraut. »Sie siecht seit Jahren vor sich hin. Schon die arme Bess hat ständig darauf gewartet, dass es die Frau hinwegrafft, aber der Sensenmann hat leider Gottes zuerst Bess geholt. Das Leben ist oft so ungerecht und der Tod erst recht.« Sie bekreuzigte sich. »Doch nun scheint sich alles zum Guten zu wenden. Letzte Woche hatte die Frau einen Blutsturz.«

Ein paar Tage später hatte sich Mrs Phelps allerdings in einer unerwarteten Anwandlung von Robustheit wieder erholt. Sie war offenbar sogar beim Kauf eines neuen Hutes gesichtet worden, was Mollys Laune seit Tagen auf dem Nullpunkt verharren ließ.

Molly inspizierte entsetzt die Löcher in ihrem Porträt. »Es ist völlig hinüber. Das schöne Bild! Es hat mich ein Vermögen gekostet!«

Ich hob Sisyphus hoch und drückte ihn an mich. »Wir würden dir den Schaden ja gern erstatten, aber wir sind pleite, Molly.«

Sie warf einen bezeichnenden Blick auf den silbernen Kerzenhalter, der auf der wurmstichigen Kommode stand – unser letzter Wertgegenstand. Alles andere war bereits in ihren Besitz übergegangen. Für eine neue Matratze (in der alten hatten Flöhe gehaust), für eine Dose Tee (unser einziger Luxus) und vor allem für das häufige Gassigehen mit Sisyphus. Wir selbst wagten es nicht, uns tagsüber draußen mit ihm blicken zu lassen, denn Fitzjohn ließ ja sowieso schon nach uns suchen. Ein kleiner Hund als zusätzliches Erkennungsmerkmal würde uns noch schneller auffliegen lassen. Folglich gab Molly ihn offiziell als ihr Eigentum aus und ging widerwillig mit ihm vor die Tür, wenn er mal musste, was ziemlich häufig vorkam.

Sie betrachtete zuerst mich und dann Sebastiano – auf eine Art, die mir nicht gefiel. »Vorhin hat übrigens jemand nach euch beiden gefragt. Ein großer, kräftiger Kerl, der ziemlich nach Bow Street Runner roch, wenn ihr versteht, was ich meine.«

Ich erschrak. Smith hatte schon angefangen herumzufragen!

»Was hast du ihm gesagt?«, wollte ich wissen.

Sie würdigte mich keines Blickes, sondern sah stattdessen Sebastiano an, der sich gerade nach seinem Hemd bückte, sodass man einen guten Ausblick auf seinen muskulösen Rücken hatte.

»Na, dass ich hier in der Gegend niemanden gesehen habe, auf den seine Beschreibung zutrifft. Aber der Kerl meinte, er kommt wieder. Und er sagte, dass es eine sehr gute Belohnung gibt, wenn jemand hilfreiche Hinweise hat. Kann sein, dass jemand anders aus dem Haus nicht ganz so verschwiegen ist wie ich.«

»Und Sie selber vielleicht auch nicht, wenn er das nächste Mal hier auftaucht«, fügte Sebastiano mit kalter Stimme hinzu.

Molly zuckte nur die Achseln, aber ihre Gedanken waren ihr am Gesicht abzulesen. Ihre Sympathien waren klar verteilt. Sie galten in erster Linie ihrem eigenen Wohlergehen. Molly war fast dreißig, und viele Chancen für einen gesellschaftlichen Aufstieg würde sie in ihrem Leben garantiert nicht mehr bekommen. Niemand konnte ihr verübeln, dass sie auf ihren Vorteil bedacht war. An ihrer Stelle hätte ich mir ebenfalls nichts sehnlicher gewünscht, als aus dieser miesen Gegend wegzuziehen. Und dabei hatte sie es sogar noch vergleichsweise gut hier, weil sie zwei Etagen für sich allein hatte. In den tiefer liegenden Stockwerken wohnten, auf viele enge Zimmer verteilt, insgesamt mindestens zehn Familien mit zahlreichen Kindern. Wenn man diesen Leuten im Treppenhaus begegnete, erschrak man oft vor ihrem kränklichen, heruntergekommenen Aussehen. Egal ob alt oder jung – hier lebten nur lauter blasse, viel zu dünne, ständig hustende Menschen. Viele der Kinder hatten kahl geschorene Köpfe, wegen der Läuseplage, unter der sie litten. Ganze Familien aus dem Haus arbeiteten bis zum Umfallen in einer nahe gelegenen Tuchfabrik, einschließlich der Kinder, die schon mit neun oder zehn Jahren für einen Hungerlohn schuften mussten. Trotzdem brachte die ganze Plackerei kaum genug Geld für die Miete und das Allernötigste an Essen ein. Im Haus stank es die meiste Zeit durchdringend nach Kohl und Fisch, und das war noch der Geruch der besseren Tage. Wenn es regnete, drangen die widerlichen Dünste überquellender Latrinen durch alle Ritzen und verpesteten die Luft bis in den letzten Winkel.

Der Unterschied zu dem feinen Luxusleben der Oberschicht in den besseren Stadtteilen hätte nicht krasser ausfallen können. Es war schwer zu begreifen, unter welch erbärmlichen Umständen die Menschen hier hausen mussten. Im Nachhinein ärgerte ich mich maßlos über mich selbst – wie leichtfertig ich auf meinen Shoppingtouren mit Iphy das Geld zum Fenster hinausgeworfen hatte, ohne auch nur einen Gedanken an die bittere Armut im Osten der Stadt zu verschwenden!

Nein, keiner konnte es Molly verübeln, dass sie hier rauswollte, auf welchem Wege auch immer, und als ich nach ihrer Bemerkung über ihre angebliche Verschwiegenheit einen Blick von Sebastiano auffing, war mir sofort klar, was er dachte: Sie hatte uns bereits verkauft. Als ich sie daraufhin scharf ansah, fand ich diesen Verdacht zu meinem Schrecken bestätigt. Das kurze Flattern der Lider, eine verräterische Röte in den Wangen, die Art, wie sich ihre Rechte um die unweigerliche Ginflasche krampfte – die Anzeichen waren nicht zu übersehen. Vermutlich hatte Mr Smith sie beauftragt, uns in Sicherheit zu wiegen, bis er mit ausreichend Verstärkung zurück war, aber ein Anflug von schlechtem Gewissen hatte sie dazu getrieben, wenigstens ein paar Andeutungen fallen zu lassen, damit wir auf der Hut waren.

Sebastiano nahm den Leuchter von der Kommode und drückte ihn ihr in die Hand. »Da. Für die Löcher in dem Bild. Und für den Rest.« Er schaute ihr durchdringend in die Augen, worauf sie noch mehr errötete. Sie riss ihm den Leuchter aus der Hand, trank einige Schlucke Gin und wischte sich dann trotzig über den Mund, ohne darauf zu achten, dass sie dabei reichlich rote Lippenschminke verschmierte.

Unseren Blicken ausweichend, klemmte sie sich den Leuchter unter den Arm und verließ das Zimmer. Zwei Sekunden später schaute sie noch einmal herein. »Wie gesagt, es gibt sicher Leute im Haus, die diesem Bow Street Runner verraten, dass ihr hier seid. Ich weiß ja nicht, was ihr ausgefressen habt oder ob ihr außer diesen Kerzenleuchtern noch was geklaut habt, aber mir scheint, man ist sehr drauf versessen, euch zu schnappen.« Sie schnitt eine Grimasse, die offenbar eine Art Bedauern ausdrücken sollte. »Ich sag's ja nur.« Mit diesen Worten zog sie endgültig ab.

Ich seufzte abgrundtief. Sebastiano hatte bereits angefangen zu packen.

»Worauf wartest du?«, fragte er.

Am Boden zerstört, setzte ich Sisyphus in das Hundekörbchen, dann schnappte ich mir meine Reisetasche und begann, meine Sachen hineinzustopfen.

»Wohin gehen wir jetzt?«, wollte ich wissen.

»Die Frage ist nicht, wohin wir gehen, sondern wie schnell wir weg sind.« Mit entschlossenem Schwung warf Sebastiano sich den Umhang über, stieg in die Stiefel und schnallte sich den Messergurt um die Hüften. »Wahrscheinlich bleibt uns weniger als eine halbe Stunde.«

»Ich glaube, wir haben etwas mehr Zeit, denn der Typ holt sicher erst Verstärkung.«

»Natürlich macht er das. Aber nicht persönlich. Er hat garantiert einen Laufburschen losgeschickt, und er selber lungert irgendwo unten rum und behält das Haus im Auge. Das bedeutet, dass wir im Moment nur *einen* Gegner haben, aber bestimmt nicht mehr lange.«

Ich schluckte die aufkeimende Angst hinunter und beeilte mich mit dem Packen.

Sebastiano setzte sich seinen Hut auf, zog ihn tief in die Stirn und hängte sich den Reisesack über die Schulter. Dann streckte er die Hand aus. Ich ergriff sie und spürte, dass er weit weniger zuversichtlich war, als er sich gab – seine Finger zitterten. Nicht so schlimm wie meine, aber so, dass man es merkte. Doch wenigstens waren sie warm, während meine kalt wie Eiszapfen waren.

Er zog mich fest an sich. »Habe ich dir heute schon gesagt, dass ich dich liebe?«

»Ja, gleich nach dem Aufwachen.«

»Höchste Zeit, es zu wiederholen. Ich liebe dich.«

»Ich dich auch.«

In den letzten Tagen sagten wir es uns öfter. Der Grund dafür lag auf der Hand – jeder von uns beiden fürchtete, vielleicht bald keine Gelegenheit mehr für diese Worte zu haben. Die Sorge, entdeckt zu werden, war unser ständiger Begleiter. Der Druck, unter dem wir lebten, hatte uns mehr denn je zusammengeschweißt.

»Anna«, murmelte Sebastiano, und dann küsste er mich. Mein Herz flog ihm entgegen. Der Kuss war sanft und trotzdem so intensiv, dass ich fast geweint hätte vor lauter Liebe. Und vor Angst, ihn zu verlieren.

Er räusperte sich neben meinem Ohr. »Wenn wir aus dieser ganzen Nummer lebend rauskommen, sollten wir heiraten.«

Ich hielt die Luft an. Hatte ich das gerade richtig verstanden?

Er drückte mich fester an sich. »Ich weiß, es ist nicht gerade romantisch hier. Die Flöhe und der Dreck und der Gestank – wirklich passend ist die Umgebung nicht. Eigentlich hatte ich es mir anders vorgestellt. Bei Kerzenlicht und Champagner. Mit einem Ring.«

»Ja«, sagte ich.

Er schob mich ein Stück von sich weg und sah mir ins Gesicht. »Ja, was?«, wollte er leicht verunsichert wissen.

»Ja, ich will!« Ich lachte und weinte gleichzeitig. »Ich will dich heiraten. So schnell wie möglich. Auch ohne Champagner und Verlobungsring.«

Wir küssten uns erneut, und auf einmal war es irgendwie heller im Zimmer, so, als wäre plötzlich der graue Regenhimmel aufgerissen und ein Sonnenstrahl ins Zimmer gefallen. Die Strapazen der letzten Wochen, die stinkende Unterkunft, die miserablen hygienischen Verhältnisse, das eintönige, angespannte Warten – all das war mit einem Schlag vergessen.

Ohne uns von Molly zu verabschieden, gingen wir durch das miefige Treppenhaus nach unten. Ich trug das Hundekörbchen. Sebastiano hatte unser Gepäck geschultert, doch gleichzeitig hielt er den Knauf seines Messers umfasst. Er ging voran, wachsam nach allen Seiten lauschend.

Wieder mal liefen wir Hals über Kopf davon, ohne den Hauch einer Ahnung, wo wir uns verstecken sollten. Wir konnten keinen von den Leuten um Hilfe bitten, die Fitzjohn kannte, denn wir waren davon überzeugt, dass er sie allesamt überwachen ließ und im Fall des Falles nicht zögern würde, jeden auszuschalten, der uns aufnahm.

Wir verließen das Haus durch die Hintertür. Draußen war es neblig, die trübe Suppe war mindestens so dick wie am Tag des Duells. Schmutzig weiße Schwaden wallten um die schäbigen Backsteinhäuser, man konnte kaum zehn Meter weit sehen. Sebastiano ging voraus, und ich folgte ihm dichtauf. Wir beschleunigten unsere Schritte, bis wir beinahe rannten. Gleich an der ersten Straßenecke tauchten zwei dunkle Gestalten aus dem Nebel auf. Ich zuckte entsetzt zusammen, doch dann sah ich, dass es nur der Kohlenhändler und sein Sohn waren, die zwei Häuser weiter wohnten. Aus dem Hundekörbchen winselte es, aber nur ganz leise. Ich hatte Sisyphus eingeschärft, dass er still sein müsse, und irgendwie schien er es begriffen zu haben, obwohl er noch so klein war. Dieser Hund war wirklich etwas Besonderes. Sebastiano hatte mich davor gewarnt, mein Herz zu sehr an ihn zu hängen, doch es war schon zu spät. Ich liebte den kleinen Kerl mit aller Kraft, und wenn ich daran dachte, dass ich irgendwann – hoffentlich sehr bald! – in meine eigene Zeit zurückkehrte und ihn nicht mitnehmen konnte, hatte ich einen dicken Kloß im Hals.

Wir bogen um die nächste Ecke – und da stand er wie aus dem Boden gewachsen vor uns, ganz in Schwarz und mit einem tief gezogenen Schlapphut auf dem Kopf. Er hielt eine große, tödlich aussehende Pistole in der Hand und zielte damit auf Sebastiano, der abrupt stehen geblieben war.

»Tun Sie das nicht«, rief ich. »Wir zahlen Ihnen das Doppelte! Nein, das Zehnfache! So viel Sie wollen!«

»Tut mir leid. Keiner hintergeht Mr Fitzjohn, denn das ist sehr ungesund.« Mr Smith legte sorgfältig auf Sebastianos Kopf an. »Nichts für ungut.«

»Spring«, sagte Sebastiano tonlos zu mir. Er schaute mich über die Schulter an. Es war ein Abschiedsblick. *Ich liebe dich*, formten seine Lippen. *Für immer.*

Unsere Blicke verhakten sich für einen winzigen, kostbaren, schrecklichen Moment.

Das Krachen des Schusses fiel mit meinem Aufschrei zusammen. Es zerriss die watteweiche Stille des Nebels und füllte die Luft mit rauchigem Gestank. Mr Smith blieb reglos stehen, er bewegte sich keinen Millimeter. Zwei, drei Sekunden dehnten sich zu einer grauenvollen Ewigkeit. Auch Sebastiano rührte sich nicht. Ein Stöhnen stieg schmerzhaft in meiner Kehle auf und entwich mir in einem langgezogenen Laut. Wie zur Untermalung winselte es aus dem Hundekörbchen. Sisyphus streckte erschrocken das Köpfchen heraus. Mr Smith schwankte leicht, und im nächsten Augenblick brach er unvermittelt in die Knie. Mit erstaunten, glasigen Augen sah er zu uns hoch, als könnte er nicht begreifen, was da mit ihm geschah. Ich selbst verstand es auch nicht, nicht einmal, als ich das Blut sah, das als dünnes Rinnsal unter seiner Hutkrempe hervorlief. Erst, als er vollends zu Boden fiel und der Hut wegrutschte, bemerkte ich das schwarzrote Loch in der Mitte seiner Stirn – irgendwer hatte ihn erschossen. Sebastiano konnte es nicht getan haben, denn der hatte gar keine Pistole dabei.

Er war herumgefahren und spähte über meine Schulter. Mit zitternden Knien drehte ich mich ebenfalls um. Ein paar Meter entfernt stand Mr Scott, die Beinprothese fest auf dem Pflaster abgestützt und ein Gewehr im Anschlag, das er soeben sinken ließ.

»Kommen Sie«, sagte er hastig. »Meine Kutsche steht um die Ecke. Schnell, bevor hier das halbe East End zusammenläuft!«

Er wandte sich um und ging mit klackendem Holzbein voraus in den Nebel.

✵

In der Buchhandlung hielt Sebastiano es für zu gefährlich, und Mr Scott stimmte ihm zu. Deshalb fuhren wir kreuz und quer und ohne anzuhalten durch London, um in Ruhe reden zu können.

Wie sich herausstellte, hatte Mr Scott einen Plan. Und Neuigkeiten.

Aber der Reihe nach. Zuerst dauerte es eine ganze Weile, bis ich überhaupt wieder in der Verfassung war, richtig zuhören zu können. Die ersten fünf Minuten war ich nur damit beschäftigt, in Sebastianos Armen zu liegen und zu flennen. Sisyphus heulte aus lauter Sympathie mit, es klang wie ein schauerliches Duett.

»Wir sind frisch verlobt«, informierte Sebastiano den alten Buchhändler, als mein Schluchzen ein wenig leiser wurde und auch Sisyphus nur noch ab und zu winselte. »Ich habe ihr vor ungefähr zehn Minuten einen Heiratsantrag gemacht. Wahrscheinlich ist sie deswegen ein bisschen … ähm, sentimental.«

Ich musste trotz meines desolaten Zustands kichern und bekam einen Schluckauf, womit mein Heulkrampf schließlich abebbte. Nach einem ausgiebigen letzten Schniefen fand ich die Kraft, mir die Nase zu putzen, Sisyphus beruhigend zu streicheln und dann tief durchzuatmen. Mr Scott nutzte die Gelegenheit, seine Informationen loszuwerden.

Der Plan, den er für uns vorgesehen hatte, war sehr einfach. Er bestand im Wesentlichen darin, dass wir in Bewegung blieben.

»Nicht länger als eine Nacht an einem Ort«, erklärte er. »Bis auf Weiteres ist für Ihre Unterbringung gesorgt. Ich habe eine Reihe von Adressen. Vertrauenswürdige, verschwiegene Leute. Keiner weiß vom anderen, und alle Kontakte mit mir erfolgen über Mittelsmänner.«

»Ein Zellensystem«, meinte Sebastiano nachdenklich. »Sehr klug.«

»Ich war nicht umsonst lange Jahre Mr Marineros Bote. Hätten Sie mir in der Nachricht, die Sie mir kürzlich schickten, nicht nur mitgeteilt, dass Sie vor Fitzjohn auf der Flucht sind, sondern auch, wo Sie sich aufhalten, wäre ich früher zur Stelle gewesen. Sie hätten mir mehr vertrauen sollen.«

»Wir vertrauen Ihnen voll und ganz«, betonte Sebastiano. »Aber Fitzjohn hätte die Nachricht abfangen können. Er hat seine Spitzel überall.«

»Das ist auch wieder wahr«, räumte Mr Scott ein. Nach einer Weile setzte er stockend hinzu: »Glauben Sie mir, niemand ist entsetzter über diesen Mann als ich. Wenn Sie wüssten, welche Vorwürfe ich mir bereits gemacht habe! Schließlich habe ich selbst ihn als Butler für Sie ausgesucht. Und dabei gab es durchaus mehrere Bewerber für den Posten. Wenngleich keiner darunter war, der solch exzellente Referenzen mitbrachte. Das wiederum hätte mich stutzig machen sollen – seine Zeugnisse waren zu gut. Und dieses Pergament, aufgrund dessen ich Anna dazu riet, nach Stonehenge zu fahren … sicher wurde es mir von Fitzjohn zugespielt. Er hat alles genau eingefädelt.« Mit versteinerter Miene starrte er ins Leere.

»Ich wäre sowieso dorthin gefahren«, erklärte ich. »Ob mit oder ohne Pergament. Und um ein Haar hätte ich ja auch Erfolg gehabt! Hätte Reginald mich nicht aus dem Hinterhalt angesprungen, hätte ich mit José zusammen das Tor geöffnet, und er wäre durchgekommen. So wahr ich hier sitze. Außerdem wissen wir jetzt eins ganz sicher: José lebt. Es geht ihm gut. Er wartet immer noch auf seine Chance, zu uns zurückzukommen. Bitte machen Sie sich keine Vorwürfe, Mr Scott! An allem, was geschehen ist, tragen Sie nicht die geringste Schuld!«

Sebastiano wechselte mit einer behutsamen Frage das Thema. »Mr Scott, gibt es etwas Neues über Jerry?«

Der Buchhändler schüttelte stumm den Kopf. In seinen Augen stand unsägliches Leid. Für eine Weile herrschte lastende Stille, untermalt vom Rumpeln der Räder auf dem Straßenpflaster. Wir fuhren ziellos durch die Stadt; ich hatte keine Ahnung, wo wir waren, denn die Vorhänge waren zugezogen. Sebastiano hatte einen Arm um mich geschlungen. Ich hielt ihn umklammert und drückte mein Gesicht an seine Schulter. So nah wie vorhin war er dem Tod noch nie gewesen. In mir tobte immer noch ein Aufruhr der unterschiedlichsten Gefühle. Das intensivste davon war Dankbarkeit.

»Wie haben Sie uns eigentlich gefunden, Mr Scott?«, fragte ich.

»Das war nicht weiter schwierig. Ich bin Smith seit Tagen gefolgt, denn ich wusste ja, dass er in Fitzjohns Auftrag nach Ihnen fahndete. Ich musste Sie ebenfalls finden, weil ich wichtige Neuigkeiten für Sie habe. Als ich bemerkte, dass der Kerl das Haus in der Brick Lane beobachtete, wurde mir klar, dass er Sie aufgespürt hatte. Also blieb ich da und wartete.«

»Und retteten uns das Leben.« Mir entfuhr ein letzter zittriger Seufzer, dann riss ich mich zusammen und setzte mich gerade hin. Es nützte niemandem, wenn ich mich die ganze Zeit wie eine hysterische Heulsuse aufführte.

»Sie sagten, Sie haben Neuigkeiten für uns?«, erkundigte Sebastiano sich. »Hoffentlich gute.«

»Das wird sich wohl erst finden müssen. Vor einigen Tagen suchte ich den Maler auf – Mr Turner. Die Botschaft, die Mr Marinero Ihnen vor seinem Verschwinden hinterließ, beschrieb ihn ja ausdrücklich als sehr wichtig für Ihre Mission. Deshalb dachte ich, dass Sie mit ihm vielleicht noch in Verbindung standen und ich auf diese Weise etwas über Ihren Aufenthaltsort herausfinden könnte. Ich hatte mir große Sorgen um Sie beide gemacht.«

»Wir hatten keinen Kontakt zu Mr Turner«, sagte Sebastiano. »Aus demselben Grund, aus dem wir auch Ihnen nicht geschrieben haben, wo wir sind.«

»Das verstehe ich«, stimmte Mr Scott zu. »Aber rückblickend erweist es sich als glückliche Fügung, dass ich den Maler aufsuchte, denn er hat ein neues Gemälde gefertigt und möchte unbedingt, dass Sie beide es sehen. Er war sehr aufgeregt deswegen.«

»Haben Sie es sich schon angeschaut? War es wieder eines dieser Flucht- und Angst-Porträts, die er von Anna gemalt hat?«

»Er wollte es mir nicht zeigen, da es nur für Ihre Augen bestimmt sei. Es schien ihm immens wichtig zu sein, dass Sie das neue Bild sehen. Er meinte, Ihr Leben könne davon abhängen.«

»Sagte er auch, warum?« Sebastianos Stimme klang ruhig, doch ich bemerkte seine Anspannung.

»Ja, er erklärte, er habe eine Vision gehabt. Eine so klare und eindeutige wie noch nie zuvor.«

Ich wagte kaum zu atmen. Bisher hatte Mr Turner mit seinen Visionen erschreckend richtiggelegen. Was sein neues Bild wohl zeigen mochte? Während ich anfing, mir ziemlich gruselige Motive auszumalen (unter anderem einen mit hornigen Auswüchsen übersäten Jabberwocky, der geifernd auf mich zugestapft kam), meinte Sebastiano entschlossen: »Wir werden noch heute mit ihm sprechen.«

»Das ist zu gefährlich!«, wandte ich ein. »Sein Haus steht bestimmt unter Beobachtung! Du hast es selbst gesagt!«

»Ich überlege mir noch was.« Sebastiano wandte sich an Mr Scott. »Ich denke, wir haben alles Wichtige besprochen. Sie sollten uns jetzt zu unserer Unterkunft bringen, wo immer diese auch ist.«

Mr Scott gab dem Kutscher ein Klopfzeichen. Wir fuhren noch eine Weile, und ich lugte zwischendurch vorsichtig aus dem Fenster, um nachzuschauen, wo wir waren. Wegen des Nebels war jedoch kaum etwas zu sehen. Erst, als ich die London Bridge aus den grauen Schwaden auftauchen sah, erkannte ich unsere Umgebung wieder. Die Kutsche hielt in der Nähe des Flusses vor einem schmalbrüstigen Haus mit einem altertümlichen Giebel, über dem ein verrußter Schornstein aufragte.

»Hier wohnt eine Witwe namens Blair. Sie hält Kost und Logis für Sie bereit und wird keine Fragen stellen. Um den Hund wird sie sich ebenfalls kümmern, wenn Sie es möchten. Morgen Mittag um Punkt zwölf wird jemand kommen und Sie zum nächsten Standort bringen. Ich werde mich bei Ihnen melden, sobald ich Neues weiß. Sollten Sie eine Nachricht für mich haben, schicken Sie mir mit der Penny Post einfach einen leeren Zettel, dann werde ich sofort zu Ihrer jeweiligen Unterkunft kommen.«

»Das ist ja wie in einem Thriller«, flüsterte ich Sebastiano zu, nachdem wir beide mitsamt Hundekorb und unseren übrigen Siebensachen ausgestiegen waren. Wir winkten Mr Scott zum Abschied, bevor die Kutsche davonrumpelte und im dicken Nebel verschwand.

Mrs Blair war tatsächlich sehr verschwiegen, genau genommen sprach sie kein einziges Wort. Sie war um die fünfzig und sah so ähnlich aus wie meine letzte Biolehrerin. Alles an ihr wirkte irgendwie streng, von dem festen Nackenknoten über das energische Kinn bis hin zu ihren durchdringenden Augen. Stumm führte sie uns die Treppe hoch, zu einem kleinen, aber sauberen Zimmer, in dem es an Mobiliar nichts gab außer zwei spartanisch schmalen Betten und einer Kommode. Auf der stand ein Tablett mit Obst, Brot und Käse sowie einer Karaffe Wasser. Kost und Logis in einem. Mrs Blair verschwand ohne einen einzigen Ton wieder nach unten.

»Die macht ja wirklich nicht viele Worte.« Ich nahm mir einen Apfel und biss hinein. »Ich glaube, ich gehe erst mal mit Sisyphus Gassi.« Der kleine Kerl hatte fast die ganze Fahrt über geschlafen, doch jetzt kletterte er unternehmungslustig aus seinem Körbchen und kratzte an der Tür. Er wollte raus.

»Überlass das lieber Mrs Blair. Sie muss auf Sisyphus aufpassen, denn wir haben eine wichtige Verabredung. Oder genauer, wir werden eine haben, sobald ich einen Boten in die Harley Street geschickt habe.«

»Oh. Du hast dir schon was wegen Mr Turner überlegt? Wo wollen wir ihn treffen?«

»Lass dich überraschen.«

*

»O mein Gott!« Entsetzt sah ich mich um. »Das ist ja furchtbar!«

»Mir fiel nichts Besseres ein.« Sebastiano wirkte betroffen, anscheinend hatte er nicht damit gerechnet, dass hier solche Zustände herrschten. Die übrigen Zuschauer, von denen es eine Menge gab, schienen sich nicht daran zu stören, aber ich fand es abstoßend.

Die Menagerie von Exeter Change lag im Stadtteil Strand im Norden von London. Im Obergeschoss eines klobigen Gebäudes waren diverse wilde Tiere untergebracht, doch von artgerechter Haltung konnte leider keine Rede sein. Willkürlich durcheinandergewürfelt reihten die Käfige sich aneinander oder sogar übereinander: Über den Löwen hausten die Affen, gegenüber hockten bunt schillernde Papageien, und am Ende des Ganges warf ein angeketteter Elefant hinter schweren Gitterstäben trostlos den gewaltigen Kopf hin und her. Der Lärm war unbeschreiblich. Die großen Raubkatzen brüllten, der Elefant rasselte mit den Ketten, die Papageien krakeelten, und die Affen sprangen kreischend auf und ab.

»Die armen Tiere!« Ich musste laut rufen, um den Radau zu übertönen. »Man sollte das verbieten!«

Eine vornehm gekleidete Frau, die meinen Ausruf gehört

hatte, drehte sich pikiert zu mir um, während ihr Mann sie zu dem Löwenkäfig weiterzog. Wütend erwiderte ich ihren Blick. Merkte sie nicht, wie grausam das Leben für die Tiere hier war? Und hatte sie je darüber nachgedacht, dass sie ihre edlen Klamotten auf Kosten von Menschen trug, die im Winter froren und sich nicht mal richtig satt essen konnten?

Ich biss die Zähne zusammen und versuchte, die Tränen zu ignorieren, die mir in die Augen stiegen. Wie schrecklich diese Zeit war! Der Zorn brannte in mir, und es dauerte eine Weile, bis ich begriff, dass jede Zeit ihre Schrecken hatte. Meine eigene erst recht. Auch im einundzwanzigsten Jahrhundert gab es Elend und katastrophale Armut. Das Meiste davon spielte sich zwar außerhalb von Europa ab, aber das änderte nichts an den traurigen Tatsachen.

»Er kommt.« Sebastiano umfasste meinen Arm, und hastig drehte ich mich um. Tatsächlich, Mr Turner kam auf uns zu! Unterm Arm trug er ein quadratisches, in ein Tuch eingeschlagenes Etwas. Das musste besagtes Bild sein! Aufgeregt blickte ich ihm entgegen.

»Lady Anne. Mylord.« Er küsste mir die Hand und nickte Sebastiano zu, bevor er sich skeptisch umschaute. »In der Tat, ich habe den Ort aus Ihrer geheimnisvollen Botschaft richtig erraten, aber warum wir uns in diesem grauenhaft stinkenden, von Lärm erfüllten Zoo treffen müssen, ist mir schleierhaft.«

»Mir fiel nichts anderes ein«, wiederholte Sebastiano die Begründung von vorhin. »Genauer gesagt, nichts anderes, das ich auf die Schnelle gut genug hätte verschlüsseln können. Nämlich so, dass Sie es zwar verstehen, aber ein möglicher Dritter nichts damit anfangen kann.«

Die Botschaft, die er Mr Turner übermittelt hatte, lautete: *Kommen Sie an den Ort, von dem Ihr Vater in der Nacht des Brandes träumte*. Und das war nun mal diese Menagerie gewesen. Mitsamt dem indischen Elefanten, der hier sein klägliches Leben fristete.

»Haben Sie sichergestellt, dass Sie nicht verfolgt wurden?«, fragte Sebastiano.

Das war der zweite Teil seiner Botschaft an Mr Turner gewesen – *achten Sie unbedingt auf Verfolger*. Sebastiano reckte den Kopf und schaute sich besorgt nach allen Seiten um.

Der Maler zog eine Braue hoch. »Auch daran habe ich mich gehalten. Seltsamerweise hatte ich kurzfristig tatsächlich den Eindruck, jemand habe sich an meine Fersen geheftet, doch mein Kutscher versteht sich auf allerlei Raffinessen. Ich habe ihn überraschend abbiegen lassen, und gleich hinter der nächsten Ecke bin ich ausgestiegen, sogar aus der noch rollenden Kutsche, wie ich betonen möchte. Bevor der Verfolger – so es denn wirklich einen gab – aufschließen konnte, war ich zu Fuß weitergeeilt, während die Kutsche abbog und davonfuhr.«

»Was ist auf dem Bild?«, fragte Sebastiano ohne Umschweife. Er war nervös, genau wie ich. Wir hatten damit gerechnet, dass Mr Turner unter Beobachtung stand, aber es nun aus seinem Mund bestätigt zu bekommen, schien die ganze Situation nochmals zu verschärfen. Je schneller wir von hier verschwanden, desto besser.

Mr Turner schlug das Tuch zurück. Als ich das Gemälde sah, stockte mir der Atem.

»Ich hatte eine Vision davon«, sagte Mr Turner. »Mehrmals sogar. Aber diesmal war es anders als sonst – ich wusste, ich muss das Bild verbergen. Niemand außer Ihnen darf es sehen, sonst ist Ihr Leben in Gefahr.« Er schüttelte den Kopf. »Nein, das trifft es nicht ganz – Ihr Leben ist so oder so in Gefahr. Doch das Bild verschafft Ihnen vielleicht eine Chance, sich zu retten. Und vielleicht sogar die ganze Welt.« Verwirrt runzelte er die Stirn. »Der Himmel weiß, warum meine Vision mir diesen Gedanken eingab, und das auch noch mit derart zwingender Eindringlichkeit. Aber es ist so, und ich habe es aufgegeben, daran zu zweifeln.«

»Es gibt mehr Dinge zwischen Himmel und Erde, als unsere Schulweisheit sich träumen lässt«, warf ich mechanisch ein, während ich das Bild anstarrte.

»Ah. Shakespeare. Wie recht er hatte.« Mr Turner wickelte das Bild wieder ein und drückte es Sebastiano in die Hände. »Ich hoffe, Sie können etwas damit anfangen.«

»Worauf Sie sich verlassen können. Ich danke Ihnen vielmals.« Sebastiano klemmte sich das Bild unter den Arm. »Wir müssen leider weiter. Leben Sie wohl, und nochmals herzlichen Dank!«

»Aber … so warten Sie doch! Ich wollte Ihnen noch von meiner allerneuesten Vision berichten, die hatte ich vergangene Nacht. Es ging um ein Haus mit einem seltsamen Turm und einem unheimlichen Keller, ich werde es heute noch malen …«

»Ist das auch ein Bild, von dem unser Schicksal abhängt?«

Mr Turner dachte kurz nach. »Nein, das ist nicht der Fall, jedenfalls spürte ich davon nichts.«

»Dann ein andermal. Wir besuchen Sie bald wieder?«

»Aber ich hatte gehofft, Sie könnten mir sagen, was das Bild darstellt.« Ratlos deutete Mr Turner auf das Gemälde unter Sebastianos Arm. »Es stammt zwar von mir, aber ich habe keine Ahnung, was es sein soll.«

»Dass wüssten wir selber gern.« Sebastiano zog mich in Richtung Ausgang. Dann fuhr er leise und nur für meine Ohren bestimmt fort: »Immerhin wissen wir, *wo* es ist.«

Als ich zurückblickte, bemerkte ich, wie Mr Turner uns verstört hinterhersah.

»Bist du sicher, dass wir jetzt sofort dorthin gehen sollen?«, fragte ich beunruhigt.

»Ganz sicher. Es kommt wahrscheinlich auf jede Minute an.« Sebastiano ging zu einer Mietdroschke, die an der Ecke stand, und sprach kurz mit dem Kutscher. Dann stiegen wir hastig ein, und das Gefährt rollte in halsbrecherischem Tempo los. Sebastiano blickte angespannt aus dem Fenster. »Ich sehe niemanden. Scheint so, als kämen wir ohne Verfolger ans Ziel.«

»Außer, wenn wir vorher einen Unfall haben.« Ich umklammerte mit beiden Händen den Haltegriff, während die Kutsche bedrohlich in Schräglage geriet, ehe sie mit unverminderter Geschwindigkeit um die nächste Ecke bretterte. »Warum müssen wir so rasen? Ich meine – es steht doch garantiert sowieso einer von Fitzjohns Spitzeln da rum und sieht uns kommen. Fitzjohn weiß, dass wir schon zusammen da gewesen sind – Jerry hatte uns ja hingefahren.« Bitter fügte ich hinzu: »Ich wette, Fitzjohn hat es aus ihm rausgepresst, genau wie alles andere, bevor …« Ich schluckte hart und ließ das Ende des Satzes in der Luft hängen, denn ich konnte es nicht aussprechen. Und diesmal konnte ich auch nichts gegen die Tränen tun, die sich in meinen Augen sammelten.

»Fitzjohn hat hundertprozentig jemanden dort postiert«, stimmte Sebastiano mir zu. »Und vermutlich schickt er gleich Verstärkung los. Oder fährt selber hin.«

»Aber dazu müsste er doch erst mal wissen, dass wir dorthin unterwegs sind!«

»Wenn er es nicht jetzt schon weiß, kriegt er es in der nächsten halben Stunde raus«, versetzte Sebastiano ruhig. »Turners Verfolger hat garantiert bemerkt, dass er absichtlich abgehängt wurde, und hat Fitzjohn sofort darüber informiert. Der muss jetzt nichts weiter tun, als in der Harley Street auf Turner zu warten. Dort wird er ihn zur Rede stellen und sich das Gemälde beschreiben lassen.«

Zur Rede stellen … Das klang nicht nach einer freundlichen Unterhaltung. Ein Knoten schnürte mir die Kehle zusammen.

»Fitzjohn wird ihm nichts tun«, fuhr Sebastiano fort. Er schien zu ahnen, was ich dachte. »Nicht dem größten lebenden Maler Englands. Denn einen anderen wird es in diesem winzigen Universum, das er vom Rest der Zeit für sich abspalten will, nicht geben. Was natürlich nicht heißt, dass er ihn nicht auf andere Weise erpresst, um rauszufinden, was er wissen will. Jeder hat eine Schwachstelle.«

Die von Mr Turner war sein Vater. Jeder wusste, mit welcher Liebe er an dem alten Mann hing. Mir wurde übel bei dem Gedanken, dass Fitzjohn ihm Gewalt androhen könnte, um Mr Turner unter Druck zu setzen.

Nach einer gefühlten Ewigkeit erreichten wir die James Street. Mit einem Ruck kam die Kutsche zum Stehen. Sebastiano riss sofort den Schlag auf und sprang hinaus. Ich folgte ihm ohne zu zögern, obwohl mir das Herz vor lauter Angst bis zum Hals klopfte.

Suchend blickte Sebastiano sich nach allen Seiten um, dann straffte er sich. Seine ganze Körperhaltung signalisierte Kampfbereitschaft. Ich hatte Fitzjohns Spitzel nicht so schnell entdeckt wie er, aber dann wurde rasch klar, dass sonst keiner infrage kam – außer dem Typ mit dem Zigarillo waren bloß zwei spielende Kinder und eine alte Frau in der Nähe. Fitzjohns Handlanger lehnte mit dem Rücken an einem Baum und paffte gelangweilt ein paar Rauchwolken in die Luft. Damit war es allerdings schlagartig vorbei, als er Sebastiano und mich plötzlich auf der Bildfläche erscheinen sah. Er ließ den Zigarillo fallen und fuhr mit der Hand unter sein Jackett. Mittlerweile hatte Fitzjohn offenbar die klare Anweisung erteilt, uns ein für alle Mal kaltzustellen, egal wo wir auftauchten, denn der Mann zog mit erschreckender Geschwindigkeit eine Pistole.

Das Messer zischte durch die Luft und traf den Mann an der Schulter. Es war so schnell passiert, dass ich nicht mal richtig mitbekommen hatte, wie Sebastiano es geworfen hatte. Der Mann stand da und glotzte auf den Messergriff, der aus seiner Schulter ragte wie ein zusätzlicher Körperteil, der plötzlich dort gewachsen war. Sebastiano ging auf den Mann zu, als wäre nichts passiert. Einen Schritt vor ihm blieb er stehen und hob die Pistole auf, die auf den Boden gefallen war.

»Lassen Sie das Messer in der Wunde stecken, bis Sie beim Arzt sind«, riet er dem verhinderten Attentäter in sachlichem Tonfall. »Auf diese Weise verlieren Sie weniger Blut.« Er steckte die Pistole ein, und während ich entsetzt zusah, wie der Verletzte davonwankte, ging Sebastiano bereits auf das Haus zu. »Komm schon.« Ungeduldig drehte er sich zu mir um. »Wir dürfen keine Zeit verlieren.«

Ich war so schockiert, dass ich keinen Ton herausbrachte. Immerhin schaffte ich es, Sebastiano hinterherzustolpern, obwohl ich das dringende Bedürfnis hatte, mich irgendwo festzuklammern. Wie konnte er nur so abgebrüht reagieren? Ich meine – hallo? Das war der zweite Mordanschlag innerhalb von höchstens zwei Stunden. Na gut, vielleicht auch drei Stunden. Aber trotzdem. Auf Dauer würden meine Nerven das nicht verkraften.

Sebastiano hielt sich nicht damit auf, ans Tor zu klopfen, sondern ging einfach hinein. Bei dem Lärm, der von drinnen kam, hörte uns sowieso keiner.

»Guten Tag!«, rief Sebastiano.

Ein Mann drehte sich verblüfft zu uns um.

»Na so was!« Mr Stephenson wischte sich seine ölverschmierten Finger an einem Tuch ab, bevor er uns die Hand drückte. »Wie schön, dass Sie mich besuchen kommen! Gerade richtig zur Besichtigung!« Strahlend deutete er auf die ratternde, fauchende

Maschine, die fast ganz unter zischenden Dampfwolken verborgen war und damit haargenau so aussah wie auf dem Bild von Mr Turner. »Ich bin heute damit fertig geworden. Ich weiß zwar noch nicht, was sie alles kann, aber sie ist unglaublich! Sehen Sie!« Er drehte an einem der Regler herum und zog an einem Hebel, dann gab er dem Arbeiter, der im Hintergrund Kohlen schaufelte, einen Wink, worauf dieser ein paar Schippen zusätzlich in den heißen Feuerschlund am anderen Ende des monströsen Apparats warf.

Die Kolben, die sich mit ohrenbetäubendem Stampfen bewegten, wurden immer schneller, bis das Auge ihnen kaum noch folgen konnte. Wie ölige Blitze zuckten sie auf und nieder. Ich wollte spontan zurückweichen, denn etwas an dem monströsen Ding ängstigte mich, doch zugleich übte es eine eigentümliche Faszination aus, die mich zögernd näher treten ließ. Zwischen den sausenden Kolben schien es zu flimmern.

»Das ist ein Portal!«, rief ich aufgeregt.

Mr Stephensons seltsames Gerät war eine Zeitmaschine. Das war einer der Trümpfe, von denen José gesprochen hatte!

»José? José, bist du da drin?« Während ich das ausrief, verspürte ich eine unnatürliche Wärme, als wäre ich zu nah an den Feuerofen gekommen und von der herumfliegenden Glut getroffen worden. Doch die Wärme auf meiner Haut kam nicht von der Maschine, sondern von der Maske, die ich seit Wochen Tag und Nacht in einem Beutel um den Hals trug. Auch von dort breitete sich flimmerndes Licht aus. Es verband sich mit dem weißlich glühenden Schimmer, der aus der gewaltigen, fauchenden Apparatur hervordrang. Binnen Sekundenbruchteilen wurde es zu einem grellen Gleißen, das den ganzen Raum ausfüllte. Geblendet wollte ich die Augen schließen, aber dann tauchte inmitten des schmerzhaft hellen Lichts eine dunkle, tunnelartige Öffnung auf. Im nächsten Augenblick kam in einer Wolke aus Dampf José herausgetaumelt, er fiel quasi in meine Arme. Einen Lidschlag später folgte wie ein Donnerschlag der Knall, der den Durchtritt beendete. Das grelle Leuchten erlosch, und die Maschine kam spuckend und zischend zum Stillstand.

Ich stammelte irgendwas und lachte und weinte gleichzeitig, während ich José fest umarmte. So nah war ich ihm noch nie gekommen. Sein dürrer Körper fühlte sich erfreulich real an. Er war nicht nur irgendein Hologramm oder eine Projektion oder sonst was, sondern ein Mensch aus Fleisch und Blut.

Sebastiano klopfte José auf die Schulter. »Das wurde aber verdammt noch mal auch Zeit, alter Freund.«

José wirkte abgekämpft, seine Kleidung war schmutzig. Sogar seine Augenklappe war staubig, und gerade eben, als er durch das Tor gekommen war, hatte ich das Gefühl gehabt, dass er sich eiskalt anfühlte. Aber vielleicht hatte ich mir das auch nur eingebildet. Irgendwann würde ich ihn vielleicht fragen, ob es den gruseligen Schacht aus meinen Albträumen wirklich gab und ob er etwa gerade von dort hergekommen war. Doch nicht jetzt. Denn ich war so erfüllt von überschäumender Erleichterung, dass ich kaum einen klaren Gedanken fassen konnte. Er war endlich zurückgekommen!

Mr Stephenson und der Arbeiter waren bewusstlos zu Boden gesunken – ein unvermeidlicher Nebeneffekt, wenn uneingeweihte Personen bei einem Zeitsprung anwesend waren. Nur die großen Mondportale waren so konzipiert, dass niemand in der Umgebung den Durchtritt von Zeitreisenden bemerkte.

Sebastianos Augen leuchteten vor Wiedersehensfreude. Hoffnungsvoll deutete er auf die Maschine. »Können wir sie benutzen?«

»Du meinst, um nach Hause zu springen?« José schüttelte den Kopf. »Das funktioniert nicht. Die Zukunft ist immer noch vom Zeitstrom abgeschnitten.«

»Und wo kommst du dann gerade her?«

»Frag lieber nicht.«

»Ich frage aber. Wo genau warst du die ganze Zeit?«

»In einer Art Niemandsland. An einem Ort, wo es keine Zeit gibt. Und auch sonst nichts.«

Bei dieser Antwort erschauderte ich und dachte an die endlose, graue, leere Ebene, wo ich in meinem Traum Esperanza getroffen hatte. Ich rieb mir den Nacken, der plötzlich höllisch juckte. Ungläubig horchte ich in mich hinein, aber es gab keinen Zweifel. Ich hatte meine Gabe wieder!

»Wir müssen weg!«, stieß ich hervor. »Jemand ist auf dem Weg hierher.«

Nun war mir auch klar, wer dafür verantwortlich war, dass ich zuvor die Gabe verloren hatte – Fitzjohn persönlich. Bei meiner Ankunft in Foscary House hatte er mir den Mantel abgenommen und dabei mit den Fingerspitzen meinen Nacken gestreift. Und ich hatte ihm die ganze Zeit über vertraut …

»Dein Nacken juckt wieder?« Sebastiano sah zuerst mich, dann José erstaunt an. »Hast du da etwa gerade nachgeholfen? Bei eurer Begrüßungsumarmung?«

José nickte geistesabwesend. Er hatte angefangen, ein paar Teile von der immer noch leise zischenden Maschine abzuschrauben.

»So«, sagte er anschließend zufrieden. »Jetzt ist sie wieder eine ganz normale Dampfmaschine.«

Ich rieb mir abermals den Nacken, weil das Jucken intensiver wurde. »Wir müssen wirklich weg«, wiederholte ich.

»Höchste Zeit, uns ein bisschen was über Fitzjohn zu verraten, findest du nicht?«, meinte Sebastiano grimmig.

»Ich erzähle euch alles, was ich über ihn weiß«, gab José zurück. Er steckte die abmontierten Teile der Maschine in einen leeren Kohlensack und warf ihn sich über die Schulter. »Aber lass uns zuerst von hier verschwinden.«

*

Wir suchten unseren geheimen Unterschlupf auf, wo unsere Zimmerwirtin Mrs Blair es schweigend hinnahm, dass sie einen weiteren Logiergast beherbergen sollte. Möglicherweise wurde ihre Bereitwilligkeit auch durch das Goldstück gefördert, das José ihr in die Hand drückte. Jedenfalls kam sie nach kurzer Zeit mit einer kompletten und sehr schmackhaften Mahlzeit für drei Personen wieder, die wesentlich reichhaltiger ausfiel als der Proviant, mit dem sie uns am Morgen empfangen hatte.

Beim Essen berieten wir uns ausgiebig. Es fiel José sichtlich schwer, unsere drängenden Fragen zu beantworten, zwischendurch wollte er uns auf seine gewohnt wortkarge Weise mit wenig aussagekräftigen Bemerkungen abspeisen, doch wir ließen nicht locker. Schließlich war dies nicht nur unser bisher schwerster Einsatz, sondern es ging auch buchstäblich um alles. Nicht nur um unser Leben, sondern um die komplette Zukunft und um alle Zeiten vor und nach dem Jahr 1813.

So kam es, dass wir endlich mehr über die geheimnisvollen Alten und ihre Zeitreisen erfuhren. Einiges hatte ich mir schon aus den Andeutungen von Esperanza zusammengereimt, aber etliches hörte ich zum ersten Mal. Die Alten stammten aus den Tiefen von Zeit und Raum, aus einem Universum jenseits menschlicher Erkenntnisse. Sie waren nicht mit Raumschiffen gekommen, sondern durch Tore, die Zeiten und Welten miteinander verbanden. Einige Tore hatten sie selbst konstruiert, andere waren schon vorher da gewesen. Die Mondportale waren solche uralten Durchgänge. Niemand wusste, wer sie geschaffen hatte.

»Wir fanden sie vor, als wir herkamen«, erzählte José. »Ihre Schöpfer kennen wir nicht, aber nach ihrem Vorbild schufen wir weitere Tore und Abwandlungen davon.«

Die Maske beispielsweise. Sie war, wie ich bereits wusste, nichts anderes als eine Art tragbares Tor, das auf besondere Weise mit seinem Besitzer – also mir – verbunden war. Meine Frage, ob es sich dabei um Magie handelte oder um Physik oder Biologie, entlockte José ein schwaches Grinsen, er meinte, die Grenzen zwischen diesen Disziplinen seien schon immer fließend gewesen.

Auch die große Dampfmaschine, die Mr Stephenson entworfen hatte, war ein Tor – entwickelt nach den Kenntnissen der Alten, jedoch bislang nur eine Art Improvisation.

»Einst gab es viele von uns«, sagte José ein wenig melancholisch. »Doch die meisten zogen weiter, etliche für immer, keiner weiß, wohin. Einige hielten die Verbindung nach ihrem Fortgang aufrecht, aber auch sie sieht man nur noch selten.«

»So wie Esperanza«, warf ich ein.

»So wie Esperanza«, stimmte er zu und verzehrte ein Stück Kalbsbraten. Ich starrte ihn an. »Wie seht ihr in Wirklichkeit aus? Ich meine, in eurer echten Gestalt?«

José lächelte flüchtig. »Kind, diese Frage treibt dich seit Jahren um, was?«

»Ja. Und sag jetzt bloß nicht, dass diese Information nichts zur Sache tut. Habt ihr … Tentakel oder so was? Und was ist hinter dieser Augenklappe?!«

Grinsend nahm er noch eine Gabel Bohnen, dann zog er sich die Augenklappe herunter. Dahinter kam eine leere, narbige Höhle zum Vorschein. Ich schluckte heftig. Er hatte wirklich ein Auge verloren.

»Ich bin das, was du siehst«, teilte José mir freundlich mit. »Ein Mensch. Sehr, sehr alt natürlich, denn unsere Gene sind ein bisschen anders als eure. Irgendwann gelang es uns, den Prozess des Alterns aufzuhalten, auch wenn uns das Wissen darum im Laufe der Zeit verloren gegangen ist.«

»Im Laufe welcher Zeit?«, wollte Sebastiano wissen. »Wie lange lebt ihr schon hier?«

»Die ersten Besucher aus unserem Volk kamen vor hunderttausend Jahren, doch sie gingen wieder fort. Eine kleinere Gruppe von uns, zu der auch Esperanza und ich gehören, kam ein paar hundert Jahre nach Christi Geburt, und seitdem leben wir unter euch, jedenfalls die, die noch übrig sind. Mittlerweile sind nur noch wenige von uns da. Wir wurden einst geboren und wuchsen auf in einer Welt, die schon längst nicht mehr existiert, aber dieser hier nicht unähnlich war.«

Ein Sternenvolk mit einer uralten Zivilisation also, die wie Staub im Wind zerstreut und schon fast untergegangen war. In meiner Vorstellung entstanden ein paar ziemlich surreale Bilder, wie in einem Kinofilm – eine bunte Mischung aus *Stargate*, *Star Trek* und *Star Wars*.

»Wie viele seid ihr noch?«, erkundigte ich mich.

»Ein paar Dutzend. Aber nur noch wenige treten in Erscheinung.«

»Und warum habt ihr dieses seltsame Spiel angefangen?«

»Aus demselben Grund, aus dem alle Menschen spielen – weil das Leben sonst langweilig ist.« Josés Erwiderung klang ein wenig lakonisch, doch ich hörte den ernsten Unterton heraus.

»Esperanza hat gesagt, ihr spielt um die Zeit. Worauf läuft das hinaus? Darauf, dass am Ende einer von euch alle Epochen unter seiner Kontrolle hat? So ähnlich wie bei Monopoly?«

»Ein Teil des Spiels funktioniert tatsächlich so. Es gibt Abtrünnige, die auf Risiko spielen – mit hohen Einsätzen, aber auch um hohe Gewinne. Wenn sie Erfolg haben, ändern sie den Zeitstrom für immer und können auf diese Weise eine ganze Epoche dominieren. Uns Bewahrern geht es hingegen darum, den Zeitstrom in seiner ursprünglichen Form zu erhalten. Denn jede gravierende Änderung kann zur Entropie führen, also zur vollständigen Auflösung und damit womöglich zum Ende der Menschheit.«

»Wieso sind dann manche von euch so darauf versessen, den Zeitstrom zu manipulieren?«, wollte ich wissen. »Was passiert mit ihnen, wenn es schiefgeht? Hören sie dann nicht selber auf zu existieren?«

»Dieses Risiko gehen sie ein.«

Mir kam ein neuer Gedanke. »José, hat es schon mal jemand geschafft, die Zeit so stark zu verändern, dass er sich eine Epoche untertan machen konnte?«

»Einigen gelang es. Aber meist haben die Betreffenden sich damit letztlich nur ihren eigenen Untergang bereitet. Ihre Macht machte sie größenwahnsinnig, am Ende verloren sie alles und wurden zu Schandflecken der Geschichte.«

»Wer?«, fragte ich atemlos. »Nero? Iwan der Schreckliche? Heinrich der Achte? Hitler? Gaddafi?«

»Heinrich der Achte ist kein Schandfleck der Geschichte«, widersprach Sebastiano. »Er war ein bedeutender Staatsmann und großer Herrscher.«

»Er war sechsmal verheiratet und hat zwei von seinen Frauen köpfen lassen!«, versetzte ich entrüstet.

»Es gab unter den Alten auch solche, die Gutes taten«, warf José ein. »Einige wenige haben Veränderungen bewirkt, die sie zu Begründern eines Goldenen Zeitalters werden ließ. Leider kann man sie an einer Hand abzählen.

»Oh!« Ich platzte fast vor Neugier. »Warte, lass mich raten …« Angestrengt dachte ich nach, doch auf Anhieb wollten mir keine einflussreichen historischen Persönlichkeiten einfallen, deren

Auftreten sich als Segen für die Geschichte der Menschheit erwiesen hatte. »Mutter Teresa?«, wagte ich schließlich einen lahmen Versuch. »Mahatma Gandhi? Bill Gates?«

Aber anscheinend war ich auf dem falschen Dampfer, denn José schüttelte nachsichtig den Kopf. »Meistens zogen diejenigen, die für richtungsweisende Änderungen verantwortlich waren, die Fäden eher im Hintergrund. Im Guten wie im Schlechten.«

Aha. Damit erübrigte sich das fröhliche historische Rätselraten, bevor es richtig anfangen konnte.

Immerhin wussten wir inzwischen, wer Mr Fitzjohn war und welche Motive er hatte – diese Information hatten wir José gleich als Erstes aus der Nase gezogen.

»Sein Ziel ist es, das Spiel zu beenden und nur ein einziges Jahr übrig zu lassen, das er dann für sich allein haben will«, hatte José erklärt. »Bei alledem geht es um einen sehr alten Streit.«

Was für ein alter Streit das war – und vor allem, mit wem –, hatte José erst nach einigem Drängen genauer erklärt. Er selber hatte Fitzjohn vor etlichen hundert Jahren gewaltsam daran gehindert, sich einen italienischen Stadtstaat unter den Nagel zu reißen. Am Ende hatte es sogar einen Fechtkampf auf Leben und Tod gegeben, bei dem José das Auge verloren hatte. Fitzjohn hatte ebenfalls einen schlimmen Verlust erlitten – seine damalige Frau war ums Leben gekommen.

»Es war ein tragischer Unfall. Sie warf sich dazwischen, als wir kämpften, und fiel dabei versehentlich in die Klinge ihres eigenen Mannes. Das hat er mir nie verziehen. Er verschwand für sehr lange Zeit, aber vorher schwor er mir, eines Tages das Spiel zu beenden und das Feld als Letzter zu beherrschen.«

Sebastiano und ich hatten eine Weile gebraucht, um das zu verdauen. Auf meinen Vorwurf, wieso er uns all das nicht schon vor dem Einsatz erzählt hatte, statt sich in dürftigen Andeutungen zu ergehen, meinte José nur lapidar, dass er dadurch unsere Chancen erhöht hätte. Damit landeten wir wieder bei diesem seltsamen und mir unverständlichen Prinzip von Determinismus, Prädestination und Self-fulfilling prophecy, mit dem die Alten ständig ihre Schweigsamkeit begründeten, das aber meiner Ansicht nach nichts weiter war als eine von vielen blöden Spielregeln.

»Wenn Fitzjohn hier die Macht übernehmen will, hätte er den Prinzregenten schon längst ausschalten können«, gab Sebastiano zu bedenken. »Warum hat er damit gewartet?«

José lächelte freudlos. »Aus demselben Grund, warum er auch euch nicht früher ausgeschaltet hat – es wäre für ihn kein richtiger Sieg. Er will gewinnen, wenn ich dabei bin und zuschaue. Sein Sieg soll meine Niederlage werden, auf einer Bühne, die er selbst gestaltet.«

»Soll das heißen, er wusste, dass du zurückkommst?«

»Natürlich. Er hat zwar die ganze Zeit versucht, meine Rückkehr zu verhindern, damit er ungestört seine Vorbereitungen treffen konnte. Aber ihm war von Anfang an klar, dass ich bei der entscheidenden Auseinandersetzung dabei sein werde.«

»Woher wusste er das?«, fragte ich. Dann kam ich selbst darauf. »Er hat einen von diesen unheimlichen Spiegeln! Darin hat er es gesehen!«

José nickte. »So ist es.«

»Weiß er, dass du inzwischen wieder da bist?«, fragte Sebastiano.

»Davon gehe ich aus. Er wird ab sofort vorsichtiger agieren. Vermutlich ist er in diesem Moment bereits abgetaucht, um den letzten Akt im Verborgenen vorzubereiten. Allerdings dürfte er keine Ahnung haben, auf welche Weise ich hergekommen bin, denn er hat ja alle Tore vernichtet. Das ist folglich eine Information, die wir ihm voraushaben. Die Maschine – oder genauer, ihre besondere Funktion – ist mein Ass im Ärmel.«

Ich hörte kaum zu, denn mir war gerade ein schrecklicher Gedanke gekommen. Fitzjohns Männer hatten mehrfach versucht, Sebastiano zu töten, angefangen bei dem Duell mit Reginald über den Mordversuch von Mr Smith im East End bis hin zu dem verhinderten Attentat vor der Werkstatt von Mr Stephenson in der James Street. Alle Anschläge hatten Sebastiano gegolten, nicht mir. Das konnte folglich nur eines bedeuten: Er kam in den Visionen von Mr Fitzjohns Spiegel nicht mehr vor und hatte deshalb sterben sollen. Mich hatte Fitzjohn dagegen bisher geschont; er hatte sogar Reginald angewiesen, mich nur bewusstlos zu schlagen. Anscheinend ging er davon aus, dass ich noch irgendwas Nützliches für ihn tun würde. Wir mussten unbedingt herausfinden, worum es dabei ging!

All das sprudelte aus mir heraus, bevor ich es ganz zu Ende gedacht hatte. José lächelte anerkennend. »Das hast du gut durchschaut. Es ist ein wertvoller Hinweis für den bevorstehenden letzten Akt.«

»Und was ist unsere Aufgabe in diesem letzten Akt?«, wollte Sebastiano wissen. »Was sollen wir jetzt tun?«

»Auf die Bühne gehen und mitspielen.«

*

In den folgenden Tagen wechselten wir zu unserem Schutz mehrfach den Unterschlupf. Bald stellte sich zwar heraus, dass José richtig vermutet hatte – Fitzjohn war genau wie zuvor Reginald abgetaucht und spurlos verschwunden. Seine nächsten Schritte plante er im Verborgenen. Trotzdem wagten wir nicht, in unser Haus am Grosvenor Square zurückzukehren, denn jeder vom Gesinde konnte ein von Fitzjohn bezahlter Mörder sein. Für unsere Sicherheit war es definitiv besser, wenn wir versteckt operierten statt lebende Zielscheiben zu bieten.

Auf Josés Rat hin schlüpfte Sebastiano in täglich wechselnde Verkleidungen, um unerkannt zu bleiben. Und darin war er, wie ich zugeben musste, ziemlich gut. Mal ging er als gebückt schlurfender Bettler mit speckigem Schlapphut und verdrecktem Umhang, mal als unscheinbarer Arbeiter in grauem Kittel und mit Holzschuhen, mal als alter Krämer. Wenn überhaupt, erkannte man ihn nur aus nächster Nähe wieder, denn je nach Kostümierung veränderte er auch mit anderen Tricks sein Äußeres: Er klebte sich einen falschen Bart an, schminkte sich hässliche Pusteln und Narben ins Gesicht, stülpte sich eine grauhaarige Perücke über, steckte sich Backpflaumen in die Wangen oder schnallte sich ein Kissen um – bei der Auswahl der unterschiedlichen Methoden erwies er sich als höchst erfinderisch.

Ich selbst verkleidete mich ebenfalls so gut es ging, denn die Vorstellung, einer von Fitzjohns Spitzeln könnte sich unbemerkt auf meine Fährte setzen und auf diese Weise Sebastiano entdecken, war der pure Horror für mich. Ich hatte immer noch große Angst um ihn, denn ich glaubte, dass Fitzjohn besonderen Wert darauf legte, Sebastiano auszuschalten.

José war davon überzeugt, dass Fitzjohns Spiegel die Erklärung dafür lieferte – eine Einschätzung, die mir seither nicht mehr aus dem Kopf ging. Die seltsamen Zeitspiegel zeigten jedem Betrachter immer nur Teilausschnitte einer alternativen Zukunft. Zu sehen waren bloß bestimmte Szenerien eines Ereignisses, und es waren keineswegs immer dieselben, sondern es kam ganz darauf an, wer den Spiegel gerade verwendete. Möglicherweise würde der Spiegel mir mehr zeigen als Fitzjohn. Ich dachte lange über das Problem nach und entschied schließlich, dass wir irgendwie versuchen mussten, es herauszufinden. Einen Plan dafür hatte ich auch schon.

Ich redete lange mit Sebastiano darüber, der jedoch strikt dagegen war. »Es ist ein völlig überflüssiges Risiko. Auch wenn Fitzjohn sehr überstürzt verschwunden ist – ihr glaubt doch nicht ernsthaft, dass er so was Wichtiges wie seinen Spiegel in Foscary House zurückgelassen hat.«

José war anderer Ansicht. »Es kann gut sein, dass er ihn absichtlich dort gelassen hat.«

»Warum sollte er so was Blödes tun?«

Ich antwortete an Josés Stelle. »Weil er will, dass wir hingehen und hineinschauen.«

»Nein«, korrigierte José mich. »Er will, dass *du* hineinschaust. Zweifellos hat der Spiegel ihm gezeigt, dass du am Abend des geplanten Umsturzes anwesend sein wirst, während andere, wichtige Blickwinkel ihm verborgen geblieben sind. Er hofft, dass du ihm diese fehlenden Blickwinkel liefern kannst. Du würdest in dem Spiegel dasselbe Ereignis sehen wie er selbst, nur von einer anderen Warte aus. Durch dich könnte er eine bessere Sicht auf die Dinge gewinnen, die geschehen werden. Eine, die vollständiger ist.«

Sebastiano verzog grimmig das Gesicht. »Diese bessere Sicht auf die Dinge kann er sich nur verschaffen, wenn Anna ihm davon erzählt. Und freiwillig tut sie das bestimmt nicht. Mit anderen Worten, er hat Vorkehrungen getroffen, sie sich zu schnappen, sobald sie in die Nähe des Spiegels kommt. Damit ist das Projekt gestorben, es ist viel zu riskant.«

José widersprach. »Es ist nicht ganz ungefährlich, aber ich glaube, es wäre das Risiko wert. Wir könnten uns dadurch vielleicht einen entscheidenden Vorteil verschaffen. Und wir würden natürlich für Annas Sicherheit sorgen.«

Damit war es abgemacht. Nun mussten wir nur noch die Einzelheiten planen.

✻

»Das halte ich für recht verwegen, doch durchführbar«, sagte Mr Scott, während er reihum Tee nachschenkte. »Und ich bin Ihnen gern in jeder nur denkbaren Weise behilflich.«

Wir hatten Mr Scott in seiner Buchhandlung aufgesucht, weil wir für die reibungslose Durchführung von unserem *Projekt Spiegel* seine Hilfe benötigten. In seinem gemütlichen Hinterzimmer besprachen wir alles Nötige bei einer Tasse Tee.

Der alte Buchhändler hatte ziemlich verdutzt ausgesehen, als José, Sebastiano und ich nach Einbruch der Dunkelheit so plötzlich bei ihm aufgetaucht waren, denn wir hatten ihn vorher nicht benachrichtigt. Über Josés Erscheinen war er jedoch weniger verblüfft, als ich erwartet hatte. Er nickte nur nachdenklich und meinte, er habe immer gewusst, dass Mr Marinero noch ein Ass im Ärmel hätte.

Trotzdem hatten wir die nötige Vorsicht walten lassen, bevor wir ihn aufgesucht hatten. Sebastiano war zweimal als Bettler verkleidet an der Buchhandlung vorbeigeschlurft, um sicherzugehen, dass sich keiner von Fitzjohns Spitzeln in der Nähe herumtrieb. Doch zu unserer Erleichterung wurde der Laden nicht ausgespäht. Fitzjohn schien seine Kräfte bereits woanders zu bündeln.

Mr Scott reichte mir die Zuckerdose, dann rieb er sich den Beinstumpf an der Stelle, wo das Holzbein festgemacht war. Man sah ihm an, dass er wieder Schmerzen hatte. Aber mehr noch setzte ihm der Verlust seines Enkels zu. Er vermied es, über den Jungen zu sprechen, und als ich einmal gedankenlos erwähnte, wie gern Jerry den kleinen Hund gehabt hatte – wir hatten Sisyphus mitgebracht, weil er hier fürs Erste besser aufgehoben war –, stiegen dem alten Mann Tränen in die Augen. Ich hätte ihm gern versprochen, dass wir Mr Fitzjohn seine Verbrechen heimzahlen würden, aber wir wussten ja selber nicht, ob alles gut ausgehen würde. Wenn wir mit unseren Bemühungen scheiterten, mussten wir vielleicht den Rest unseres Lebens – falls wir nicht vorher von Mr Fitzjohn aus dem Weg geräumt wurden – in einer immer wiederkehrenden Zeitschleife verbringen.

Beim gemeinsamen Teetrinken nahm ein Plan Gestalt an – eine Art Überraschungscoup. Mr Scott wollte uns einen schlagkräftigen Trupp von mindestens fünf vertrauenswürdigen Männern besorgen, die uns als Eskorte in unser Haus am Grosvenor Square begleiteten und uns den Rücken freihielten, während wir uns Zugang zu dem Spiegel verschafften.

»Aber wird Fitzjohn nicht damit rechnen, dass wir mit entsprechender Verstärkung kommen?«, warf Sebastiano ein. »Es kann sein, dass er ebenfalls mehrere Männer um sich gesammelt hat, um ganz sicherzugehen, dass Anna ihm nicht entkommt.«

»Deshalb sollten wir das Ganze mit einem zusätzlichen Ablenkungsmanöver verbinden«, meinte Mr Scott. Er hielt inne und klingelte nach der Haushälterin. »Mrs Simmons, bringen Sie uns doch bitte noch Tee.«

Sie verschwand wieder, und Mr Scott fuhr mit seinen Erläuterungen fort. »Ein Brand scheint mir dafür am geeignetsten.«

»Ein Brand?«, wiederholte ich erstaunt. »Was für ein Brand? Wollen Sie etwa das Haus abfackeln?«

»Nur ein ungefährliches kleines Küchenfeuer, aber dafür eines mit möglichst viel stinkendem Rauch, das zuverlässig alle Bewohner ins Freie treibt.«

»Und in der Zwischenzeit kommen wir mit unseren Leuten durch die Hintertür und suchen inmitten des ganzen Chaos unbemerkt Fitzjohns Räume auf«, ergänzte José. Er sah den alten Buchhändler beifällig an. »Ein guter Plan. Er hätte von mir sein können.«

Mr Scott freute sich jedoch nicht über Josés Lob. Er nickte nur gedankenverloren und blickte mit geröteten Augen ins Leere. Es war klar, was er dachte – all seine Anstrengungen konnten Jerry nicht zurückbringen.

»Nun noch die Uhrzeit«, sagte José. »Ich würde vorschlagen, morgen Abend, wenn es dunkel ist, denn dann lässt sich die allgemeine Verwirrung besser ausnutzen.«

»Sehr gut«, stimmte Mr Scott zu. »Sagen wir, um neun Uhr. Ich werde mit den Männern pünktlich dort sein.«

Mrs Simmons brachte frisch aufgebrühten Tee, und wir tranken jeder noch eine Tasse, bevor wir aufbrachen. Ich verabschiedete mich von Sisyphus und versprach ihm, dass wir uns bald wiedersehen würden. Und dass ich dafür sorgen würde, dass man ihn nie an die Kette legte. Als ich sein flaumiges Köpfchen streichelte, kamen mir die Tränen. Einerseits wollte ich nur noch heim, zurück in meine eigene Zeit. Andererseits würde ich den kleinen Kerl entsetzlich vermissen.

Niedergedrückt und erschöpft ging ich abends in unserem geheimen Unterschlupf schlafen – ohne Sebastiano, denn José und er wollten unbedingt noch ein paar Dinge wegen des morgigen Vorhabens besprechen. Auf der Rückfahrt zur Herberge hatte José erklärt, mit einigen Umstellungen an der Dampfmaschine könne er vielleicht ein stabiles Tor konstruieren und so die Verbindung mit dem Zeitstrom vollständig wiederherstellen. Seit seiner Rückkehr verschwand er jeden Tag für ein paar Stunden, um gemeinsam mit Mr Stephenson an der Maschine zu arbeiten – an einem geheimen Ort, den er uns nicht verriet. Wir wussten nur, dass die Maschine sich nicht mehr in der James Street befand, sondern auf Josés Veranlassung hin in aller Eile fortgebracht worden war.

Ich war so müde, dass ich von der leise geführten Unterhaltung nichts mehr verstand. Trotz meiner zahlreichen Sorgen und Ängste fiel ich sofort in einen tiefen und zum Glück traumlosen Schlaf.

Als ich wieder aufwachte, hatte ich das Gefühl, noch keine fünf Minuten geschlafen zu haben. Sebastiano beugte sich über mich und rüttelte an meiner Schulter. »Wach auf, Anna!«

Im Licht der Nachtkerze wirkte sein Gesicht ernst und entschlossen. Er trug Hut und Umhang und – wie ich zu meinem Entsetzen feststellte – einen Waffengurt mit einer Pistole.

»Du musst aufstehen.«

Panisch fuhr ich hoch. »Hat er uns gefunden? Müssen wir abhauen?«

»Reg dich nicht auf. Nur eine kleine Planänderung. Wir ziehen das *Projekt Spiegel* schon heute Nacht durch.« Er öffnete das Fenster einen Spalt und lauschte in die Nacht. »Sei leise. Und mach schnell.«

»Okay. Ich beeil mich.« Mein Herz raste immer noch vor Schreck, ich fühlte es hämmern wie die rasende Dampfmaschine von Mr Stephenson. Hastig suchte ich meine Kleidungsstücke zusammen, doch Sebastiano nahm sie mir aus der Hand und schob mir die Jungssachen hin, die ich meist trug, wenn ich mit ihm in der Stadt unterwegs war. Er hatte recht – für unser Vorhaben waren sie besser geeignet als lange Röcke, die mich nur beim Rennen behindern würden. Vor allem, wenn es im Haus brannte. Konfus purzelten meine Gedanken durcheinander, während ich in die Sachen schlüpfte und mich hastig kämmte.

»Warum muss es heute Nacht sein?«, flüsterte ich. »Hat Mr Scott denn schon alles in die Wege geleitet?«

»Wir machen es allein. José meinte, es wäre sicherer so.«

Ich dachte fieberhaft nach, dann begriff ich. »Die Haushälterin, oder? Mrs Simmons. Sie hat uns so neugierig angestarrt. Wenn ich genau drüber nachdenke, glaube ich mich sogar zu erinnern, dass ich ein schwaches Jucken im Nacken gespürt habe!«

»Wirklich?«

Ich nickte eifrig. »Ich dachte, es käme vom Ofen, der war direkt hinter mir und ziemlich heiß, deshalb habe ich nicht weiter drauf geachtet. Aber ich wette, sie hat uns belauscht. Sie ist Fitzjohns Informantin! Deshalb waren auch keine anderen Beobachter in der Nähe, denn sie steckt ihm ja alles, worüber wir geredet haben. Du liebe Zeit, beinahe wären wir in die Falle gelaufen!«

»José hat die Lage zum Glück durchschaut. Kann's losgehen?«

»Sofort.«

Ungeduldig sah er zu, als ich mir hastig einen Zopf flocht, das zerzauste Ergebnis meiner Bemühungen hinten in die Jacke stopfte und mir eine Kappe über den Kopf stülpte.

Sebastiano trat dicht an mich heran und strich mir sanft über die Wange. »Was immer auch geschieht – keine Alleingänge. Du tust nur das, was José und ich dir sagen. Versprich es!«

»Ich versprech's.«

»Gut.« Er packte mich unversehens, zog mich an sich und küsste mich mit stürmischem Verlangen. Verblüfft erwiderte ich seinen Kuss, bis er sich widerstrebend von mir löste. »Auf ins Abenteuer. Wir rocken das. Los, sprich es mir nach!«

»Wir rocken das«, gab ich atemlos zurück. Und es klang so, als würde ich wirklich dran glauben.

Es war geradezu lächerlich einfach. Das Haus lag wie ausgestorben da. Weit und breit waren keine Wächter oder Beobachter zu sehen. Ich horchte in mich hinein – genauer, auf meinen Nacken – und spürte nichts. Die Luft war rein.

Wir benutzten einfach unseren Hausschlüssel. Auch das klappte problemlos. Fitzjohn hätte das Schloss auswechseln lassen können, doch er war offenbar davon ausgegangen, dass wir uns nicht hertrauen würden. Was ja die ganze Zeit auch gestimmt hatte. Außerdem setzte er darauf, dass ich mir seinen Spiegel ansah, folglich lag es nahe, dass er mir keine zusätzlichen Steine in den Weg legte. Sein Pech, dass wir kurzerhand den Plan einen Tag vorverlegt hatten.

Nachdem Sebastiano die Haustür aufgeschlossen hatte, glitt ich lautlos in die Halle und zur Treppe. José bildete die Nachhut. Sebastiano und ich eilten nach oben, während José unten wartete, um unseren Rückzug zu sichern und notfalls Alarm zu schlagen, wenn jemand uns folgte. Von oben drohte uns keine Gefahr, niemand lag auf der Lauer, denn anderenfalls hätte mein Nacken mich gewarnt.

Ob Mrs Fitzjohn noch im Haus war? Fast alle vom Personal waren entlassen worden, wie wir von Mr Scott erfahren hatten, aber er hatte nicht gewusst, ob Mrs Fitzjohn noch hier wohnte oder ob sie mit ihrem Gatten untergetaucht war.

Leise stiegen wir die Dienstbotentreppe hoch und erreichten die Etage, in der die Fitzjohns ihre Räume hatten. Ich war erst einmal hier oben gewesen, im Zuge der Hausbesichtigung gleich nach unserem Einzug, doch ich wusste noch, wo sich das Wohnzimmer der beiden befand. Und ich erinnerte mich auch daran, dass es dort einen Spiegel gab, der schmal und unauffällig zwischen zwei ziemlich hässlichen Gobelins hing. Er wäre mir vermutlich gar nicht aufgefallen, wenn Mrs Fitzjohn nicht verlegen auf diese Teppiche gedeutet und erklärt hätte, dass Wandstickereien ihr Hobby seien.

Die Tür zum Wohnraum war unverschlossen. Sebastiano ging mit der Kerze voraus, ich blieb dicht hinter ihm.

Der Spiegel war noch da!

Ich stellte mich sofort davor und blickte hinein, sah aber nichts. Abgesehen natürlich von meinem eigenen Spiegelbild, und das nicht mal besonders gut, weil der Spiegel an den Rändern schon ziemlich angelaufen war und auch in der Mitte ein paar blinde Stellen hatte. Rein optisch war er von minderer Qualität, ähnlich wie der Spiegel von Esperanza. Von daher hätte es ein Zukunftsspiegel sein können.

»Er funktioniert nicht«, sagte ich frustriert.

»Vielleicht musst du ihn anfassen.«

Ich legte die Hand auf den Rand des Spiegels und zuckte zurück, denn ich meinte, ein schwaches Summen unter meinen Fingerspitzen zu spüren.

»Was ist?«, wollte Sebastiano wissen.

»Da war was … Eine Art Vibrieren.«

»Dann ist es der richtige Spiegel.«

»Aber es tut sich nichts.«

»Hm. Fass ihn noch mal an.«

Ich tat es, doch wieder geschah nichts. Sebastiano stand mit dem Windlicht neben mir, und wir beide schauten gemeinsam in den Spiegel. Nichts.

»Ich gehe mal da rüber, vielleicht klappt es, wenn du alleine hineinsiehst.« Er ging in die nächstgelegene Zimmerecke und setzte sich in einen Ohrensessel, sodass er nicht mehr in den Spiegel blicken konnte. Ich legte entschlossen die Hände auf den Rahmen. Das Vibrieren wurde stärker, doch ich ließ mich nicht davon beirren, auch wenn ich am liebsten schreiend davongelaufen wäre.

Und tatsächlich, plötzlich bewegte sich etwas! Die Spiegeloberfläche schien sich zu kräuseln, sie wurde milchig und teilte sich dann wie Nebel durch einen Windstoß.

Das Bild, das sich mir zeigte, war an den Rändern eigenartig verzerrt, es war fast, als sehe man durch ein Kaleidoskop, bei dem die Abbildung grob in Stücke geschnitten und wieder zusammengefügt wird. Dann, ganz plötzlich, sprang alles an den richtigen Platz, und ich hatte einen gewaltigen, vom Licht unzähliger schimmernder Kerzen erfüllten Festsaal vor mir. Der Effekt war so überwältigend, dass ich mit einem erschrockenen Atemzug zurückprallte. Dutzende edel gekleidete Menschen bewegten sich vor mir über das glänzende Parkett. Kellner flitzten hin und her und servierten Getränke in blinkenden Kristallgläsern. Durch weit geöffnete Flügeltüren blickte man in einen angrenzenden Bankettsaal, wo eine gewaltige Tafel mit Damast und Silber eingedeckt war. Eine Gruppe von Musikern spielte zum Tanz auf, was ein bisschen eigenartig aussah, weil alles stumm ablief. Hastig überflog ich die vor Leben wimmelnde Szenerie und suchte nach bekannten Gesichtern. Da, der Earl! Er stand dicht bei einer mit goldenen Verzierungen bedeckten Prunksäule und unterhielt sich – mit Iphigenia!

An der Stirnseite des großen Saals wurde jemand von Menschentrauben umringt, man sah sofort, dass hier eine wichtige Person stand. Als die Menge sich bewegte und ein paar Leute weitergingen, erkannte ich inmitten des Pulks den Prinzregenten, der jovial in die Runde lächelte und aufgeputzt war wie ein Operettenprinz. Er trug eine purpurrote Uniform und war reichlich mit Orden und goldenen Tressen behängt. An seiner Seite hielt sich ein dunkel gekleideter Mann auf, der mir vage bekannt vorkam. Es gab eine gewisse Ähnlichkeit zum Prinzregenten – ob das sein Bruder Frederic war, der sich so lange auf See befunden hatte und den kaum noch jemand in London kannte? Ich sah mir den Mann genauer an und begriff, dass nicht die Familienähnlichkeit das Auffallende war, sondern die Art, wie er sich hielt. Ein bisschen steif und dennoch formvollendet. Und dann sah ich seine Augen. Sie schienen mich durch den Spiegel hindurch zu fixieren, sodass ich einen Moment lang von dem Impuls erfüllt war, mich umzudrehen und wegzulaufen. Das war Fitzjohn!

Er hatte sein Äußeres stark verändert. Um einiges korpulenter und kahler, mit dichtem Backenbart und buschigen Brauen sowie mit Zähnen, die ganz anders aussahen als die meines ehemaligen Butlers. Vermutlich glich er dem echten Bruder des Prinzregenten aufs Haar, wobei ich mich keinen Illusionen darüber hingab, was mit dem armen Kerl passiert war. Wahrscheinlich ruhte sein Schiff auf dem Grund des Atlantiks, denn anderenfalls hätte ja Fitzjohn nicht an seine Stelle treten können. Die Tatsache, dass er zu diesem besonderen Abend – genauer, am kommenden Samstag, denn da würde das Fest in Carlton House steigen – von seiner großen Fahrt heimgekehrt war, würde sich bestimmt nahtlos in den Lauf der weiteren Ereignisse einfügen. Denn wenn der Prinzregent an besagtem Abend vor den Augen der Welt plötzlich und unerwartet das Zeitliche segnete, stand praktischerweise gleich der nächste Thronfolger parat.

Ein Reich zur Bühne, Prinzen drauf zu spielen …

Eine gefühlte Ewigkeit lang starrte ich Fitzjohn an, und als würde er es über Zeit und Raum hinweg spüren, richtete er abermals seinen Blick direkt auf mich. Seine Augen schienen mich förmlich zu durchbohren. Ein Frösteln überlief mich. Es war alles nicht echt, denn es würde ja erst noch geschehen, doch der Spiegel vermittelte einen bestürzenden Eindruck von Realität.

Dann legte Fitzjohn den Arm um seinen vermeintlichen Bruder und reichte ihm einen Weinpokal. Mein Nacken fing an zu jucken. Nein, zu brennen! Ich wollte herumfahren, doch dann wurde mir klar, dass die Gefahr aus dem Spiegel kam. Mein Blick saugte sich ohne mein Zutun an dem Pokal fest. Der Wein! Er musste vergiftet sein!

Prinny nahm den Pokal und setzte zum Trinken an.

Nein! schrie ich stumm, und als hätte er mich gehört, ließ er das Glas sinken und wandte sich um. Jemand im Saal – der prachtvollen Livree zufolge wohl eine Art Zeremonienmeister – rief die Gäste zu einer Vorführung draußen auf der Terrasse zusammen. Durch die offenen Fenstertüren waren Feuerschlucker und Jongleure zu sehen. Die Gäste strömten von allen Seiten heran, um gute Plätze zu ergattern. Feuerwolken und fliegende Kegel mischten sich zu einer flirrenden Kulisse, die wegen der absoluten Lautlosigkeit gespenstisch wirkte.

Weil ich von oben auf die Szenerie schaute – quasi aus der Vogelperspektive –, konnte ich alles hervorragend sehen. Nicht nur den Beginn der Vorführung draußen auf der Terrasse. Sondern vor allem mich selbst. Ich sah mich ganz deutlich. Zumindest einen Augenblick lang, dann versperrte eine große, fette Frau in Schwarz mir die Sicht. Doch ich war sicher, dass ich mich nicht getäuscht hatte. Ich war dort. Beziehungsweise ich würde es sein.

Ich presste eine Hand auf den wild klopfenden Puls an meiner Kehle.

»Was ist?«, hörte ich Sebastiano aus der Zimmerecke flüstern.

»Nichts«, gab ich mit flacher Stimme zurück. Wie gebannt starrte ich in den Spiegel. Die dicke Frau war weitergegangen, ich war wieder gut zu sehen. Nur am Rande registrierte ich, dass ich das wunderschöne neue Kleid trug, dass Iphy für mich ausgewählt hatte und in dem ich mehr als nur passabel aussah. Fieberhaft hielt ich nach Sebastiano und José Ausschau, doch ich sah sie nirgends. Dann hefteten sich meine Blicke wieder auf meine eigene Gestalt, denn anscheinend hatte ich im Spiegel gerade etwas Bestimmtes vor. Ganz in Weiß und auch sonst ein ziemlicher Hingucker, ging ich direkt auf den Prinzregenten und Fitzjohn zu. Prinny strahlte mir entgegen. Er legte mir eine Hand auf den Arm und machte mir – man sah es ihm am Gesicht an – ein nettes Kompliment. Fitzjohn durchbohrte mich mit seinen Blicken. Prinny hob erneut das Glas an den Mund und wollte trinken. Und ich …

… hörte hinter mir eine Bewegung. Und zwar in der Realität, nicht im Spiegel. Erschrocken fuhr ich herum – und vergaß dabei, dass ich mit beiden Händen den Spiegel festhielt. Bei meiner abrupten Bewegung löste er sich von der Wand und fiel zu Boden, wo er mit einem ohrenbetäubenden Klirren in tausend Scherben zersprang.

»Mylady!« In der offenen Zimmertür war eine Gestalt in einem geisterhaft weißen Nachthemd aufgetaucht. Mrs Fitzjohn starrte mich an wie eine Erscheinung aus einem Horrorfilm. »Sie leben und sind wohlauf! Es hieß, Sie seien tot!« Verstört betrachtete sie die Scherben. »Du lieber Gott! Das bringt Unglück.«

Ich lachte ein bisschen gekünstelt. »Hoffentlich nicht mir.«

Sie schüttelte mit vergrämter Miene den Kopf. »Gut, dass mein Mann nicht da ist. Er wäre untröstlich, denn er hing sehr an dem Spiegel. Ein altes Erbstück, wissen Sie.«

»Darauf wette ich«, murmelte ich. Hilfe suchend sah ich Sebastiano an, der sich aus dem Sessel erhoben hatte und an meine Seite geeilt war. Erst jetzt schien Mrs Fitzjohn ihn zu bemerken. »Oh, Mylord!«, stammelte sie. »Auch Sie sind am Leben! Was für eine glückliche Fügung!«

»Wer hat Ihnen denn erzählt, dass wir tot sind?«

Ihr Gesicht nahm einen verwirrten Ausdruck an. »Jeder sagt das. Ich glaube, es stand sogar in der Zeitung. Es hieß, Sie beide seien bei einer Landpartie von Straßenräubern umgebracht worden.«

»Ist außer Ihnen noch jemand im Haus?«

»Nein, niemand.«

»Was ist mit meiner Zofe Bridget geschehen?«, fragte ich.

»Mein Mann hat Meeks und sie entlassen, was sie sehr verdrossen hat. Das dumme Ding weinte und redete stundenlang mit sich selbst, vor allem darüber, wie es wohl wäre, künftig unter der Brücke leben zu müssen. Doch dieser Tage sah ich sie eingehakt mit Meeks im Park promenieren. Ich hörte, dass sie beide im selben Haushalt eine neue Anstellung gefunden haben.«

»Oh«, sagte ich langsam. »Bridget und Meeks ...« Ich hätte geschworen, dass der Typ eher auf Männer stand. Aber so war es natürlich perfekt, denn ich wusste ja, dass Bridget für ihn schwärmte. Hoffentlich wurden die beiden glücklich.

»Ihre Sachen sind aber noch hier«, sagte Mrs Fitzjohn unvermittelt. »Oh, nicht die Sachen von Meeks und Bridget, sondern die von Seiner Lordschaft und Ihnen. Wir haben noch nichts weggegeben. Also falls Sie sich umkleiden und diese ärmliche Gewandung ablegen wollen ...« Ein zaghaftes Lächeln erhellte ihre verhärmten Züge. »Sie sind wieder heimgekehrt, ist es zu fassen! Bestimmt sind Sie hungrig. Soll ich Ihnen rasch eine Mahlzeit herrichten?« Eilfertig versank sie in einen Knicks, worauf ihr Nachthemd genauso knisterte wie die Schürzen, die sie tagsüber trug. Wahrscheinlich wurde alles mit derselben Wäschestärke gebügelt.

»Wo ist Ihr Mann?« Sebastianos Stimme klang scharf wie ein Peitschenknall.

Abermals wirkte Mrs Fitzjohn verwirrt, sogar ein bisschen geistesabwesend. »Verreist.« Ihre Stimme klang leicht mechanisch.

Sebastiano musterte Mrs Fitzjohn aufmerksam und forschte in ihrer Miene nach Anzeichen von Unaufrichtigkeit, doch genau wie ich selbst konnte er wohl keine entdecken, denn seine

Stimme wurde sanfter. »Wir wollen uns nicht weiter hier aufhalten, machen Sie sich also keine Mühe. Gehen Sie einfach wieder zu Bett, Mrs Fitzjohn.«

Sie nickte wie ein gehorsames Kind, drehte sich um und verschwand mit ihrem raschelnden Nachthemd nebenan in ihrem Schlafzimmer.

Meine Anspannung löste sich in einem langgezogenen Seufzer. Beklommen blickte ich auf die glitzernden Scherben zu meinen Füßen. »Ich bin ein solches Trampeltier. Tut mir echt leid.«

»Das muss es nicht. Ich hätte ihn sowieso kaputt gemacht, bevor wir gegangen wären.« Sebastiano betrachtete mich eindringlich. »Fragt sich nur, was du gesehen hast. Und ob es uns neue Erkenntnisse bringt. Du *hast* etwas Wichtiges gesehen, oder?«

»Ja, allerdings«, erwiderte ich mit fester Stimme. »Das habe ich definitiv.«

Ich wandte mich um und eilte zur Treppe. Sebastiano folgte mir. »He, was hast du vor?«

Ich bog von der Dienstbotentreppe in Richtung Herrschaftstrakt ab. »Ein paar wichtige Dinge aus meinem Ankleidezimmer mitnehmen. Denn jetzt weiß ich, dass ich sie brauche.«

Die wenigen Tage bis zu Prinnys Feier verflogen im Nu. Wir waren ständig in Bewegung und blieben selten länger als ein paar Stunden an einem Ort. Einmal scheuchte uns José sogar mitten in der Nacht hoch, weil er glaubte, irgendwas Verdächtiges bemerkt zu haben, und es daher für sicherer hielt, sofort das Quartier zu wechseln. Zwar gab es eine hohe Wahrscheinlichkeit dafür, dass ich am kommenden Samstag auf der Party wäre und mir folglich bis dahin nichts passieren würde – immerhin hatte ich mich im Spiegel gesehen –, aber das galt nicht für Sebastiano und José. Die beiden waren mir in der Vision nicht aufgefallen. Natürlich hatte ich längst nicht alle dort erschienenen Leute sehen können, dafür hatte die Zeit nicht gereicht. Doch es war nicht von der Hand zu weisen, dass ihnen bis Samstag noch etwas zustoßen konnte. Außerdem war zu berücksichtigen, dass das Zukunftsbild im Spiegel nicht unabänderlich feststand. Mit massiven Bemühungen konnte man dieses künftige Ereignis beeinflussen und so in den Zeitlauf eingreifen. Das war ja schließlich auch das Prinzip, auf dem die Arbeit von uns Zeitwächtern beruhte. Mit anderen Worten, Fitzjohn hatte garantiert noch ein paar Trümpfe in der Hand und würde weiterhin versuchen, meiner habhaft zu werden, um herauszufinden, welches Wissen ich ihm voraushatte. José war davon überzeugt, dass ich etwas in dem Spiegel bemerkt hatte, das in dem Bildausschnitt, der Fitzjohn zur Verfügung gestanden hatte, fehlte.

Wie auch immer – in den verbleibenden Tagen wechselten wir ständig die Unterkunft und brachen auch den Kontakt zu Mr Scott ab. Das tat mir außerordentlich leid, denn er hatte sich solche Mühe gegeben und war unseretwegen hohe Risiken eingegangen. Doch es war zu gefährlich für uns, mit ihm in Verbindung zu bleiben, denn das würde Fitzjohn nur Gelegenheit verschaffen, unsere Fährte aufzunehmen.

Und dann war der große Abend gekommen. Wir putzten uns für die Feier heraus – oder genauer: Ich putzte mich heraus, während José und Sebastiano sich mittels einer ausgefeilten und sorgsamen Prozedur in zwei scheinbar völlig fremde Menschen verwandelten. Danach sahen beide so aus, dass nicht einmal ich sie wiedererkannt hätte, auch nicht aus nächster Nähe. Als sie anschließend vor mir standen, war ich zutiefst erleichtert, denn nun wusste ich, dass sie Bestandteil der Szenerie waren, die ich im Spiegel beobachtet hatte. Genau wie ich würden sie auf der Feier in Carlton House anwesend sein, aber weil ihr wahres Äußeres so gut verborgen war, hatte ich sie in der Vision beim besten Willen nicht erkennen können.

Sicherheitshalber fuhren wir getrennt zu dem Event. Ich nahm eine Mietdroschke, Sebastiano und José stiegen in eine andere.

Sebastiano umarmte mich vorher fest. »Pass bloß gut auf dich auf!«

»Keine Sorge.« Ich deutete auf meinen Nacken. »Ich habe ja meinen persönlichen Feuermelder dabei.«

»Warte! Ich gebe dir noch was anderes. Vielleicht stärkt dir das auch ein bisschen den Rücken.« Er holte eine kleine, samtüberzogene Schachtel aus der oberen Kommodenschublade und reichte sie mir. »Hier. Vermutlich sollte ich dabei auf die Knie gehen, aber das würde mir die Verkleidung ruinieren, deshalb ausnahmsweise einfach so. Aber mit Liebe.«

»Oh.« Mit trockenem Mund öffnete ich die Schachtel. Darin befand sich ein schmaler Ring mit einem kleinen, jedoch wundervoll funkelnden Stein. »Das ist …« Ich stockte.

»Ein Ring«, warf José hilfreich ein. »Genauer gesagt, ein Verlobungsring.«

»Eigentlich wollte ich mit dir allein sein, wenn ich ihn dir gebe«, meinte Sebastiano. »Aber irgendwie bin ich die ganze Zeit nicht dazu gekommen.«

»Und vergiss nicht, dass ich ihn erst heute mitgebracht habe«, erklärte José. »Es ging also gar nicht eher. Ich hoffe, er trifft deinen Geschmack.«

»Er ist wunderschön.« In meiner Kehle steckte ein Kloß, der sich verdächtig nach Tränen anfühlte. »Ich … oh, Mist, jetzt muss ich heulen.« Und das tat ich dann auch, sogar ausgiebig. Zum Glück hatte ich auf Augen-Make-up verzichtet, denn das wäre dadurch unweigerlich zerflossen. Ich lag in Sebastianos Armen und schluchzte vor Glück, bemüht, seine aufwendige Maskerade nicht zu ruinieren, zumal er sich als Frau verkleidet hatte und ziemlich stark geschminkt war.

»Ich liebe dich«, flüsterte er mir ins Ohr. »Ohne all dieses Zeug im Gesicht würde ich dich jetzt küssen.«

»Ich dich auch!«, beteuerte ich.

»Wenn wir hier lebend rauskommen, heiraten wir sofort. In Ordnung?«

»Und wie«, sagte ich schniefend.

»Es wird Zeit, mein Kind.« José legte mir den Umhang um, den Sebastiano und ich zusammen mit ein paar anderen Anziehsachen aus unserem Haus am Grosvenor Square mitgenommen hatten. Es war ein mit Hermelin besetztes Prachtstück aus weißem Samt, das ich eigentlich lieber nicht angezogen hätte, weil ein armes Pelztier dafür hatte sterben müssen, aber zu dem Kleid passte er einfach perfekt. Und er würde bei meiner Ankunft in Carlton House reichlich Aufsehen erregen, weil er absolut *ravissant* war. Aufsehen zu erregen war heute für mich die oberste Devise, das hatte José mir wiederholt eingeschärft. Je mehr Aufmerksamkeit ich auf mich zog, umso weniger würde ihm und Sebastiano zuteilwerden, darauf kam es entscheidend an.

»Eigentlich ist es seltsam, dass es schon wieder auf einer großen Abendgesellschaft passieren wird«, meinte ich, während ich mir vor dem winzigen Spiegel, der die kahle Wand über der Kommode zierte, noch rasch den Umhang zurechtrückte. Unsere aktuelle Unterkunft befand sich in einer alten Herberge in der Nähe des Tower und zeichnete sich durch denselben Mangel an Komfort aus wie all die anderen Behausungen, durch die José uns in den vergangenen Tagen geschleust hatte. Wenigstens gab es hier keine Bettwanzen, das wusste ich nach einigen nächtlichen Begegnungen mit den bissigen Biestern sehr zu schätzen.

»Was wird schon wieder auf einer großen Abendgesellschaft passieren?«, wollte Sebastiano wissen.

»Na, der ultimative Showdown. Genau wie vor zwei Jahren auf dem Maskenball in Paris.« Damals hatten wir ebenfalls im Kampf gegen einen mächtigen Alten eine Entscheidung herbeigeführt – und zum Glück im letzten Moment alles rausgerissen.

»Reiner Zufall«, widersprach Sebastiano. »Denk an unseren ersten gemeinsamen Einsatz.«

Da hatte er auch wieder recht. Als wir das erste Mal mit einem der Alten aneinandergeraten waren, hatte der große Kampf fernab von den Augen der Öffentlichkeit stattgefunden, in einem verlassenen Haus in Venedig.

»Im Grunde ist es gar kein Zufall, dass entscheidende Auseinandersetzungen während solcher Gesellschaften stattfinden«, warf José zu meinem Erstaunen ein. »Es hängt damit zusammen, dass sich zu diesen Anlässen oft alle maßgeblichen Personen versammeln, sodass sich ihre Lebenslinien an dieser Stelle im Zeitstrom bündeln und kreuzen. Stellt es euch wie einen gordischen Knoten vor, der nur von einer bestimmten Position aus zerschlagen werden kann.«

Ein Hauch von Kälte erfasste mich, denn gegen meinen Willen musste ich daran denken, was wohl geschah, wenn der Knoten diesmal *nicht* zerschlagen werden konnte. Unwillkürlich umfasste ich meinen wunderschönen neuen Ring und schob ihn fester auf meinen Finger. Er kam mir wie ein Symbol der Hoffnung vor. Und Hoffnung hatten wir wahrhaftig nötig. Es konnte noch alles Mögliche schiefgehen, denn die tödliche Raffinesse, mit der Fitzjohn bisher vorgegangen war, ließ keinen Zweifel daran, dass wir es mit einem ungeheuer klugen und skrupellosen Gegner zu tun hatten. Viel zu oft war er uns einen Schritt voraus gewesen. Wir durften nicht so töricht sein, uns auf Glück oder günstige Zufälle zu verlassen.

»Die Kutsche wartet«, sagte José. Er strich mir kurz übers Haar. »Du bist wunderschön, Kind.«

Ich merkte, wie ich rot wurde. Das war das erste – und vermutlich bis in alle Ewigkeit auch einzige – Kompliment, das ich je aus seinem Mund gehört hatte.

»Danke«, erwiderte ich mit rauer Stimme.

Ich küsste Sebastiano ein letztes Mal, dann machte ich mich auf den Weg.

Carlton House war ein Prunkbau hinter einer langgestreckten Säulenmauer an der Pall Mall, mit einem gewaltigen, antik anmutenden Portikus und einer eleganten Terrassen- und Gartenanlage, die direkt an den St. James Park grenzte. Für den Umbau dieses Palais hatte Prinny, wie ich aus den Unterhaltungen mit Iphy wusste, weder Kosten noch Mühen gescheut und dabei seine Schulden ins Uferlose getrieben. Gleich bei meinem Eintreffen sah ich, dass sie nicht übertrieben hatte – ein prächtigeres Ambiente hatte ich selten gesehen. Doch bevor ich die mit pompösem Interieur überladenen Räume bestaunen konnte, hatte ich selbst meinen großen dramatischen Auftritt. Als meine Kutsche vorfuhr – José hatte mir von irgendwoher eine wirklich noble Karosse organisiert, ganz in glänzend schwarzem Lack und von vier temperamentvollen Rappen gezogen –, blieben die gerade eintreffenden Gäste entlang der Pall Mall stehen und rissen Augen und Münder auf. Der Londoner Adel war eine eingeschworene Clique, jeder kannte jeden, und fast alle, die heute eingeladen waren, hatten mich schon einmal gesehen. Dass die totgeglaubte Erbin aus der Karibik urplötzlich hier auftauchte – und obendrein ohne die vorschriftsmäßige Anstandsbegleitung –, sorgte sofort für Neugier und Aufregung. Ringsum steckten die Leute die Köpfe zusammen und fingen an zu tuscheln, und ich tat alles, um den Effekt noch zu verstärken.

Mein Kutscher, ein höflicher Typ in Livree, trug die Schleppe meines Umhangs bis zum Portikus hinter mir her, während sein Groom mit wichtiger Miene die tänzelnden Pferde am Zügel hielt. Schließlich zog sich der Kutscher nach einer Verneigung zurück, und ich schritt mit königlich erhobenem Haupt die Stufen zum Portal empor. In einer Art Foyer nahm mich ein Lakai in Empfang und half mir aus dem Umhang, ehe er mich in die große Eingangshalle geleitete. Ich wurde von allen Seiten angestarrt, doch ich tat so, als sei es das Normalste von der Welt, ohne Begleitung hier zu sein. Huldvoll begrüßte ich die Leute, an deren Namen ich mich noch erinnern konnte.

»Lord Wrexham.« Ich nickte dem geschniegelten Mitgiftjäger zu, vor dem Iphy mich irgendwann gewarnt hatte, und er erwiderte den Gruß mit einer überraschten Verbeugung.

Ich sah das nächste bekannte Gesicht. »Oh, Mr Rule. Ich hoffe, das Duell hatte keine schlimmen Folgen für Sie. Leider kann ich Sie als Sekundanten nicht weiterempfehlen.«

»My… Mylady …«, hörte ich ihn stottern, bevor ich weiterging.

Die Empfangshalle besaß majestätische Ausmaße und war von einer hohen Kassettendecke überwölbt. Flankiert von griechischen Säulen und mit kostbarem Marmor ausgelegt, erschlug sie einen förmlich mit ihrer Pracht. In Wandnischen waren alle möglichen Bronzeskulpturen und Marmorbüsten ausgestellt, man kam sich vor wie in einem Museum der Antike. Aber das war erst der Anfang. Der Lakai führte mich durch diverse Räumlichkeiten, die einem König alle Ehre gemacht hätten. Von der Halle aus ging es in einen achteckigen Saal, der von einer großen runden Galerie gekrönt war und in dem die Durchgänge hinter leuchtend roten, mit Goldtroddeln verzierten Samtvorhängen verschwanden. Danach folgte ein weiterer Prunkraum mit blauen Seidentapeten und gewaltigen Ölschinken an den Wänden, anschließend ein Saal mit goldverzierten Schränken, weißem Marmorkamin und großen Fenstertüren zum Garten, dann ein Saal ganz in Rosenrot mit einem riesigen Kristallkronleuchter, hiernach ein weiterer Raum in Himmelblau mit goldenem Deckenstuck, und schließlich ein riesiger Saal mit einer langen Fensterfront zum Park. Anscheinend war dies der Hauptsaal, denn es war der Raum, den ich im Spiegel gesehen hatte.

Ich holte tief Luft und sah mich um. Die ganze Zeit über hatte ich so getan, als wäre ich die Ruhe in Person, doch in Wahrheit war ich das reinste Nervenbündel. Das Herz hämmerte mir gegen die Rippen, ich musste ständig der Versuchung widerstehen, meine Hand dagegenzupressen, um es irgendwie zu beruhigen. Stattdessen nahm ich einen Champagnerkelch von einem Tablett, das mir einer der zahlreichen Diener vor die Nase hielt, und trank einen kräftigen Schluck. Danach nippte ich nur noch, denn ich wusste ja, dass ich nicht viel vertrug, und ich wollte ganz bestimmt nichts tun, was meine Konzentration beeinträchtigen könnte.

Ich beobachtete meine Umgebung und versuchte, alles mit der Vision im Spiegel abzugleichen. Die Perspektive war eine völlig andere, ich sah nur einen Bruchteil dessen, was ich schon aus dem Spiegel kannte. Nebenan lag der große runde Bankettsaal, dessen Decke wie ein Sommerhimmel ausgemalt war. Von dort führte ein Durchgang in einen weiteren Riesensaal, der zur Straße hin lag. Es gab folglich mit Sicherheit auch einen kürzeren Weg vom Vestibül zum Hauptsaal – der Lakai hatte mich quasi einmal im Kreis herumgeführt, vermutlich auf Anweisung von Prinny, der offenbar Wert darauf legte, dass die Gäste ausgiebig sein Domizil bewundern konnten.

Der Hauptsaal, in dem sich die meisten Besucher versammelt hatten, war von den kunstvollen Deckenmalereien über die plüschig-roten Samtvorhänge bis hin zu dem gigantischen Teppich eine einzige Orgie verschwenderischer Pracht. Ungläubig betrachtete ich einen Sessel, der am Kopfende eines Tisches von den Ausmaßen eines Tennisplatzes stand. Es handelte sich um eine Art Thron, ein mit Quasten behängtes Ungetüm, bei dem die Lehnen zum größten Teil aus goldenen Sphinxen (mit nackten Frauenbrüsten!) bestanden. In diesem monströsen Sessel saß Prinny höchstpersönlich und hielt Hof. Er war von diversen Leuten umlagert, aber Fitzjohn war nirgends zu sehen. Er schien noch nicht da zu sein.

»Lady Anne!«

Beim Klang der Frauenstimme fuhr ich herum. Vor mir stand Lady Jersey, wunderhübsch anzusehen in einem lapislazuliblauen Kleid mit silberdurchwirkter Schärpe. Sie musterte mich mit offener Freude, aber auch voller Erstaunen.

»Zuerst dachte ich, ich sehe nicht richtig, doch Sie sind es wirklich! Wie froh ich bin, dass es Ihnen gut geht! Was musste ich da für ein schreckliches Gerücht über Ihren angeblichen Tod hören!« Ihre Augen funkelten vor Neugier. »Wie kam es denn dazu?«

»Das lässt sich nicht in drei Worten erklären«, meinte ich geistesabwesend. »Ich erzähle es Ihnen irgendwann ganz ausführlich. Aber jetzt entschuldigen Sie mich bitte, ich muss dringend zu meiner Cousine.« Soeben hatte ich Iphy entdeckt. Sie stand mit George Clevely zusammen, genau an der Stelle, an der ich sie auch im Spiegel gesehen hatte. Das konnte nur eins bedeuten: Die Ereignisse, die sich mir in der Vision gezeigt hatten, standen unmittelbar bevor, denn Iphy und George würden garantiert nicht stundenlang dort bleiben, wo sie sich gerade aufhielten. Suchend sah ich mich um, doch Fitzjohn war immer noch nicht aufgetaucht.

Iphy hatte mich ebenfalls bemerkt. Sie hob beide Arme und winkte mir hektisch zu. »Anne! O mein Gott! Du bist es wirklich!«

Ich eilte auf sie zu, damit sie nicht zu mir kommen konnte – alles, was die Szene im Spiegel gezeigt hatte, sollte möglichst so bleiben, wie ich es in Erinnerung hatte, denn sonst würde am Ende vielleicht alles ganz anders ablaufen und unser Plan dadurch gefährdet.

Ich gab mir Mühe, nichts zu empfinden, als Iphy aufgewühlt beide Arme um mich schlang und mich mit einem kleinen Schluchzen fest an sich drückte. Dabei merkte ich, dass ich sie wirklich vermisst hatte, und musste mich anstrengen, nicht ebenfalls in Tränen auszubrechen.

»Iphy«, sagte ich mit belegter Stimme. »Es ist schön, dich zu sehen.«

»Oh, Anne! Ich fasse es immer noch kaum! Du bist am Leben!« Ihre Augen glänzten feucht, und ihre Lippen zitterten. »Du ahnst nicht, wie viel ich geweint habe, weil ich glaubte, du seist tot! Es stand sogar in der Zeitung, dass Straßenräuber euch überfallen und umgebracht haben!«

Ich konnte ihr schlecht verraten, dass das bloß eine Finte von Fitzjohn gewesen war, der irgendeine offizielle Begründung für unser Verschwinden gebraucht hatte.

»Wie kommt es, dass du nach diesen furchtbaren Wochen auf einmal wohlbehalten wieder da bist?«, wollte sie wissen.

»Ach, die Räuber haben uns nicht umgebracht, sondern bloß gefangen gehalten, weil sie … Lösegeld wollten. Es dauerte eine Weile, aber schließlich konnten wir fliehen.«

Ihre Augen leuchteten auf. »Und dein Bruder? Geht es ihm gut?« Neugierig äugte sie über meine Schulter. »Ist er auch hier?«

»Nein, er muss sich noch schonen. Das alles hat ihn schwer mitgenommen.«

»Ich sollte ihn besuchen und ihn meiner immerwährenden Fürsorge versichern.« Sie beugte sich zu mir und vertraute mir flüsternd an: »Weißt du, ich könnte über seine … Veranlagung hinwegsehen, denn entscheidend sind doch seine Güte und Herzlichkeit. Außerdem – wer weiß, ob er sich nicht künftig doch noch eines Besseren besinnt. Dass er noch lebt, betrachte ich als Zeichen für einen Neubeginn. Anne, ich möchte ihn so bald wie möglich wiedersehen! Ich werde ihm seine Lieblingspralinen mitbringen.«

Ich unterdrückte heldenhaft ein Zähneknirschen. »Das kannst du in den nächsten Tagen gerne tun«, sagte ich dann gespielt großmütig – und in dem tröstlichen Wissen, dass ich Sebastianos Verlobungsring am Finger trug. Wenn heute alles gut ausging, wären wir sowieso bald in sicherer Entfernung – nämlich zweihundert Jahre in der Zukunft. Davon abgesehen war Sebastiano gegen Iphys Pralinen immun. Egal, wie toll sie aussah. Und sie sah wirklich *sehr* schön aus mit ihrem elfenbeinfarbenen Kleid und dem sensationellen Dekolleté.

In diesem Moment mischte sich George Clevely ein, der mich die ganze Zeit über sprachlos angestarrt hatte. Er schnappte sich meine Hand und bedeckte sie mit Küssen. »Meiner Treu! Anne, liebste, entzückende Anne! Meine armen alten Ohren haben soeben nicht viel verstanden, doch meine Augen funktionieren zum Glück noch gut. Und die sagen mir zweifelsfrei, dass Sie quicklebendig sind! Und bezaubernd wie eh und je!«

Wenn er damit mein Outfit meinte, hatte er recht – es war wirklich ein Traum, noch viel schöner als das Debütantinnenkleid, das ich bei Almack's getragen hatte. Ich erinnerte mich, wie genervt ich an dem Tag gewesen war, als Iphy mich zur Anprobe geschleppt hatte, doch nun, da ich es trug, war ich froh, dass ich die Mühe auf mich genommen hatte. Iphy hatte mir damit wirklich einen guten Dienst erwiesen.

In der Herberge hatte ich das Gesamtergebnis nicht richtig in Augenschein nehmen können, denn der Spiegel in unserer Kammer war kaum größer als ein Taschentuch, aber hier in Carlton House hingen so viele monströse Prachtspiegel herum, dass man gar nicht anders konnte, als sich selbst zu bewundern. Das Kleid war ein zarter Wasserfall aus feinstem weißem Seidenplissée und fiel – ganz im Stil der Zeit – fließend bis zu den Fußknöcheln. Für meine Frisur hätte ich zwar gut Bridgets Hilfe brauchen können, aber die Tochter unseres derzeitigen Zimmerwirts hatte es auch sehr nett hingekriegt. Sie hatte mir auf meinen Wunsch hin eine klassische Zopfkrone à la Sisi verpasst, die unter all den griechischen Lockenfrisuren zwar aus dem Rahmen fiel, aber dennoch etliche neidische Blicke auf sich zog. Sogar Iphy war davon angetan.

»Deine Haare sehen sehr hübsch aus, Liebes. Ungewöhnlich, aber hübsch.«

»Danke«, sagte ich.

»Und es freut mich sehr, wie gut das Kleid dir steht! Ich wusste gleich, dass es genau das Richtige für den heutigen Abend ist!«

»Meine liebe Anne«, sagte George tief bewegt. »Machte mir gewaltige Sorgen, als ich hörte, dass Sie besagte Reise nach Amesbury ohne meinen Schutz angetreten hatten. Folgte Ihnen augenblicklich. Doch Sie waren wie vom Erdboden verschluckt. Fürchtete sofort das Schlimmste. Die Nachricht von Ihrem Tod brach mir das Herz. Bin überglücklich, dass Sie noch leben!«

»Sehr nett von Ihnen, George.« Das war nicht bloß so dahingesagt, denn ich freute mich wirklich über seine Anteilnahme. »Wäre ich nur besser mit Ihnen gefahren!«

Unvermittelt fing mein Nacken an zu jucken. In der nächsten Sekunde verstummte die Musik, und ich sah, dass Prinny sich aus seinem geschmacklosen Goldsessel erhoben hatte. Er klopfte einem Mann auf die Schulter und strahlte dabei übers ganze Gesicht.

»Ein Überraschungsgast!«, hörte ich ihn rufen. »Seht nur, mein Bruder ist von seiner langen Reise zurückgekehrt!«

Fitzjohn war eingetroffen! Mir wurde schlagartig übel, ich musste mich schwer beherrschen, um nicht auf der Stelle durch die nächstbeste Tür abzuhauen.

»Potzblitz«, sagte George neben mir überrascht. »Tatsächlich, das ist er. Ein bisschen älter und ein bisschen bärtiger, aber sonst ganz wie früher. Hätte nicht gedacht, dass er sich jemals wieder in London blicken lässt!«

Ich sah, dass Fitzjohn zwei Weinpokale hielt. Einen davon reichte er Prinny und sagte etwas zu ihm, wahrscheinlich *Komm, geliebter Bruder, lass uns auf unser Wiedersehen anstoßen!* oder irgendwas ähnlich Verlogenes.

Ich hatte mich bereits in Bewegung gesetzt.

»Aber Anne, so bleiben Sie doch!«, rief George mir nach.

»Ich möchte nur rasch den Gastgeber begrüßen und bin sofort wieder da – rühren Sie sich nicht von der Stelle!«, rief ich über die Schulter zurück.

Gleich darauf rannte ich wie erwartet fast in eine große, fette Matrone hinein, die ihre Körperfülle in ein fransenbesetztes schwarzes Abendkleid gezwängt hatte. Ihr von Schleiern und Schleifen überquellender Kopfputz ließ nicht viel von ihrem dick geschminkten Gesicht erkennen, und den Rest verbarg ein enormer Fächer. Es war die Dicke, die ich im Spiegel gesehen hatte. In Wahrheit steckte in der Verkleidung der Mann, den ich liebte.

»Viel Glück«, murmelte Sebastiano, als ich an ihm vorbeieilte, ohne ihn zu beachten. Wir wussten beide, dass dies ein kritischer Moment war, denn Fitzjohn hatte mich bereits entdeckt und beobachtete mich. Ich hielt unbeirrt auf ihn und Prinny zu, während Sebastiano in Richtung Terrasse weiterging, wo soeben der Zeremonienmeister alle Gäste aufforderte, näher zu treten und einer denkwürdigen Vorstellung beizuwohnen.

»Ladies and Gentlemen, bitte kommen Sie und sehen Sie sich die Demonstration einer unglaublichen wissenschaftlichen Errungenschaft an! Sie werden staunen!«

Ich beschleunigte meine Schritte, denn Prinny hatte soeben den Pokal zum Trinken angesetzt. Dann wurde er auf die Ankündigung des Zeremonienmeisters aufmerksam und hielt inne. Gleich darauf sah er mich herankommen. »Lady Anne!«

Ich kam schlitternd vor ihm zum Stillstand. »Euer Gnaden. Ähm, Prinny. Vielen Dank für die liebenswürdige Einladung.«

Er strahlte mich an und legte mir die Hand auf den Arm. »Die Freude ist ganz auf meiner Seite! Wie schön, dass Sie herkommen konnten. Ich hörte da so ein dummes Gerücht und war sehr bestürzt. Aber da sieht man wieder, wie unverfroren die Zeitungen lügen.« Bewundernd sah er mich an. »Taufrisch wie der junge Morgen! Ein karibischer Sonnenaufgang in meiner bescheidenen Behausung. Freddy, alter Knabe, findest du nicht auch, dass sie eine formidable junge Dame ist?«

»Ganz ohne Frage«, sagte Fitzjohn. Seine Blicke schienen auf den Grund meiner Seele zu schauen. Mein Nacken juckte wie verrückt, es kostete mich alle Mühe, nicht zu kratzen und zu reiben, damit es endlich aufhörte.

»Das ist mein Bruder«, sagte Prinny. »Der Seefahrer. Sie wissen schon.«

»Ganz ohne Frage«, wiederholte ich Fitzjohns Worte. Ich zwang mich, seinen bohrenden Blicken standzuhalten, und verzog keine Miene. Zumindest hoffte ich, dass ich das tat.

Prinny hob den Weinpokal an den Mund. Prompt geriet ich ins Stolpern und fiel gegen ihn, sodass er sich in einem Schwall den ganzen Inhalt des Pokals auf seine großartige Galajacke kippte.

»Das tut mir so leid!«, rief ich in gespieltem Entsetzen aus. »Wie konnte ich nur!«

In den Tiefen von Fitzjohns Augen loderte es, und ich erschrak vor der Entschlossenheit, die ich dort wahrnahm. Er wirkte nicht wie jemand, dessen Plan soeben durchkreuzt worden war. Und dabei war ich so sicher gewesen, dass der Wein vergiftet war!

»Digitalis«, sagte Fitzjohn leise und nur für mich bestimmt, während Prinny sich von zwei Kammerdienern, die wie aus dem Nichts herbeigesprungen kamen, das durchweichte Wams abtupfen ließ. »Genug, um einen Ochsen zu töten.«

Mir wurde eiskalt. Er hatte *erwartet*, dass ich Prinny am Trinken hindern würde. Also hatte er es im Spiegel gesehen. Und mein Nacken juckte immer noch, möglicherweise noch heftiger als zuvor. Es war noch lange nicht vorbei.

»Anna, Sie haben Ihr Bestes gegeben. Aber inzwischen sollten Sie mich gut genug kennen und wissen, dass ich immer einen Plan B habe.«

Ich hätte es wirklich wissen müssen. Er hatte uns irgendwie reingelegt. Wir bildeten uns ein, aus den Visionen seines Spiegels mehr zu wissen als er, aber das war offenbar ein fataler Irrtum. Fieberhaft sah ich mich um. Was würde er als Nächstes tun?

Bittend schaute ich ihn an. »Sie müssen das alles nicht machen!«, sagte ich eindringlich. »Es muss niemand mehr sterben. Ich weiß nicht, was Sie in Ihrem Spiegel gesehen haben, aber wir können gemeinsam beschließen, dass keine schlimmen Dinge mehr passieren. Keiner muss zu Schaden kommen.«

Fitzjohn lächelte spöttisch und traurig zugleich. »Oh, Anna. Sie wissen doch, dass es bei diesem Spiel nur Gewinner oder Verlierer geben kann.« Er lächelte immer noch, doch seine Augen waren von abgründigem Schmerz erfüllt. »Bevor ich es vergesse – ich habe noch etwas für sie.« Er zog eine schmale Schachtel aus der Tasche seines Jacketts und reichte sie mir. »Ihr Brillantcollier. Ich weiß, wie sehr Sie daran hängen. Tut mir leid, dass ich es Ihnen vorübergehend entwenden musste.« Er betrachtete mich sinnend. »Manchmal erinnern Sie mich an meine Frau, Anna. Sie war auch jemand, der gern mit dem Kopf durch die Wand wollte. Am Ende wurde es ihr zum Verhängnis.«

»Mr Fitzjohn«, flehte ich. »Hören Sie auf und vergessen Sie dieses sinnlose Spiel!«

Er schien mir nicht zuzuhören. »Wenn Sie brav sind, können Sie unter meiner Herrschaft ein recht angenehmes Leben führen, Anna. Das Jahr achtzehnhundertdreizehn weist, wie Sie inzwischen wissen, viele Vorzüge auf.«

Aufbrausend ballte ich die Fäuste. »Es ist *unser* Leben! Unsere Welt! Wir haben nur die eine. Und Sie glauben, Sie können Gott spielen! Was bilden Sie sich ein …« Ich brach ab, denn der Zeremonienmeister rief abermals die Gäste dazu auf, sich auf die Terrasse zu begeben, um die einmalige, erstaunliche Vorführung besagten technischen Wunderwerks nicht zu verpassen.

Der Prinzregent trat wieder zu uns. Er hatte nach meiner Weinpokal-Attacke seine Fassung zurückgewonnen und steckte voller Tatendrang. »Das sollten wir uns ansehen, Freddy! Du weißt, wie sehr ich diese technischen Neuerungen liebe. Sie haben einen ungemein hohen Unterhaltungswert. Komm mit, Bruderherz!« Er legte Fitzjohn den Arm um die Schultern.

Fitzjohn ließ sich irritiert mitziehen. In diesem Punkt lief alles nach Plan. Nach *unserem* Plan. Plötzlich wusste ich ohne jeden Zweifel, dass er keine Ahnung hatte, was sich dort draußen befand. Das war der Teil, den er nicht aus seinem Spiegel kannte. Josés Ass im Ärmel. Der fehlende Blickwinkel. Genau darauf hatten wir gebaut.

Aber das Jucken in meinem Nacken ließ kein bisschen nach,

und im nächsten Augenblick wurde mir klar, dass es auch eine Sequenz gab, die *ich* nicht gesehen hatte, weil der Spiegel zu früh zerbrochen war – Fitzjohns Plan B, mit dem ich in dieser Sekunde Bekanntschaft machte. Jemand hatte sich von hinten an mich herangeschlichen und mir die kalte Mündung einer Pistole zwischen die Schulterblätter gebohrt.

»Mitkommen!«, zischte es in mein Ohr. Ich musste mich nicht erst umdrehen, um zu wissen, wer das war: Bräutigam-Ken alias Reginald Castlethorpe.

»Bloß kein Aufsehen«, befahl er mir. »Sonst drücke ich einfach ab. Du weißt, dass ich das für mein Leben gern tun würde!«

Das wusste ich wirklich, was auch der Grund dafür war, warum ich mich widerstandslos hinter eine der goldenen Prachtsäulen ziehen ließ, während alle übrigen Gäste in Scharen auf die Terrasse strömten.

»Hab ich dich, du Miststück!«, sagte Reggie hasserfüllt.

Genau wie José und Sebastiano hatte er sich verkleidet, denn nach dem Duell hätte er sich in seiner alten Rolle nicht mehr blicken lassen dürfen. Er hatte sich das schöne blonde Haar mausbraun gefärbt, ein paar hässliche buschige Brauen und einen dichten dunklen Bart angeklebt und – die abstoßende Krönung – zerlöcherte künstliche Zähne eingesetzt. Außerdem war er in Dienstbotenkleidung erschienen. Nichts deutete mehr auf den geschniegelten Beau hin, als der er noch vor wenigen Wochen bewundernde Blicke auf sich gezogen hatte.

Der Abstieg war nicht spurlos an ihm vorübergegangen. Seine Augen flackerten bösartig, seine Bewegungen waren fahrig, und er roch auch nicht besonders gut. Das Leben im Untergrund bekam ihm nicht.

Ich rang mir ein freundliches Lächeln ab. »Beruhige dich erst mal, Reggie! Wir können das alles hinkriegen. Du bringst dein Leben wieder auf die Reihe. Ja, du schaffst das. Ich habe wirklich viel … Gutes über dich gehört!«

In Wahrheit hatte uns José nur erzählt, dass Reginald sich im Jahr 2013 als Werbemodel für eine Fußpilzsalbe durchs Leben geschlagen hatte, bevor Fitzjohn ihn sich als Assistenten ausgesucht hatte.

»Lass uns reden, Reggie!« Während ich meine Friedensverhandlungen einleitete, spähte ich mit einem Auge über seine Schulter in Richtung Terrasse. Leider sah ich nichts, nur eine Menge Gäste von hinten. Die ersten erstaunten Ausrufe wurden laut. Anscheinend war die Vorführung schon im Vorfeld ein Erfolg, und ich bekam davon nichts mit, weil ich mit Fitzjohns Plan B fertig werden musste.

»Lass uns reden, lass uns reden«, äffte Reginald mich nach. »Klar reden wir. Deshalb stehen wir ja hier.« Mit der Rechten richtete er drohend die Pistole auf mich, dann fasste er mit der anderen Hand blitzschnell in meinen Ausschnitt und zog die Maske heraus, die ich dort ganz klein zusammengerollt versteckt hatte. »Nur, damit du auch schön hierbleibst.«

Dass er gewusst hatte, wo die Maske war, deutete darauf hin, dass Fitzjohn diese Aktion im Spiegel gesehen hatte. Meine Gedanken überschlugen sich in dem Bemühen, dem ganzen Geschehen einen Sinn abzugewinnen und das Richtige zu tun.

Reginald legte seine Hand um meinen Hals und drückte grob zu. »Los, sag es!«

»Was denn?«, würgte ich hervor.

Er presste seinen Daumen auf meinen Kehlkopf. »Was du gesehen hast. Im Spiegel. Fitzjohn sagte, es gebe da was, das müsse er wissen. Und zwar sofort, sonst …« Sein Griff wurde härter, ich konnte nicht mehr atmen. Bei dem, was ich als Nächstes tat, blieb mir keine Wahl, denn in seinen Augen glomm die schiere Mordlust. Er würde mich umbringen, so oder so. Wahrscheinlich hatte Fitzjohn ihm für die demnächst anbrechende Zeit seiner Herrschaft eine umfassende Amnestie für alle früheren und noch zu begehenden Schandtaten versprochen.

»Sorry, es ist nichts Persönliches«, ächzte ich mit erstickter Stimme. »Aber bitte geh zum Teufel!«

Er riss erstaunt die Augen auf – und verschwand in einem flimmernden weißen Loch. Das Licht war nur kurz aufgezuckt und sofort wieder erloschen, aber es hatte ihn in null Komma nichts verschluckt. Eben noch hatte er mich am Hals gepackt, und im nächsten Moment war er weg. Ich stolperte einen Schritt zur Seite, weil ich wegen seines plötzlichen Verschwindens das Gleichgewicht verloren hatte. Gleich darauf wurde ich aufgefangen – von einer großen, fetten Matrone, die vor lauter Schreck ihren Fächer verloren hatte.

»Verdammt!«, zischte Sebastiano grimmig und gar nicht ladylike. »Ich hatte den Kerl draußen vermutet. Dass er hinter dir her ist, hab ich erst bemerkt, als du nicht mit Fitzjohn und dem Prinzen rauskamst!«

»Ist ja alles gut gegangen. Ich hab ihn mit der Maske weggeschickt.«

»Wohin?«

»Äh … zum Teufel«, sagte ich beklommen. »Ich schätze, er hängt jetzt irgendwo im Zeitschacht rum.«

»Gut so.« Er erstarrte. »Himmel, dein Hals! Lass mich sehen.«

»Es geht schon. Ist nichts weiter passiert.« Vorsichtig massierte ich meine Kehle und überlegte, ob diese Würge-Attacken ebenfalls eine logische Konsequenz des Zeitwächter-Jobs waren. Irgendwie kam bei mir das Würgen auf Abendgesellschaften überdurchschnittlich häufig vor, obwohl ich meine Selbstverteidigungstechnik gerade gegen diese Art von Angriffen im Laufe der letzten Jahre extra intensiviert und verfeinert hatte.

Dann wurde mir unvermittelt klar, dass ich einen wichtigen Trumpf aus der Hand gegeben hatte. »Jetzt ist leider die Maske weg«, informierte ich Sebastiano kläglich.

»Das spielt keine Rolle mehr. José hat die Maschine so umgebaut, dass sie auch ohne die Maske funktioniert.« Er hielt kurz inne. »Hoffentlich.« Mit festem Griff umfasste er meinen Arm und zog mich weiter. »Komm, es geht gleich los!«

Vor den offenen Fenstertüren sowie draußen auf der Terrasse drängten sich die Gäste. Ein wogendes Durcheinander aus Seide, Tüll und Samt erstreckte sich vor uns, überragt von wippenden Pfauenfedern auf kunstvoll gearbeiteten Kopfbedeckungen. Die Lampions auf der Terrasse und die kristallenen Kronleuchter im Saal tauchten die Umgebung in ein malerisches Licht, es sah aus wie die Kulisse eines Märchenfilms. Nur, dass das hier kein Märchen war, sondern blutiger Ernst.

Sebastiano bahnte uns einen Weg durch die Menge. Ich folgte ihm blindlings und mit hämmerndem Puls.

Draußen auf der Terrasse war sie – die fauchende, dampfende Maschine von Mr Stephenson. Er selbst stand freudestrahlend davor und erläuterte den staunenden Zuschauern die Funktionsweise. Sein Gesicht war rußverschmiert und sein Arbeitsanzug von Ölflecken übersät. Am anderen Ende der Maschine schaufelte der Heizer unermüdlich Kohle in den flammenden Schlund des Ofens. Gegen die unmenschliche Hitze trug er eine Schutzbrille und eine Art Metallschürze.

Sebastiano zog mich weiter, bis wir direkt hinter Prinny und Fitzjohn standen. Prinny hatte leutselig den Arm um die Schultern seines vermeintlichen Bruders gelegt und lauschte dem Vortrag des Ingenieurs. Eigentlich war es eher ein Gebrüll, denn die

Dampfmaschine wurde immer lauter. Bei dem Hämmern und Fauchen konnte man meinen, sie würde gleich platzen.

»Aaah!«, tönte es ringsum einstimmig. Die Umstehenden wichen ein Stück zurück, als ein Funkenschauer aus dem Ofen kam und in den Nachthimmel stieg.

»Keine Sorge, sie funktioniert einwandfrei!«, rief Mr Stephenson.

»Was genau kann sie denn nun, außer einer Menge Dampf zu spucken und Krach zu machen?«, rief Prinny gut gelaunt zurück.

»Es ist eine Art Reisemaschine«, schrie Mr Stephenson mit leuchtenden Augen. »Wenn sie mit voller Kraft läuft und der Druck in den Kesseln am höchsten ist, kann man hier hineintreten und an einem beliebigen Ort wieder herauskommen.« Er deutete auf eine schmale, etwa mannshohe Öffnung, die von einem rot gestrichenen Metallrahmen umgeben war, den ich vorher noch nicht an der Maschine gesehen hatte.

»Wo genau kommt man denn heraus?«, rief einer der Zuschauer.

»Sie ist so eingestellt, dass man drüben im Bankettsaal herauskommt«, schrie Mr Stephenson.

»Klingt nach einem spannenden Trick«, befand Prinny. »Wir wollen es ausprobieren. Wer will?« Er wandte sich um, dann fiel sein Blick auf seinen Bruder. Fröhlich lächelnd nickte er. »Ein schöner Spaß für einen weitgereisten Mann, was? Los, alter Knabe, hinein mit dir!« Er blickte in die Runde. »Mein Bruder ist schon mehrfach rund um die Welt gefahren, er fürchtet weder Tod noch Teufel!« Er schob Fitzjohn ein Stück vorwärts. Der Moment war gekommen. Sebastiano machte sich bereit, notfalls nachzuhelfen.

»Netter Versuch«, hörte ich Fitzjohn sagen. Es klang höhnisch. Ich erstarrte, denn auf das, was als Nächstes geschah, waren wir in keiner Weise vorbereitet. Jemand war von hinten an den Prinzregenten herangetreten, eine große Pistole im Anschlag. Das Klacken des Holzbeins wurde vom Hämmern der Maschine übertönt.

»Mr Scott!«, schrie ich fassungslos. Erst in diesem Moment begriff ich, dass nicht Reginald, sondern Mr Scott die tragende Rolle in Fitzjohns Plan B innehatte.

Der alte Buchhändler wandte sich mir für einen Augenblick zu. »Es tut mir so leid«, sagte er. Trotz der Schreckensschreie, die sich von allen Seiten erhoben, verstand ich, was er sagte, denn er stand direkt neben mir. »Ich muss es tun.« In seinen Augen standen Tränen, sein Mund bebte vor Kummer. »Er hat Jerry.«

Er legte auf Prinny an und schoss. Niemand war zur Stelle, um den Prinzregenten vor dem Mordanschlag zu schützen – niemand außer dem Heizer. Der warf sich plötzlich mit einem Hechtsprung gegen Mr Scott, der daraufhin strauchelte und hilflos zu Boden fiel. Prinny war dennoch getroffen worden, er sackte ebenfalls zu Boden. Der Heizer verlor die Schutzbrille, und jetzt war zu sehen, dass er nur noch ein Auge hatte.

»Los!«, brüllte er.

Sebastiano war bereits zur Tat geschritten. Er achtete nicht darauf, dass Prinny mit erstaunter Miene auf dem Boden saß und eine Hand gegen seinen Brustkorb presste. Und er ignorierte auch den schweren Revolver, den Fitzjohn auf einmal in der Hand hatte und mit dem er auf José zielte. Ich machte aus dem Stand den weitesten Sprung, den ich je hingekriegt hatte, und gemeinsam mit Sebastiano schubste ich Fitzjohn in Richtung Dampfmaschine.

Mr Stephenson drehte an den Reglern herum, seine Miene zeigte einen Ausdruck wilder Entschlossenheit. Das höllisch fauchende Ding schien wie von eigenem Leben beseelt, es dampfte nicht nur, sondern atmete, und die Kolben rasten auf und ab wie zuschnappende Zähne. Das rote Tor hatte angefangen zu glühen, und dahinter war ein weißliches Flimmern zu erkennen.

Obwohl Sebastiano und ich Fitzjohn in der Zange hatten, gelang es ihm irgendwie zu schießen. José fiel getroffen zurück. Ein Schrei entrang sich mir, ich verdoppelte meine Anstrengungen. Sebastiano hatte Fitzjohn am Arm gepackt und zerrte ihn vorwärts, ich drängte von hinten nach, und zusammen schafften wir es, ihn zu der glühenden Öffnung zu zwingen. Bei dem wilden Gerangel lösten sich alle möglichen Teile von ihm. Sein künstlicher Bauch rutschte unter der Jacke hervor, ein Stück von seinem Bart wurde abgerissen, ein paar Fake-Zähne fielen ihm aus dem Mund.

»Ihr werdet mich nicht los! Nicht so!« Trotz der Wut in seiner Stimme klang es wie eine kühl kalkulierte Ankündigung, die mir einen Schauer über den Rücken laufen ließ.

»Sag das dem Biest am anderen Ende, wenn es dich frisst!«, knirschte Sebastiano zwischen den Zähnen hervor.

Das saß. In diesem einen Moment, nur einen Sekundenbruchteil, bevor Sebastiano ihn endgültig durch die Öffnung der Maschine drückte, erkannte ich das Entsetzen in Fitzjohns Miene, und mir wurde klar, dass es den Jabberwocky in der Tiefe des Zeitschachts wirklich gab. Oder zumindest etwas, das mindestens genauso grauenhaft war.

Einen Herzschlag später verschwand Fitzjohn, er wurde von der flimmernden Öffnung verschlungen wie ein welkes Blatt von einem gigantischen Staubsauger. Das Flimmern erlosch mit einem Schlag, und von Fitzjohn war kein einziges Atom mehr da.

Mr Stephenson drehte abermals an den Reglern, und das Hämmern der Maschine hörte auf, während alle Umstehenden nach ein paar Schrecksekunden in tosenden Applaus ausbrachen.

Anscheinend glaubten die Leute, dass alles nur eine großartige Show gewesen war. Einschließlich der Verletzten, die sich soeben mühsam wieder aufrappelten.

»Donnerwetter«, sagte Prinny. Mit einem Mal sah er sehr bleich aus. »Einen Moment lang dachte ich, es sei ein Attentat. Zum Teufel, sieh sich das einer an!« Er zog einen seiner enormen Orden von der Brust und hielt ihn hoch. Die Kugel, die Mr Scott auf ihn abgefeuert hatte, steckte genau in der Mitte.

»Ein perfekt gezielter Schuss!«, rief der Heizer. Er war blass und ächzte ein bisschen, stand aber in straffer Haltung da. Erklärend wandte er sich an die Runde. »Der Mann ist einer der besten Kunstschützen Englands.«

»Ich hätte geschworen, er wäre der alte Buchhändler aus der Bond Street«, sagte irgendwer.

»Ja, das ist er auch«, rief ich dazwischen. »Aber seine liebste Freizeitbeschäftigung ist das Kunstschießen!« Ich musste mich sehr bemühen, das Zittern in meiner Stimme zu dämpfen. Mit gespielter Lässigkeit behauptete ich: »Er trifft das Auge einer Mücke auf dreißig Schritt Entfernung. Und natürlich war die Kugel präpariert, sie hatte überhaupt keine Durchschlagskraft, sonst hätte sie ja den Orden durchbohrt.« Strahlend wandte ich mich an die Zuschauer. »War das nicht eine phänomenale Vorstellung?«

Das fanden die anderen auch. Vor allem George Clevely, der gar nicht aufhören wollte zu applaudieren und ein ums andere Mal »Vivat!« rief. Anscheinend war er von der Vorführung besonders begeistert, was dazu führte, dass er die übrigen Gäste erneut mitriss und alle noch einmal klatschten, bis sogar Prinny zögernd anfing zu applaudieren. Immerhin hatte die Maschine aufgehört zu arbeiten. Der Dampf hatte sich verzogen, weshalb jetzt jeder sehen konnte, dass der vermeintliche Zaubertrick bestens funktioniert hatte, denn von dem unfreiwilligen Zauberlehrling war kein Zipfel mehr zu sehen.

»Sehr gut!«, rief Prinny, während er um die Maschine herumging und in alle Ritzen und Öffnungen spähte. »Wirklich formidabel! Spurlos verschwunden!« Suchend sah er sich um. »Und wo ist er nun, der Gentleman, der behauptet hat, mein Bruder zu sein? Wahrhaftig, ich dachte tatsächlich, er sei nach all den Jahren endlich heimgekehrt. Wir standen uns zwar nie sonderlich nahe, aber ich verspürte beinahe einen Anflug von Wiedersehensfreude. Fast finde ich es schade, dass er nur ein Schauspieler ist. Wenn auch ein ganz fabelhafter. Dieser scheinbare Widerstand, der Schusswechsel, das ganze Drama – eine unglaubliche Inszenierung! Da könnte selbst ein Shakespeare neidisch werden!« Er äugte neugierig in Richtung Bankettsaal. »Ist er da drüben gelandet? Oder wird er gleich dort auftauchen? Es fehlt doch noch das Ende des Zauberkunststücks!« Er winkte den Gästen. »Kommt, wir gehen rüber, sonst verpassen wir es noch!«

Erwartungsvoll spazierte die Menge durch den Saal davon. Einige der Gäste wandten sich neugierig zu uns um, sie schienen davon auszugehen, dass wir mitkamen.

Doch wir waren zu sehr mit Schadensbegrenzung beschäftigt.

Mr Stephenson hatte Mr Scott auf die Beine geholfen. Der alte Buchhändler war ganz grau im Gesicht und konnte sich kaum aufrecht halten. »Sie hätten mich nicht decken müssen. Ich verdiene es nicht, dass man mich schont.« Seine Stimme klang hohl wie aus einer Gruft. »Mein Leben bedeutet mir ohnehin nichts mehr. Ich habe es nur für meinen Enkel getan, doch nun ist es zu spät. Das war eben sein Todesurteil.«

»Heißt das, Jerry lebt noch?«, fragte ich hoffnungsvoll.

Mr Scott zitterte am ganzen Körper. »Fitzjohn hat ihn in irgendeinem unterirdischen Loch eingekerkert. Außer ihm weiß kein Mensch, wo der Junge ist. Er wird verhungern und verdursten, Fitzjohn hat es mir ausdrücklich gesagt.«

»Wussten Sie von Anfang an, dass Jerry noch lebt?«

Mr Scott schüttelte niedergeschmettert den Kopf. »Genau wie Sie glaubte ich die ganze Zeit, Jerry sei bereits tot. Doch an dem Abend, bevor Sie wegen des Spiegels zu mir kamen, tauchte Fitzjohn plötzlich auf und sagte, dass es Jerry gut geht und dass er freikommt. Die Bedingung dafür war, dass ich Sie am Grosvenor Square in die Falle lockte. Die Männer, die ich dorthin mitgebracht hätte, standen in Fitzjohns Diensten. Bitte verzeihen Sie mir diesen Verrat, aber ich konnte nicht anders!« Ein trockenes Schluchzen schüttelte ihn, und vor lauter Entsetzen und Mitgefühl stockte mir der Atem.

Dann bemerkte ich schockiert, wie José sich mit schmerzverzerrter Miene den Leib hielt.

»Du bist verletzt!«, rief ich. »O Gott, ein Bauchschuss!« Ich wusste genau, dass das in dieser Epoche fast immer tödlich war.

»Blödsinn«, sagte José unwirsch. »Es ist nicht schlimmer als der Tritt eines Maultiers.« Er zog sich die Metallschürze aus, und ich sah, dass das Ding ähnlich gearbeitet war wie ein mittelalterliches Kettenhemd. Die Kugel steckte vorn in dem Metallgewebe – fast so wie vorhin bei Prinnys Orden, nur dass es bei José eine geplante Schutzmaßnahme gewesen war, während Prinny sein Leben seinem Schutzengel verdankte.

»Irgendwer muss den Leuten dort drüben beibringen, dass die Maschine nicht mehr funktioniert.« José deutete durch die Verbindungstüren des Hauptsaals auf die Gäste, die sich diskutierend im Bankettsaal zusammengeschart hatten und offenbar auf den nächsten Akt der Vorführung warteten.

»Was genau meinst du damit?«, fragte Sebastiano besorgt. »Du kriegst sie doch wieder hin, oder?«

»Das will ich doch hoffen«, sagte José. Er wandte sich an den Ingenieur. »Was denken Sie, Mr Stephenson?«

Mr Stephenson nickte selig. »Mit Ihnen zusammen kriege ich alles hin, Mr Marinero!«

Sebastiano und ich wechselten verblüffte Blicke.

»Du hast ihm sein Gedächtnis zurückgegeben?«, fragte Sebastiano.

»Mir blieb nichts anderes übrig«, antwortete José bedauernd. »Verzweifelte Situationen erfordern manchmal verzweifelte Maßnahmen. Aber glaubt ja nicht, dass ich mir das jetzt zur Gewohnheit mache! Ich meine – wo kommen wir denn hin, wenn die Leute auf einmal eine doppelte Biografie haben?«

»Für mich fühlt es sich ganz normal an«, wandte Mr Stephenson vehement ein. »Ich liebe meine Frau über alles und hatte zehn wundervolle Ehejahre mit ihr, auch wenn die nur in meiner Einbildung existieren. Und ich liebe meinen Hund und mein Haus und die Arbeit in meiner Werkstatt. Aber ebenso sehr schätze ich meine modernen Physikkenntnisse und noch ein paar andere nützliche Fähigkeiten, die ich mir in langjährigen Studien angeeignet habe. Sie haben mir versprochen, mir alle Erinnerungen zu lassen. Alle«, schloss er nachdrücklich.

José seufzte. »Und im Gegenzug haben Sie *mir* versprochen, dass Sie keine neumodischen Erfindungen machen werden. Und dass Sie vor allem ganz schnell wieder vergessen, wie wir zusammen aus der Dampfmaschine eine Zeitmaschine gemacht haben.«

»Ich werde mir die größte Mühe geben«, antwortete Mr Stephenson.

»Irgendein Gefühl sagt mir, dass diese Mühe vergeblich sein wird.«

Mein Gefühl sagte mir dasselbe, doch ich fand andere Dinge viel wichtiger. »Wir müssen Jerry befreien.«

»Wir werden ihn niemals finden«, erklärte Mr Scott mit derselben Grabesstimme wie vorhin. »Es gibt nicht die geringsten Anhaltspunkte, wo er sein könnte.«

»Sie hätten sich uns eben lieber anvertrauen sollen statt uns an Fitzjohn zu verraten«, meinte Sebastiano.

»Nun, offenbar hatten Sie meinen Verrat durchschaut, denn Sie haben das *Projekt Spiegel* heimlich um einen Tag vorgezogen«, antwortete Mr Scott leise. »Auf diese Weise wurde ich zu Ihrem Werkzeug, nicht wahr? Sie benutzten mich, um Fitzjohn mit falschen Informationen zu füttern.«

»Ganz recht«, sagte José gelassen.

Verdutzt sah ich von einem zum anderen. Sebastiano und er hatten *gewusst*, dass Mr Scott da mit drin hing?

»Wieso habt ihr mir nichts davon gesagt?«, beschwerte ich mich. »Ich habe die arme Haushälterin verdächtigt!«

»Wir wussten *nicht*, dass er hier mit einer Pistole auftaucht«, sagte José. »Insofern war er Fitzjohns Joker.«

»Plan B«, korrigierte ich. »Fitzjohn nannte es Plan B. Aber eigentlich hätte es Plan C heißen müssen, denn vorher hatte er mir ja noch Reginald auf den Hals geschickt, damit der mir die Maske wegnimmt.«

»Nein, diese Aktion war kein Alternativplan«, widersprach José. »Fitzjohn wollte sich Castlethorpe vom Hals schaffen, vermutlich war der Bursche ihm mittlerweile zu unberechenbar.«

»Reggie hat wirklich keinen besonders ausgeglichenen Eindruck gemacht«, stimmte ich zu.

»Für Fitzjohn war es außerdem eine gute Gelegenheit, die Maske aus dem Spiel zu nehmen«, fuhr Sebastiano fort, der anscheinend schon weiter gedacht hatte als ich. »Er sorgte dafür, dass Anna nichts anderes übrig blieb, als Reginald mit der Maske zum Teufel zu schicken. Auf die Art wurde er beides los.«

Ich nickte langsam, denn damit bestätigte sich mein Verdacht, dass Fitzjohn diese Sequenz in seinem Spiegel gesehen hatte. Doch in Gedanken hatte ich mich bereits wieder der Frage zugewandt, wie wir Jerry retten konnten. Einen ersten Anhaltspunkt glaubte ich bereits zu haben, und ich hoffte inständig, dass ich richtiglag.

»Wir sollten jetzt besser von hier verschwinden«, schlug Mr Stephenson vor.

Was das betraf, war wirklich Eile geboten. Nicht nur, weil wir dringend nach Jerry suchen mussten, sondern weil sich im Nachbarsaal Ungeduld breitmachte. Die ersten unzufriedenen Gesichter wandten sich uns zu, das fragende Gemurmel war nicht zu überhören.

»Gehen wir!« Sebastiano reichte mir höflich den Arm. »Mylady.«

»Mylord.« Ich hängte mich ein und überlegte kurz, dass es für die Gäste, die zu uns herüberblickten, bestimmt ziemlich komisch aussah, wie ich am Arm der großen, dicken Matrone davonschwebte, denn von denen hatte bislang noch keiner Sebastianos Verkleidung durchschaut. Gefolgt von José sowie Mr Stephenson und Mr Scott, der uns schwerfällig und mit scharrendem Holzbein hinterherhinkte, verließen wir Carlton House auf dem schnellsten Weg.

❋

Mr Turner war bereits im Schlafrock, schien aber dennoch nicht allzu überrascht von unserem unangemeldeten Auftauchen. Wir waren alle zusammen mit der Prachtkutsche, die José für meinen großen Auftritt in Carlton House organisiert hatte, in die Harley Street gefahren. Mr Scott stützte sich haltsuchend an einer der Sphinxen ab, vergeblich nach Fassung ringend. Er zitterte schon die ganze Zeit wie Espenlaub, und das lag nicht an der kühlen Nachtluft. Seit er begriffen hatte, dass es vielleicht noch Hoffnung für Jerry gab, spielten seine Nerven verrückt. Er tat mir von Herzen leid, obwohl er beinahe einen Menschen erschossen hätte. Wenigstens war alles glimpflich ausgegangen, auch wenn das nur einem glücklichen Zufall zu verdanken war – oder besser gesagt, Prinnys Vorliebe für dicke Orden.

Mr Turner hörte aufmerksam zu, als ich ihm unser Anliegen vortrug. Anschließend bat er uns in den Salon und befahl Mrs Thackerey, uns Sherry zu servieren. Er selbst wollte rasch ein bestimmtes Bild aus dem Atelier holen. Die Haushälterin musterte uns argwöhnisch, befolgte aber Mr Turners Anweisung. Als sie Sebastiano ein Glas Sherry einschenkte und er sich mit tiefer Stimme bedankte, fiel ihr fast die Karaffe aus der Hand.

»Sie sind ja ein Mann!«

Sebastiano zog es vor, das nicht zu kommentieren.

Während wir ungeduldig auf Mr Turners Rückkehr warteten, kam sein alter Vater in den Salon getapert, ebenfalls im Schlafrock und die Füße in seinen übergroßen Pantoffeln steckend. Er war sichtlich erfreut über die nächtliche Gesellschaft und bot reihum Zigarren an, was wir dankend ablehnten. Er selber zündete sich eine Pfeife an, paffte ein paar Rauchwolken in die Luft und bewunderte mein schönes Kleid. Doch anscheinend hatte Sebastiano es ihm noch mehr angetan.

»Sie kommen mir bekannt vor, Mylady«, sagte er zu ihm. »Haben wir uns vielleicht früher einmal auf einem Ball bei Almack's getroffen? Zu meiner Zeit war ich ein schneidiger Tänzer!«

»Sicher verwechseln Sie mich«, meinte Sebastiano höflich.

Mr Turner senior zog an der Pfeife und musterte ihn eingehend. »Ich glaube nicht, Mylady, denn Sie kommen mir *sehr* bekannt vor! Ich meine mich gar zu entsinnen, dass wir uns einst in der intimen Umgebung meines Schlafgemachs begegneten. Allerdings scheinen Sie mir heute noch viel schöner als damals.« Er bedachte Sebastiano mit einem werbenden Lächeln.

»Das ist doch ein Kerl«, schnaubte Mrs Thackerey von der Tür her.

Der alte Mr Turner drehte sich entrüstet zu ihr um. »Was erlauben Sie sich, Mrs Thackerey?«

In diesem Moment kam sein Sohn zurück und zeigte uns ohne Umschweife das Bild. »Hier ist es«, sagte er. »Ich weiß zwar nicht, wo sich das Haus befindet, aber in meiner Vision war es sehr deutlich zu sehen.«

Das Gemälde zeigte ein wuchtiges Gebäude im teilweise offenen Querschnitt – im Vordergrund ein Teil der Fassade, und darunter, halb verborgen unter dicken Mauern, ein dunkler Keller. Wenn man genauer hinschaute, sah man in einer Ecke des Verlieses eine schmale Gestalt kauern.

»Ich kenne es!«, rief ich, als ich den Renaissanceturm und die Pilaster sah. »Das ist Castlethorpes Haus!«

✻

Jerry hockte tatsächlich in einem Keller in Reginalds Haus, aber als wir dorthin kamen, stellte sich heraus, dass er sich schon beinahe selbst befreit hatte. Fitzjohn hatte ihn mit einer ziemlich dicken Eisenkette an die Wand gekettet, doch zu Jerrys grenzenloser Erleichterung hatte er ihm bei seinem letzten Besuch am vorigen Abend eine große Feile dagelassen.

»Er meinte, ich würde ungefähr bis morgen früh brauchen, um die Kette durchzufeilen«, erklärte Jerry, nachdem er seinem vor Freude weinenden Großvater ungefähr tausendmal hatte schwören müssen, dass er wohlauf war.

Abgesehen davon, dass er ziemlich schmutzig war und wochenlang kein Sonnenlicht gesehen hatte, ging es ihm erstaunlich gut. Fitzjohn war alle drei Tage aufgetaucht und hatte ihn mit Proviant versorgt.

»Die Dunkelheit war das Schlimmste«, erzählte Jerry. »Ich wollte, dass er mir Kerzen dalässt, aber er meinte, dann würde ich nur damit herumzündeln. Trotzdem beteuerte er mir jedes Mal, dass ich bald heimdarf und dass es Großvater gut geht.«

Es dauerte eine Weile, bis ich das alles verdaut hatte. Ich hatte viel Stoff zum Nachdenken, auch noch, als wir alle wieder in der Kutsche saßen. Nachdem wir Mr Stephenson in der James Street abgesetzt hatten, fuhren wir mit Mr Scott und Jerry weiter in die Bond Street. Jerry plapperte ohne Punkt und Komma, es war fast, als wäre ein Damm gebrochen. Er hatte wochenlang niemandem zum Reden gehabt, und nun war es ihm offenbar ein dringendes Bedürfnis, sich mitzueilen. Er stellte tausend Fragen, weil er wissen wollte, was während seiner Gefangenschaft alles passiert war, und dazwischen erzählte er immer wieder, wie es ihm im Keller ergangen war.

»Einmal hat Mr Fitzjohn mir gebrannte Mandeln mitgebracht. Und ein anderes Mal ein großes Stück Schinken. Er hat gesagt, Jungs in meinem Alter wachsen noch.«

»Vielleicht war Fitzjohn ja doch nicht so ein Mistkerl«, meinte ich zögernd, als Jerry zwischendurch mal kurz Luft holen musste.

»Niemand hat behauptet, dass er einer war«, sagte José. »Wirklich böse sind die Wenigsten von uns. Manche der Alten sind einfach nur … zu lange auf der Welt. Das Leben kann ihnen nichts mehr geben, was sie nicht schon hatten. Das führt zu selbstzerstörerischen Tendenzen. Wesensveränderungen schleichen sich ein. Größenwahn, Rachsucht, Geltungsdrang. Und dazu kommt natürlich noch das Dilemma des kompromisslosen Spielers.«

»Was ist das für ein Dilemma?«, wollte Jerry wissen.

»Lieber zu sterben als aufzugeben«, warf sein Großvater ein. Es waren die ersten Worte, die Mr Scott äußerte, seit wir wieder in die Kutsche gestiegen waren. Der alte Buchhändler sah schrecklich aus. Seine Augen lagen eingesunken in den Höhlen, sein Gesicht war bleich. Doch sein Blick war fest, seine Stimme ruhig. Seit wir Jerry gefunden hatten, war sämtliche Anspannung von ihm abgefallen. Ich spürte, wie sehr er darunter litt, dass er beinahe zum Mörder geworden war, doch ich ahnte, dass er nicht zögern würde, dasselbe wieder zu tun, wenn es nötig wäre. Die Liebe konnte Menschen dazu bringen, zu töten oder andere schreckliche Dinge zu tun, ohne Rücksicht darauf, was dabei aus ihnen selbst wurde.

Als wir vor der Buchhandlung anhielten, um Mr Scott und Jerry aussteigen zu lassen, wandte sich Mr Scott noch einmal zu uns um.

»Danke«, sagte er. Sonst nichts. Dann stützte er sich auf die Schulter seines Enkels und hinkte davon. Jerry brachte ihn in den Laden, dann kehrte er zur Kutsche zurück. Das schmale Gesicht unter den roten Haaren war entschlossen.

»Großvater hat gesagt, dass Sie noch bleiben müssen.«

»Eine Weile«, stimmte José zu.

»Wie lange?«

»Einige Wochen vielleicht.«

»Wo werden Sie wohnen?«

»Am Grosvenor Square.« Sebastiano und ich hatten es gleichzeitig gesagt. José hob die Braue über dem gesunden Auge, widersprach aber nicht.

»Dann gibt es eigentlich keinen Grund, warum ich nicht

morgen wieder wie üblich zum Dienst erscheinen sollte«, erklärte Jerry mit fester Stimme.

»Den gibt es sehr wohl«, widersprach Sebastiano. »Du hast schlimme Wochen hinter dir und musst dich ausruhen. Mindestens drei Tage. Dann kannst du dich wieder zum Dienst melden. Ich schätze, Lady Anne und ich würden gern eine Landpartie machen, um uns ein bisschen von all den Strapazen der letzten Zeit zu erholen. In Brighton soll es beispielsweise sehr schön sein.«

Jerry strahlte. »Es ist *wunder*schön dort.«

»Dann sind wir uns einig. Gute Nacht, Jerry.«

»Gute Nacht, Jerry«, fügte ich hinzu.

»Mylady. Mylord.« Grinsend tippte er an seine Mütze, dann sprang er die Stufen zum Laden hoch und verschwand im Haus.

José gab dem Kutscher ein Zeichen weiterzufahren. Anschließend wandte er sich uns zu und lächelte leicht.

»Na, wie fühlt ihr beiden euch jetzt, nachdem alles überstanden ist?«

»Schon beinahe wieder normal. Bis auf ein paar Kleinigkeiten.« Sebastiano zog sich mit angewiderter Miene die Perücke vom Kopf und pulte die voluminöse Busenattrappe aus dem Ausschnitt seines Ballkleides. »Ich verstehe nicht, wie Frauen mit so dicken Dingern rumlaufen können. Und dabei ist das Zeug hier nur aus Baumwolle.«

Ich selbst sagte erst mal nichts, denn ich wusste nicht recht, wie ich mich fühlte. Normal ganz bestimmt nicht. Erschöpft und gleichzeitig aufgekratzt, das auf jeden Fall. Und natürlich zutiefst dankbar und erleichtert, weil am Ende doch noch alles gut ausgegangen war. Die Bösen besiegt und das Gute gerettet und so weiter – genau wie bei unseren bisherigen Zeitreiseabenteuern. Wir hatten eine Menge Glück gehabt, obwohl wir ein paar Federn gelassen hatten. Aber neben all diesen Gefühlen spürte ich noch etwas anderes – eine Art wehmütige Gewissheit.

»Es ist vorbei, oder?«, fragte ich unvermittelt.

José sah mich unverwandt an, als warte er auf genauere Erklärungen.

Ich machte eine ziellose Geste. »Ich meine … all das. Unser Job als Beschützer. Die Reisen in die Vergangenheit. Die Tore sind zerstört. Du hast gesagt, du kannst dieses eine zusammen mit Mr Stephenson reparieren, damit wir nach Hause zurückkönnen. Und wenn ich dich richtig verstanden habe, ist es dir und den anderen Alten gelungen, die Entropie zu verhindern und den Zeitstrom zu stabilisieren. Aber dieses Spiel zwischen euch … es ist zu Ende, nicht wahr?«

Sebastiano hatte bei meinen Worten den Arm um mich gelegt und ließ José nicht aus den Augen. Er wartete genauso angespannt auf eine Antwort wie ich.

José schwieg eine Weile, schließlich erwiderte er leise: »Ja. Das Spiel ist vorbei.«

Das mussten Sebastiano und ich erst mal sacken lassen. Wir redeten nicht mehr viel während der restlichen Fahrt. Am Grosvenor Square angekommen, wollte José nicht mit uns aussteigen. Er meinte, er habe noch ein paar wichtige Dinge zu erledigen, würde sich aber in den nächsten Tagen bei uns melden. Und schon war die Kutsche in der Nacht verschwunden.

Wir waren zu erledigt, um uns noch groß zu unterhalten. Also gingen wir sofort zu Bett und schliefen tief und traumlos bis in den hellen Tag.

Anderntags stellten wir fest, dass Mrs Fitzjohn spurlos verschwunden war, und zwar so nachhaltig, dass sich außer mir und Sebastiano niemand an sie erinnern konnte, nicht einmal die Köchin, die wie üblich zum Dienst erschien. Das war der Beweis dafür, dass Mrs Fitzjohn nur eine künstliche Existenz gewesen war, eine Art Illusion aus Fleisch und Blut, um Mr Fitzjohns Leben in dieser Zeit nach außen hin realer wirken zu lassen. Mit seinem Verschwinden hatte auch sie ihre Daseinsberechtigung verloren. Ich hatte schon damit gerechnet, dass das passieren würde, trotzdem setzte es mir zu. Sonderlich gemocht hatte ich sie nicht, aber sie hatte in diesem Haus gelebt und gearbeitet und war für mich da gewesen. Und jetzt war sie weg, ausgelöscht wie eine Kerze vom Wind, ein Opfer von Manipulationen an der Zeit.

Für kurze Zeit hatte ich befürchtet, dass auch Iphys Existenz auf diese Weise erloschen war, denn ich hatte sie auf der Feier des Prinzregenten nach Reggies Verschwinden nicht mehr gesehen. Doch zu meiner Erleichterung war sie quicklebendig, ihr war nichts passiert. Abgesehen von der Tatsache, dass sie nicht mehr die geringste Erinnerung an Reggie hatte. Er war mit Stumpf und Stiel aus ihrem Gedächtnis getilgt, was für ihren und unseren Seelenfrieden sicher am besten war. Ich wünschte mir oft, dass ich ihn selbst ebenso leicht hätte vergessen können – ihn und sein entsetztes Gesicht in dem Augenblick, als er verschwand.

Was Iphy anging, so war sie ganz die Alte. Gleich am übernächsten Tag kreuzte sie bei uns auf, mit einer Schachtel Pralinen und dem dringenden Wunsch, mit mir zusammen neue Schuhe kaufen zu gehen. Sebastiano schützte einen Migräneanfall vor, um sie auf Distanz zu halten, und ich schickte sie nach einer gemeinsamen Tasse Tee weg, weil ich keine Schuhe mehr aus dieser Epoche brauchte. Und weil ich in ihrer Gegenwart ständig mit den Tränen kämpfen musste, denn allen Querelen zum Trotz hatte ich sie gern und musste irgendwie damit klarkommen, dass ich sie ab demnächst nie mehr wiedersehen würde. Da war ein schneller Schnitt besser als ein schmerzvoll verzögerter Abschied auf Raten.

Tags darauf fuhren wir wie geplant mit Jerry nach Brighton, wo wir einige gemütliche, faule Tage in einer netten kleinen Pension verbrachten und nichts anderes taten als zu schlafen, gut zu essen, mit Sisyphus am Strand spazieren zu gehen und, na ja, was frisch Verlobte eben sonst noch so tun, wenn sie allein sind.

Als wir in der Woche darauf wieder nach London zurückkamen, erfuhren wir zu unserem Erstaunen, dass Iphy ihren Plan, Sebastiano zu erobern, endgültig aufgegeben hatte. Stattdessen war sie mit fliegenden Fahnen zu George übergelaufen. Seine Schwerhörigkeit und sein fehlender Modegeschmack hatten sie nicht davon abgehalten, sich in einer Opernloge von zwei Patronessen weinend in seinen Armen erwischen zu lassen. Das wäre vielleicht nicht weiter anstößig gewesen, hätte sie dabei obenrum was angehabt.

George hatte dem Vernehmen nach wohl stammelnd behauptet, Iphy habe nur Schutz bei ihm gesucht, nachdem ihr zufällig das Kleid aufgegangen war. Natürlich kaufte ihm keiner diesen Blödsinn ab. Aber er sah rasch ein, dass es für einen Mann von Ehre nur einen Ausweg gab – er hielt in aller Form um Iphys Hand an. Sie hatte ihn sauber reingelegt, aber eines musste man ihr lassen: Irgendwie schaffte sie es binnen Tagen, ihm das Gefühl zu geben, dass sie die Erfüllung all seiner Träume war. Seine Schwärmerei für mich war restlos verflogen, wovon ich mich selbst überzeugen konnte, als die beiden uns an unserem letzten Tag im Jahr 1813 zufällig über den Weg liefen.

Wir waren mit Jerry auf dem Weg in die James Street, denn José hatte uns eine Nachricht geschickt. Die Nachricht, auf die wir seit Tagen gewartet hatten.

Es ist so weit.

»Ach du Schande, das fehlt uns jetzt gerade noch«, sagte Sebastiano halblaut, als Iphy uns hektisch zuwinkte und George mit einem gewagten Bremsmanöver seinen offenen Zweisitzer neben unserem Einspänner zum Stehen brachte.

Ich hatte vom Anblick der beiden einen Kloß im Hals, denn das war genau die Situation, die ich hatte vermeiden wollen: nur keine Abschiede mehr, die taten einfach zu weh. Ich hatte geglaubt, es so gut wie möglich hinter mich gebracht zu haben. An Mr Turner hatte ich eine nette und kurze Botschaft gesandt, derzufolge mein Bruder und ich bald eine längere Reise unternehmen würden, weshalb ich ihm und seinem Vater auf diesem Wege von Herzen alles Gute wünsche. Mr Scott hatte einen ähnlichen Brief von mir erhalten, nur etwas länger. Darin hatte ich versucht, ihm zu erklären, dass ich seine Gefühle und Motive sehr gut nachempfinden könne und dass wir ihm trotz allem nichts nachtrugen. Auch ihm hatte ich alles Gute für die weitere Zukunft gewünscht.

Janie und Cedric hatte ich einen Teil unseres verbliebenen Bargelds zugesteckt, und Bridget hatte ich all meine Schuhe zukommen lassen – ich wusste zufällig, dass wir dieselbe Schuhgröße hatten. Die Handtaschen hatte ich als Dreingabe dazugelegt und bei dieser Gelegenheit auch Sebastianos Halstücher und Schnupftabakdosen mit eingepackt, denn Meeks sollte nicht leer ausgehen. Dem Groom hatte ich ein Goldstück gegeben, was er sofort zum Anlass genommen hatte, sich vor lauter Freude zu betrinken. Im Augenblick war er damit beschäftigt, im Stall seinen Rausch auszuschlafen.

Nur von Iphy und George hatte ich mich nicht verabschiedet, was ich nach Lage der Dinge verständlich fand, denn es hätte mir das Herz bloß noch schwerer gemacht. Ich hatte schon vor einer Stunde Rotz und Wasser geheult, als ich Sisyphus Lebewohl gesagt hatte. Es tat weh, von Freunden Abschied zu nehmen, vor allem, wenn es ein Abschied für immer war.

»Du hast es wahrscheinlich schon gehört«, rief Iphy freudestrahlend. »George und ich sind verlobt.«

»Gratuliere«, sagte ich mit belegter Stimme. »Ich hoffe, dass ihr sehr, sehr glücklich werdet.«

Das war völlig aufrichtig gemeint, doch irgendwie kam es bei Iphy falsch an. Sie wurde rot und wich meinen Blicken aus, und George fing an, mit sichtlich schlechtem Gewissen herumzudrucksen. »Anne, meine liebste, beste …« Er kriegte von Iphy einen Ellbogen in die Rippen und brach ab, um dann – diesmal vorsichtiger in seiner Wortwahl – mit seinem Gestammel fortzufahren: »Mylady, ich hoffe inständig, dass meine Verlobung mit Lady Winterbottom Sie nicht in irgendeiner Weise brüskiert oder verletzt, und falls dies doch der Fall sein sollte, so sehen Sie mich wirklich und wahrhaftig untröstlich, das müssen Sie mir glauben!«

Es dauerte ein paar Sekunden, bis mir dämmerte, worauf er hinauswollte. Er fürchtete offensichtlich, dass ich mich von ihm grausam getäuscht und verschmäht fühlte, weil er mir den Hof gemacht, aber dann auf einmal Iphy einen Ring an den Finger gesteckt hatte.

Verstohlen betrachtete ich meinen eigenen Verlobungsring und unterdrückte ein Lächeln. Es würde George nur verletzen, wenn ich ihm jetzt eröffnete, dass aus ihm und mir sowieso nie was geworden wäre. Aus Rücksicht auf seinen männlichen Stolz gab ich mich daher angemessen bedrückt.

»Offen gesagt kam diese Verlobung für mich völlig unerwartet. Ich mag Sie wirklich sehr gern, George, denn Sie sind ein feiner, aufrechter Mensch.«

Beide Aussagen waren – jede für sich betrachtet – die reine Wahrheit, auch wenn sie natürlich nicht miteinander im Zusammenhang standen. Aber George stellte genau diesen Zusammenhang her und rang sichtlich bestürzt nach Worten. Diesmal kriegte *ich* einen Ellbogen in die Rippen – Sebastiano war anscheinend der Ansicht, dass ich es ein bisschen übertrieb. Hastig fuhr ich fort: »Und weil Sie so ein feiner Mensch sind, habe ich gerade überlegt, was Sie wohl davon halten würden, sich an der Foscary-Stiftung zu beteiligen.«

»Foscary-Stiftung?«, echote George. Sein pausbäckiges Gesicht wirkte ratlos.

»Sie haben bestimmt schon gehört, dass wir uns bald wieder in die Karibik einschiffen wollen. Deshalb werden wir unseren Landsitz in Leicestershire verkaufen und haben dafür schon alles bei unserem Bankhaus Rothschild & Sons in die Wege geleitet.«

Es hatte nicht mal sonderlich viel Überzeugungsarbeit gekostet, José die Genehmigung zum Verkauf abzuluchsen. Er sah ein, dass das viele Geld anderswo sinnvoller angelegt war, und der Bund der Zeitwächter war ja momentan sowieso in Auflösung begriffen.

»Von dem Geld sollen unter anderem ein Waisenhaus und eine Schule im Eastend gebaut werden. Und Wohnungen für die Fabrikarbeiter. Es wäre ein schöner Zug von Ihnen, sich an dieser Stiftung zu beteiligen, George.« Das ließ ich kurz wirken, bevor ich hinzufügte: »Sie können sich nicht vorstellen, wie sehr man damit sein Ansehen heben kann. Und dem Spender gibt es ein großartiges Gefühl.«

»Sie sind mir gar nicht böse wegen Iphy? Eine Stiftung … äh … Spenden …?« Georges Gesichtsausdruck schwankte zwischen Erleichterung und Skepsis.

Iphy hatte uns mit verengten Augen zugehört. »Was für eine originelle Idee! George, wir könnten beim *Ton* einen ganz neuen Stil kreieren! Den Altruismus der besseren Gesellschaft!« Ihre Augen fingen an zu leuchten. »Ich könnte einen meiner Pelze stiften. Und du könntest den Kindern deiner Arbeiter neue Schuhe kaufen. Und zu Weihnachten gäbe es Rumpunsch für alle!«

»Wenn es Eindruck machen soll, darf es schon ein bisschen mehr sein«, gab ich zu bedenken. »George besitzt mehrere Fabriken, er könnte …«

Doch Iphy fiel mir sofort ins Wort, sie sprudelte über vor tollen Spendenideen, die sich hauptsächlich darum drehten, für gute Zwecke ihren Kleiderschrank auszumisten und für die armen Kinder im Eastend Cookies zu backen. Keine Frage, sie war die geborene Charity-Lady. Das Prinzip *Tu Gutes und rede darüber* war wie für sie gemacht. George saß belämmert neben ihr und nickte bloß zu allem, was sie vorschlug.

Eine Postkutsche wollte an uns vorbeifahren, doch wir blockierten die Straße. Der Postillion stieß ungeduldig in sein Horn. Sebastiano gab Jerry einen Wink weiterzufahren. »Bye-bye!«, rief er Iphy und George zu. »Lasst es euch gut gehen!«

»Bis demnächst!«, rief Iphy zurück.

George winkte verhalten, und dann waren wir um die Ecke gebogen.

»Tschüss«, sagte ich leise, obwohl sie es nicht mehr hören konnten.

»Das hätten wir«, brummte Sebastiano. »Und jetzt nichts wie nach Hause.«

Ich konnte es kaum erwarten, ins Jahr 2013 zurückzukehren, doch den schlimmsten Teil hatte ich noch vor mir – Jerry Lebewohl zu sagen. Diesem Abschied konnte ich nicht ausweichen und wollte es auch gar nicht. Mir kamen schon beim Aussteigen die Tränen, aber ehe ich zu meiner vorbereiteten kleinen Abschiedsrede ansetzen konnte, war Jerry bereits wieder auf den Kutschbock geklettert und gab dem Pferd die Peitsche.

»Jerry!«, rief ich verdattert, doch er fuhr mit grimmiger Miene davon, so schnell, dass ihm die Kappe herabfiel und sein rotes Haar im Wind flatterte.

»Lass ihn«, sagte Sebastiano. »Für ihn ist es genauso schwer, weißt du.«

»Aber ich wollte ihm doch sagen …«

»Er weiß alles, was du ihm sagen willst.«

Ich wischte mir über die nassen Augen. Verstört sah ich dem Einspänner nach, der immer schneller wurde und über die James Street davonrollte.

Danach blieb uns nicht mehr viel Zeit. José und Mr Stephenson hatten die verbesserte und mit diversen Zusatzfunktionen ausgestattete Dampfmaschine bereits in Betrieb genommen. Mr Stephenson selbst hatte das Kohleschaufeln übernommen, während José die letzten Einstellungen an den Reglern vornahm.

»Auf Wiedersehen, Mr Stephenson, und vielen Dank für alles!«, schrie ich gegen das Stampfen und Hämmern der Maschine an. Er nickte nur schwitzend und schaufelte wortlos weiter. Sein Gesicht wirkte glücklich und gelöst, er war ganz in seinem Element.

José winkte uns zu sich in die Dampfschwaden und legte die Hand auf einen Schalter. Wir standen unter dem roten Metallrahmen, der an den Rändern schon zu flimmern begann. Sebastiano nahm mich in den Arm, er wusste genau, wie sehr ich mich vor dem Übertritt fürchtete. Seit ich wusste, dass in den Tiefen der vierten Dimension wirklich unheimliche Dinge lauerten, war meine Furcht nicht gerade geringer geworden. Ich hätte José fragen können, wo meine Albträume aufhörten und die Realität anfing, aber eine instinktive Scheu hatte mich davon abgehalten. Vielleicht war es besser, das letzte Wissen über diese Fragen anderen zu überlassen. Es war wie mit dem Ungeheuer unterm Bett – solange die Möglichkeit bestand, dass es nur ein Produkt der eigenen Fantasie war, musste man es weniger fürchten als ein echtes Monster.

Aus dem Flimmern wurde ein weißes, blendendes Glühen. Das Hämmern der Kolben verdichtete sich zu einem donnernden Crescendo und explodierte schließlich in einem vernichtenden Knall. Die Welt um mich herum zerbarst, und ich stürzte in ein eisiges, tiefschwarzes Nichts.

Zum Glück war der Durchtritt gleich darauf vorbei, und ich hatte erfreulicherweise nicht mal Kopfschmerzen. Wir landeten in der Umkleidekabine einer Unterwäscheboutique. Die Verkäuferin musterte uns erschrocken, als wir so plötzlich hinter dem Vorhang hervorgestolpert kamen, doch bevor sie irgendwas sagen konnte, waren wir auch schon auf die Straße geflüchtet.

Um uns herum herrschte der übliche Londoner Trubel. Auf der Straße toste der Verkehr, auf den Gehwegen drängten sich Massen von kauflustigen Passanten. Ein paar neugierige Blicke streiften uns – immerhin waren wir angezogen wie ein Paar aus einem Jane-Austen-Roman –, aber besonderes Aufsehen erregten wir nicht.

Als wir uns nach José umschauten, stellten wir fest, dass er nicht mitgekommen war. Er hatte uns das Tor geöffnet – und war dortgeblieben.

»Hat er irgendwas zu dir gesagt?«, wollte ich wissen.

Sebastiano schüttelte den Kopf. Ich sah ihm an, dass er dasselbe dachte wie ich. Ob das schon der Abschied für immer gewesen war? So schnell und wortlos wie bei Jerry?

Auf dem Weg zu unserem Hotel hatte ich schon wieder einen Kloß im Hals. Ich hatte mich so sehr auf zu Hause gefreut, aber mit einem Mal fühlte ich mich leer und ausgebrannt. Und irgendwie … verwaist.

Wir ließen uns unsere Wertsachen aushändigen, holten unser übriges Gepäck aus dem Schließfach und wechselten auf dem Bahnhofsklo die Kleidung. Danach gingen wir in ein Pret a Manger, aßen eine Kleinigkeit und luden nebenher unsere Handys auf, damit wir uns um die aufgelaufenen Anrufe und Nachrichten kümmern konnten. Zu unserem Erstaunen gab es kaum welche, denn – das war eine wirkliche Überraschung! – die Zeit war in der Gegenwart nur ein paar Stunden weitergelaufen, obwohl wir nicht durch ein Mondphasentor zurückgesprungen waren. Wir waren am Tag unseres Aufbruchs wieder zurückgekommen. Das war schwer zu begreifen und ließ uns nachhaltig in Grübeleien versinken.

»Diese Maschine, die José und Stephenson da konstruiert haben – sie scheint einiges draufzuhaben«, meinte Sebastiano. Es klang, als sei er in Gedanken meilenweit entfernt.

»Anscheinend kann er die genaue Zeit der Rückkehr damit einstellen«, sagte ich genauso geistesabwesend. Ebenso zerstreut schickte ich Vanessa ein Handyfoto von meinem Verlobungsring, worauf eine SMS voller Jubelsymbole und Herzen zurückkam, mitsamt der Neuigkeit, dass Vanessa Manuel in den Wind geschossen hatte und jetzt doch nicht nach Ibiza flog.

Immer noch tief in Gedanken, fuhren Sebastiano und ich mit der Bahn raus nach Heathrow, wo wir den nächsten Flieger nach Venedig nehmen wollten. Beim Aussteigen sah ich jemanden auf dem Bahnsteig warten, der unmöglich hier sein konnte. Mit offenem Mund blieb ich stehen, sodass Sebastiano, der dicht hinter mir war, in mich hineinlief. »Was zum Teufel …«

Jerry hatte uns entdeckt und kam freudestrahlend auf uns zu. »Da seid ihr ja!« Das rote Haar stand ihm wie eh und je vom Kopf ab, aber nicht von allein, sondern weil er mit ein bisschen Wet Gel nachgeholfen hatte. Er trug Baggy Pants und Chucks und darüber ein cooles Markensweatshirt. Und er hatte einen Hund bei sich, der bei unserem Anblick sofort die Leine strammzog und ein fröhliches Kläffen anstimmte.

»Sisyphus?«, stammelte ich. Der Hund war mindestens viermal so groß wie der kleine Welpe, von dem ich mich verabschiedet hatte, aber er leckte mir glücklich die Hand und schaute schweifwedelnd zu mir auf.

»Du kannst nicht hier sein«, sagte Sebastiano zu Jerry. »Es sei denn, du bist ein Nachfahre von einem gewissen Jeremy Scott, dem du wie aus dem Gesicht geschnitten bist.« Er betrachtete Jeremy gründlich. »Außer, dass du ungefähr fünf Jahre älter aussiehst.«

»Oh, ich bin es selber. Und es sind sechs Jahre.« Jeremy drückte mir Sisyphus' Hundeleine in die Hand und nahm mir ritterlich meine Umhängetasche ab. »Lass mich das tragen, es sieht schwer aus. Oh, sind das Bücher?« Er lugte hinein. »Tatsächlich! Byron und Austen. He, das sind Originalausgaben, oder?«

»*Ich* nehme das.« Sebastiano nahm ihm umgehend die Tasche weg und hängte sie sich selber um, obwohl er schon mit Rucksack, Trolley und Laptoptasche reichlich beladen war.

»Könnt ihr vielleicht damit aufhören?«, mischte ich mich ein. Völlig durcheinander streichelte ich den urplötzlich erwachsenen Sisyphus, der das mit einem liebevollen Hecheln zur Kenntnis nahm. »Ich würde jetzt wirklich gern wissen, wie du hierherkommst, Jerry!«

»Auf demselben Weg wie ihr«, antwortete Jerry grinsend.

»Aber du stammst aus der Vergangenheit! Es ist unmöglich, in eine Zeit zu springen, die in der eigenen Zukunft liegt!«

»Sieht es vielleicht aus, als wäre es unmöglich?« Jerry marschierte los, in Richtung Abflughalle, und wir folgten ihm notgedrungen. »Ich bin seit drei Jahren hier«, fuhr er aufgeräumt fort. »Aber okay, vorher hat es ein paar Jahre gedauert, bis José und Mr Stephenson die Maschine so weit hatten.«

Sebastiano starrte ihn ungläubig an. »Du meinst, José und Stephenson haben es irgendwie geschafft, eine Zeitmaschine zu konstruieren, mit der man in die Zukunft reisen kann?«

»Na, ich bin hier, oder? Und der Hund auch. Also geht es. José meinte, ich soll euch hier abpassen und euch die wichtigsten Infos übermitteln, er selber hat momentan keine Zeit. Er schwirrt irgendwo im Jahr zweitausendsiebenundneunzig herum, da gibt es gerade ein paar Probleme.« Er blieb vor einem Drugstore stehen. »Oh, Moment, ich muss mal kurz da rein, ein paar Schmerztabletten für Großvater besorgen. Sein Beinstumpf macht ihm manchmal noch zu schaffen.«

Jerry verschwand in dem Drugstore, und Sebastiano starrte ihm nach. »Er kann Schmerztabletten mit in die Vergangenheit nehmen. Das ist ja wirklich … innovativ. Und dieser einäugige alte Halunke treibt sich in der Zukunft rum. Ich fasse es nicht.«

»Mir kommt das irgendwie surreal vor«, erklärte ich. »Vielleicht leiden wir unter einer Art kollektiver Wahnvorstellung oder so.«

»Nein«, sagte Sebastiano. »Das ist alles völlig echt.«

Ich tätschelte Sisyphus, er fühlte sich tatsächlich sehr real an, und auch sein freundliches *Wuff!* klang absolut natürlich.

»José hat aber doch gesagt, dass das Spiel aus ist!«, wandte ich ein.

»Scheint so, als hätte da irgendwer ein neues Spiel angefangen. Nur auf einem anderen Level. Und mit veränderten Regeln.«

Diesen Verdacht hatte ich auch. Doch mir steckte noch eine weitere Ungereimtheit quer, und als Jerry aus dem Drugstore zurückkehrte, wollte ich es genauer wissen. »Jerry, wenn du schon seit drei Jahren hier bist, müsstest du ja schon da gewesen sein, als wir vor unserer Zeitreise in London eintrafen. Aber du warst nicht hier, sondern im Jahr achtzehnhundertdreizehn! Wie konntest du gleichzeitig in beiden Zeiten sein?« Vorsorglich setzte ich hinzu: »Und ich will jetzt auf keinen Fall irgendwas über dieses dämliche *komplexe Feld der Paradoxa* hören!«

»Hm, das ist der Teil, den ich auch bis jetzt nicht so richtig kapiere«, gab Jerry zu. »Ich habe extra einen Physik-Kurs auf dem College belegt, aber es wird noch eine Weile dauern, bis ich mich da reingefuchst habe. Wie auch immer, wir sollten jetzt los. José wartet schon auf euch.«

»Wo wartet er auf uns?«, wollte Sebastiano wissen. Er gab sich lässig, aber ich kannte ihn und spürte seine Aufregung. »Oder sollte ich besser fragen: wann?«

»Na, das sagte ich doch vorhin, oder?« Jerry strahlte uns an. »Aber selbstverständlich ist es freiwillig. Ihr könnt auch nein sagen.«

»Oh … also …« Ich tauschte einen belämmerten Blick mit Sebastiano.

»Am besten besprecht ihr euch kurz. Ich hole uns mal eben ein paar Donuts.«

Er schlenderte davon, ein rothaariger junger Mann in lässigen Klamotten, von dem kein Mensch je denken würde, dass er aus der Vergangenheit stammte.

»Sieht aus, als hätte er sich super eingewöhnt«, meinte ich nachdenklich. »Und dabei musste er zweihundert Jahre aufholen. Bei uns wären es bloß …« Ich hielt inne, denn im Kopfrechnen war ich schon immer eine Niete gewesen.

»Vierundachtzig«, ergänzte Sebastiano wie aus der Pistole geschossen.

»Denkst du …«

»Ja«, sagte er. Mit seinem Dreitagebart sah er unwiderstehlich aus, wie ein Pirat auf Entdeckungsfahrt. In seinen Augen stand ein mutwilliges kleines Funkeln. »Aber natürlich nur, wenn du es auch willst.«

»Ich will.« Ich umfasste den Verlobungsring an meiner Hand, es fühlte sich wie ein handfestes Versprechen an. »In guten wie in schlechten Zeiten.«

»Sicher?«

Sisyphus ließ ein aufmunterndes *Wuff* hören.

Ich lächelte. »Ganz sicher.«

»Wir haben nicht die geringste Ahnung, was auf uns zukommt. Die Zukunft könnte gefährlich sein.«

»Es gibt nur eine Art, das herauszufinden – indem wir es uns selber ansehen. Hauptsache ist doch, wir tun es gemeinsam.«

»Das ist mein Mädchen. Komm her, *piccina*!« Sebastiano zog mich lachend in seine Arme und küsste mich. Sisyphus bellte begeistert.

Die Welt bestand auf einmal aus unzähligen neuen Möglichkeiten, und wir hatten gerade erst angefangen, sie zu entdecken.

ENDE